CARAMBAIA

23

Gustave Flaubert

Salammbô

Tradução
Ivone Benedetti

Posfácio
Samuel Titan Jr.

1. O FESTIM 7
2. EM SICA 29
3. SALAMMBÔ 53
4. SOB AS MURALHAS DE CARTAGO 63
5. TANIT 83
6. HANÃO 101
7. AMÍLCAR BARCA 123
8. A BATALHA DO RIO MACAR 167
9. EM CAMPANHA 189
10. A SERPENTE 207
11. NA TENDA 223
12. O AQUEDUTO 245
13. MOLOCH 269
14. O DESFILADEIRO DO MACHADO 309
15. MÂTHOS 351

POSFÁCIO 363
Samuel Titan Jr.

1. O festim

Mégara, subúrbio de Cartago, nos jardins de Amílcar.

Os soldados que Amílcar comandara na Sicília banqueteavam-se à larga para festejar o aniversário da Batalha do Monte Érice e, como o comandante estava ausente e eles eram muitos, todos comiam e bebiam em total liberdade.

Os capitães, usando coturnos de bronze, tinham-se posto no corredor central, debaixo de um toldo de púrpura com franjas de ouro, que se estendia desde a parede das cavalariças até o primeiro terraço do palácio; os soldados comuns estavam espalhados sob as árvores, de onde se distinguiam inúmeras construções com telhados planos, lagares, celeiros, armazéns, padarias e arsenais, com um grande pátio para elefantes, fossos para feras e uma prisão para escravos.

As cozinhas eram circundadas por figueiras; um bosque de sicômoros prolongava-se até massas de vegetação, onde romãs resplandeciam entre tufos brancos de algodoeiros, videiras carregadas de cachos subiam pelas ramagens de pinheiros, roseirais desabrochavam sob plátanos; de espaço em espaço sobre a relva balançavam-se lírios; uma areia preta misturada a pó de coral espargia-se pelas veredas e, no centro, a avenida de ciprestes formava de uma extremidade a outra uma espécie de dupla colunata de obeliscos verdes.

O palácio, bem no fundo, construído de mármore númida mosqueado de amarelo, sobrepunha sobre amplas fundações seus quatro andares em forma de terraços. Com sua grande escadaria reta de ébano, que no ângulo de cada degrau ostentava a proa de uma galera vencida, com suas portas vermelhas esquarteladas por uma cruz preta, com suas telas de bronze, que, na base, o defendiam dos escorpiões, com suas rótulas de ripas douradas que fechavam as aberturas superiores, esse palácio, em sua feroz opulência, parecia aos soldados tão solene e impenetrável quanto o rosto de Amílcar.

O Conselho elegera a casa dele para a realização do festim. Os convalescentes que dormiam no templo de Echmun[1], pondo-se em marcha ao romper do dia, haviam-se arrastado até ali em suas muletas. A cada instante chegavam outros. De todos os caminhos, eles desembocavam incessantemente, como torrentes a se precipitarem num lago. Entre as árvores, via-se correr os escravos das cozinhas, aturdidos e seminus; as gazelas sobre a relva fugiam balindo; o sol se punha, e o perfume dos limoeiros tornava ainda mais pesadas as exalações daquela multidão suada.

Havia ali homens de todas as nações: lígures, lusitanos, baleares, negros e fugitivos de Roma. Ao lado do pesado dialeto dórico, ouvia-se retinir as sílabas celtas crepitantes

---

1. Echmun, junto a Hammon e Tanit, representavam as três divindades principais cultuadas em Cartago. [TODAS AS NOTAS SÃO DESTA EDIÇÃO.]

como carros de batalha, e com as terminações jônicas colidiam as consoantes do deserto, ásperas como gritos de chacal. Os gregos podiam ser reconhecidos pela esbeltez; os egípcios, pelos ombros encurvados; os cântabros, pelas panturrilhas grossas. Alguns cariates balançavam orgulhosamente as plumas de seus capacetes; arqueiros da Capadócia haviam pintado com sumo de ervas grandes flores pelo corpo; e alguns lídios, usando roupas femininas, comiam de chinelos e com grandes brincos nas orelhas. Outros, que com pompa se haviam lambuzado de vermelhão, pareciam estátuas de coral.

Deitavam-se sobre almofadas, comiam acocorados ao redor de grandes bandejas ou então, de bruços, puxavam para si os pedaços de carne e saciavam-se apoiados nos cotovelos, na pacífica posição dos leões, quando despedaçam a presa. Os últimos a chegar, em pé e encostados às árvores, olhavam as mesas baixas, meio cobertas por tapeçarias escarlates, e esperavam sua vez.

Como as cozinhas de Amílcar não eram suficientes, o Conselho enviara escravos, baixela e leitos, e no meio do jardim viam-se grandes fogueiras nas quais eram assados bois inteiros, tal como se queimam os mortos nos campos de batalha. Os pães polvilhados de anis alternavam-se com grandes queijos, mais pesados que discos de arremesso, com ânforas cheias de vinho e cântaros cheios de água, ao lado de cestinhas filigranadas de ouro que continham flores. A alegria de poderem finalmente empanzinar-se à vontade dilatava todos os olhos, e daqui e dacolá começavam as canções.

Primeiro foram servidas aves com molho verde em pratos de barro vermelho com desenhos pretos; depois, em pratos de âmbar amarelo, todas as espécies de mariscos que se apanham nas costas púnicas, mingaus de frumento, favas e cevada, caracóis com cominho.

Em seguida as mesas foram cobertas de carne: antílopes com chifres, pavões com penas, carneiros inteiros cozidos no vinho suave, gigôs de camelas e de búfalos, ouriços condimentados com garo, cigarras fritas e arganazes em conserva. Em gamelas de madeira de Tamrapanni flutuavam grandes pedaços de banha no meio do açafrão. Tudo abundava em salmoura, trufas e assa-fétida. As pirâmides de fruta desmoronavam sobre favos de mel, e não tinham sido esquecidos nem sequer alguns daqueles cãezinhos barrigudos, de pelo sedoso e rosado, engordados com bagaço de azeitonas: iguaria cartaginesa abominada pelos outros povos. A surpresa dos alimentos novos excitava a cobiça dos estômagos. Os gauleses, de cabelos compridos e presos no alto da cabeça, disputavam melancias e limões, mordendo-os com casca e tudo. Os negros, que nunca tinham visto lagostas, feriam-se o rosto com seus rubros apêndices pontudos. Mas os gregos, barbeados e mais brancos que mármore, jogavam para trás as cascas que sobravam em seus pratos, ao passo que os pastores do Brúcio, vestidos com pele de lobo, devoravam tudo em silêncio, com o rosto inclinado sobre sua porção.

Anoitecia. Retirou-se o velário estendido sobre a avenida de ciprestes e trouxeram-se tochas.

Os clarões vacilantes do petróleo que ardia em vasos de pórfiro assustavam os macacos consagrados à Lua que estavam no alto dos cedros. Os gritos que soltaram provocaram o riso dos soldados.

Chamas oblongas tremulavam sobre as couraças de bronze. Dos pratos incrustados de pedras preciosas brotava todo tipo de cintilação. As ânforas, com bordas de espelhos convexos, multiplicavam a imagem ampliada das coisas, e os soldados, juntando-se em torno delas, miravam-se deslumbrados e faziam caretas para provocar o riso. Por cima das mesas, eles se arremessavam escabelos de marfim e espátulas de ouro. Engoliam em grandes tragos todos os vinhos gregos que estavam nos odres, os vinhos da Campânia contidos em ânforas, os vinhos da Cantábria carregados em tonéis, e os vinhos de jujuba, de cinamomo e de lódão. Pelo chão havia poças de vinho, em que se escorregava. A fumaça das carnes subia para a folhagem com os vapores dos hálitos. Ouviam-se ao mesmo tempo os estalidos das mandíbulas, o ruído das falas, das canções e das taças, o estrépito dos vasos da Campânia que se despedaçavam ao cair, ou o tinido límpido de uma travessa de prata.

À medida que aumentava a embriaguez dos soldados, mais eles se recordavam da injustiça de Cartago.

Porque a República, exaurida pela guerra, deixara que se acumulassem na cidade todos os bandos que regressavam. Giscão, seu general, tivera porém a prudência de mandá-los de volta uns após outros, para facilitar a quitação de seus soldos, e o Conselho acreditara que eles acabariam por concordar com alguma redução. Mas agora os detestavam porque não podiam pagar-lhes. Aquela dívida confundia-se na mente do povo com os 3.200 talentos euboicos exigidos por Lutácio, e eles passaram a ser inimigos de Cartago, tanto quanto Roma. Os mercenários sabiam bem disso; por essa razão, sua indignação explodia na forma de ameaças e desordens. Por fim, pediram permissão de se reunir para celebrar uma de suas vitórias, e o partido da paz cedeu, vingando-se de Amílcar, que tanto defendera a guerra. Esta terminara a despeito de todos os esforços dele, de modo que, perdendo as esperanças em Cartago, ele delegara a Giscão a administração dos mercenários. Designar o palácio de Amílcar para recebê-los significava lançar sobre ele parte do ódio de que eram alvo. Aliás, os gastos deviam ser excessivos: ele arcaria com quase todos.

Orgulhosos por terem dobrado a República, os mercenários acreditavam que iam, enfim, voltar para casa, com o soldo de sangue no capuz do manto. Mas as fadigas que tinham suportado, rememoradas através dos vapores da embriaguez, pareciam-lhes prodigiosas e mal recompensadas. Mostravam ferimentos uns aos outros, narravam combates, viagens e caçadas da terra natal. Imitavam os gritos e os botes das feras. Depois vieram as apostas abjetas: mergulhavam a cabeça nas ânforas e ficavam bebendo sem interrupção, como dromedários sedentos. Um lusitano, de altura descomunal, com um homem pendente de cada uma das mãos, percorria as mesas lançando fogo pelas ventas. Os lacedemônios, que não haviam tirado as couraças, pulavam pesadamente. Alguns avançavam como mulheres, fazendo gestos obscenos; outros se desnudavam para combater, no meio das taças, à maneira dos gladiadores, e um grupo de gregos dançava em volta de um vaso com figuras de ninfas, enquanto um negro batia num escudo de bronze com um osso de boi.

De repente, ouviram um canto queixoso, um canto forte e suave que descia e subia nos ares como o bater de asas de um pássaro ferido.

Era a voz dos escravos no ergástulo. Alguns soldados levantaram-se de um salto para libertá-los e desapareceram.

Voltaram, empurrando em meio a gritos e poeira, uns vinte homens que se distinguiam pelo rosto mais claro. A cabeça raspada de cada um era coberta por pequeno barrete cônico de feltro preto; todos calçavam sandálias de madeira que, no entanto, produziam um ruído de ferragem, como de carroças em marcha.

Chegando à avenida de ciprestes, perderam-se entre a multidão que os interrogava. Um deles permanecera a certa distância, em pé. Através dos rasgões da túnica ficavam à mostra seus ombros marcados por longas cicatrizes.

Com o queixo encostado ao peito, olhava ao redor com desconfiança e fechava um pouco as pálpebras para o clarão ofuscante das tochas. Quando viu que nenhum daqueles homens armados lhe era hostil, um fundo suspiro subiu de seu peito; ele balbuciava e, ao mesmo tempo, ria por baixo das lágrimas límpidas que lhe lavavam o rosto; por fim, pegou pelas asas um cântaro cheio, ergueu-o com os braços estendidos, dos quais pendiam grilhões, e, olhando o céu, segurando a taça, disse:

— Um brinde a ti, Baal[2] Echmun libertador, que a gente de minha pátria chama Esculápio! E a vós, gênios das nascentes, da luz e dos bosques! E a vós, deuses ocultos sob as montanhas e nas cavernas da terra! E a vós, homens fortes, de armaduras reluzentes, que me libertastes!

Deixou cair a taça e contou sua história. Chamava-se Espêndio. Fora aprisionado pelos cartagineses na batalha de Eginusas e, como falava grego, lígure e cartaginês, agradeceu mais uma vez aos mercenários; beijava-lhes as mãos e, por fim, felicitando-os pelo banquete, mostrou-se admirado por não ver ali as taças da Legião Sagrada. Tais taças, que tinham uma videira de esmeraldas em cada uma de suas seis faces de ouro, pertenciam a uma milícia exclusivamente composta de jovens patrícios, os de mais elevada estatura. Eram um privilégio, quase uma honra sacerdotal; por isso, entre os tesouros da República, nada era mais cobiçado pelos mercenários. Estes detestavam a Legião por esse motivo, e sabia-se de alguns que arriscavam a vida pelo inconcebível prazer de beber numa delas.

Os mercenários ordenaram que se buscassem as taças. Estas ficavam depositadas nas sissítias, companhias de comerciantes que faziam refeições em comum. Os escravos

---

2. Baal, ou Ba'al, além de designar a divindade suprema cultuada por povos na Antiguidade, é um título honorífico, com o significado de "Senhor", "Mestre".

voltaram. Naquela hora, todos os membros das sissítias estavam dormindo.

— Que sejam acordados! – gritaram os mercenários.

Depois de uma segunda tentativa, foi-lhes explicado que as taças estavam trancadas num templo.

— Que seja aberto! – replicaram eles.

E quando os escravos, tremendo, confessaram que elas estavam em poder do general Giscão, eles exclamaram:

— Que ele as traga!

Logo Giscão apareceu no fundo do jardim, com uma escolta da Legião Sagrada. Seu amplo manto preto, que, preso na cabeça por uma mitra de ouro salpicada de pedras preciosas, pendia ao redor até os cascos de seu cavalo, confundia-se, de longe, com a cor da noite. Só se distinguiam sua barba branca, a cintilação da mitra e o colar triplo de largas placas azuis que batia contra seu peito.

Quando ele entrou, os soldados o saudaram com forte aclamação, gritando:

— As taças! As taças!

Ele começou por declarar que, considerando que eram corajosos, eles eram dignos delas. A multidão gritou de alegria e o aplaudiu.

Ele, que os comandara e regressara com a última coorte na última galera, sabia muito bem disso.

— É verdade! É verdade! – diziam eles.

No entanto, continuou Giscão, a República respeitara as divisões dos mercenários em povos, costumes e cultos; eles eram livres em Cartago. Quanto às taças da Legião Sagrada, eram propriedade particular. De repente, do lado de Espêndio, um gaulês lançou-se sobre as mesas e correu direto até Giscão, ameaçando-o e gesticulando com duas espadas desembainhadas.

O general, sem se interromper, atingiu-o na cabeça com seu pesado bastão de marfim; o bárbaro caiu. Os gauleses vociferavam, e o furor deles, comunicando-se aos outros, arrebataria os legionários. Giscão deu de ombros; sua coragem seria inútil contra aqueles animais brutos, exasperados. Seria melhor vingar-se deles mais tarde, por meio de algum ardil; por isso, fez sinal a seus soldados e afastou-se lentamente. Depois, ao transpor a porta, voltou-se para os mercenários e gritou-lhes que se arrependeriam.

O festim recomeçou. Mas Giscão podia voltar e, cercando o arrabalde que confinava com as últimas muralhas, esmagá-los contra estas. Então se sentiram sós, apesar de numerosos, e a grande cidade que dormia a seus pés, nas sombras, de repente lhes inspirou medo, com seu acúmulo de escadarias, suas casas altas e negras e seus deuses vagos, mais ferozes ainda que seu povo. Ao longe, alguns fanais deslizavam sobre o porto, e havia luzes no templo de Hammon. Lembraram-se de Amílcar. Onde estava ele? Por que os abandonara, depois de concluída a paz? Suas dissensões com o Conselho decerto não passavam de jogo para arruiná-los. Recaía sobre ele o ódio não saciado dos mercenários, que, amaldiçoando-o, exasperavam-se mutuamente com a própria cólera. Nesse momento, formou-se um ajuntamento debaixo dos plátanos. Era para ver um negro que rolava pelo chão, debatendo-se, com os olhos parados, o pescoço contorcido, os lábios espumando. Alguém gritou que ele estava envenenado. Todos se acreditaram envenenados. Caíram sobre os escravos; ergueu-se um clamor assustador, e uma vertigem de destruição turbilhonou sobre o exército embriagado. Todos desfechavam golpes a esmo ao redor, despedaçavam, matavam; uns lançavam tochas no meio da folhagem; outros, debruçando-se nas balaustradas dos leões, matavam-nos com flechadas; os mais ousados correram até os elefantes, querendo decepar-lhes as trombas e comer suas presas.

Enquanto isso, alguns fundibulários baleares que, para saquearem mais comodamente, tinham dobrado a esquina do palácio foram detidos por elevada barreira de ratã. Cortaram com seus punhais as correias da fechadura e logo se viram sob a fachada que dava para Cartago, noutro jardim cheio de plantas modeladas. Linhas de flores brancas enfileiradas descreviam sobre o solo azulado grandes parábolas, como jatos de estrelas. Os arbustos, em meio às trevas, exalavam aromas quentes, adocicados. Havia troncos emplastrados de cinábrio que se assemelhavam a colunas ensanguentadas. No centro, viam-se doze pedestais de cobre, cada um dos quais sustentava uma grande esfera de vidro: clarões avermelhados preenchiam confusamente tais globos ocos como enormes pupilas ainda palpitantes. Os soldados iluminavam-se com tochas, tropeçando no declive do terreno profundamente revolvido.

Avistaram um pequeno lago dividido em vários tanques por muros de pedras azuis. A água, tão límpida que as chamas das tochas tremulavam até o fundo, num leito de seixos brancos e ouro em pó, começou a borbulhar, palhetas luminosas puseram-se a deslizar e logo apareceram à superfície grandes peixes trazendo gemas preciosas na boca.

Os soldados, rindo muito, engancharam os dedos em suas guelras e os levaram para as mesas.

Eram os peixes da família Barca. Descendiam dos barbotos primordiais que fizeram eclodir o ovo místico no qual se ocultava a Deusa. A ideia de cometer um sacrilégio atiçou a gula dos mercenários; logo acenderam fogo sob vasilhas de bronze e divertiram-se a olhar os belos peixes debater-se na água fervente.

A massa de soldados se apinhava. Já não tinham medo. Recomeçaram a beber. Os unguentos que lhes escorriam da fronte respingavam como grandes gotas nas túnicas esfarrapadas, e, apoiando-se com punhos cerrados às mesas que lhes pareciam oscilar como navios, eles contemplavam tudo à volta com olhares ébrios, para devorar com a visão o que não podiam agarrar. Outros, andando entre os pratos, sobre as toalhas de púrpura, quebravam com pontapés os escabelos de marfim e os frascos de vidro de Tiro. As canções confundiam-se com o estertor dos escravos que agonizavam entre as taças quebradas. Os soldados pediam vinho, carnes, ouro. Gritavam que queriam mulheres. Deliravam em cem línguas. Alguns julgavam-se em estufas, por causa do vapor que flutuava ao redor, ou então, avistando a folhagem, imaginavam-se numa caçada e lançavam-se sobre os companheiros como sobre animais selvagens. O incêndio, que passara de uma árvore a outra, dominava-as todas, e as elevadas massas vegetais, que manavam longas espirais brancas, pareciam vulcões que começam a expelir fumaça. O clamor redobrava; os leões feridos rugiam nas sombras.

O palácio iluminou-se de chofre no terraço superior, a porta do meio abriu-se, e uma mulher, a própria filha de Amílcar, totalmente vestida de negro, apareceu no limiar. Desceu a primeira escada, que contornava obliquamente o primeiro andar, depois a segunda, a terceira, e parou no último terraço, no alto da escada das galeras. Imóvel e cabisbaixa, olhava para os soldados.

Atrás dela, de cada lado, mantinham-se duas longas filas de homens pálidos, vestidos de túnica branca com franjas vermelhas que lhes iam até os pés. Não tinham barbas, nem cabelos, nem sobrancelhas. Nas mãos, resplandecentes de anéis, traziam enormes liras e cantavam, todos, com voz aguda, um hino à divindade de Cartago. Eram os sacerdotes eunucos do templo de Tanit, que muitas vezes Salammbô chamava à sua casa.

Por fim, ela desceu a escada das galeras. Os sacerdotes seguiram-na. Ela avançou para a avenida de ciprestes; andava devagar entre as mesas dos capitães, que recuavam um pouco, vendo-a passar.

Sua cabeleira, empoada com uma areia violeta e atada em forma de torre, segundo a moda das virgens cananeias, fazia-a parecer mais alta do que era. Tranças de pérolas presas às têmporas desciam-lhe até os cantos da boca, rosada como uma romã entreaberta. Sobre o peito via-se um arranjo de pedras luminosas que, em sua variegação, imitavam as escamas da moreia. Os braços, ornados de diamantes, saíam nus da túnica sem mangas e salpicada de flores vermelhas sobre fundo todo preto. Entre os tornozelos, ela usava uma correntinha de ouro para lhe regular a marcha, e a cauda de seu amplo manto de púrpura escura, feito de um tecido desconhecido, arrastava-se atrás dela, formando a cada passo seu uma larga vaga que a acompanhava.

Os sacerdotes, vez por outra, dedilhavam nas liras acordes quase abafados, e nos intervalos da música ouvia-se o leve ruído da correntinha de ouro com o estalido regular das sandálias de papiro.

Ninguém a conhecia ainda. Só se sabia que vivia em retiro, dedicada a práticas devotas. Alguns soldados a tinham avistado, à noite, no alto de seu palácio, ajoelhada diante das estrelas, entre turbilhões de incensários acesos. Fora a lua que a tornara tão pálida, e algo provindo dos deuses a envolvia como um vapor sutil. Suas pupilas pareciam fitar ao longe, para além dos espaços terrestres. Ela caminhava inclinando a cabeça e, na mão direita, levava uma pequena lira de ébano.

Ouviam-na murmurar:

— Mortos! Todos mortos! Não mais atendereis à minha voz, quando, sentada na beira do lago, eu vos lançava na goela sementes de melancia! O mistério de Tanit girava no fundo dos vossos olhos, mais límpidos que os glóbulos dos rios.

E ela os chamava pelos nomes, que eram os nomes dos meses:

— Siv! Sivan! Tamuz, Elul, Tischri, Schebar! Ah! Piedade de mim, ó Deusa!

Os soldados, sem compreenderem o que ela dizia, aglomeravam-se ao seu redor; estavam estupefatos com seus atavios. Ela fez passar sobre todos eles uma longa mirada assustada, depois, afundando a cabeça entre os ombros e estendendo os braços, repetiu várias vezes:

— Que fizestes! Que fizestes! Para vossa alegria, tínheis pão, carnes, azeite, todo o malóbatro dos celeiros! Mandei trazer bois de Hecantópilo[3], enviei caçadores ao deserto!

O volume de sua voz aumentava, a face deles tornava-se púrpura. Ela acrescentou:

— Onde acreditais estar? Numa cidade conquistada ou no palácio de um senhor? E que senhor? O sufeta Amílcar, meu pai, servidor dos baalim[4]! Vossas armas, tintas de sangue dos seus escravos, foram as mesmas que ele recusou a Lutácio! Conheceis alguém, em vossa pátria, que saiba comandar melhor as batalhas? Olhai! Os degraus de nosso palácio estão atulhados de troféus de nossas vitórias! Continuai! Incendiai-o! Levarei comigo o Gênio da minha casa, minha serpente negra que dorme lá em cima, sobre folhas de lódão! Assobiarei, e ela me seguirá; e, se eu embarcar numa galera, ela correrá na esteira de meu navio, sobre a espuma das ondas!

Suas narinas delgadas palpitavam. Ela apertava as unhas contra as pedras preciosas do peito. Seus olhos se tornaram melancólicos, e ela prosseguiu:

— Ah! Pobre Cartago! Lastimável cidade! Já não tens para te defender os homens fortes de outrora, que atravessavam os oceanos para erguer templos à beira-mar. Todos

---

3. Cidade da Líbia (atual Tébessa, na Argélia).
4. Plural de Baal, divindade cultuada em muitas comunidades do Oriente Médio.

os territórios trabalhavam em torno de ti, e as planícies do mar, aradas por teus remos, embalavam tuas messes.

Então começou a cantar as aventuras de Melkart[5], deus dos sidônios e patrono de sua família.

Falava da subida das montanhas de Ersifônia[6], da viagem a Tartesso e da guerra contra Masisabal, para vingar a rainha das serpentes.

— Na floresta, ele perseguia o monstro-fêmea cuja cauda ondulava sobre as folhas mortas, como um regato de prata; e chegou a um prado onde mulheres com traseiro de dragão rodeavam uma fogueira, em pé na ponta do rabo. A lua, cor de sangue, resplandecia num círculo pálido, e as línguas escarlates dos monstros, fendidas como arpões de pescadores, espichavam-se, recurvando-se até a beira da chama.

E Salammbô, sem se deter, contou como Melkart, depois de ter vencido Masisabal, pôs sua cabeça decepada na proa do navio.

— Cada vez que as ondas rebentavam contra o casco, a cabeça mergulhava na espuma; o sol a embalsamava: ela se tornou mais dura que ouro; os olhos não paravam de chorar, e as lágrimas caíam continuamente na água!

Ela cantava tudo isso num velho idioma cananeu que os bárbaros não entendiam. Estes se perguntavam o que ela estaria dizendo com os gestos assustadores que acompanhavam suas palavras; e rodeando-a, trepados nas mesas, em leitos, em galhos dos sicômoros, boquiabertos, com o pescoço espichado, tentavam apreender aquelas histórias vagas que oscilavam diante de sua imaginação, através da obscuridade das teogonias, como fantasmas em nuvens.

---

5. O nome Amílcar provém de Ha-Melkart, servidor de Melkart, deus fenício também aportuguesado como Melcarte.
6. Atual região da Ligúria (Itália).

Apenas os sacerdotes desbarbados compreendiam Salammbô. As mãos deles, sulcadas, pendentes sobre as cordas das liras, estremeciam e a intervalos extraíam delas algum acorde lúgubre: porque eles, mais frágeis que velhas, tremiam tanto pela comoção mística quanto pelo medo que os homens lhes inspiravam. Os bárbaros não lhes davam atenção: continuavam dando ouvidos ao canto da virgem.

Nenhum deles a olhava como olhava um jovem comandante númida que estava à mesa dos capitães, entre soldados de sua nação. Seu cinturão estava tão ouriçado de dardos que formava uma bossa em seu amplo manto, preso às têmporas por um cordão de couro. O tecido do manto, entreabrindo-se sobre os ombros, envolvia em sombra seu rosto, e só se distinguiam as duas chamas dos olhos. Era por acaso que ele se achava no festim: seu pai o mandara viver na casa dos Barcas, segundo o costume dos reis, que enviavam os filhos às famílias importantes, para preparar alianças. Nos seis meses em que Narr'Havas morava ali, nunca tinha visto Salammbô; e, sentado sobre os calcanhares, com a barba tombando sobre as hastes de seus dardos, ele a contemplava com as narinas dilatadas, como um leopardo agachado num bambuzal.

Do outro lado das mesas estava um líbio de estatura colossal e negros cabelos curtos e crespos. Só conservara o saio militar, cujas lâminas de bronze esgarçavam a púrpura do leito. Um colar com uma lua de prata emaranhava-se nos pelos de seu peito. Respingos de sangue manchavam-lhe a face; apoiado no cotovelo esquerdo, ele sorria boquiaberto.

Salammbô já não se atinha ao ritmo sagrado. Empregava simultaneamente todos os idiomas dos bárbaros, delicadeza feminina para lhes serenar a ira. Aos gregos falava grego, depois se voltou para os lígures, os campanienses, os negros; e cada um, ao ouvi-la, redescobria em sua voz a doçura da pátria. Empolgada pelas recordações de Cartago, ela agora cantava as antigas batalhas contra Roma; eles aplaudiam. Ela se inflamava com a cintilação das espadas desembainhadas; gritava com os braços estendidos. Sua lira caiu, ela se calou; e, apertando o coração com ambas as mãos, ficou alguns minutos com os olhos fechados a saborear a agitação de todos aqueles homens.

Mâthos, o líbio, inclinava-se cada vez mais para ela. Involuntariamente, ela se aproximou e, impelida pelo reconhecimento do orgulho dele, despejou-lhe, numa taça de ouro, alentada quantidade de vinho, para se reconciliar com o exército.

— Bebe! – disse-lhe ela.

Ele pegou a taça e, quando a aproximava dos lábios, um gaulês – o mesmo que fora ferido por Giscão – bateu em seu ombro, dirigindo-lhe, com ar jovial, gracejos na língua de sua terra. Espêndio não estava longe; ofereceu-se para dar explicações.

— Fala! – disse Mâthos.

— Os deuses te protegem; vais ser rico. Para quando as núpcias?

— Que núpcias?

— As tuas! Porque em nossa terra – disse o gaulês – a mulher que dá bebida a um soldado está a lhe oferecer o leito.

Não terminara de dizer essas palavras e já Narr'Havas, dando um salto, puxou do cinturão um dardo e, apoiando o pé direito na beirada da mesa, arremessou-o contra Mâthos.

O dardo sibilou entre as taças e, atravessando o braço do líbio, cravou-o sobre a toalha com tanta força que a haste ficou vibrando no ar.

Mâthos arrancou o dardo rapidamente; mas não tinha armas, estava nu; por fim, erguendo com os braços a mesa atulhada, arremessou-a contra Narr'Havas, no meio da multidão que se precipitara entre eles. Os soldados e os númidas apinhavam-se tanto que não conseguiam desembainhar os gládios. Mâthos avançou, abrindo caminho a cabeçadas. Quando ergueu a cabeça, Narr'Havas havia desaparecido. Olhou ao redor, buscando-o. Salammbô também tinha ido embora.

Então seus olhos se voltaram para o palácio, e ele viu, no alto, que a porta vermelha com cruz preta se fechava. Disparou naquela direção.

Todos o viram correndo entre as proas das galeras e depois reaparecer, percorrendo as três escadarias até a porta vermelha, que ele golpeou com toda a força de seu corpo. Arquejante, apoiou-se na parede para não cair.

Um homem o seguira, e, em meio às trevas – porque os clarões do festim estavam ocultados pela esquina do palácio –, ele reconheceu Espêndio.

— Sai daqui! – disse-lhe ele.

O escravo, sem responder, começou a rasgar a túnica com os dentes; depois, ajoelhando-se aos pés de Mâthos, tomou-lhe o braço delicadamente e o apalpou na escuridão, para encontrar o ferimento.

Sob um raio de luar surgido entre as nuvens, Espêndio viu uma chaga aberta no meio do braço de Mâthos. Enrolou em torno dela o pedaço de tecido, mas o outro, irritado, dizia-lhe:

— Deixa-me! Deixa-me!

— Não! – replicou o escravo. — Tu me livraste do ergástulo. Eu te pertenço! És meu amo! Ordena!

Mâthos, roçando as paredes, fez o giro do terraço. A cada passo, aplicava o ouvido e, por entre os intervalos das rótulas douradas, mergulhava o olhar nos aposentos silenciosos. Por fim, parou com ar desesperado.

— Escuta! – disse-lhe o escravo. — Não me desprezes pela minha fraqueza! Vivi no palácio. Posso escorregar entre seus muros como uma víbora. Vem! Na Câmara dos Ancestrais há um lingote de ouro debaixo de cada ladrilho; um caminho subterrâneo conduz aos seus túmulos.

— Ora! Que me importa! – disse Mâthos.

Espêndio calou-se.

Estavam no terraço. Diante deles se erguia uma massa enorme de sombra, que parecia conter vagos amontoamentos, semelhantes a ondas gigantescas de negro oceano petrificado.

Mas uma barra luminosa elevou-se pelos lados do Oriente. À esquerda, lá embaixo, os canais de Mégara começavam a estriar com suas sinuosidades brancas o verdor dos jardins. Os tetos cônicos dos templos heptagonais, as escadarias, os terraços, as muralhas iam se recortando aos poucos sobre a palidez da aurora; e em volta de toda a península cartaginesa oscilava um cinturão de espuma branca, enquanto o mar cor de esmeralda parecia congelado no frescor da manhã. À medida que o céu róseo se expandia, as casas altas que se inclinavam sobre os declives do terreno alteavam-se, amontoavam-se qual rebanho de cabras negras a descer das montanhas. As ruas desertas alongavam-se; as palmeiras, despontando dos muros aqui e acolá, não se moviam; as cisternas cheias tinham aparência de escudos de prata perdidos nos pátios; o farol do promontório de Hermeu[7] começava a empalidecer. No ponto mais alto da Acrópole, no bosque de ciprestes, os cavalos de Echmun, sentindo a chegada da luz, pousavam os cascos no parapeito de mármore e relinchavam para o lado do sol.

Ele raiou; Espêndio, erguendo os braços, soltou um grito.

Tudo se agitava no rubor derramado, pois o deus, como que se rasgando, despejava em abundantes raios sobre

---

7. Ponta norte do golfo de Túnis, atual cabo Bon.

Cartago a chuva de ouro de suas veias. Os aríetes das galeras cintilavam, o teto de Hammon parecia em chamas, e, no interior dos templos que abriam suas portas, avistavam-se clarões. As enormes carroças que chegavam dos campos punham suas rodas a girar sobre as pedras das ruas. Dromedários carregados de bagagens desciam pelas rampas. Nas esquinas os comerciantes erguiam os toldos de suas lojas. Cegonhas levantaram voo; velas brancas palpitavam. No bosque de Tanit ouviu-se o tamboril das cortesãs sagradas, e na ponta das Mapales começava a expandir-se a fumaça dos fornos em que eram cozidos os ataúdes de argila.

Espêndio debruçava-se para fora do terraço; seus dentes batiam, ele repetia:

— Ah! Sim... Sim... amo! Compreendo por que há pouco desprezavas o saque do palácio.

Era como se Mâthos tivesse sido despertado pelo sibilo de sua voz, parecia não entender; Espêndio continuou:

— Ah! Que riquezas! E os homens que as possuem nem têm armas para defendê-las!

Então, mostrando com a mão direita estendida gente do populacho que rastejava na areia, do outro lado do embarcadouro, em busca de pepitas de ouro:

— Olha! A República é como aqueles miseráveis: curvada à beira dos oceanos, enfia seus braços ávidos em todas as costas, e o ruído das vagas lhe enche a tal ponto os ouvidos que ela não ouviria chegar por trás o tacão de um senhor!

Puxou Mâthos para o outro extremo do terraço e, apontando o jardim no qual cintilavam ao sol as espadas dos soldados penduradas nas árvores:

— Mas ali estão homens fortes, exasperados de ódio! E nada os liga a Cartago: nem famílias, nem juramentos, nem deuses!

Mâthos continuava apoiado à parede. Espêndio, aproximando-se, prosseguiu em voz baixa:

— Estás entendendo, soldado? Nós andaríamos cobertos de púrpura como os sátrapas. Seríamos lavados com fragrâncias; e até eu teria escravos! Não estás cansado de dormir em chão duro, de beber o vinagre dos campos de batalha e de ouvir sempre a trombeta? Descansarás mais tarde, não é? Quando te arrancarem a couraça para lançarem teu cadáver aos abutres! Ou talvez quando, apoiado numa bengala, cego, coxo, fraco, fores de porta em porta contar tua juventude às crianças e aos vendedores de salmoura. Lembra-te de todas as injustiças de teus comandantes, dos acampamentos na neve, das corridas sob o sol, das tiranias da disciplina e da eterna ameaça da cruz! Depois de tantas misérias deram-te um colar de honra, tal como se pendura uma cinta cheia de guizos no peitoral dos asnos para os atordoar e impedir que sintam a canseira da marcha. Um homem como tu, mais bravo que Pirro! No entanto, se quisesses! Ah! Como serás feliz nas grandes salas frescas, ao som das liras, deitado sobre flores, com bufões e mulheres! Não me digas que é um feito impossível! Acaso os mercenários já não ocuparam Régio da Calábria e outras praças-fortes na Itália? Quem te impede? Amílcar está ausente; o povo abomina os ricos; Giscão não tem poder sobre os covardes que o cercam. Mas tu és bravo, e eles te obedecerão! Comanda-os! Cartago é nossa; lancemo-nos a ela!

— Não! – disse Mâthos. — A maldição de Moloch pesa sobre mim. Eu o senti nos olhos dela; e há pouco vi num templo um carneiro preto recuando.

E, olhando ao redor, acrescentou:

— Onde está ela?

Espêndio percebeu que imensa inquietação tomava conta dele; não ousou continuar falando.

Atrás deles as árvores ainda fumegavam; de seus ramos enegrecidos caíam de vez em quando no meio dos pratos carcaças de macacos meio carbonizados. Os soldados bêbados ressonavam de boca aberta, ao lado dos cadáveres; e os que não dormiam baixavam a cabeça, ofuscados pela luz do dia. O chão, espezinhado, desaparecia sob poças vermelhas. Os elefantes balançavam trombas ensanguentadas entre as estacas de seu terreiro. Nos celeiros abertos avistavam-se sacos de trigo entornados e, além do portão, espessa fileira de carroças empilhadas pelos bárbaros; os pavões, empoleirados nos cedros, abriam as caudas e punham-se a gritar.

A imobilidade de Mâthos espantava Espêndio: estava ainda mais pálido que antes e, com o olhar fixo, seguia alguma coisa no horizonte, apoiado com as duas mãos na beira do terraço. Espêndio, curvando-se, acabou por descobrir o que ele estava contemplando. Um ponto dourado girava ao longe em meio à poeira da estrada de Útica; era o eixo de um carro puxado por duas mulas; um escravo corria à frente do timão, segurando-as pela rédea. No carro havia duas mulheres sentadas. Entre as orelhas das mulas, uma rede de pérolas azuis continha a crina numa forma bufante, conforme o uso persa. Espêndio reconheceu-as; conteve um grito.

Na parte de trás do carro flutuava ao vento um grande véu.

2. Em Sica

Dois dias depois, os mercenários saíram de Cartago.

Cada um tinha recebido uma moeda de ouro, com a condição de acampar em Sica[8]; tinham ouvido todo tipo de lisonja:

— Sois os salvadores de Cartago! Mas, ficando na cidade, vós lhe imporíeis a fome; ela se tornaria insolvente. Afastai-vos! A República vos será grata por essa condescendência. Vamos arrecadar impostos imediatamente; vosso soldo será completado e aprestaremos galeras que vos conduzirão de volta à pátria!

Eles não sabiam o que responder a tantos discursos. Aqueles homens, acostumados à guerra, sentiam-se entediados nas cidades; não foi difícil convencê-los; e o povo subiu às muralhas para vê-los partir.

Desfilaram pela rua de Hammon e pela porta de Cirta, misturados, arqueiros com hoplitas, capitães com soldados,

---
8. Atual El Kef.

lusitanos com gregos. Marchavam com passo audaz, e as lajes do chão ressoavam sob os pesados coturnos. As armaduras tinham sido aboladas pelas catapultas, e os rostos, escurecidos pelo sol das batalhas. Gritos roucos saíam por entre as barbas espessas; as cotas de malha rasgadas batiam contra os punhos dos gládios, e pelos buracos do bronze viam-se os membros nus, assustadores como máquinas de guerra. Sarissas, achas de armas, venábulos, barretes de feltro e capacetes de bronze, tudo oscilava ao mesmo tempo e num só movimento. Eles enchiam a rua a tal ponto que as paredes estalavam, e aquela extensa massa de soldados armados derramava-se entre as casas de seis andares, lambuzadas de betume. Por trás das suas rótulas de ferro ou ratã, as mulheres, com a cabeça coberta por um véu, olhavam em silêncio os bárbaros passarem.

Terraços, fortificações e muralhas desapareciam sob a multidão dos cartagineses vestidos de preto; as túnicas dos marinheiros eram como manchas de sangue em meio àquela turba sombria; crianças quase nuas gesticulavam entre a folhagem das colunas e entre os ramos das palmeiras. Alguns anciãos haviam se postado nas plataformas das torres, e ninguém sabia por que um personagem de longa barba ia se posicionando de posto em posto, para se manter em atitude contemplativa. De longe, ele parecia vago como um fantasma e imóvel como as pedras.

Todos estavam oprimidos pela mesma apreensão: temiam que os bárbaros, vendo-se tão fortes, fossem dominados pelo capricho de ficar. Mas eles partiam com tanta confiança que os cartagineses se encorajaram e misturaram-se a eles. E os cobriam de juramentos e abraços. Jogavam-lhes perfumes, flores e moedas de prata. Para afastar doenças, davam-lhes amuletos em que tinham cuspido três vezes para atrair a morte ou que haviam enrolado em pelo de chacal para acovardar os corações. Invocavam em voz alta a proteção de Melkart para eles e, em voz baixa, a sua maldição.

Depois veio a chusma da bagagem, das bestas de carga e dos retardatários. Doentes gemiam sobre dromedários; outros iam coxeando, apoiados no que restava de um chuço. Os bêbados carregavam odres; os vorazes, nacos de carne, bolos, frutas, manteiga em folhas de figueira, neve em sacos de pano. Viam-se alguns com guarda-sol e papagaios nos ombros. Eram seguidos por mastins, gazelas ou panteras. Mulheres de raça líbica, montadas em jumentos, invectivavam as negras que, para seguirem os soldados, tinham abandonado os lupanares de Malqua: várias delas amamentavam crianças penduradas no peito com correias de couro. As mulas, que iam aguilhoadas com pontas de espadas, vergavam a espinha sob os fardos das tendas; e havia grande quantidade de lacaios e aguadeiros, gente macilenta, amarelada pelas febres e infestada de piolhos, escória da plebe cartaginesa que se ligara aos bárbaros.

Assim que acabaram de passar pelas portas da cidade, estas se fecharam atrás deles; o povo não desceu das muralhas. O exército logo se espalhou por toda a extensão do istmo.

Dividia-se em massas desiguais. Depois apareceram as lanças como altas e finas folhas de capim e, por fim, tudo se perdeu num rastro de poeira; e os soldados que se voltavam para olhar Cartago só distinguiam as extensas muralhas a recortar contra o céu suas ameias vazias.

Os bárbaros ouviram um grito. Julgaram que alguns dos seus que tivessem ficado na cidade (porque eles mesmos não sabiam quantos eram) se divertiam a saquear algum templo. Riram-se muito dessa ideia e continuaram seu caminho.

Estavam alegres por se acharem, como outrora, marchando juntos pelos campos; e os gregos cantavam a velha canção dos mamertinos:

"Com minha lança e minha espada, eu lavro e colho; o dono da casa sou eu! O homem desarmado cai a meus pés e me chama de Senhor e Grande Rei."

Gritavam, pulavam, e os mais joviais começavam histórias; o tempo da miséria se acabara. Chegando a Túnis, alguns notaram que faltava uma tropa de fundibulários baleares; não deviam estar longe; e não se pensou mais nisso.

Alguns se alojaram nas casas; outros acamparam junto às muralhas, e os habitantes da cidade foram conversar com os soldados.

Durante toda a noite, avistou-se um brilho de chamas no horizonte, pelos lados de Cartago; aqueles clarões, como tochas gigantes, alongavam-se sobre o lago imóvel. Ninguém no exército sabia dizer que festa estaria sendo celebrada.

No dia seguinte, os bárbaros atravessaram uma grande campina cultivada. À beira do caminho sucediam-se as quintas dos patrícios; regatos corriam entre bosques de palmeiras; as oliveiras descreviam longas fileiras verdes; nas gargantas das colinas flutuavam vapores rosados; por detrás delas erguiam-se montanhas azuis. Soprava um vento quente. Pelas largas folhas de cactos trepavam camaleões.

Os bárbaros desaceleraram a marcha.

Avançavam em destacamentos isolados ou iam uns após outros com grandes intervalos. Comiam uvas à beira dos vinhedos. Deitavam-se na relva, olhavam com espanto os grandes chifres dos bois, torcidos artificialmente, as ovelhas cobertas por peles para resguardar a lã, os sulcos da terra que se entrecruzavam, formando losangos, e as relhas dos arados semelhantes a âncoras de navios, além das romãzeiras regadas com sílfio. Aquela opulência da terra e aquelas invenções da sabedoria os deslumbravam.

Quando caiu a noite, eles se deitaram sobre as tendas, sem as desdobrar; e, adormecendo, com os rostos voltados para as estrelas, sentiam saudade do festim de Amílcar.

No meio do dia seguinte, fizeram alto à beira de um rio, entre tufos de oleandros. Logo se desfizeram de lanças, escudos e cinturões. Lavavam-se gritando, recolhiam água nos capacetes, alguns bebiam de bruços, no meio das bestas de carga, das quais a bagagem caía.

Espêndio, sentado num dromedário roubado dos parques de Amílcar, avistou ao longe Mâthos, que, com o braço suspenso ao peito, a cabeça descoberta e rosto inclinado, dava de beber à sua mula, olhando a água escoar. Espêndio atravessou correndo a multidão, chamando-o:

— Amo! Amo!

Mâthos mal lhe agradeceu as bênçãos; Espêndio, sem se preocupar com isso, pôs-se a andar atrás dele e, de vez em quando, voltava os olhos preocupados para os lados de Cartago.

Era filho de um retórico grego e de uma prostituta da Campânia. Primeiro enriquecera vendendo mulheres; depois, arruinado por um naufrágio, guerreara contra os romanos ao lado dos pastores de Sâmnio. Fora aprisionado, fugira; recapturado, tinha trabalhado nas pedreiras, arquejado nas estufas, chorado nos suplícios, passado por muitos amos e conhecido todos os furores. Um dia, movido pelo desespero, lançara-se ao mar do alto da trirreme em que era remador. Recolhido quase morto por marinheiros, fora por eles levado a Cartago e posto no ergástulo de Mégara. Como os cartagineses precisavam entregar os trânsfugas aos romanos, ele aproveitara a desordem para fugir com os soldados.

Ao longo de todo o caminho, ficou perto de Mâthos; trazia-lhe comida, amparava-o na hora de apear e à noite estendia um tapete sob sua cabeça. Mâthos acabou por se comover com aquela solicitude, e aos poucos foi deixando o mutismo.

Mâthos nascera no golfo de Sidra. Seu pai conduzira-o em peregrinação ao templo de Amon. Depois fora caçador de elefantes nas florestas dos garamantes; em seguida, alistara-se a serviço de Cartago; fora nomeado tetrarca na tomada de Drepano. A República devia-lhe quatro cavalos, 23 medimnos de frumento e o soldo de um inverno. Temia os deuses e desejava morrer na sua pátria.

Espêndio falou-lhe de suas viagens, dos povos e dos templos que visitara; conhecia muitas coisas: sabia fazer sandálias, venábulos e redes de pesca; domesticar feras e cozer peixes.

Por vezes, interrompendo-se, soltava um grito rouco do fundo da garganta; a mula de Mâthos apertava o passo, as outras se apressavam a acompanhá-la; depois Espêndio recomeçava, sempre agitado pela angústia. Esta se acalmou na noite do quarto dia.

Eles marchavam lado a lado, à direita do exército, no flanco de uma colina; a planície, embaixo, prolongava-se perdida nos vapores da noite. As filas de soldados que desfilavam abaixo deles produziam ondulações na sombra. De vez em quando, ao passarem por elevações iluminadas pelo luar, uma estrela brilhava na ponta de cada lança, os capacetes cintilavam por um instante, tudo desaparecia para sobrevirem outros, sem cessar. Ao longe, rebanhos despertados baliam, e sobre a terra parecia descer alguma coisa infinitamente suave.

Espêndio, com a cabeça inclinada para trás e os olhos semicerrados, aspirava o frescor do vento soltando suspiros profundos; abria os braços e movia os dedos para sentir melhor aquela carícia que lhe corria pelo corpo. Renascidas esperanças de vingança o extasiavam. Colou a mão à boca para abafar os soluços, e, meio entorpecido por essa embriaguez, largava o cabresto de seu dromedário, que avançava com largos passos regulares. Mâthos recaíra na tristeza; suas pernas pendiam até o chão, e o capim, chicoteando seus coturnos, produziam um farfalhar contínuo.

A estrada se alongava sem jamais terminar. No fim de uma planície sempre se chegava a algum planalto de forma arredondada; depois, descia-se de novo para um vale, e as montanhas que pareciam tapar o horizonte, à medida que se aproximavam, deslocavam-se como se deslizassem. De tempos em tempos, em meio ao verdor dos tamarizes, aparecia um riacho que depois se perdia nas curvas das colinas. Às vezes se erguia um enorme rochedo, semelhante à proa de um navio ou ao pedestal de algum colosso desaparecido.

A intervalos regulares encontravam-se pequenos templos quadrangulares, que serviam aos peregrinos que se dirigiam a Sica. Eram fechados como túmulos. Os líbios, para conseguirem que os abrissem, davam fortes pancadas nas portas. Ninguém de dentro atendia.

Depois as culturas foram rareando. De chofre, entrava-se em faixas de areia, eriçadas de touças espinhosas. Rebanhos de carneiros pastavam entre as pedras, guardados por uma mulher que tinha um velo azul cingido à cintura. Ela fugiu, gritando, assim que avistou entre os rochedos as lanças dos soldados.

Eles estavam andando por uma espécie de amplo corredor orlado por duas cadeias de outeiros avermelhados, quando um cheiro nauseabundo lhes feriu as narinas e eles acreditaram ver algo extraordinário no alto de uma alfarrobeira: acima da folhagem erguia-se uma cabeça de leão.

Todos correram para lá. Era um leão pregado a uma cruz pelos quatro membros, como um criminoso. O enorme focinho tombava sobre o peito, e as duas patas dianteiras, meio ocultadas pela juba abundante, estavam afastadas uma da outra como asas abertas. Cada uma das costelas se salientava sob a pele esticada. As patas traseiras, pregadas uma sobre a outra, estavam um pouco alçadas, e o sangue escurecido, escorrendo entre os pelos, formara estalactites abaixo do rabo, que pendia reto ao longo da cruz. Os soldados divertiram-se em volta; chamavam-lhe cônsul e cidadão de Roma e atiravam pedras em seus olhos, para espantar as moscas.

Cem passos adiante, viram mais dois; depois, de repente, surgiu extensa fileira de cruzes sustentando leões. Alguns estavam mortos havia tanto tempo que sobre a madeira sobravam apenas restos de esqueleto; outros, meio corroídos, estavam com as fauces retorcidas, fazendo caretas horríveis; havia alguns enormes; os montantes das cruzes vergavam com seu peso; e eles oscilavam ao vento enquanto, acima de suas cabeças, bandos de corvos volteavam no ar sem nunca parar. Daquele modo se vingavam os camponeses cartagineses quando apanhavam alguma fera; tinham a esperança de que aquele exemplo aterrorizasse as outras. Os bárbaros, parando de rir, ficaram muito tempo tomados pelo espanto. "Que povo é esse", pensavam, "que se diverte crucificando leões?".

Eles, aliás – sobretudo os do norte –, sentiam-se vagamente preocupados, perturbados, já doentes. Rasgavam as mãos nos espinhos dos aloés; em suas orelhas zumbiam mosquitos enormes, e no exército começava a disenteria. Aborreciam-se por não avistar Sica. Receavam perder-se e atingir o deserto, região de areias e terrores. Muitos não queriam continuar. Outros tomaram o caminho de volta a Cartago.

Finalmente, no sétimo dia, depois de terem avançado por muito tempo pelo sopé de uma montanha, fizeram uma curva brusca para a direita; então apareceu uma linha de muralhas que, assentes em rochas brancas, confundiam-se com estas. De repente, a cidade inteira se mostrou, com véus azuis, amarelos e brancos a agitar-se sobre os muros, em meio à vermelhidão da tarde. Eram as sacerdotisas de Tanit, que tinham acorrido para receber os homens. Estavam alinhadas ao longo da muralha, batendo tamboris, tocando liras, chacoalhando crótalos, e os raios do sol, que atrás delas se punha nas montanhas da Numídia, passavam entre as cordas das harpas sobre as quais se alongavam seus braços nus. A intervalos, os instrumentos calavam-se de súbito e soava um grito estridente, precipitado, furioso, contínuo, espécie de ladrido que elas emitiam batendo com a língua nos dois cantos da boca. Outras permaneciam acotoveladas, com o queixo apoiado nas mãos, e, mais imóveis que esfinges, seus grandes olhos pretos dardejavam sobre o exército que vinha subindo.

Apesar de ser uma cidade sagrada, Sica não podia conter semelhante multidão; só o templo e as suas dependências ocupavam metade dela. Por isso, os bárbaros se alojaram à vontade na planície: os que eram disciplinados, por tropas regulares; os outros, por nações ou segundo seus caprichos.

Os gregos alinharam suas tendas de pele em fileiras paralelas; os iberos dispuseram em círculo seus pavilhões de lona; os gauleses construíram barracas de tábuas; os líbios, cabanas de pedras secas; os negros cavaram com as unhas, na areia, covas para dormir. Muitos, não sabendo onde se instalar, vagavam entre as bagagens e à noite deitavam-se no chão sobre seus mantos esburacados.

A planície estendia-se ao redor deles, orlada de montanhas. Aqui e acolá alguma palmeira se inclinava sobre um morro de areia, pinheiros e carvalhos mosqueavam os flancos dos precipícios. Às vezes a chuva de uma tempestade caía do céu qual longo xale, enquanto os campos continuavam por toda parte cobertos de azul e serenidade; depois um vento tépido varria turbilhões de poeira. Um riacho caía em cascata das alturas de Sica, onde se erguia, com teto de ouro sobre colunas de bronze, o templo da Vênus Cartaginesa, dominadora daquele lugar, que parecia preenchido por sua alma. Com aquelas convulsões dos terrenos, aquelas alternâncias de temperatura e aqueles jogos de luz, ela manifestava a extravagância de sua força com a beleza de seu eterno sorriso. As montanhas, no cume, tinham forma de crescente; outras pareciam peitos de mulher a estenderem os seios túmidos, e os bárbaros sentiam pesar sobre suas fadigas um langor cheio de delícias.

Espêndio, com o dinheiro da venda do dromedário, comprara um escravo. Dormia o dia inteiro diante da tenda de Mâthos. Muitas vezes acordava acreditando ouvir em sonhos o sibilo do açoite; então, sorrindo, passava as mãos sobre as cicatrizes das pernas, no ponto em que, durante muito tempo, tinham pesado os grilhões; depois voltava a adormecer.

Mâthos aceitava sua companhia; Espêndio, com um longo gládio sobre a coxa, escoltava-o como um lictor, ou então Mâthos apoiava negligentemente o braço no ombro dele, porque Espêndio era baixo.

Certo anoitecer, atravessando juntos as ruas do acampamento, avistaram homens cobertos com mantos brancos; entre eles estava Narr'Havas, o príncipe dos númidas. Mâthos estremeceu.

— A tua espada! – exclamou. — Quero matá-lo!
— Ainda não! – disse Espêndio, detendo-o.

Narr'Havas já se dirigia para ele.

Beijou-lhe os dois polegares em sinal de aliança, rejeitando a cólera que sentira na embriaguez do festim; depois falou demoradamente contra Cartago, mas não disse o que o levava até os bárbaros.

Seria para atraiçoá-los ou para trair a República?, pensava Espêndio; e, como contava tirar proveito de todas as desordens, era grato a Narr'Havas pelas futuras perfídias de que suspeitava.

O comandante dos númidas permaneceu entre os mercenários. Parecia querer ligar-se a Mâthos. Mandava-lhe cabras gordas, ouro em pó e penas de avestruz. O líbio, admirado com aqueles afagos, hesitava entre corresponder ou exasperar-se. Mas Espêndio o apaziguava, e Mâthos deixava-se governar pelo escravo, sempre irresoluto e tomado por invencível torpor, como quem tivesse ingerido alguma beberagem de que haveria de morrer.

Certa manhã, quando os três saíram para caçar leões, Narr'Havas escondeu um punhal debaixo do manto. Espêndio ficou o tempo todo atrás dele; e eles voltaram sem que o punhal tivesse sido puxado.

De outra vez, Narr'Havas os levou muito longe, até os limites do seu reino; chegaram a um desfiladeiro estreito; Narr'Havas sorriu, declarando que já não conhecia o caminho; Espêndio o encontrou.

Mas na maioria das vezes Mâthos, melancólico como um áugure, saía assim que raiava o dia para vagar pelos campos. Deitava-se na areia e ali ficava imóvel até anoitecer.

Consultou, um após outro, todos os adivinhos do exército, daqueles que observam o rastro das serpentes, dos que leem nas estrelas, dos que sopram nas cinzas dos mortos. Tomou gálbano, séseli e veneno de víbora que gela o coração; mulheres negras, cantando falares bárbaros ao luar, picaram-lhe a pele da fronte com estiletes de ouro; ele se cobria de colares e amuletos; invocou Baal Hammon, Moloch e os sete cabiras, Tanit e a Vênus dos gregos. Gravou um nome numa placa de cobre e enterrou-a na areia, na entrada da sua tenda. Espêndio ouvia-o gemer e falar sozinho.

Uma noite, entrou na tenda.

Mâthos, nu como um cadáver, estava deitado de bruços sobre uma pele de leão, com o rosto entre as mãos; uma lâmpada suspensa iluminava suas armas, enganchadas no mastro da tenda.

— Estás sofrendo? – perguntou o escravo. — De que precisas? Responde!

E sacudiu-o pelo ombro, chamando-o várias vezes:

— Amo! Amo!

Mâthos ergueu para ele seus grandes olhos turvos.

— Escuta! – disse ele em voz baixa, pondo um dedo nos lábios. — É a cólera dos deuses! A filha de Amílcar me persegue! Tenho medo, Espêndio!

E encolhia o peito, como uma criança assustada por um fantasma.

— Fala comigo! Estou doente! Quero me curar! Tentei de tudo! Mas tu, por acaso, conheces deuses mais fortes ou alguma invocação irresistível?

— Para quê? – perguntou Espêndio.

Ele respondeu, batendo os dois punhos na cabeça:

— Para me livrar disso!

Depois, falando sozinho, dizia, com longos intervalos:

"Devo estar sendo vítima de algum holocausto oferecido por ela aos deuses... Ela me mantém preso por uma cadeia que não se vê! Se ando, é ela que caminha; quando paro, ela descansa! Seus olhos me queimam, ouço sua voz! Ela me cerca, ela me penetra! Tenho a impressão de que se tornou minha alma! No entanto, há entre nós como que ondas invisíveis de um oceano sem limites! Ela está longe e de todo inacessível! O esplendor da sua beleza envolve-a numa nuvem de luz; e, por momentos, parece-me que nunca a vi... que ela não existe... que tudo isso é sonho!"

Mâthos chorava assim em meio às trevas; os bárbaros dormiam.

Espêndio, olhando para ele, lembrava-se dos rapazes que, com vasos de ouro nas mãos, lhe faziam súplicas no tempo em que ele passeava pelas cidades seu rebanho de cortesãs. Sentiu piedade e disse:

— Força, amo! Apela para tua vontade e deixa de implorar

aos deuses, porque eles não dão atenção ao grito dos homens! Estás chorando como um covarde! Não te sentes humilhado por uma mulher te causar tanto sofrimento?

— Por acaso sou criança? – disse Mâthos. — Achas que ainda me enterneço com os rostos e as canções delas? Em Drepano nós as tínhamos para varrer as cavalariças. Eu as possuía no meio dos assaltos, sob tetos que desabavam e quando a catapulta ainda estava vibrando!... Mas essa, Espêndio, essa...

O escravo interrompeu-o:

— Se não fosse filha de Amílcar...

— Não! – exclamou Mâthos. — Ela não tem nada das outras filhas dos homens! Por acaso viste seus grandes olhos sob as bastas sobrancelhas, como sóis debaixo de arcos do triunfo? Lembra-te: quando ela apareceu, todas as tochas empalideceram. Entre os diamantes de seu colar, a pele de seu peito resplandecia; sentia-se por trás dela como que o aroma de um templo, e de seu ser emanava algo que era mais suave que o vinho e mais terrível que a morte. Enquanto isso, ela caminhava e depois parou...

Mâthos ficou alheado, cabisbaixo, com o olhar fixo.

— Mas eu a quero. Preciso dela. Morro por ela! Só de pensar em apertá-la nos braços, sou invadido por um furor de alegria; no entanto a odeio, Espêndio. Queria surrá-la! O que fazer? Tenho vontade de me vender para me tornar seu escravo. Escravo como foste! Podias avistá-la; fala-me dela! Todas as noites ela sobe ao terraço do palácio, não é? Ah! As pedras devem estremecer sob suas sandálias, e as estrelas, debruçar-se para vê-la!

E tornou a cair em furor, arquejando como um touro ferido.

Depois Mâthos cantou: "Na floresta, ele perseguia o monstro-fêmea cuja cauda ondulava sobre as folhas mortas, como um regato de prata". E, arrastando a voz, imitava a de Salammbô, enquanto, com as mãos estendidas, imitava duas mãos leves sobre as cordas de uma lira.

A todas as consolações de Espêndio ele respondia com as mesmas palavras; as noites se passavam entre esses gemidos e essas exortações.

Mâthos quis atordoar-se com vinho. Depois dessas bebedeiras, ficava mais triste ainda. Tentou distrair-se no jogo dos ossinhos e perdeu cada uma das placas de ouro de seu colar. Quis ser conduzido às servidoras da Deusa; mas desceu a colina soluçando, como quem volta de um funeral.

Espêndio, ao contrário, tornava-se mais ousado e alegre. Era sempre visto nas tavernas sob folhagens, conversando no meio dos soldados. Consertava as couraças velhas. Fazia malabarismos com punhais. Ia aos campos colher ervas para os doentes. Era gracejador, sutil, cheio de invenções e palavras; os bárbaros estavam se acostumando a seus serviços; e ele se fazia estimar por eles.

Enquanto isso, esperavam um emissário de Cartago, que lhes levaria mulas carregadas de cestos de ouro; e, refazendo sempre os mesmos cálculos, eles desenhavam com os dedos algarismos na areia. Cada um acertava a vida antecipadamente: teriam concubinas, escravos, terras; outros pretendiam enterrar seu tesouro ou arriscá-lo num navio. Mas, naquela ociosidade, os humores se exasperavam; eram contínuas as brigas entre cavaleiros e infantes, bárbaros e gregos, e o tempo todo as vozes agudas das mulheres os aturdiam.

Todos os dias chegavam bandos de homens quase nus, com a cabeça coberta de folhas para se proteger do sol: eram os devedores dos cartagineses ricos, obrigados a lavrar suas terras, que tinham fugido. Para lá afluíam líbios, camponeses arruinados pelos impostos, desterrados, malfeitores. Depois vieram a horda dos mercadores e todos os vendedores de vinho e azeite que, furiosos por não terem sido pagos, voltavam-se contra a República. Espêndio declamava contra ela. Em breve os víveres diminuíram. Falava-se em marchar sobre Cartago e em chamar os romanos.

Certa noite, na hora da ceia, ouviram-se uns ruídos fortes e entrecortados que iam se aproximando, e ao longe apareceu alguma coisa vermelha nas ondulações do terreno.

Era uma grande liteira de púrpura, ornada nos cantos com tufos de penas de avestruz. Correntes de cristal com guirlandas de pérolas batiam contra sua cortina fechada. Ela era seguida por camelos em cujo peitoral soavam sinetas; ao redor deles se avistavam cavaleiros cobertos de armaduras com escamas de ouro que iam dos calcanhares aos ombros.

Pararam a trezentos passos do acampamento para tirar dos estojos, que levavam na garupa, escudos redondos, largos gládios púnicos e capacetes beócios. Alguns deles ficaram com os camelos; os outros prosseguiram a marcha. Por fim, apareceram as insígnias da República, ou seja, uns bastões de madeira azul terminados em cabeças de cavalo ou em pinhas. Os bárbaros ergueram-se todos, aplaudindo; as mulheres corriam para os guardas da Legião e beijavam-lhe os pés.

A liteira avançava sobre os ombros de doze negros, que caminhavam no mesmo passo curto e rápido. Iam de um lado para outro, a esmo, atrapalhados pelas cordas das tendas, pelos animais soltos e pelas trempes em que se coziam as carnes. De vez em quando uma mão gorda, cheia de anéis, entreabria a liteira, uma voz rouca gritava injúrias e então os carregadores paravam e tomavam outro caminho através do acampamento.

As cortinas de púrpura levantaram-se de novo e foi possível ver, sobre um grande travesseiro, uma cabeça humana impassível e empapuçada; as sobrancelhas formavam como que dois arcos de ébano unidos nas pontas; palhetas de ouro brilhavam nos cabelos encarapinhados, e as faces eram tão lívidas que pareciam polvilhadas com pó de mármore. O resto do corpo desaparecia sob os velos que enchiam a liteira.

Naquele homem assim recostado os soldados reconheceram o sufeta Hanão, aquele mesmo que, por ser lento demais, contribuíra para a derrota na batalha das ilhas Égadas; quanto à sua vitória de Hecatômpilo sobre os líbios, comportara-se com clemência, mas por cupidez – pensavam os bárbaros –, porque ele vendera por conta própria todos os cativos, apesar de ter declarado à República que estavam mortos.

Depois de ter procurado por algum tempo um lugar cômodo para discursar aos soldados, Hanão fez um sinal; a liteira parou, e ele, amparado por dois escravos, pousou os pés no chão, cambaleante.

Usava botinas de feltro preto coberto por círculos de prata. Em torno das pernas tinha faixas enroladas, como as das múmias, e pelos espaços do tecido entrecruzado passavam suas carnes. O ventre estufava sobre o saio escarlate que lhe cobria as coxas; as dobras do pescoço caíam sobre o peito como barbela de boi; sua túnica, estampada de flores, ameaçava rasgar-se nas axilas; também usava estola, cinto e amplo manto negro de mangas duplas entrelaçadas. A abundância de roupas, o grande colar de pedras azuis, os broches de ouro e os pesados brincos só contribuíam para tornar mais hedionda a sua deformidade. Parecia o esboço de escultura de algum grande ídolo num bloco de pedra, pois a pálida lepra que se estendia por todo o seu corpo dava-lhe aparência de coisa inerte. O nariz, porém, curvo como bico de abutre, dilatava-se violentamente para aspirar o ar, e os olhinhos de pestanas coladas despediam um brilho duro e metálico. Trazia na mão uma espátula de aloés para se coçar.

Finalmente, dois arautos soaram uns cornos de prata, o tumulto serenou, e Hanão se pôs a falar.

Começou com louvores aos deuses e à República: os bárbaros deviam felicitar-se por tê-la servido. Mas precisavam mostrar-se mais razoáveis, os tempos eram duros, e "não seria justo que o senhor que possuísse apenas três oliveiras guardasse duas para si?".

Desse modo, o velho sufeta entremeava seu discurso com provérbios e apólogos, fazendo ao mesmo tempo sinais com a cabeça para solicitar alguma aprovação.

Falava em cartaginês, e os que o cercavam (os mais alertas, que tinham acorrido sem armas) eram campanienses, gauleses e gregos, de modo que ninguém naquela multidão o entendia. Hanão percebeu, interrompeu-se e começou a balançar-se pesadamente de uma perna para outra, pensando no que fazer.

Então teve a ideia de convocar os capitães; seus arautos gritaram essa ordem em grego, língua que, desde Xantipo, era usada para comandos nos exércitos cartagineses.

Brandindo chicotes, os guardas afastaram a turba dos soldados, e logo chegaram os capitães das falanges à espartana e os comandantes das coortes bárbaras, com as insígnias de seus postos e a armadura de suas respectivas nações. A noite havia caído, grande rumor circulava pela planície; em alguns pontos, ardiam fogueiras; os soldados perguntavam uns aos outros: "O que está acontecendo?"; e por que o sufeta não distribuía o dinheiro?

Hanão expunha aos capitães os infinitos encargos da República. Seu tesouro estava vazio. O tributo dos romanos a esmagava.

— Não sabemos o que fazer!... A República é digna de lástima.

De vez em quando coçava os membros com a espátula de aloés ou então se interrompia para beber de uma taça de prata, entregue por um escravo, uma tisana de cinzas de doninha e aspargos fervidos em vinagre. Depois limpava os lábios com um guardanapo de escarlate e continuava:

— O que antes valia 1 siclo de prata hoje vale 3 shekels de ouro, e as plantações abandonadas durante a guerra não estão rendendo nada. A pesca da púrpura está praticamente arruinada; as próprias pérolas se tornam exorbitantes; mal e mal temos unguentos suficientes para o serviço dos deuses! Quanto ao que se põe à mesa, nem vou falar, é uma calamidade! Por falta de galeras, não temos especiarias, e a muito custo obtemos sílfio, por causa das rebeliões na fronteira de Cirene. A Sicília, onde se encontravam tantos escravos, agora está fechada para nós! Ontem mesmo, por um banhista e quatro ajudantes de cozinha, paguei mais do que pagava antes por um par de elefantes!

Desenrolou um grande pedaço de papiro e, sem pular um só número, leu todas as despesas em que o governo incorrera: para o conserto dos templos, o calçamento das ruas, a construção de navios, a pesca de coral, o aumento das sissítias e os engenhos usados nas minas das terras dos cântabros.

Mas os capitães não entendiam cartaginês mais que os soldados, embora os mercenários se cumprimentassem nessa língua. Em geral, nos exércitos dos bárbaros eram colocados alguns oficiais cartagineses para servir de intérpretes; estes, depois da guerra, tinham-se escondido por temor de vinganças, e não ocorrera a Hanão levá-los consigo; aliás, sua voz, surda demais, perdia-se no vento.

Os gregos, apertados em seu cinturão de ferro, aplicavam o ouvido, esforçando-se por adivinhar suas palavras, enquanto os montanheses, cobertos de peles como ursos, olhavam para ele com desconfiança ou bocejavam, apoiados em suas maças cheias de pontas de bronze. Os gauleses, desatentos, riam e sacudiam as grenhas altas, e os homens do deserto escutavam imóveis, embrulhados em suas roupas de lã cinzenta; outros se achegavam por trás. Os guardas, empurrados pela turba, vacilavam em seus cavalos, e os negros, de braços estendidos, seguravam ramos de pinheiro em chamas; e o gordo cartaginês continuava sua arenga, do alto de um montículo relvado.

Enquanto isso, os bárbaros iam perdendo a paciência, os murmúrios cresceram, e todos começaram a injuriá-lo. Hanão gesticulava com sua espátula; os que queriam que os outros se calassem gritavam mais alto, aumentando a barulheira.

De repente, um homem de aspecto franzino pulou para junto dos pés de Hanão, arrancou a trombeta de um arauto, soprou-a e anunciou (esse homem era Espêndio) que ia dizer algo importante. Ouvindo essa declaração, rapidamente repetida em cinco línguas diferentes – grego, latim, gaulês, líbico e balear –, os capitães, num misto de riso e surpresa, responderam:

— Fala! Fala!

Espêndio hesitou (tremia) e por fim, dirigindo-se aos líbios, que eram os mais numerosos, disse:

— Todos ouvistes as horríveis ameaças deste homem!

Hanão não reclamou, portanto não entendia líbico; e, para continuar a experiência, Espêndio repetiu a mesma frase nos outros idiomas dos bárbaros.

Estes se entreolharam espantados; depois todos, como que por um acordo tácito, julgando talvez terem entendido, baixaram a cabeça em sinal de assentimento.

Então Espêndio começou, com voz veemente:

— Primeiro disse que todos os deuses dos outros povos não passam de sonhos, comparados aos deuses de Cartago! Chamou-vos de covardes, ladrões, mentirosos, cães e filhos de cadelas! A República, não fôsseis vós (ele disse isso!), não seria obrigada a pagar o tributo dos romanos; e, por causa de vossos excessos, nela se esgotaram unguentos, especiarias, escravos e sílfio, porque sois cúmplices dos nômades das fronteiras de Cirene. Mas os culpados serão punidos! E ele leu a enumeração dos suplícios! Serão obrigados a trabalhar no calçamento das ruas, no armamento dos navios, no embelezamento das sissítias; e os outros serão enviados à terra dos cântabros para escavar minas.

Espêndio repetiu as mesmas coisas para gauleses, gregos, campanienses e baleares. Os mercenários, reconhecendo muitos dos nomes próprios que lhes haviam chegado aos ouvidos, ficaram convencidos de que ele traduzira fielmente o discurso do sufeta. Alguns gritaram:

— É mentira!

Mas suas vozes se perderam no tumulto dos outros. Espêndio acrescentou:

— Não vistes que ele deixou fora do acampamento uma reserva de cavaleiros? Bastará um sinal, e eles virão correndo matar-vos todos.

Os bárbaros voltaram-se para aquele lado, e, à medida que a multidão abria alas, apareceu no meio dela, caminhando com lentidão de fantasma, um ser humano todo curvado, magro, inteiramente nu e coberto até as ancas por uma cabeleira juncada de folhas secas, poeira e espinhos. Em volta da cintura e dos joelhos tinha tufos de palha e andrajos; a pele flácida e terrosa pendia dos membros descarnados como farrapos em ramos secos; as mãos tremiam, num espasmo contínuo, e ele caminhava amparando-se a um galho de oliveira.

Desse modo chegou até os negros que seguravam as tochas. Uma espécie de riso idiota punha à mostra suas gengivas lívidas; seus grandes olhos atônitos consideravam a multidão de bárbaros ao redor.

Mas, soltando um grito de medo, escondeu-se atrás deles e, escudando-se com seus corpos, balbuciava: "São eles! São eles!", mostrando os guardas do sufeta, imóveis nas armaduras luzentes. Seus cavalos pateavam o chão, ofuscados pelo clarão das tochas, que crepitavam nas trevas; o espectro humano debatia-se, berrando:

— Eles os mataram!

Ouvindo tais palavras, proferidas em balear, alguns baleares se aproximaram e o reconheceram; ele, sem lhes responder, repetia:

— Sim! Todos mortos! Mortos! Esmagados como uvas! Os belos rapazes! Os fundibulários! Meus companheiros e vossos!

Deram-lhe vinho, e ele chorou; depois desatou a falar.

Espêndio a custo continha a alegria, enquanto explicava aos gregos e aos líbios as coisas horríveis que Zarxas contava; mal podia acreditar, tão a propósito chegavam. Os baleares empalideciam ao ficar sabendo como seus companheiros tinham perecido.

Era uma tropa de trezentos fundibulários que, desembarcados na véspera, tinham dormido tarde demais. Quando chegaram à praça de Hammon, os bárbaros tinham partido, e eles se viram sem defesa, pois suas balas de argila tinham sido postas sobre os camelos com toda a bagagem. Foi-lhes permitido enveredar pela rua de Satheb, até a porta de carvalho forrada de chapas de bronze, onde o povo, num só movimento, investira contra eles.

De fato, os soldados lembraram-se de ter ouvido forte clamor; Espêndio, que fugia à frente das colunas, não ouvira.

Depois os cadáveres foram colocados nos braços dos deuses pataicos que circundavam o templo de Hammon; foram admoestados por todos os crimes dos mercenários: gula, roubos, sacrilégios, desdéns e a morte dos peixes no jardim de Salammbô. Os corpos sofreram mutilações infames; seus cabelos foram queimados pelos sacerdotes, para tormento das almas; suspenderam-nos aos pedaços nos açougues; algumas pessoas chegavam a dar-lhes dentadas, e à noite, como conclusão, acenderam-se fogueiras nas encruzilhadas.

Eram aquelas chamas que brilhavam ao longe, sobre o lago. Como algumas casas se tivessem incendiado, foi lançado à pressa, por cima das muralhas, o que restava de cadáveres e agonizantes; Zarxas ficara até o dia seguinte entre os juncos, à beira do lago; depois começara a vagar pelos campos, procurando o exército pelas pegadas deixadas na poeira. Durante a manhã, escondia-se em cavernas; à noite, punha-se de novo em marcha, coberto de chagas ensanguentadas, faminto, doente, sobrevivendo de raízes e carniça; um dia, enfim, avistara as lanças no horizonte e as seguira. Sua mente desvairava por causa dos terrores e das misérias que vivera.

A indignação dos soldados, reprimida enquanto ele falava, explodiu como uma tempestade: queriam matar os guardas e o sufeta. Alguns se interpuseram, dizendo que era preciso ouvi-lo e saber pelo menos se iam ser pagos. Então todos gritaram:

— Nosso dinheiro!

Hanão respondeu que o trouxera consigo.

Correu-se aos postos avançados, e logo a bagagem do sufeta chegou ao meio das tendas, empurrada pelos bárbaros. Sem esperar os escravos, eles desamarraram os cestos; neles encontraram túnicas de tecido jacinto, esponjas, raspadeiras, escovas, perfumes e ponteiros de antimônio para pintar os olhos: pertences dos guardas, homens ricos, acostumados a tais requintes. Em seguida, descobriram sobre um camelo uma grande tina de bronze: era do sufeta, para seus banhos durante a viagem, pois ele tinha tomado todo tipo de precaução, chegando a ponto de levar, em gaiolas, doninhas de Hecatômpilo, que eram queimadas vivas para sua tisana. Como a doença lhe dava muito apetite, havia também grande quantidade de comestíveis e vinhos, salmouras, carne e peixe no mel, com potinhos de comageno, banha de ganso derretida, coberta de neve e palha picada. A provisão era considerável; à medida que se abriam os cestos, mais comestíveis apareciam, e as risadas dos bárbaros se elevavam como vagas que se entrechocam.

Quanto ao soldo dos mercenários, enchia mais ou menos dois balaios de esparto; num deles viam-se até daquelas rodelas de couro que a República usava para poupar numerário; e, como os bárbaros se mostrassem muito surpresos, Hanão declarou que, sendo difíceis demais aquelas contas, os Anciãos não haviam disposto de tempo para examiná-las. Entrementes, era aquilo o que lhes enviavam.

Então tudo foi derrubado e revirado: mulas, lacaios, liteira, provisões, bagagem. Os soldados pegaram as moedas dos sacos para atirá-las em Hanão. A muito custo ele conseguiu montar num asno; fugiu agarrado aos pelos do animal, gritando, chorando, sacudido, machucado e rogando a maldição de todos os deuses sobre o exército. O largo colar de pedrarias, saltando, batia-lhe nas orelhas. Com os dentes, ele prendia o manto que, por ser comprido demais, arrastava-se pelo chão, e de longe os bárbaros gritavam:

— Vai embora, covarde! Porco! Cloaca de Moloch! Vai suar teu ouro e tua peste! Mais depressa! Mais depressa!...

A escolta, em debandada, galopava ao lado dele.

O furor dos bárbaros não se aplacou. Lembraram-se de que muitos dos que haviam partido para Cartago não tinham regressado; talvez tivessem sido mortos. Tanta injustiça os exasperou, e eles começaram a arrancar as estacas das tendas, a enrolar os mantos e a arrear os cavalos; cada um pegou seu capacete e sua espada, e num instante estava tudo pronto. Os que não tinham armas correram à mata para improvisar paus.

O dia despontava; a gente de Sica, acordada, agitava-se pelas ruas.

— Eles vão para Cartago – dizia-se, e esse rumor logo se espalhou pela região.

De cada vereda, de cada ravina, surgiam homens. Viam-se pastores descendo a montanha a correr.

Depois que os bárbaros partiram, Espêndio fez o giro da planície montado num garanhão púnico, acompanhado por seu escravo, que conduzia um terceiro cavalo.

Uma única tenda restara. Espêndio entrou nela.

— Em pé, meu amo! Levanta-te! Vamos partir.

— Para onde?

— Para Cartago! – gritou Espêndio.

Mâthos montou de um salto no cavalo que o escravo segurava junto à porta.

3. Salammbô

A lua surgia rente às águas, e sobre a cidade ainda envolta em trevas brilhavam pontos luminosos, zonas de brancura: o timão de um carro num pátio, algum pedaço de pano dependurado, o ângulo de um muro, um colar de ouro no peito de algum deus. As esferas de vidro sobre os telhados dos templos cintilavam cá e lá como grandes diamantes. Mas algumas ruínas indefinidas, montes de terra negra e os jardins eram massas mais escuras na escuridão; e, na parte baixa de Malqua, redes de pescadores estendiam-se de uma casa a outra, como gigantescos morcegos de asas abertas. Já não se ouvia o chiado das rodas hidráulicas que levavam a água aos últimos andares dos palácios; e no meio dos terraços os camelos repousavam tranquilamente, deitados sobre a barriga, à maneira dos avestruzes. Os porteiros dormiam nas ruas, junto às soleiras das casas; as sombras dos colossos espichavam-se pelas praças desertas; ao longe, às vezes a fumaça de algum sacrifício que ainda ardia escapava por entre as telhas de bronze, e a brisa pesada carregava, com os perfumes das especiarias, os odores de maresia e as exalações das muralhas aquecidas pelo sol. Em torno de Cartago resplandeciam as ondas imóveis, pois a lua estendia seus raios ao mesmo tempo sobre o golfo rodeado de montanhas e sobre o lago de Túnis, onde os flamingos, entre bancos de areia, formavam longas linhas rosadas, enquanto além, abaixo das catacumbas, a grande laguna salgada cintilava como um pedaço de prata. A abóbada azul do céu afundava no horizonte: de um lado, na poeira das planícies; do outro, nas brumas do mar; e no cume da Acrópole os ciprestes piramidais que circundavam o templo de Echmun balançavam, emitindo um murmúrio igual ao das ondas regulares que quebravam lentamente ao longo do embarcadouro, abaixo das muralhas.

Salammbô subiu ao terraço do seu palácio, amparada por uma escrava que levava brasas num prato de ferro.

No centro do terraço havia um pequeno leito de marfim, coberto de peles de lince, com almofadas de penas de papagaio, animal fatídico consagrado aos deuses, e nos quatro cantos erguiam-se quatro incensários compridos, cheios de nardo, incenso, cinamomo e mirra. A escrava acendeu os perfumes. Salammbô olhou a estrela polar; saudou lentamente os quatro pontos do céu e ajoelhou-se no chão, em meio ao pó de lápis-lazúli semeado de estrelas de ouro, à imitação do firmamento. Depois, com os cotovelos encostados aos flancos, os antebraços retos e as mãos abertas, exclamou, curvando a cabeça sob os raios de luar:

— Ó Rabbet!... Baalet!... Tanit! – e sua voz se arrastava plangente, como para chamar alguém. — Anaíta! Astarte! Derceto! Astaret! Mullita! Athara! Elissa! Tiratha!... Pelos símbolos ocultos, pelos cistres ressonantes, pelos sulcos da terra, pelo eterno silêncio e pela fecundidade eterna, dominadora do mar tenebroso e das praias azul-celeste, ó Rainha das coisas úmidas, salve!

Seu corpo balançou duas ou três vezes, depois ela encostou a fronte no pó e estendeu os braços.

A escrava ergueu-a prontamente, porque, segundo os ritos, alguém precisava arrancar o suplicante de sua prosternação: significava dizer-lhe que os deuses o acolhiam, e a aia de Salammbô jamais faltava a esse dever piedoso.

Uns mercadores da Getúlia Daritiana[9] tinham levado aquela escrava ainda pequena a Cartago; depois de alforriada, ela não quis abandonar seus amos, como provava sua orelha direita, em que havia uma perfuração larga. A saia de listras multicoloridas, justa nas ancas, descia até os tornozelos, nos quais se entrechocavam dois círculos de estanho. O rosto, um pouco achatado, era amarelo como a túnica. Longas agulhas de prata formavam um sol atrás de sua cabeça. No nariz, ela usava um botão de coral e se mantinha junto do leito, mais ereta que um Hermes e com as pálpebras semicerradas.

Salammbô avançou até a beira do terraço. Por um instante seu olhar percorreu o horizonte, depois baixou para a cidade adormecida, e o suspiro que soltou, erguendo-lhe os seios, fez ondular de um lado a outro a comprida samarra branca que pendia em torno dela, sem broche nem cinto. As sandálias de pontas recurvas desapareciam sob um punhado de esmeraldas, e os cabelos soltos enchiam uma redinha de fios de púrpura.

Ergueu a cabeça para contemplar a Lua e, misturando às palavras fragmentos de um hino, murmurou:

"Como giras com leveza, sustentada pelo éter impalpável! Ele se brune ao teu redor, e é o movimento de tua agitação que distribui os ventos e os rocios fecundos!

---

9. Região situada ao sul da cordilheira do Atlas; a oeste chega até o oceano Atlântico (corresponde a uma parte da Argélia e ao Marrocos atuais).

À medida que cresces ou decresces, aumentam ou diminuem os olhos dos gatos e as malhas das panteras. As esposas gritam teu nome nas dores do parto! Tu inflas os búzios! Fazes o vinho borbulhar, os cadáveres putrefazer-se! És tu que formas as pérolas no fundo do mar.

"E todos os germes, ó Deusa, fermentam nas obscuras profundezas de tua umidade.

"Quando apareces, espalha-se a quietude na Terra; as flores se fecham, as ondas se aplacam, os homens cansados deitam-se com o peito voltado para ti, e o mundo, com os seus oceanos e suas montanhas, mira-se em teu rosto como num espelho. És branca, suave, luminosa, imaculada, auxiliadora, purificadora e serena!"

O crescente da lua estava, então, sobre a montanha das Águas Quentes, no chanfro entre os dois cumes, do outro lado do golfo. Abaixo dela havia uma pequena estrela e, ao redor, um halo pálido.

Salammbô continuou:

"Mas também és terrível senhora! De ti provêm os monstros, os fantasmas assustadores, os sonhos enganadores; teus olhos devoram as pedras dos edifícios, e os macacos adoecem todas as vezes que rejuvenesces.

"Aonde vais? Por que alteras tuas formas perpetuamente? Ora delgada e curvada, deslizas nos espaços como uma galera sem mastros; ou então, no meio das estrelas, pareces um pastor a guardar seu rebanho. Luzente e redonda, roças os cumes dos montes como a roda de um carro.

"Ó Tanit! Tu me amas, não é? Olhei tanto para ti! Não! Tu corres no teu azul, e eu fico na terra imóvel!

"Taanach, pega o teu náblio e toca baixinho na corda de prata, pois meu coração está triste!"

A escrava ergueu uma espécie de harpa de ébano, mais alta que ela e triangular como um delta; fixou seu vértice num globo de cristal e começou a tocar com ambas as mãos.

Os sons se sucediam, surdos e precipitados como zumbido de abelhas e, cada vez mais sonoros, esvoaçavam na noite unidos ao lamento das ondas e ao ciciar das grandes árvores do cimo da Acrópole.

— Cala-te! – exclamou Salammbô.

— O que tens, senhora? O sopro da brisa, a nuvem que passa, tudo agora te inquieta e agita!

— Não sei! – disse ela.

— Ficas cansada com orações longas demais!

— Oh! Taanach, quisera dissolver-me nelas como flor em vinho!

— Será por causa da fumaça de teus incensos?

— Não – disse Salammbô –, o espírito dos deuses habita os bons aromas.

Então a escrava lhe falou de seu pai. Acreditava-se que ele tinha viajado às terras do âmbar, atrás das colunas de Melkart[10].

— Mas, se ele não voltar – dizia ela –, precisarás escolher um esposo entre os filhos dos Anciãos, pois essa era a vontade dele; e tua tristeza desaparecerá nos braços de um homem.

— Por quê? – perguntou a jovem.

Todos os que ela observara causavam-lhe horror, com seu riso de fera e seus membros grosseiros.

— Às vezes, Taanach, do fundo de meu ser emana uma espécie de baforada quente, mais pesada que os vapores de um vulcão. Ouço vozes que me chamam; um globo de fogo, que rola e sobe para o meu peito, me asfixia, sinto que vou morrer; depois algo suave, que corre da testa aos pés, transmite-se para minha carne... É uma carícia que me envolve, e eu me sinto esmagada, como se um deus se

---

10. Numa associação entre o deus fenício Melkart e Hércules, a referência aqui é às Colunas de Hércules, ou seja, o estreito de Gibraltar.

deitasse sobre mim. Oh! Quisera perder-me na bruma das noites, nas águas das nascentes, na seiva das árvores, sair de meu corpo, não ser mais que um sopro, que um raio, e deslizar, subir até ti, ó Mãe!

E ergueu os braços o máximo possível, arqueando a cintura, pálida e leve como a lua, com suas vestes alvas. Depois, arquejante, voltou a cair sobre o leito de marfim; mas Taanach pôs ao redor de seu pescoço um colar de âmbar com dentes de golfinho, para banir os terrores. E Salammbô lhe disse, com voz quase inaudível:

— Vai chamar Schahabarim!

Seu pai não permitira que ela entrasse para o colégio das sacerdotisas nem que lhe ensinassem coisa alguma sobre a Tanit popular. Reservava-a para alguma aliança que pudesse servir à sua política, de modo que Salammbô vivia sozinha naquele palácio; fazia tempo que sua mãe morrera.

Ela crescera em meio a abstinências, jejuns e purificações, sempre cercada de coisas refinadas e sérias, com o corpo saturado de perfumes, a alma cheia de preces. Nunca havia saboreado vinho, comido carnes, tocado em animais imundos ou posto os pés na casa de algum morto.

Desconhecia os simulacros obscenos, pois cada um dos deuses se manifestava por formas diferentes, muitas vezes um mesmo princípio se expressava simultaneamente por cultos contraditórios, e Salammbô adorava a Deusa em sua figuração sideral. A ascendência da Lua descera sobre a virgem; quando o astro ia minguando, Salammbô enfraquecia. Lânguida durante todo o dia, ela se reanimava à noite. Durante um eclipse, quase morrera.

Mas a Rabbet ciumenta vingava-se daquela virgindade subtraída a seus sacrifícios e atormentava Salammbô com obsessões tanto mais fortes quanto mais vagas, disseminadas nessa crença e avivadas por ela.

A filha de Amílcar preocupava-se o tempo todo com

Tanit. Ficara conhecendo suas aventuras, suas viagens e todos os seus nomes, que ela repetia sem ver neles nenhum significado distinto. Para penetrar nas profundezas de seu dogma, queria conhecer, no recesso mais secreto do templo, o velho ídolo com um manto magnífico do qual dependiam os destinos de Cartago; pois a ideia de um deus não se desprendia com muita clareza de sua representação, e possuir ou mesmo ver seu simulacro era adquirir uma parte de sua virtude e, de certo modo, dominá-lo.

Salammbô voltou-se. Reconhecera o tinir das sinetas de ouro que Schahabarim usava na bainha de suas vestes.

O sacerdote subiu as escadas, depois, no limiar do terraço, parou e cruzou os braços.

Seus olhos fundos brilhavam como lamparinas de sepulcro. O corpo alto e magro flutuava dentro da túnica de linho, apesentada pelos guizos que, na altura dos calcanhares, se alternavam com esferas de esmeralda. Tinha os membros débeis, o crânio oblíquo, o queixo pontudo. A pele parecia fria ao toque, e as faces amareladas, sulcadas por rugas profundas, pareciam crispadas por um desejo, em eterna tristeza.

Era o sumo sacerdote de Tanit, aquele que educara Salammbô!

— Fala! – disse ele. — Que queres?

— Eu esperava... Quase prometeste... – Ela balbuciava, perturbada; depois, de repente: — Por que me desprezas? O que foi que esqueci dos ritos? És meu mestre e disseste que ninguém, como eu, entendia tão bem das coisas da Deusa; mas há algo que não queres dizer. É verdade, pai?

Schahabarim recordou-se das ordens de Amílcar e lhe respondeu:

— Não, não tenho mais nada que te ensinar.

— Um gênio me impele a esse amor – prosseguiu ela. — Subi os degraus de Echmun, deus dos planetas e das inteligências; dormi debaixo da oliveira de ouro de Melkart, patrono das colônias tírias; empurrei as portas de Baal Hammon, iluminador e fertilizador; sacrifiquei aos cabiras subterrâneos, aos deuses dos bosques, dos ventos, dos rios e das montanhas; mas todos estão demasiadamente distantes, altos, insensíveis, entendes? Ao passo que Ela, sinto-a fundida à minha vida; ela preenche minha alma, e estremeço com palpitações íntimas, como se ela saltasse para fugir. Parece-me que vou ouvir sua voz, ver seu rosto; sou ofuscada por clarões e depois caio de novo nas trevas.

Schahabarim silenciava. Ela lhe dirigia um olhar suplicante.

Por fim, ele fez um sinal para dispensar a escrava, que não era da raça cananeia. Taanach desapareceu, e Schahabarim, erguendo um braço, começou:

— Antes dos deuses só havia trevas, e flutuava um sopro pesado e indistinto como a consciência de um homem num sonho. Ele se contraiu, criando o Desejo e a Nuvem, e do Desejo e da Nuvem saiu a Matéria Primordial. Era uma água lodosa, negra, gelada, profunda. Encerrava monstros insensíveis, partes incoerentes das formas por nascer, que estão pintadas nas paredes dos santuários.

"Depois a Matéria se condensou. Tornou-se um ovo. O ovo rompeu-se. Uma metade formou a Terra, a outra, o firmamento. Apareceram o Sol, a Lua, os ventos, as nuvens; e, com o retumbar do trovão, os animais inteligentes despertaram. Então Echmun desdobrou-se na esfera estrelada; Hammon resplandeceu no Sol; Melkart, com seus braços, empurrou-o para trás de Gades; os cabiras desceram para o fundo dos vulcões e a Rabbet, tal como uma nutriz, inclinou-se sobre o mundo, despejando nele sua luz como leite e sua noite como um manto."

— E depois? – perguntou ela.

Schahabarim contara-lhe o segredo das origens para distraí-la com perspectivas mais elevadas; mas o desejo da virgem se reavivou com estas últimas palavras, e Schahabarim, cedendo em parte, prosseguiu:

— Ela inspira e governa os amores dos homens!

— Os amores dos homens! – repetiu Salammbô, com ar sonhador.

— Ela é a alma de Cartago – continuou o sacerdote. — E, embora se espalhe por toda parte, é aqui que habita, sob o véu sagrado.

— Ó pai! – exclamou Salammbô. — Poderei vê-la, não é? Tu me conduzirás a ela. Há muito tempo venho hesitando; mas a curiosidade de conhecer sua forma me devora. Piedade! Socorre-me! Vamos lá!

Ele a rechaçou com um gesto veemente, cheio de arrogância.

— Nunca! Não sabes que isso significa a morte? Os baalim hermafroditas só se manifestam para nós, que somos homens pelo espírito e mulheres pela fraqueza. Teu desejo é um sacrilégio; contenta-te com a ciência que possuis.

Ela caiu de joelhos, pondo os dois dedos sobre as orelhas, em sinal de arrependimento; e chorava, esmagada pelas palavras do sacerdote, cheia de raiva por ele e, ao mesmo tempo, de terror e humilhação. Schahabarim, de pé, continuava insensível. Olhava-a do alto, trêmula a seus pés, e sentia uma espécie de alegria ao vê-la sofrer por sua divindade, que nem ele mesmo conseguia abarcar por inteiro. Os pássaros já cantavam, soprava um vento frio, pequenas nuvens corriam no céu mais pálido.

De repente, ele avistou no horizonte, além de Túnis, como uma espécie de leve nevoeiro a arrastar-se sobre o solo; depois era uma grande cortina de pó acinzentado, que se estendia perpendicularmente; e, nos turbilhões daquela grande massa, surgiram cabeças de dromedários, lanças e escudos. Era o exército dos bárbaros, que avançava sobre Cartago.

4. Sob as muralhas de Cartago

Gente dos campos, montada em jumentos ou correndo a pé, pálida, esbaforida, morrendo de medo, chegou à cidade. Fugia à frente do exército, que em três dias percorrera o caminho de Sica para ir a Cartago exterminar tudo.

As portas foram fechadas. Os bárbaros apareceram quase imediatamente, mas fizeram alto no meio do istmo, à beira do lago.

De início não deram mostras de hostilidade. Vários deles se aproximaram empunhando palmas, mas foram repelidos a flechadas, tão grande era o terror.

Pela manhã e ao anoitecer, um ou outro vagabundo perambulava ao longo das muralhas. Notava-se, em especial, um homenzinho cuidadosamente enrolado num manto, com o rosto ocultado por uma viseira abaixada. Ficava horas a olhar o aqueduto, com tal persistência que decerto pretendia iludir os cartagineses quanto às suas verdadeiras intenções. Era acompanhado por outro homem, espécie de gigante que estava sempre de cabeça descoberta.

Mas Cartago estava defendida em toda a largura do istmo: primeiro, por um fosso, depois, por uma escarpa coberta de mato e, finalmente, por uma muralha de cantaria com 30 côvados de altura e dois andares. Ela continha estábulos para trezentos elefantes, com depósitos para caparazões, peias e ração dos animais; tinha também cavalariças para 4 mil cavalos, com provisões de cevada e arreios, mais as casernas para 20 mil soldados com suas armaduras e todo o material bélico. No segundo andar elevavam-se várias torres, todas guarnecidas de ameias, que do lado de fora ostentavam escudos de bronze suspensos em ganchos.

Essa primeira linha de muralhas abrigava imediatamente Malqua, bairro da gente do mar e dos tintureiros. Viam-se ali muitos mastros em que se estendiam tecidos de púrpura para secar e, nos últimos terraços, fornos de argila para cozer salmoura.

Atrás, a cidade sobrepunha, em forma de anfiteatro, suas casas altas e cúbicas. Eram de pedra, madeira, seixos, junco, conchas e terra batida. Os bosques dos templos formavam como que lagos de verdor naquela montanha de blocos de cores diversas. As praças públicas a nivelavam em distâncias desiguais; inúmeras ruelas, entrecruzando-se, cortavam-na de alto a baixo. Era possível distinguir os muros de três bairros velhos agora fundidos: erguiam-se aqui e acolá, como grandes escolhos, ou então estendiam cortinas extensas; estavam meio cobertos de flores, enegrecidos, amplamente raiados pelos jatos de imundícies, e por suas brechas escancaradas passavam ruas como rios sob pontes.

A colina da Acrópole, no centro de Birsa, desaparecia sob a desordem dos monumentos. Eram templos de colunas torsas com capitéis de bronze e correntes de metal, cones de pedra seca com faixas de lápis-lazúli, cúpulas de cobre, arquitraves de mármore, contrafortes babilônicos e obeliscos pousados sobre os vértices como tochas invertidas. Os peristilos chegavam aos frontões; as volutas estendiam-se por entre as colunatas; muralhas de granito sustentavam tabiques de tijolo, tudo isso empilhado, ocultando-se reciprocamente em parte, de um modo maravilhoso e incompreensível. Sentia-se ali a sucessão das eras e como que lembranças de pátrias esquecidas.

Atrás da Acrópole, sobre um solo vermelho, alongava-se em linha reta o caminho das Mapales, que, orlado de túmulos, ia da praia às catacumbas. Amplas habitações espaçavam-se em seguida em meio a jardins, e o terceiro bairro, Mégara, a cidade nova, chegava até a beira da falésia, onde se erguia um farol gigantesco, que abrasava todas as noites.

Era desse modo que Cartago se apresentava aos soldados instalados na planície.

De longe, eles reconheciam os mercados, os cruzamentos; discutiam a localização dos templos. O de Hammon, defronte às sissítias, tinha telhas de ouro; Melkart, à esquerda de Echmun, tinha ramos de coral no telhado; mais além, a cúpula de cobre de Tanit mostrava sua redondez entre palmeiras, e o negro Moloch ficava abaixo das cisternas, ao lado do farol. No ângulo dos frontões, no alto dos muros, nos cantos das praças, por toda parte, viam-se divindades de caras hediondas, corpos colossais ou atarracados, ventres enormes, ou então desmedidamente achatadas, goela escancarada, braços abertos, segurando forcados, grilhões ou dardos; e o azul do mar estendia-se no fim das ruas, que a perspectiva tornava ainda mais escarpadas.

Um povo buliçoso as enchia da manhã à noite: garotos, agitando campainhas, gritavam à porta dos banhos; as lojas de bebidas quentes fumegavam; o ar retinia com o estrépito das bigornas; os galos brancos consagrados ao Sol cantavam sobre os terraços; os bois que iam ser degolados mugiam nos templos; escravos corriam com cestos na cabeça; e na fundura dos pórticos aparecia algum sacerdote envolto em manto escuro, descalço e usando barrete pontudo.

Aquele espetáculo de Cartago irritava os bárbaros. Eles a admiravam e a execravam, queriam ao mesmo tempo aniquilá-la e morar nela. Mas o que havia no porto militar, defendido por uma muralha tríplice? Por detrás da cidade, no extremo de Mégara, avistava-se o palácio de Amílcar, mais alto que a Acrópole.

Era para lá que o olhar de Mâthos se voltava a todo momento. Ele subia nas oliveiras e inclinava-se, com a mão estendida acima dos olhos. Os jardins estavam desertos e a porta vermelha, com cruz preta, ficava constantemente fechada.

Mais de vinte vezes fez o giro das muralhas, em busca de alguma brecha para entrar. Numa noite, jogou-se no golfo e, durante três horas, nadou de um fôlego. Chegou à parte de baixo das Mapales, quis escalar a falésia. Seus joelhos ficaram ensanguentados, as unhas, quebradas, e ele caiu de novo na água e retornou.

Aquela impotência o exasperava. Tinha ciúmes daquela Cartago que encerrava Salammbô, como de alguém que a tivesse possuído. O abatimento o abandonou, e ele foi tomado por um ardor de ação insana e contínua. Com as faces abrasadas, os olhos irritados e a voz rouca, ele percorria os campos com passos rápidos; ou então, sentado na praia, esfregava a espada com areia. Atirava flechas contra os abutres que passavam. Seu coração extravasava em palavras furiosas.

— Solta a tua cólera, como um carro desembestado – dizia Espêndio. — Grita, blasfema, devasta e mata. A dor se aplaca com sangue; e, já que não podes saciar teu amor, empanzina teu ódio; ele te sustentará!

Mâthos retomou o comando de seus soldados. Fazia-os executar manobras inclementes. Era respeitado pela coragem e, sobretudo, pela força. Aliás, inspirava uma espécie de crença mística; acreditava-se que à noite ele falava com fantasmas. Os outros capitães animaram-se com seu exemplo. O exército logo se disciplinou. De suas casas, os cartagineses ouviam os toques de buzina que regulavam os exercícios. Até que, por fim, os bárbaros aproximaram-se.

Para derrotá-los no istmo, seria preciso que dois exércitos os surpreendessem, ao mesmo tempo, pela retaguarda: um desembarcando no fundo do golfo de Útica, o outro na montanha das Águas Quentes. Mas o que fazer com a Legião Sagrada apenas, composta por 6 mil homens, no máximo? Os bárbaros, se rumassem para o leste, iriam juntar-se aos nômades, interceptar a estrada de Cirene e o comércio do deserto. Se desviassem para oeste, a Numídia se sublevaria. Por fim, a falta de víveres cedo ou tarde os obrigaria a devastar os campos circundantes, como gafanhotos. Os ricos tremiam por seus belos castelos, por seus vinhedos, por suas plantações.

Hanão propôs medidas atrozes e impraticáveis, como a promessa de avultada soma pela cabeça de cada um dos bárbaros, ou o incêndio do acampamento com o uso de navios e máquinas. Seu colega Giscão, ao contrário, queria que eles fossem pagos. Como era popular, os Anciãos o detestavam, pois temiam o acaso de um senhor e, por sentirem terror da monarquia, esforçavam-se por atenuar o que ainda subsistisse dela ou pudesse restabelecê-la.

Do lado de fora das fortificações havia gente de outra raça e de origem desconhecida, que caçava porcos-espinhos e comia moluscos e serpentes. Tais pessoas entravam nas cavernas para apanhar hienas vivas e divertir-se a fazê-las correr à noite pelas areias de Mégara, entre as estelas dos túmulos. Suas cabanas, de lodo e sargaço, arrimavam-se à falésia como ninhos de andorinhas. Viviam lá, sem governo nem deuses, misturados, completamente nus, ao mesmo tempo frágeis e ferozes e desde sempre execrados pelo povo da cidade, por causa dos seus alimentos imundos. As sentinelas notaram certa manhã que todos eles haviam ido embora.

Finalmente, alguns membros do Grande Conselho tomaram uma decisão. Foram ao acampamento, sem colares nem cintos e de sandálias descobertas, como vizinhos. Avançavam com passo tranquilo, saudando os capitães ou parando para falar com os soldados, dizendo que tudo estava acabado e que se faria justiça às suas reivindicações.

Muitos deles viam pela primeira vez um acampamento de mercenários. Em vez da confusão que tinham imaginado, a ordem e o silêncio eram assustadores. Uma fortificação armada com torrões encerrava o exército numa muralha elevada, inabalável ao choque das catapultas; no chão das ruas aspergira-se água fresca; pelas aberturas das tendas eles vislumbravam olhos ferozes, cintilando na sombra. Os feixes de chuços e as panóplias penduradas ofuscavam-lhes a vista como espelhos. Eles conversavam em voz baixa. Temiam que suas longas túnicas derrubassem alguma coisa.

Os soldados pediram víveres, comprometendo-se a pagar por eles com o dinheiro que lhes era devido.

Receberam bois, carneiros, galinholas, frutos secos, tremoços e escombros defumados, aqueles excelentes escombros que Cartago expedia para todos os portos. Mas os bárbaros ficavam rodeando com desdém os magníficos animais e, depreciando o que cobiçavam, ofereciam por um carneiro o preço de um pombo, por três cabras o preço de uma romã. Os comedores-de-coisas-imundas, constituindo-se árbitros, afirmavam que eles estavam sendo burlados. Então eles desembainhavam os gládios, ameaçavam matar.

Os representantes do Grande Conselho relacionaram o número de anos que a República devia a cada soldado. Mas já era impossível saber quantos mercenários tinham sido recrutados, e os Anciãos ficaram assustados com a soma exorbitante que teriam de pagar. Era necessário vender a reserva de sílfio e cobrar impostos das cidades mercantis. Os mercenários se impacientariam; Túnis já estava ao lado deles; e os ricos, aturdidos com as loucuras de Hanão e as censuras de seu colega, recomendaram que os cidadãos que conhecessem algum bárbaro fossem falar com ele imediatamente, para reconquistar sua amizade e dar-lhe bons conselhos. Essa confiança os acalmaria.

Mercadores, escribas, operários do arsenal, famílias inteiras foram ter com os bárbaros.

Os soldados deixaram todos os cartagineses entrar no acampamento, mas por uma única passagem tão estreita que quatro homens, lado a lado, se acotovelavam. Espêndio, em pé junto à barreira, ordenava que todos fossem atentamente revistados; Mâthos, à sua frente, examinava aquela multidão, tentando descobrir alguém que ele pudesse ter visto com Salammbô.

O acampamento parecia uma cidade, tamanha a quantidade de gente, tão grande a agitação. As duas multidões distintas misturavam-se sem se confundir, uma com roupas de algodão ou lã e barretes de feltro em forma de pinha, a outra vestida de ferro e usando capacetes. Entre os criados e os vendedores ambulantes, circulavam mulheres de todas as nações, morenas como tâmaras maduras, esverdeadas como azeitonas, amarelas como laranjas, vendidas por marinheiros, escolhidas em baiucas, roubadas às caravanas, tomadas nos saques das cidades, que eram fartadas de amor enquanto jovens, agredidas com pancadas quando velhas e deixadas a morrer à beira dos caminhos, entre as bagagens, com as bestas de carga abandonadas, nas debandadas. As esposas dos nômades andavam sobre saltos, ondulando suas roupas quadradas e fulvas, feitas de pele de dromedário; as musicistas da Cirenaica, envoltas em gazes violeta e de sobrancelhas pintadas, cantavam acocoradas sobre esteiras; velhas negras, de peitos caídos, catavam, para o fogo, esterco de animais que era posto a secar ao sol; as siracusanas tinham placas de ouro nos cabelos; as mulheres dos lusitanos, colares de búzios; as gaulesas, peles de lobo sobre o peito alvo; e crianças robustas, cobertas de piolhos, nuas, incircuncisas, davam cabeçadas na barriga dos que passavam ou então chegavam por trás para lhes morder as mãos, como filhotes de tigre.

Os cartagineses passeavam pelo acampamento, surpresos pela quantidade de coisas de que ele abundava. Os mais miseráveis ficavam tristes, os outros dissimulavam a preocupação.

Os soldados davam-lhes tapas nos ombros, incitando-os à alegria. Assim que reconheciam alguma personalidade, convidavam-na para suas diversões. Se era o jogo do disco, davam um jeito de lhe esmagar os pés; se pugilato, na primeira oportunidade lhe quebravam a mandíbula. Os fundibulários assustavam os cartagineses com as suas fundas; os psilos, com suas víboras; os cavaleiros, com os seus cavalos. Aquela gente, que exercia trabalhos pacíficos, baixava a cabeça e tentava sorrir diante de todos os ultrajes. Alguns, para se mostrarem valentes, davam a entender aos bárbaros que queriam ser soldados. Eram então incumbidos de rachar lenha e almofaçar as mulas. Eram metidos em armaduras e postos a rolar como tonéis pelas ruas do acampamento. Depois, quando se dispunham a ir embora, os mercenários se arrancavam os cabelos, fazendo contorções grotescas.

Muitos, por burrice ou preconceito, acreditavam ingenuamente que todos os cartagineses eram riquíssimos e andavam atrás deles, suplicando que lhes dessem alguma coisa. Pediam tudo o que lhes parecia bonito: anel, cinturão, sandálias ou as franjas de uma túnica, e, quando o cartaginês espoliado exclamava "Não tenho mais nada. O que queres?", respondiam: "A tua mulher!". Outros diziam: "A tua vida!".

As contas militares foram entregues aos capitães, lidas para os soldados e definitivamente aprovadas. Então reivindicaram tendas; receberam tendas. Os polemarcos gregos pediram algumas daquelas belas armaduras fabricadas em Cartago; o Grande Conselho votou somas para essa aquisição. Mas os cavaleiros alegavam que seria justo a República os indenizar por seus cavalos; um afirmava ter perdido três em dado cerco; outro, cinco em tal ou qual marcha; outro, catorze nos precipícios. Ofereceram-lhes garanhões de Hecatômpilo; eles preferiram dinheiro.

Depois pediram que lhes pagassem em dinheiro (em moedas de prata, e não de couro) todo o trigo que lhes deviam, e segundo o preço mais alto pelo qual tinha sido vendido durante a guerra, de modo que exigiam por uma medida de farinha quatrocentas vezes mais do que tinham dado por um saco de frumento. Essa injustiça causou irritação; no entanto, foi preciso ceder.

Os representantes dos soldados e os do Grande Conselho reconciliaram-se, jurando pelo gênio de Cartago e pelos deuses dos bárbaros. Com as demonstrações e a verbosidade orientais, escusaram-se e afagaram-se. Depois os soldados exigiram, como prova de amizade, a punição dos traidores que os tinham indisposto com a República.

Os cartagineses fingiram não entender. Eles explicaram-se com mais clareza, dizendo que queriam a cabeça de Hanão.

Várias vezes por dia eles saíam do acampamento. Iam passear ao pé das muralhas. Gritavam que lhes atirassem a cabeça do sufeta e arregaçavam as túnicas para apará-la.

O Grande Conselho teria, talvez, cedido, não fosse uma última exigência mais injuriosa que as outras: pediram em casamento, para os comandantes, virgens escolhidas entre as grandes famílias. Era ideia de Espêndio, que muitos achavam bem simples e de fácil execução. A pretensão de se misturarem ao sangue púnico indignou o povo; e foi-lhes declarado rudemente que eles não tinham mais nada para receber. Então os soldados afirmaram que tinham sido enganados; e que, se antes de três dias o soldo não chegasse, eles mesmos iriam buscá-lo em Cartago.

A má-fé dos mercenários, porém, não era tão completa quanto pensavam os inimigos. Amílcar lhes fizera promessas exorbitantes e vagas, é verdade, mas solenes e reiteradas. Ao desembarcarem em Cartago, eles chegaram a acreditar que a cidade lhes seria entregue, que repartiriam seus tesouros, e, quando viram que mal lhes seria pago o soldo, sentiram-se frustrados no orgulho e na cobiça.

Dionísio, Pirro, Agátocles e os generais de Alexandre acaso não tinham dado exemplos de fortunas maravilhosas? O ideal de Hércules, que os cananeus confundiam com o Sol, resplandecia no horizonte dos exércitos. Sabia-se que simples soldados haviam cingido diademas, e o eco dos impérios que desabavam fazia o gaulês sonhar em sua floresta de carvalhos, o etíope em suas areias. Mas havia um povo sempre pronto a se valer dos corajosos; e o ladrão expulso de sua tribo, o parricida que vagava pelos caminhos, o sacrílego perseguido pelos deuses, todos os famintos, todos os desesperados tentavam chegar ao porto onde o agente de Cartago recrutava soldados. Em geral Cartago cumpria promessas. Daquela vez, porém, o ardor da cobiça a arrastara para perigosa infâmia. Númidas, líbios, a África inteira ia lançar-se contra Cartago. Só o mar estava livre. Ali, ela encontrava os romanos; e, tal como um homem assaltado por assassinos, ela sentia a morte ao seu redor.

Foi preciso recorrer a Giscão; os bárbaros aceitaram a sua mediação. Certa manhã, eles viram as correntes do porto baixar, e, passando pelo canal de Tênia, entraram no lago três embarcações de baixo calado.

Na proa da primeira, via-se Giscão. Atrás dele, mais alta que um catafalco, elevava-se uma caixa enorme, guarnecida de argolas semelhantes a coroas pendentes. Via--se em seguida a legião de intérpretes, penteados como esfinges, com um papagaio tatuado no peito. Seguiam-se amigos e escravos, todos sem armas e tão numerosos que se apinhavam. As três compridas barcas, tão lotadas que pareciam prestes a afundar, avançavam saudadas pelas aclamações dos soldados que as olhavam.

Assim que Giscão desembarcou, os soldados correram ao seu encontro. Com sacos, ele mandou erguer uma espécie de tribuna e declarou que não se retiraria antes de pagar-lhes integralmente.

Espocaram aplausos; demorou para que Giscão conseguisse falar.

Depois ele criticou os erros da República e os dos bárbaros: a culpa era de alguns provocadores que, com sua violência, tinham amedrontado Cartago. A melhor prova das boas intenções da República estava no fato de ter sido ele o enviado, ele, o eterno adversário do sufeta Hanão! Que não se supusesse no povo a inépcia de querer irritar os bravos nem a ingratidão de não reconhecer seus serviços. E Giscão passou a pagar aos soldados, a começar pelos líbios. Como as listas apresentadas por eles eram fraudulentas, não as utilizou.

Os soldados desfilavam diante dele por nações, abrindo os dedos para dizer o número de anos; no braço esquerdo de cada um deles, sucessivamente, fazia-se uma marca com tinta verde; os escribas tiravam o dinheiro do cofre aberto, enquanto outros, com estiletes, faziam furos numa lâmina de chumbo.

Passou um homem que caminhava pesadamente, à maneira dos bois.

— Sobe até mim – disse o sufeta, suspeitando de alguma fraude. — Quantos anos tens de serviço?

— Doze anos – respondeu o líbio.

Giscão passou os dedos por baixo do queixo dele, ponto em que o barbote do capacete, com o tempo, produzia duas calosidades; estas eram chamadas de alfarrobas, e ter alfarrobas era uma locução que significava ser veterano.

— Ladrão! – exclamou o sufeta. — O que te falta no rosto deves ter nos ombros!

E, rasgando a túnica, pôs à mostra suas costas cobertas de sarna em carne viva. Era um lavrador de Hippo Zaritus[11]. Todos se puseram a vaiar; ele foi decapitado.

Assim que anoiteceu, Espêndio foi acordar os líbios. Disse-lhes:

— Os lígures, os gregos, os baleares e os homens da Itália, estando pagos, irão embora. Mas vós ficareis na África, dispersos em vossas tribos e sem nenhuma defesa! É aí que a República se vingará! Desconfiai da viagem! Acreditareis em todas as conversas? Os dois sufetas estão em conluio! Esse aí vos engana! Lembrai-vos da ilha dos ossos e de Xantipo, que eles mandaram de volta para Esparta numa galera podre!

— E o que devemos fazer? – perguntavam eles.

— Pensar bem! – dizia Espêndio.

---

11. Também Hippo Diarrhytus, atual Bizerta.

Os dois dias seguintes se passaram no pagamento da gente de Magdala, de Léptis, de Hecatômpilo. Espêndio circulava entre os gauleses.

— Estão pagando os líbios, depois serão os gregos, depois os baleares, os asiáticos e todos os outros! Mas vós, que não sois numerosos, não recebereis nada! Não voltareis a ver vossa pátria! Não tereis navios! Eles vos matarão para economizar comida!

Os gauleses dirigiram-se ao sufeta. Autarite – aquele que Giscão ferira nos jardins de Amílcar – interpelou-o. Repelido pelos escravos, desapareceu, mas jurando que se vingaria.

As reivindicações e as queixas multiplicaram-se. Os mais obstinados entravam na tenda do sufeta; para comovê-lo, pegavam suas mãos, faziam-no apalpar as bocas sem dentes, os braços macérrimos e as cicatrizes dos ferimentos. Os que ainda não tinham sido pagos irritavam-se, os que tinham recebido o soldo pediam outro para seus cavalos; e os errantes, os desterrados, tomando as armas dos soldados, alegavam que estavam sendo esquecidos. A cada minuto chegavam como que turbilhões de homens; as tendas cediam, caíam; a multidão, apertada entre os muros do acampamento, oscilava, gritando, desde as portas até o centro. Quando o tumulto se tornava grande demais, Giscão apoiava o cotovelo em seu cetro de marfim e, olhando para o mar, permanecia imóvel, com os dedos metidos na barba.

Frequentemente Mâthos afastava-se para conversar com Espêndio; depois voltava a colocar-se na frente do sufeta, e Giscão sentia o tempo todo as pupilas do líbio como duas falaricas em chamas, disparadas contra ele. Várias vezes, por cima da multidão, lançaram-se injúrias que nem um nem outro ouvia. Enquanto isso, a distribuição continuava, e para todos os obstáculos o sufeta encontrava solução.

Os gregos quiseram criar chicana em torno da diferença das moedas. Giscão deu-lhes explicações, e eles se retiraram sem murmurar. Os negros reivindicaram aqueles búzios brancos usados para o comércio no interior da África. Giscão fez a oferta de mandar buscá-los em Cartago; então, como os outros, eles aceitaram dinheiro.

Mas aos baleares fora prometido algo melhor, ou seja, mulheres. O sufeta disse-lhes que se esperava, para eles, uma caravana só de virgens; o caminho era longo, havia ainda seis luas pela frente. Quando elas estivessem gordas e bem untadas com benjoim, seriam enviadas em navios aos portos baleares.

De repente, Zarxas, agora lépido e vigoroso, pulou como um saltimbanco para cima dos ombros dos amigos e gritou:

— Reservaste alguma coisa para os cadáveres?

E, ao mesmo tempo, apontou para a porta de Hammon em Cartago. Com os últimos raios de sol, resplandeciam as chapas de bronze que a guarneciam de alto a baixo; os bárbaros acreditaram ver nela uma trilha de sangue. Cada vez que Giscão tentava falar, recomeçavam os gritos. Por fim, ele desceu com passadas graves e fechou-se em sua tenda.

Quando saiu dela, ao raiar do dia, seus intérpretes, que dormiam do lado de fora, não se moveram; estavam deitados de costas, com os olhos fixos, a língua aparecendo entre os dentes, as faces azuladas. Das narinas escorriam mucosidades brancas, e seus membros estavam rijos, como se o frio da madrugada os tivesse congelado. Cada um deles tinha em volta do pescoço um laço de junco.

Desde então, a rebelião não parou. Aquele assassinato dos baleares, recordado por Zarxas, confirmava as desconfianças de Espêndio. Os bárbaros imaginavam que a República continuava querendo enganá-los. Era preciso acabar com aquilo. Prescindiriam de intérpretes! Zarxas, com uma funda em torno da cabeça, entoava canções de guerra; Autarite brandia sua grande espada; Espêndio cochichava algumas palavras para um, fornecia um punhal a outro. Os mais fortes tentavam obter o pagamento pelas próprias mãos, os menos furiosos queriam que a distribuição continuasse. Ninguém largava as armas, e todas as iras se uniam contra Giscão num ódio tumultuoso.

Alguns subiam até junto dele. Enquanto vociferavam injúrias, eram ouvidos com paciência; mas, se arriscassem alguma palavra a favor dele, eram imediatamente apedrejados ou, então, decapitados por trás com um golpe de sabre. A pilha de sacos estava mais vermelha que um altar.

Eles se tornavam terríveis após a refeição, quando bebiam vinho! Esse prazer era proibido sob pena de morte nos exércitos púnicos, e os bárbaros erguiam as taças na direção de Cartago, para escarnecer de sua disciplina. Depois voltavam para os escravos das finanças e recomeçavam a matança. A palavra "Ataque!", diferente em cada língua, era entendida por todos.

Giscão sabia que a pátria o abandonava, mas não queria desonrá-la. Quando os bárbaros lhe recordaram que lhes haviam prometido navios, ele jurou por Moloch que os forneceria à própria custa e, arrancando o colar de pedras azuis, atirou-o para a multidão como penhor do juramento.

Então os africanos exigiram o trigo com que o Grande Conselho se comprometera. Giscão exibiu as contas das sissítias, traçadas com tinta violeta em peles de ovelha, lendo tudo o que entrara em Cartago, mês a mês, dia a dia.

De súbito, calou-se, com os olhos arregalados, como se tivesse descoberto entre os números a sua sentença de morte.

Os Anciãos os tinham reduzido fraudulentamente; e o trigo, vendido durante a época mais calamitosa da guerra, aparecia com um preço tão baixo que nem um cego acreditaria.

— Fala! – gritaram eles, mais alto. — Ah! É que ele está tentando mentir! Covarde! É bom desconfiar.

Giscão hesitou durante algum tempo. Por fim, retomou o trabalho.

Os soldados, sem suspeitarem que estavam sendo enganados, aceitaram como verdadeiras as contas das sissítias. Mas a abundância em que Cartago vivera provocou neles furioso despeito. Despedaçaram a caixa de sicômoro, que estava três quartos vazia. Tinham visto tamanha quantia sair dela que a julgavam inesgotável: Giscão teria escondido uma parte em sua tenda. Os soldados escalaram os sacos. Quem os comandava era Mâthos, e, como eles gritassem "O dinheiro! O dinheiro!", Giscão acabou respondendo:

— Que o vosso general o dê!

O sufeta encarava os soldados, sem falar, com seus grandes olhos amarelos e seu rosto comprido mais branco que a barba. Uma flecha, detida pelas plumas, prendia-se à sua orelha, na larga argola de ouro, e um filete de sangue escorria da tiara para o ombro.

Obedecendo a um gesto de Mâthos, todos avançaram. Giscão abriu os braços; Espêndio, com um laço corrediço, prendeu seus pulsos; outro o derrubou, e ele desapareceu na desordem da turba que tropeçava sobre os sacos.

Saquearam sua tenda. Lá só foram encontradas coisas indispensáveis à sobrevivência; depois, procurando melhor, acharam três imagens de Tanit e, numa pele de macaco, uma pedra negra caída da lua. Muitos cartagineses haviam desejado acompanhá-lo, todos homens de consideração e partidários da guerra.

Os bárbaros os levaram para fora das tendas e os jogaram na fossa das imundícies. Com correntes de ferro, ataram-nos pela barriga a estacas sólidas e davam-lhes comida na ponta de dardos.

Autarite, enquanto os vigiava, cobria-os de insultos,

mas, como eles não entendiam sua língua, não respondiam. O gaulês, de vez em quando, atirava-lhes pedras ao rosto, para fazê-los gritar.

No dia seguinte, o exército foi dominado por uma espécie de torpor. Passada a cólera, começou a preocupação. Mâthos sofria de uma tristeza vaga. Parecia-lhe que tinha ultrajado indiretamente Salammbô; aqueles ricos eram como uma espécie de apêndice dela. À noite, sentava-se à beira da fossa e acreditava ouvir nos gemidos deles algo da voz que lhe enchia o coração.

Entrementes, todos acusavam os líbios, os únicos que haviam sido pagos. Mas, ao mesmo tempo que se reanimavam as antipatias nacionais, com os ódios particulares, todos percebiam o perigo de se deixar levar por elas. As represálias, após semelhante atentado, seriam terríveis. Portanto, era preciso preparar-se para a vingança de Cartago. Os conciliábulos e os arrazoados não tinham fim. Todos falavam, ninguém escutava, e Espêndio, em geral tão loquaz, abanava a cabeça para todas as propostas.

Certa noite, perguntou com ar indiferente a Mâthos se dentro da cidade havia nascentes.

— Nem uma só! – respondeu Mâthos.

No dia seguinte, Espêndio conduziu-o à beira do lago.

— Amo – disse o ex-escravo –, se teu coração for intrépido, posso conduzir-te a Cartago.

— Como? – repetia o outro, ofegante.

— Jura executar todas as minhas ordens, acompanhar-me como uma sombra!

Então Mâthos, erguendo o braço para o planeta de Chabar[12], exclamou:

---

12. Vênus.

— Juro por Tanit!

Espêndio prosseguiu:

— Amanhã, depois do pôr do sol, espera-me ao pé do aqueduto, entre o nono e o décimo arco. Leva contigo um picão de ferro, um capacete sem penacho e sandálias de couro.

O aqueduto de que ele falava atravessava obliquamente todo o istmo, obra considerável, aumentada mais tarde pelos romanos. Apesar de seu desdém pelos outros povos, Cartago copiara desajeitadamente aquela nova invenção, tal como Roma fizera com a galera púnica; e cinco renques de arcos sobrepostos, de uma arquitetura pesada, com contrafortes na base e cabeças de leão no alto, desembocavam na parte ocidental da Acrópole, onde afundavam debaixo da cidade, para despejar quase um rio nas cisternas de Mégara.

Na hora convencionada, Espêndio lá encontrou Mâthos. Amarrou uma espécie de arpão na ponta de uma corda e a fez girar rapidamente como uma funda; o dispositivo de ferro prendeu-se, e os dois, um após o outro, começaram a escalar o muro.

Mas, chegados ao primeiro andar, o arpão, toda vez que era lançado, caía; para descobrirem alguma fissura, precisavam caminhar pela beira da cornija; a cada renque de arcos, ela se tornava mais estreita. Depois a corda cedeu. Várias vezes, quase se rompeu.

Finalmente, chegaram à plataforma superior. Espêndio, de vez em quando, inclinava-se para apalpar as pedras.

— É aqui – disse ele. — Vamos começar!

E, forcejando sobre o venábulo que Mâthos levava, conseguiram deslocar uma laje.

Ao longe, avistaram uma tropa de cavaleiros galopando em cavalos sem rédeas. Seus braceletes de ouro destacavam-se entre o vago drapejamento dos mantos. Na frente, distinguia-se um homem coroado com penas de avestruz, galopando com uma lança em cada mão.

— Narr'Havas! – exclamou Mâthos.

— Que importa! – disse Espêndio, e saltou para o buraco que acabavam de fazer, levantando a laje.

Mâthos, atendendo à ordem de Espêndio, tentou remover um dos blocos; mas, por falta de espaço, não conseguia mexer os cotovelos.

— Depois voltamos – disse Espêndio. — Vai na frente.

E aventuraram-se no conduto. A água chegava-lhes ao ventre. Logo começaram a cambalear e tiveram de nadar. Seus membros se chocavam contra as paredes do canal, que era estreito demais; a água corria quase rente ao lajedo superior, e eles feriam o rosto. Depois a correnteza os carregou. Um ar mais pesado que o de um sepulcro esmagava-lhes o peito, e, com a cabeça sob os braços, os joelhos unidos e as pernas estendidas ao máximo, passavam como flechas na escuridão, sufocados, gorgolejando, quase mortos. De repente, tudo se tornou negro diante deles, a velocidade da água redobrava. Caíram.

Quando subiram à superfície, ficaram alguns minutos de costas, aspirando o ar, com grande prazer. Arcadas sucessivas se abriam em meio a espessas muralhas que separavam os reservatórios. Todos estavam cheios, e a água se estendia como um único lençol em todo o comprimento das cisternas. Pelos respiradouros das cúpulas do teto descia uma claridade pálida, que estendia sobre as águas como que discos de luz; as trevas ao redor, adensando-se na direção dos muros, faziam-nos recuar indefinidamente; o menor ruído produzia um grande eco.

Espêndio e Mâthos puseram-se de novo a nadar e, passando pela abertura dos arcos, atravessaram várias câmaras sucessivas. Duas outras renques de reservatórios menores estendiam-se, paralelamente, de cada lado.

Perderam-se; davam voltas, retornavam. Alguma coisa opôs resistência sob seus calcanhares. Era o piso da galeria que ladeava as cisternas.

Então, avançando com muita precaução, apalparam a muralha em busca de uma saída. Mas seus pés escorregavam; eles caíam em tanques profundos. Precisavam subir de volta, depois caíam de novo; e sentiam enorme cansaço, como se, nadando, os membros se houvessem dissolvido na água. Os olhos se fecharam; iam morrer.

Espêndio bateu a mão nas barras de uma grade. Sacudida, ela cedeu, e os dois se viram nos degraus de uma escada. Uma porta de bronze a fechava no alto. Com a ponta de um punhal, afastaram a barra que a abria por fora. De repente, foram envolvidos pelo ar aberto e puro.

A noite estava prenhe de silêncio, e o céu tinha uma altura desmedida. Grupos de árvores debruçavam-se nas extensas linhas de muros. A cidade inteira dormia. Os fogos dos postos avançados brilhavam como estrelas perdidas.

Espêndio, que passara três anos no ergástulo, conhecia imperfeitamente os bairros. Mâthos concluiu que, para chegar ao palácio de Amílcar, precisavam dirigir-se para a esquerda, atravessando as Mapales.

— Não – disse Espêndio –, leva-me ao templo de Tanit.

Mâthos quis falar.

— Lembra-te! – disse-lhe o ex-escravo; e, erguendo o braço, apontou-lhe o planeta de Chabar, que resplandecia.

Mâthos voltou-se silenciosamente para a Acrópole.

Subiam ao longo das cercas de nopal. A água escorria de seus membros para a poeira. Suas sandálias úmidas não produziam ruído algum; Espêndio, com olhos mais chamejantes que tochas, a cada passo espreitava as moitas; caminhava atrás de Mâthos, com as mãos nos dois punhais que levava nos braços, presos abaixo das axilas por um círculo de couro.

5. Tanit

Depois de terem saído dos jardins, viram-se impedidos pela muralha de Mégara; mas descobriram uma brecha na parte alta e passaram.

O terreno descia, formando uma espécie de vale largo. Era uma praça descoberta.

— Escuta! – disse Espêndio. — Para começar, não tenhas receio algum... vou cumprir minha promessa...

Interrompeu-se; parecia refletir, como se buscasse palavras.

— Lembras aquela vez, quando o sol nascia, e do terraço de Salammbô te mostrei Cartago? Naquele dia éramos fortes, mas não quiseste ouvir nada!

Depois acrescentou com voz grave:

— Amo, no santuário de Tanit há um véu misterioso, caído do céu, que cobre a Deusa.

— Disso eu sei! – disse Mâthos.

Espêndio continuou:

— Ele é divino, porque faz parte dela. Os deuses residem onde estão seus simulacros. É porque o possui que Cartago é poderosa.

Então, sussurrando ao ouvido de Mâthos:
— Trouxe-te comigo para roubá-lo!

Mâthos recuou horrorizado.
— Vai embora! Procura algum outro! Não quero te ajudar nesse delito execrável.

— Mas Tanit é tua inimiga – replicou Espêndio. — Ela te persegue e tu estás morrendo por causa de sua cólera. Assim te vingarás. Ela te obedecerá. Serás quase imortal e invencível.

Mâthos baixou a cabeça. Espêndio continuou:
— Nós sucumbiríamos. O exército se aniquilaria por si mesmo. Não temos esperança de fuga, nem socorro, nem perdão! Que castigo dos deuses podes temer, se terás a força deles nas mãos? Preferes perecer na noite de uma derrota, miseramente, ao abrigo de uma moita ou entre os ultrajes do populacho nas chamas de uma fogueira? Amo, um dia entrarás em Cartago, em meio aos colégios de pontífices, que beijarão tuas sandálias. E, se o véu de Tanit ainda te pesar, poderás devolvê-lo ao templo. Segue-me! Vamos pegá-lo.

Um desejo terrível devorava Mâthos. Ele gostaria de possuir o véu, abstendo-se do sacrilégio. Pensava que talvez não precisasse roubá-lo para se apoderar de sua virtude. Não chegava ao fundo de seu pensamento; parava no limite em que ele o aterrorizava.

— Vamos! – disse ele; e afastaram-se rapidamente, lado a lado, sem falar.

O terreno voltou a elevar-se, e as casas ficaram mais próximas. Os dois andavam por ruas estreitas, no meio das trevas. As faixas de esparto que fechavam as portas batiam contra as paredes. Numa praça, alguns camelos ruminavam diante de montes de capim cortado. Depois eles passaram por baixo de uma galeria coberta de folhagem; uma matilha de cães se pôs a latir. De repente, o espaço se alargou, e eles reconheceram a fachada ocidental da Acrópole. Na parte baixa de Birsa estendia-se extensa massa negra: era o templo de Tanit, conjunto de monumentos, jardins, pátios e adros, cercado por um pequeno muro de pedra seca. Espêndio e Mâthos pularam o muro.

Aquela primeira área murada encerrava um bosque de plátanos, precaução contra a peste e a infecção do ar. Aqui e ali se disseminavam tendas onde, durante o dia, se vendiam pastas depilatórias, perfumes, roupas, bolos em forma de lua, imagens da Deusa e representações do templo gravadas em blocos de alabastro.

Não havia o que temer, pois nas noites em que o astro não aparecia todos os ritos eram suspensos; mesmo assim Mâthos passou a andar mais devagar; parou diante dos três degraus de ébano que conduziam à segunda área.

— Em frente! — disse-lhe Espêndio.

Romãzeiras, amendoeiras, ciprestes e murtas, imóveis como folhagens de bronze, alternavam-se com regularidade. O chão, coberto de seixos azuis, estalava sob os passos e rosas desabrochadas formavam caramanchão ao longo da aleia. Chegaram à frente de uma abertura oval, protegida por uma grade. Mâthos, a quem aquele silêncio assustava, disse a Espêndio:

— É aqui que eles misturam as águas doces com as amargas.

— Vi tudo isso na Síria – disse o ex-escravo –, na cidade de Maphug[13].

E, por uma escada de seis degraus de prata, subiram para a terceira área.

---

13. Trata-se da cidade síria de Manbij (também grafada Manbiy e Mubbug).

Um cedro enorme ocupava o seu centro. Os ramos mais baixos desapareciam sob as fitas de pano e os colares dependurados pelos devotos. Os dois deram mais alguns passos, e a fachada do templo se revelou.

Dois extensos pórticos, cujas arquitraves descansavam sobre pilares robustos, flanqueavam uma torre quadrangular, ornada na plataforma com um crescente. Nos ângulos dos pórticos e nos quatro cantos da torre havia vasos cheios de incensos acesos. Os capitéis estavam carregados de romãs e coloquíntidas. Nas paredes alternavam-se motivos entrelaçados, losangos e fios de pérolas, e uma cancela de filigrana de prata formava amplo semicírculo na frente da escada de bronze que descia do vestíbulo.

Na entrada, entre uma estela de ouro e outra de esmeralda, havia um cone de pedra; Mâthos, passando ao lado dele, beijou a mão direita.

A primeira câmara era muito alta; inúmeras aberturas atravessavam sua abóbada; olhando-se para cima, podiam-se ver estrelas. À volta dos muros, em cestos de vime, amontoavam-se pelos de barba e cabeleiras, primícias dos adolescentes; e, no centro do aposento circular, um corpo de mulher emergia de uma estípida coberta de mamas. Gorda, barbuda e de olhos baixos, ela parecia sorrir, cruzando as mãos ao redor do grande ventre – polido pelos beijos da multidão.

Depois eles se viram de novo ao ar livre, num corredor transversal, onde um altar de proporções exíguas se apoiava a uma porta de marfim. Além dessa porta ninguém ia; só os sacerdotes podiam abri-la; pois um templo não era lugar de reunião da multidão, mas a morada particular da divindade.

— É uma façanha impossível – dizia Mâthos. — Não tinhas pensado nisto. Vamos voltar!

Espêndio examinava as paredes.

Queria o véu, não porque tivesse confiança em sua virtude (Espêndio só acreditava no oráculo), mas por estar convencido de que os cartagineses, vendo-se sem ele, cairiam em profundo abatimento. Para encontrar alguma saída, deram a volta por trás.

Nos bosquetes de terebinto, distinguiam-se edículas de formas diferentes. Aqui e ali erguiam-se falos de pedra, e grandes cervos vagavam tranquilamente, empurrando com as patas fendidas as pinhas caídas no chão.

Os dois retornaram entre duas longas galerias que avançavam paralelamente. Para elas se abriam pequenas celas. Em suas colunas de cedro havia tamboris e címbalos pendurados. Fora das celas, deitadas em esteiras, dormiam mulheres. Os corpos, engordurados por unguentos, recendiam a especiarias e incensários apagados; estavam tão cobertas de tatuagens, colares, anéis, vermelhão e antimônio que, não fosse o movimento do peito, poderiam ser confundidas com ídolos deitados no chão. Numa fonte rodeada de lódãos nadavam peixes semelhantes aos de Salammbô; mais adiante, ao fundo, contra a muralha do templo, estendia-se uma videira cujos sarmentos eram de vidro, e os cachos, de esmeralda; entre as colunas pintadas, os raios emitidos pelas pedras preciosas criavam efeitos de luz sobre os rostos adormecidos.

Mâthos sufocava na atmosfera quente que os tabiques de cedro reverberavam sobre ele. Sentia-se esmagado por todos aqueles símbolos de fecundação, aqueles perfumes, aquelas cintilações, aqueles hálitos. Através dos deslumbramentos místicos, ele pensava em Salammbô. Ela se confundia com a própria Deusa, o que tornava o amor dele ainda mais forte, como os grandes lódãos que desabrochavam nas profundezas das águas.

Espêndio calculava quanto dinheiro ganharia em outros tempos, vendendo todas aquelas mulheres, e, num relance, enquanto passava, avaliava os colares de ouro.

O templo era tão impenetrável daquele lado quanto do outro. Voltaram para a parte de trás da primeira câmara. Enquanto Espêndio procurava e vasculhava, Mâthos, prosternado diante da porta, fazia súplicas a Tanit. Implorava que ela não permitisse aquele sacrilégio. Tentava comovê-la com palavras acariciadoras, como se faz com uma pessoa irritada.

Espêndio notou que por cima da porta havia uma abertura estreita.

— Levanta-te! – disse ele a Mâthos, e mandou-o encostar-se em pé à parede.

Então, pondo um dos pés sobre as mãos e outro sobre a cabeça dele, chegou à abertura daquele respiradouro, meteu-se por ele e desapareceu. Depois Mâthos sentiu cair sobre seus ombros uma corda cheia de nós, a mesma que Espêndio tinha enrolado em volta do corpo antes de entrar nas cisternas; e, apoiado nela com as duas mãos, logo se viu junto dele, numa grande sala imersa em sombras.

Semelhantes atentados eram coisa incomum. A insuficiência de meios para preveni-los provava que eram considerados impossíveis. O terror, mais que as paredes, era o que defendia os santuários. Mâthos, a cada passo, esperava morrer.

Um clarão vacilava no fundo das trevas; os dois se aproximaram dele. Era uma lamparina que brilhava numa concha sobre o pedestal de uma estátua que tinha na cabeça o gorro dos cabiras. Sua longa túnica azul estava juncada de discos de diamantes; e correntes, metidas sob as lajes, prendiam-na ao solo pelos calcanhares. Mâthos conteve um grito. Balbuciava:

— Ah! É ela! É ela!

Espêndio pegou a lamparina para iluminar melhor.

— Como és ímpio! – murmurou Mâthos.

Mesmo assim o seguia.

No aposento em que entraram havia apenas uma pintura negra, representando outra mulher. Suas pernas chegavam até o alto da muralha. O corpo ocupava todo o teto. Do umbigo pendia, preso a um fio, um ovo enorme. A pintura continuava na outra parede, e a mulher, de cabeça para baixo, atingia o nível do piso, em que se encostavam seus dedos pontudos.

Para continuarem avançando, os dois afastaram uma tapeçaria; mas soprou um vento, e a luz se apagou.

Então eles passaram a vagar, perdidos nas complicações da arquitetura. De repente, sentiram debaixo dos pés algo estranhamente macio. Fervilhavam, brotavam centelhas; estavam andando sobre fogo. Espêndio apalpou o solo e percebeu que ele estava cuidadosamente atapetado com peles de lince; depois os dois tiveram a impressão de que uma corda grossa, molhada, fria e viscosa deslizava entre suas pernas. Algumas fendas, cortadas na muralha, filtravam tênues raios brancos. Eles avançavam seguindo aqueles clarões incertos. Por fim, distinguiram uma grande serpente negra, que tomou impulso rápido e desapareceu.

— Vamos fugir! – exclamou Mâthos. — Sinto que é ela que está vindo!

— Não mesmo! – respondeu Espêndio. — O templo está deserto!

Uma luz ofuscante os obrigou a baixar os olhos. Depois viram ao redor uma infinidade de animais, descarnados, ofegantes, mostrando as garras, misturados, uns sobre os outros, numa desordem misteriosa que causava espanto. Eram serpentes com pés, touros com asas, peixes com cabeça de homem devorando frutos, flores desabrochando nas mandíbulas dos crocodilos e elefantes de tromba erguida, passeando orgulhosamente em pleno firmamento, como águias. Um esforço terrível distendia seus membros incompletos ou multiplicados. Ao tirarem a língua, pareciam querer pôr a alma para fora. E todas as formas estavam lá, como se o receptáculo dos germes, abrindo-se numa eclosão súbita, se tivesse esvaziado nas paredes da sala.

Doze globos de cristal azul, sustentados por monstros que pareciam tigres, orlavam a sala em círculo. Tinham pupilas salientes como olhos de caracol e, curvando o traseiro volumoso, voltavam-se para o fundo, onde, num carro de marfim, resplandecia a Rabbet Suprema, a Onifecunda, a última inventada.

Escamas, penas, flores e pássaros subiam-lhe até o ventre. Nas orelhas, tinha por brincos dois címbalos de prata, que lhe batiam nas faces. Seus grandes olhos fitavam quem para ela olhasse; e uma pedra luminosa engastada em sua testa como símbolo obsceno iluminava toda a sala, refletindo-se acima da porta, em espelhos de cobre vermelho.

Mâthos deu um passo; uma das lajes cedeu sob seu pé, e as esferas começaram a girar, e os monstros, a rugir; soou uma música, melodiosa e pomposa, como a harmonia dos planetas; a alma turbulenta de Tanit jorrava, derramava-se. Ela se ergueria, ficaria da altura da sala, de braços abertos. De repente, os monstros fecharam as goelas; os globos de cristal pararam de girar.

Depois uma modulação lúgubre arrastou-se pelo ar durante algum tempo e por fim se extinguiu.

— E o véu? – disse Espêndio.

Não o viam em lugar nenhum. Onde estaria? Como descobrir? E se os sacerdotes o tivessem escondido? Mâthos sentia o coração despedaçado e uma espécie de decepção da fé.

— Por aqui! – cochichou Espêndio.

Guiava-se pela inspiração. Puxou Mâthos para trás do carro de Tanit, onde uma fenda, da largura de um côvado, cortava a muralha de alto a baixo.

Então eles penetraram numa salinha redonda, tão elevada que parecia o interior de uma coluna. No centro havia uma grande pedra negra, semiesférica, como um tamboril; sobre ela ardiam chamas; atrás, erguia-se um cone de ébano que sustentava uma cabeça e dois braços.

Mais além, havia algo que parecia uma nuvem com estrelas cintilantes; nas profundezas das suas pregas, distinguiam-se algumas figuras: Echmun com os cabiras, alguns dos monstros já vistos, os animais sagrados dos babilônicos e outros que eles não conheciam. Aquilo passava como um manto sob o rosto do ídolo e voltava a subir, estendendo-se pela parede até ser preso pelas pontas; era, ao mesmo tempo, azulado como a noite, amarelo como a aurora, purpúreo como o sol, numeroso, diáfano, cintilante e leve. Era o manto da Deusa, a zainfe santa que não podia ser vista.

Ambos empalideceram.

— Pega! – disse enfim Mâthos.

Espêndio não hesitou; e, apoiando-se no ídolo, desprendeu o véu, que caiu no chão. Mâthos pôs a mão sobre ele; depois meteu a cabeça pela abertura que ele tinha ao centro, envolveu o corpo com ele e abriu os braços para contemplá-lo melhor.

— Vamos embora! – disse Espêndio.

Mâthos, arquejante, continuava de olhos fitos no chão. De repente, exclamou.

— E se eu fosse à casa dela? Já não tenho medo de sua beleza! O que ela poderia fazer contra mim? Agora sou mais que um homem! Atravessaria o fogo, caminharia sobre as águas! Sinto-me arrebatado! Salammbô! Salammbô! Sou teu senhor!

Sua voz troava. A Espêndio ele parecia mais alto, transfigurado.

Ressoaram passadas cada vez mais próximas, uma porta se abriu e apareceu um homem, um sacerdote, com seu gorro alto e os olhos esbugalhados. Antes que ele fizesse qualquer gesto, Espêndio investiu contra ele e, enlaçando-o com os braços, cravou-lhe nos flancos seus dois punhais. Soou o choque da cabeça sobre o piso.

Depois os dois ficaram algum tempo imóveis como o cadáver, aplicando o ouvido. Só se ouvia o murmúrio do vento pela porta entreaberta.

Ela dava para uma passagem estreita. Espêndio entrou. Mâthos o acompanhou e quase imediatamente os dois se viram na terceira área do templo, entre os pórticos laterais, onde ficavam as habitações dos sacerdotes.

Atrás das celas, devia haver um caminho mais curto para sair. Eles se apressaram.

Espêndio, acocorando-se na beira da fonte, lavou as mãos ensanguentadas. As mulheres continuavam dormindo. A videira de esmeraldas brilhava. Eles se puseram de novo em marcha.

Sob as árvores, alguém corria atrás deles; e Mâthos, que vestia o manto, sentiu várias vezes que este estava sendo puxado suavemente em sua parte inferior. Era um grande babuíno, dos que viviam em liberdade nos recintos da Deusa. Como se tivesse consciência do roubo, aferrava-se ao manto. Apesar disso, os dois não ousavam agredi-lo, temendo que ele gritasse. De repente, sua cólera se aplacou, e ele passou a trotar ao lado deles, balançando o corpo, com os longos braços pendentes. Depois, chegando à barreira, com um pulo subiu numa palmeira.

Quando saíram da última área do templo, dirigiram-se para o palácio de Amílcar, pois Espêndio percebeu que seria inútil querer dissuadir Mâthos.

Enveredaram pela rua dos curtidores, praça de Muthumbal, mercado de ervas e encruzilhada de Cinasin. Numa esquina, um homem recuou, espantado com aquela coisa cintilante que atravessava as trevas.

— Esconde a zainfe! – disse Espêndio.

Cruzaram com outras pessoas, mas não foram notados. Por fim, reconheceram as casas de Mégara.

O farol, construído atrás dos edifícios, no ponto mais alto da falésia, iluminava o céu com um forte clarão vermelho, e a sombra do palácio, com os seus terraços sobrepostos, projetava-se nos jardins como monstruosa pirâmide. Eles entraram pela sebe de jujubeiras, cortando os ramos com o punhal.

Tudo conservava os vestígios do festim dos mercenários. Os currais estavam destroçados; os canais de água, secos; as portas do ergástulo, abertas. Não se via ninguém em torno das cozinhas e das despensas. Os dois achavam surpreendente aquele silêncio, interrompido às vezes pelo sopro rouco dos elefantes, que se agitavam em suas peias, ou pela crepitação do farol, onde flamejava uma fogueira de aloés.

Mâthos entrementes repetia:

— Onde está ela? Quero vê-la! Leva-me lá!

— É uma demência! – dizia Espêndio. — Ela vai chamar ajuda, os escravos virão correndo e, por mais forte que sejas, morrerás!

Chegaram desse modo à escadaria das galeras. Mâthos ergueu a cabeça e acreditou avistar, bem no alto, ligeira claridade radiante e suave. Espêndio quis detê-lo; ele subiu correndo.

Retornando ao lugar em que a tinha visto, apagou-se de sua memória o intervalo dos dias transcorridos desde então. Ainda há pouco ela cantava entre as mesas; desaparecera e, desde então, ele subia continuamente aquelas escadas. O céu, acima de sua cabeça, estava coberto de fogos; o mar preenchia o horizonte; a cada passo que ele dava, uma imensidão maior o circundava, e ele continuava a subir com a estranha facilidade que se sente nos sonhos.

O farfalhar que o véu produzia ao roçar nas pedras lembrou-lhe seu novo poder; na exorbitância daquela expectativa, já não sabia o que deveria fazer; a incerteza o intimidou.

De vez em quando ele colava o rosto contra as frestas quadrangulares dos aposentos fechados e em muitos deles acreditou ver pessoas adormecidas.

O último andar, menor que os outros, formava uma espécie de dado no alto dos terraços. Mâthos girou devagar em torno dele.

Uma luz leitosa enchia as folhas de talco que tapavam as pequenas aberturas da muralha; simetricamente dispostas, nas trevas pareciam fileiras de pérolas finas. Mâthos reconheceu a porta vermelha com cruz preta. As palpitações de seu coração redobraram. Quisera fugir. Empurrou a porta, e ela se abriu.

Uma lâmpada em forma de galera ardia suspensa no fundo do aposento, e três raios, que escapavam da sua carena de prata, bruxuleavam sobre os elevados painéis pintados de vermelho, com listras pretas. O teto era uma montagem de caibros, e no meio de sua douradura, em todos os nós da madeira, havia ametistas e topázios. Em cada um dos dois lados do aposento havia um leito muito baixo, feito de correias brancas; acima deles, abriam-se na muralha vários arcos em forma de conchas, dos quais sobressaíam algumas peças de vestuário que pendiam até o chão.

Um degrau de ônix rodeava um tanque oval; sobre suas bordas tinha sido deixado um par de finas pantufas de pele de serpente e um jarro de alabastro. Para além do tanque, avistavam-se pegadas úmidas. Fragrâncias deliciosas espargiam-se no ar.

Mâthos deslizava sobre os ladrilhos incrustados de ouro, madrepérola e vidro; e, apesar do polimento do piso, tinha a impressão de que seus pés afundavam, como se caminhasse sobre areia.

Ele avistara, atrás da lâmpada de prata, um grande quadrado de lápis-lazúli, suspenso no ar por quatro cordões vindos de cima; avançava, com as costas curvadas e boquiaberto.

Entre almofadas de púrpura, escovas de tartaruga, cofrinhos de cedro e espátulas de marfim espalhavam-se asas de flamingo presas a ramos de coral negro. Em chifres de antílope enfiavam-se anéis e braceletes; e vasos de argila esfriavam ao vento, numa abertura da parede, sobre uma treliça de caniços. Mâthos tropeçou várias vezes, porque o piso tinha níveis desiguais de altura, que constituíam uma espécie de sucessão de aposentos. No fundo, um tapete estampado de flores era cercado por balaústres de prata. Por fim, ele chegou junto do leito suspenso, perto de um escabelo de ébano, que servia para alcançá-lo.

A luz parava à beira do leito; e a sombra, qual grande cortina, só deixava à mostra uma ponta do colchão vermelho com um pedaço de pezinho descalço pousado no tornozelo. Então puxou a lâmpada com cuidado.

Ela dormia com uma das mãos debaixo da face e o outro braço estendido. Os caracóis de seus cabelos espalhavam-se ao seu redor tão abundantemente que ela parecia estar deitada sobre plumas pretas; a ampla túnica branca curvava-se em frouxos drapejamentos, até os pés, seguindo as inflexões do corpo. Via-se um pouco de seus olhos, sob as pálpebras semicerradas. As cortinas, estendidas perpendicularmente, envolviam-na numa atmosfera azulada, e o movimento da sua respiração, comunicando-se aos cordões, parecia balançá-la no ar. Um grande mosquito zunia.

Mâthos, imóvel, segurava numa das mãos a galera de prata; o mosquiteiro pegou fogo de repente, desapareceu, e Salammbô acordou.

O fogo se apagara sozinho. Ela não dizia nada. A luz punha grandes ondulações a oscilar nas paredes.

— O que é isso? – disse ela.

Mâthos respondeu:

— É o véu da Deusa!

— O véu da Deusa! – exclamou Salammbô.

E, apoiada nos dois punhos, ela se inclinava para fora, tremendo. Ele continuou:

— Fui buscá-lo para ti nas profundezas do santuário! Olha!

A zainfe cintilava, radiante.

— Estás lembrada? – dizia Mâthos. — À noite aparecias nos meus sonhos; mas eu não adivinhava a ordem muda dos teus olhos!

Ela pôs um pé sobre o escabelo de ébano. Mâthos continuou:

— Se eu tivesse entendido, teria vindo depressa; teria abandonado o exército; não teria saído de Cartago. Para te obedecer, desceria pela caverna de Hadrumeto[14] até o reino das sombras!... Perdoa! Era como se sobre meus dias pesassem montanhas, mesmo assim alguma coisa me arrastava! Eu tentava chegar a ti! Sem os deuses, eu jamais teria ousado!... Vamos embora daqui! Precisas vir comigo! Ou, se não quiseres, vou ficar! Que me importa!... Afoga minha alma no sopro do teu hálito! Que meus lábios se esmaguem a beijar tuas mãos.

— Deixa ver! – dizia ela. — Mais perto, mais perto!

A aurora despontava, e uma cor vinácea cobria as folhas de talco das paredes. Salammbô apoiava-se, quase desfalecida, sobre as almofadas do leito.

---

14. Cidade fenícia, situada ao sul de Túnis, na localização da atual cidade de Sousse.

— Amo-te! – exclamava Mâthos.
Salammbô balbuciava:
— Dá-me o véu!
E os dois se aproximavam.

Ela continuava avançando, vestida em sua longa samarra branca que se arrastava no chão, e com os olhos bem abertos, fitos no véu. Ele a contemplava, deslumbrado pelo esplendor de sua fisionomia e, estendendo-lhe a zainfe, ia estreitá-la nos braços. Ela abria os braços. De repente, parou, e ambos ficaram atônitos a olhar-se.

Então, sem compreender o que ele lhe solicitava, ela foi tomada de horror. Suas sobrancelhas finas ergueram-se, seus lábios se abriam; ela tremia. Por fim, percutiu uma das páteras de bronze que pendiam dos cantos do colchão vermelho, gritando:

— Socorro! Socorro! Para trás, sacrílego! Infame! Maldito! Socorro, Taanach, Kroûm, Ewa, Micipsa, Schaul!

E o rosto de Espêndio, apavorado, aparecendo diante da muralha entre as jarras de argila, gritou estas palavras:

— Foge! Eles vêm correndo!

Era grande o tumulto que subia, abalando as escadas, e um magote de mulheres, lacaios e escravos invadiu o aposento com venábulos, clavas, alfanjes e punhais. Ficaram como que paralisados de indignação ao verem um homem; as servas soltavam gritos fúnebres e os eunucos empalideciam sob a pele negra.

Mâthos continuava atrás dos balaústres. Envolto na zainfe, parecia um deus sideral, rodeado de firmamento. Os escravos iam lançar-se sobre ele. Salammbô os deteve:

— Não podeis tocá-lo! É o manto da Deusa!

Ela havia recuado para um canto, mas deu um passo na direção dele e, estendendo seu braço nu, disse:

— Maldição sobre ti, que roubaste Tanit! Ódio, vingança, carnificina e dor! Que Gurzil, deus das batalhas, te despedace! Que Matisman, deus dos mortos, te asfixie! E que o Outro – o que não se deve nomear – te calcine!

Mâthos soltou um grito, como se tivesse sido ferido por uma espada. Ela repetiu várias vezes:

— Vai embora! Vai embora!

A multidão de servidores abriu caminho, e Mâthos, de cabeça baixa, passou lentamente entre eles; junto à porta, parou, pois a franja da zainfe se prendera a uma das estrelas de ouro do piso. Ele a puxou bruscamente, com um movimento do ombro, e desceu as escadas.

Espêndio, saltando de terraço em terraço e pulando sebes e regos, fugira dos jardins. Chegou ao pé do farol. A muralha naquele ponto estava abandonada, tão inacessível era a falésia. Ele avançou até a beirada, deitou-se de costas e, com os pés para a frente, deixou-se escorregar até embaixo. Depois alcançou a nado o cabo dos Túmulos, deu uma grande volta pela laguna salgada e ao entardecer entrou no acampamento dos bárbaros.

O sol tinha nascido, e Mâthos, como um leão que se afasta, descia pelos caminhos, lançando ao redor olhares terríveis.

Um rumor indefinido chegava-lhe aos ouvidos. Começara no palácio e recomeçava ao longe, do lado da Acrópole. Uns diziam que o tesouro da República tinha sido roubado no templo de Moloch; outros falavam de um sacerdote assassinado. Em outros lugares, imaginava-se que os bárbaros tinham entrado na cidade.

Mâthos, que não sabia como sair das muralhas, caminhava sempre em frente. Foi visto, e o clamor se elevou. Todos tinham compreendido. Primeiro, foi consternação; depois, imensa cólera.

Do fundo das Mapales, das alturas da Acrópole, das catacumbas, das margens do lago, acorreu a multidão. Os patrícios saíam de seus palácios, os comerciantes, de suas lojas; as mulheres largavam os filhos; todos agarraram espadas, machados, paus; mas o mesmo obstáculo que servira de empecilho a Salammbô também os detinha. Como recuperar o véu? Olhá-lo já era crime; ele era da natureza dos deuses, e o contato com ele provocava a morte.

No peristilo dos templos, os sacerdotes, desesperados, não sabiam o que fazer. Os guardas da Legião galopavam a esmo; as pessoas subiam nos telhados, nos terraços, nos ombros dos colossos e nos mastros dos navios. Enquanto isso, Mâthos avançava, e a cada passo a raiva aumentava, mas o terror também. As ruas tornavam-se desertas quando ele se aproximava, e a torrente humana em fuga brotava de novo dos dois lados, até o alto das muralhas. Por toda parte, ele só distinguia olhos arregalados, como se quisessem devorá-lo, dentes rangendo, punhos fechados; e as imprecações de Salammbô repercutiam e multiplicavam-se.

De repente, vibrou uma flecha comprida, depois outra, e chegou o estridor das pedras; mas os arremessos, mal dirigidos (temiam atingir a zainfe), passavam acima de sua cabeça. Aliás, usando o véu como escudo, ele o estendia à direita, à esquerda, à frente e atrás, enquanto os outros não imaginavam nenhum expediente. Andava cada vez mais depressa, enveredando pelas ruas abertas. Estas estavam bloqueadas por cordas, carroças, armadilhas; a cada desvio, recuava. Por fim, ingressou na praça de Hammon, onde os baleares tinham perecido. Então parou, empalidecendo como alguém que vai morrer. Daquela vez estava mesmo perdido; a multidão batia palmas.

Ele correu até a grande porta fechada. Era muito alta, inteiramente de cerne de carvalho, tachonada de ferro e forrada de bronze. Mâthos jogou-se contra ela. O povo tripudiava de alegria, vendo a impotência de seu furor; então ele pegou uma de suas sandálias, cuspiu nela e passou a batê-la nos painéis imóveis. A cidade inteira rugiu.

Agora o véu estava esquecido, e Mâthos seria esmagado. Seus grandes olhos vagos passeavam pela multidão. Suas têmporas pulsavam a ponto de aturdi-lo; ele se sentia invadido pelo entorpecimento dos bêbados. De repente, avistou a grande corrente que, puxada, permitia manobrar o básculo da porta. Com um pulo, agarrou-se a ela, forcejando com os braços e usando os pés como botaréu; por fim, as enormes folhas se abriram.

Lá fora, ele tirou a grande zainfe do pescoço e ergueu-a na cabeça o máximo possível. O tecido, sustentado pelo vento do mar, resplandecia ao sol com as cores, pedrarias e figuras dos seus deuses. Mâthos, carregando-o assim, atravessou toda a planície até as tendas dos soldados; e o povo, das muralhas, via a fortuna de Cartago indo embora.

6. Hanão

— Eu devia tê-la raptado! – dizia Mâthos naquela noite a Espêndio. — Era preciso agarrá-la, arrancá-la daquela casa! Ninguém teria ousado nada contra mim!

Espêndio não prestava atenção. Deitado de costas, descansava prazerosamente perto de um grande jarro de hidromel, no qual de vez em quando afundava a cabeça para beber com mais abundância.

Mâthos prosseguiu:

— O que fazer?... Como entrar de novo em Cartago?

— Não sei! – disse Espêndio.

Essa impassibilidade exasperava Mâthos, que exclamou:

— Ei! A culpa é tua! Tu me arrastas e depois me abandonas, covarde! Por que te obedeceria? Achas que és meu amo! Ah! Prostituidor, escravo, filho de escravo.

Rangia os dentes e erguia a manzorra sobre Espêndio. O grego não respondeu. Um lampadário de argila ardia brandamente contra o mastro da tenda, no qual a zainfe resplandecia na panóplia pendurada.

De repente, Mâthos calçou os coturnos, afivelou o saio de lâminas de bronze e pegou o capacete.

— Aonde vais? – perguntou Espêndio.

— Voltar! Deixa-me. Vou trazê-la! E, se eles aparecerem, esmago-os como víboras! Vou fazê-la morrer, Espêndio!

E repetiu:

— Sim! Vou matá-la! Tu verás! Vou matá-la!

Espêndio, que prestava atenção aos ruídos, arrancou de repente a zainfe e a atirou num canto, amontoando peles de carneiro sobre ela. Ouviram-se murmúrios e acenderam-se tochas; e Narr'Havas entrou, seguido por uns vinte homens.

Usavam mantos de lã branca, longos punhais, colares de couro, brincos de madeira, calçados de pele de hiena; e, parados no limiar, apoiavam-se às suas lanças como pastores em repouso. Narr'Havas era o mais belo de todos; seus braços esguios eram cingidos por correias guarnecidas de pérolas; ao círculo de ouro que prendia o amplo manto em volta de sua cabeça estava pregada uma pena de avestruz que lhe pendia por trás dos ombros; um sorriso contínuo deixava à mostra seus dentes; os olhos pareciam aguçados como flechas e em toda a sua pessoa havia algo de atento e ligeiro.

Narr'Havas declarou que viera para se unir aos mercenários, pois fazia tempo que a República ameaçava seu reino. Portanto, tinha interesse em socorrer os bárbaros e também podia ser-lhes útil.

— Posso fornecer elefantes (minhas florestas estão cheias deles), vinho, azeite, cevada, tâmaras, pez e enxofre para os cercos, 20 mil peões e 10 mil cavalos. Se eu me dirijo a ti, Mâthos, é porque a posse da zainfe te tornou o primeiro do exército.

E acrescentou:

— Aliás, somos velhos amigos.

Mâthos examinava Espêndio, que ouvia sentado sobre as peles de carneiro, fazendo com a cabeça pequenos sinais de assentimento. Narr'Havas continuava falando. Invocava os deuses e maldizia Cartago. Em suas imprecações, quebrou um dardo. Todos os seus homens emitiram um grito ao mesmo tempo, e Mâthos, arrebatado por aquela cólera, exclamou que aceitava a aliança.

Foram trazidos um touro branco e uma ovelha preta, símbolos do dia e da noite. Os animais foram degolados à beira de uma cova. Quando esta se encheu de sangue, eles mergulharam os braços no sangue. A seguir, Narr'Havas pôs a mão espalmada sobre o peito de Mâthos, Mâthos pôs a sua sobre o peito de Narr'Havas. Repetiram esse estigma nas paredes de suas tendas. Depois passaram a noite a comer; os restos das carnes, com a pele, os ossos, os chifres e os cascos, foram queimados.

Imensa aclamação tinha saudado Mâthos, quando ele regressara trazendo o véu da Deusa; mesmo os que não professavam a religião cananeia sentiram um vago entusiasmo pela sobrevinda de um Gênio. Quanto a tentar apoderar-se da zainfe, ninguém sequer cogitou; a maneira misteriosa pela qual Mâthos a obtivera bastava, na mente dos bárbaros, para legitimar sua posse. Assim pensavam os soldados de origem africana. Os outros, cujo ódio era menos antigo, não sabiam o que decidir. Se tivessem navios, teriam ido imediatamente embora.

Espêndio, Narr'Havas e Mâthos expediram homens a todas as tribos do território púnico.

Cartago escorchava aqueles povos. Cobrava impostos exorbitantes; os atrasos ou mesmo os descontentamentos eram punidos com os grilhões, o cutelo ou a cruz. Era preciso cultivar o que convinha à República e fornecer tudo o que ela exigia; ninguém tinha o direito de possuir uma arma; quando as aldeias se revoltavam, seus habitantes eram vendidos; os governantes eram avaliados como os lagares, segundo aquilo que rendiam. Para além das regiões diretamente submetidas a Cartago, ficavam os aliados, que pagavam um tributo medíocre; para além dos aliados, vagavam os nômades, que podiam ser incitados contra eles. Com esse sistema, as colheitas eram sempre abundantes; as coudelarias, sabiamente administradas; as plantações, soberbas. O velho Catão, mestre em assuntos de lavoura e escravos, 92 anos depois ficou estupefato com tal sistema, e o grito de morte que ele repetia em Roma não passava de manifestação de inveja cobiçosa.

Durante a última guerra, a espoliação redobrara a tal ponto que quase todas as cidades da Líbia se entregaram a Régulo. Para as punirem, tinham exigido delas mil talentos, 20 mil bois, trezentos sacos de ouro em pó, consideráveis adiantamentos em grãos, e os dirigentes das tribos haviam sido crucificados ou lançados aos leões.

Túnis, principalmente, abominava Cartago! Mais antiga que a metrópole, não lhe perdoava a grandeza; ficava na frente de suas muralhas, agachada no lodo, à beira da água, como um bicho peçonhento a olhá-la. Deportações, carnificinas e epidemias não a enfraqueciam. Apoiara Arcagates, filho de Agátocles. Os comedores-de-coisas-imundas, logo depois, ali encontraram armas.

Os mensageiros ainda não tinham partido e já explodia uma alegria universal nas províncias. Sem mais demora, foram estrangulados nos banhos os intendentes das casas e os funcionários da República. Foram tiradas das cavernas as velhas armas que ali estavam escondidas; com o ferro das charruas forjaram-se espadas; as crianças, às portas, afiavam dardos, e as mulheres deram colares, anéis e brincos, tudo o que pudesse servir para a destruição de Cartago.

Todos queriam contribuir. As pilhas de lanças amontoavam-se nos burgos, como feixes de milho. Foram expedidos animais e dinheiro. Mâthos pagou depressa os soldos atrasados aos mercenários e, graças a essa ideia de Espêndio, foi nomeado general do exército, *schalischim* dos bárbaros.

Ao mesmo tempo, chegavam reforços humanos. Primeiro apareceu gente autóctone, depois escravos dos campos. Várias caravanas de negros foram capturadas e armadas, e mercadores que iam a Cartago na esperança de lucro mais seguro uniram-se aos bárbaros. Era incessante a chegada de bandos numerosos. Das alturas da Acrópole, via-se o exército aumentando.

Na plataforma do aqueduto, os guardas da Legião estavam postados de sentinela e, perto deles, a intervalos, erguiam-se grandes cubas de bronze em que borbulhavam torrentes de asfalto. Embaixo, na planície, a grande multidão agitava-se tumultuosamente. Estavam indecisos, sentindo o embaraço que o encontro com muralhas sempre inspira nos bárbaros.

Útica e Hippo Zaritus recusaram a aliança. Colônias fenícias, tal como Cartago, tinham autonomia e, nos tratados realizados pela República, conseguiam cada vez mais introduzir cláusulas distintivas. Contudo, respeitavam aquela irmã mais forte que as protegia e não acreditavam que um ajuntamento de bárbaros fosse capaz de vencê-la; ao contrário, eles seriam exterminados. Elas queriam continuar neutras e viver tranquilas.

Mas, em vista da posição, eram indispensáveis. Útica, no fundo de um golfo, era cômoda para levar a Cartago os socorros externos. Se apenas Útica fosse tomada, Hippo Zaritus, a seis horas dela, na costa, ocuparia seu lugar, e a metrópole, assim abastecida, seria inexpugnável.

Espêndio queria que o cerco começasse imediatamente. Narr'Havas se opôs: primeiro convinha cuidar das fronteiras. Essa era a opinião dos veteranos e do próprio Mâthos; ficou decidido que Espêndio iria atacar Útica, e Mâthos, Hippo Zaritus; o terceiro corpo de exército, com base de apoio em Túnis, ocuparia a planície de Cartago; Autarite ficou encarregado disso. Narr'Havas, por sua vez, devia voltar a seu reino para buscar elefantes e bater as estradas com sua cavalaria.

As mulheres indignaram-se com essa decisão; cobiçavam as joias das damas púnicas. Os líbios também reclamaram. Tinham sido chamados para lutar contra Cartago, e eis que se afastavam! Os soldados partiram quase sós. Mâthos comandava os companheiros com os iberos, os lusitanos, os homens do Ocidente e das ilhas; e todos os que falavam grego pediram o comando de Espêndio, por causa de sua inteligência.

Em Cartago foi grande a estupefação quando se viu o exército começar a mover-se de repente e depois se estender pelo sopé da montanha de Ariana, no caminho de Útica, do lado do mar. Uma parte ficou diante de Túnis, a outra desapareceu e depois reapareceu na outra margem do golfo, à beira das florestas, onde se internou.

Eram uns 80 mil homens. As duas cidades tírias não resistiriam; depois eles se voltariam para Cartago. Um exército considerável já a atacava, ocupando o istmo pela base, e logo a cidade sucumbiria à fome, pois não podia viver sem o auxílio das províncias, visto que, ao contrário de Roma, seus cidadãos não pagavam contribuições. Faltava gênio político a Cartago. Sua eterna preocupação com o pão a impedia de ter a prudência inspirada pelas ambições mais elevadas. Galera ancorada nas areias líbicas, ela se mantinha ali à força de trabalho. As nações, como as ondas, rugiam à sua volta, e a menor tempestade abalava aquela máquina formidável.

O tesouro tinha sido exaurido pela guerra romana e por tudo o que fora desperdiçado, perdido, enquanto se barganhava com os bárbaros. No entanto, ela precisava de soldados, e nem um só governo confiava na República! Pouco tempo antes Ptolomeu lhe negara 2 mil talentos. Aliás, o roubo do véu era causa de desalento. Espêndio bem que previra.

Mas aquele povo, que se sentia odiado, estreitava sobre o coração o dinheiro e os deuses; e seu patriotismo era alimentado pela própria constituição de seu governo.

Em primeiro lugar, o poder dependia de todos, sem que ninguém fosse bastante forte para açambarcá-lo. As dívidas privadas eram consideradas dívidas públicas. Os homens de raça cananeia tinham o monopólio do comércio. Multiplicando-se os lucros da pirataria pelos da usura, explorando-se brutalmente as terras, os escravos e os pobres, às vezes se chegava à riqueza. Só ela dava acesso a todas as magistraturas; e, embora o poder e o dinheiro se perpetuassem nas mesmas famílias, tolerava-se a oligarquia, porque se tinha a esperança de atingi-la.

As sociedades de comerciantes, onde eram elaboradas as leis, escolhiam os inspetores de finanças; estes, ao largarem os cargos, nomeavam os cem membros do Conselho dos Anciãos, que, por sua vez, dependiam da Grande Assembleia, reunião geral de todos os ricos. Quanto aos dois sufetas, aqueles resíduos de reis, menos que cônsules, eram escolhidos no mesmo dia em duas famílias distintas. Eram divididos por todos os tipos de ódio, para se enfraquecerem reciprocamente. Não podiam deliberar sobre a guerra; e, quando eram vencidos, o Grande Conselho os crucificava.

Portanto, a força de Cartago emanava das sissítias, ou seja, um grande pátio situado no centro de Malqua, onde, segundo se dizia, tinha aportado a primeira barca de marinheiros fenícios e de onde o mar refluíra muito desde então. Era um conjunto de pequenos aposentos de arquitetura arcaica, feitos de troncos de palmeira com pedras nos ângulos, separados uns dos outros para receberem isoladamente as diferentes companhias. Os ricos se apinhavam ali o dia todo, para debater seus interesses e os do governo, desde a obtenção da pimenta até o extermínio de Roma. Três vezes por lua, mandavam levar seus leitos para o alto terraço que emoldurava o muro do pátio; de baixo, eram vistos às mesas, nos ares, sem coturnos nem mantos, com os diamantes dos dedos passeando sobre as iguarias e os grandes aros dos brincos pendendo entre as jarras, todos fortes e gordos, seminus, felizes, rindo e comendo, em pleno firmamento, como grandes tubarões refestelando-se no mar.

Mas naquele momento não podiam dissimular as preocupações: estavam pálidos demais; a multidão que os esperava às portas escoltava-os até seus palácios, para arrancar deles alguma notícia. Como em tempos de peste, todas as casas estavam fechadas. As ruas se enchiam e se esvaziavam de repente; subia-se à Acrópole, corria-se ao porto. Toda noite o Grande Conselho deliberava. Por fim, o povo foi convocado à praça de Hammon e ficou decidido que se recorreria a Hanão, o vencedor de Hecatômpilo.

Era um homem devoto, astucioso, impiedoso com a gente da África, um verdadeiro cartaginês. Seus rendimentos igualavam-se aos dos Barcas. Ninguém tinha tanta experiência em assuntos de administração.

Decretou o recrutamento de todos os cidadãos válidos, instalou catapultas nas torres, exigiu suprimentos exorbitantes de armas, ordenou até a construção de catorze galeras de que não se tinha necessidade; e quis que tudo fosse registado e minuciosamente escrito. Fazia-se conduzir ao arsenal, ao farol, ao tesouro dos templos. Sua liteira era sempre vista a chacoalhar de degrau em degrau, na subida das escadarias da Acrópole. À noite, em seu palácio, como não conseguia dormir, preparava-se para a batalha berrando manobras de guerra com uma voz assustadora.

Todos, por excesso de terror, se tornavam valentes. Os ricos, assim que o galo cantava, iam alinhar-se ao longo das Mapales; e, arregaçando as túnicas, exercitavam-se no manejo do chuço. Mas, por falta de instrutor, brigavam; sentavam-se ofegantes nos túmulos, depois recomeçavam. Muitos se impuseram uma dieta. Uns, imaginando que era preciso comer muito para ganhar força, empanzinavam-se, enquanto outros, incomodados pela corpulência, extenuavam-se com jejuns para emagrecer.

Útica já tinha reivindicado várias vezes o socorro de Cartago. Mas Hanão se recusava a partir enquanto não fosse posta a última arruela nas máquinas de guerra. Perdeu ainda três luas a equipar os 1.200 elefantes alojados nas muralhas; eram os vencedores de Régulo; o povo os prezava muito; nenhuma ação parecia suficientemente boa para com aqueles velhos amigos. Hanão mandou refundir as placas de bronze que guarneciam seus peitorais, dourar suas presas, alargar suas torres e confeccionar com belíssima púrpura caparazões orlados de pesadas franjas. Enfim, como seus condutores eram chamados de indianos (decerto porque os primeiros tinham vindo das Índias), ordenou que todos se vestissem à moda indiana, ou seja, com um rolinho branco em torno das têmporas e calções de bisso, que, com suas pregas transversais, formavam como que as duas válvulas de uma concha aplicada sobre as ancas.

O exército de Autarite continuava na frente de Túnis. Ocultava-se detrás de um muro feito de lama do lago e defendido no alto por mato espinhoso. Nele, os negros tinham fincado a intervalos uns paus compridos com figuras medonhas, máscaras humanas compostas com penas de aves e cabeças de chacal ou de serpente, com goelas escancaradas para os inimigos, a fim de assustá-los; e assim, julgando-se invencíveis, os bárbaros dançavam, lutavam, davam cambalhotas, convictos de que Cartago não tardaria a perecer. Outro que não fosse Hanão teria facilmente esmagado aquela multidão enleada por animais e mulheres; aliás, aquela gente não entendia manobra alguma, e Autarite, desanimado, não exigia mais nada.

Todos se afastavam quando ele passava, dirigindo para todos os lados os seus olhões azuis. Depois, chegando à beira do lago, ele despia o saio de pele de foca, desatava a corda que lhe prendia os longos cabelos ruivos e mergulhava-os na água. Arrependia-se de não ter desertado para o lado romano com os 2 mil gauleses do templo de Érice.

Com frequência, pelo meio do dia, o sol deixava repentinamente de brilhar. Então o golfo e o mar alto pareciam imóveis, como chumbo derretido. Uma nuvem de poeira escura, estendida perpendicularmente, chegava turbilhonando; as palmeiras curvavam-se, o céu desaparecia, ouvia-se o rebote das pedras nas garupas dos animais; e o gaulês, com os lábios colados aos buracos da tenda, grunhia de esgotamento e melancolia. Lembrava-se do aroma das pastagens nas manhãs de outono, dos flocos de neve, dos mugidos dos auroques perdidos no nevoeiro; e, fechando os olhos, parecia-lhe avistar no âmago das florestas, a tremeluzir nos pântanos, os fogos das extensas cabanas cobertas de palha.

Outros também sentiam saudade da pátria, mesmo que ela não fosse tão distante. Os cartagineses prisioneiros podiam distinguir, além do golfo, nas ladeiras de Birsa, os velários de suas casas, estendidos nos pátios. Mas em torno deles andavam sentinelas, perpetuamente. Estavam todos atados a uma corrente comum. Cada um tinha uma golilha de ferro, e a multidão não se cansava de ir olhá-los; as mulheres mostravam às crianças as belas túnicas esfarrapadas, pendendo sobre seus membros emagrecidos.

Autarite, sempre que contemplava Giscão, enfurecia-se ao se lembrar da injúria sofrida; não fosse o juramento feito a Narr'Havas, o mataria. Então voltava à sua tenda e bebia uma mistura de cevada e cominho até desmaiar de embriaguez; depois acordava com o sol já alto, devorado por uma sede horrível.

Mâthos, entrementes, cercava Hippo Zaritus.

Mas a cidade era protegida por um lago que se comunicava com o mar. Tinha três paredões e, nas alturas que a dominavam, estendia-se uma muralha fortificada de torreões. Ele nunca tinha comandado cometimentos semelhantes. Além disso, a lembrança de Salammbô o obsedava, e ele sonhava com os prazeres de sua beleza, como delícias de uma vingança que o arrebatava de orgulho. Era uma necessidade acerba, furiosa e permanente de revê-la. Pensou até em se oferecer como negociador, na esperança de que, entrando em Cartago, conseguiria chegar até ela. Com frequência mandava soar o sinal de assalto e, sem mais esperar, arremetia para o molhe que estavam tentando estabelecer no mar. Arrancava as pedras com as mãos, desmantelava, golpeava, enfiava a espada em tudo. Os bárbaros precipitavam-se atabalhoadamente; as escadas de madeira se despedaçavam com grande estrépito, e massas de homens desabavam na água, que repinchava em ondas vermelhas contra os paredões; o tumulto diminuía, e os soldados afastavam-se para recomeçar.

Mâthos ia sentar-se fora da área de tendas; limpava com o braço o rosto respingado de sangue e, voltado para Cartago, olhava o horizonte.

À sua frente, entre oliveiras, palmeiras, mirtos e plátanos, estendiam-se duas grandes lagoas, que se ligavam com outro lago, cujos contornos não se viam. Atrás de uma montanha surgiam outras montanhas e, no meio do lago imenso, erguia-se uma ilha negra e piramidal. À esquerda, na extremidade do golfo, as dunas pareciam imensas ondas fulvas imobilizadas, enquanto o mar, liso como um lajedo de lápis-lazúli, subia imperceptivelmente até a beira do céu. O verdor da campina desaparecia em alguns pontos sob longas placas amarelas; alfarrobeiras brilhavam como botões de coral; do alto dos sicômoros pendiam pâmpanos; ouvia-se o murmúrio das águas; saltavam cotovias-de-poupa, e os últimos fogos do sol douravam a carapaça das tartarugas que saíam dos juncais para aspirar a brisa.

Mâthos soltava profundos suspiros. Deitava-se de bruços, cravava as unhas na terra e chorava; sentia-se mísero, reles, abandonado. Nunca a possuiria. Não conseguia nem se apossar de uma cidade.

À noite, sozinho na tenda, contemplava a zainfe. De que lhe servia aquela coisa dos deuses? E no pensamento do bárbaro nasciam dúvidas. Depois, ao contrário, parecia-lhe que o traje da Deusa estava ligado a Salammbô e que nele flutuava uma parte de sua alma, mais sutil que um sopro; então o apalpava, cheirava, mergulhava nele o rosto e o beijava, soluçando. Punha-o sobre os ombros para iludir-se e acreditar-se junto a ela.

Às vezes escapulia de repente; pulava por cima dos soldados que dormiam enrolados nos mantos, montava no cavalo e duas horas depois estava em Útica, na tenda de Espêndio.

Primeiro falava do cerco; mas tinha ido lá só para aliviar a dor conversando sobre Salammbô; Espêndio exortava-o à prudência.

— Repele da alma essas misérias que a degradam! Antes obedecias. Agora comandas um exército; e, se Cartago não for conquistada, pelo menos nos concederão províncias; seremos reis!

Mas como a posse da zainfe não lhe dava a vitória? Segundo Espêndio, era preciso esperar.

Mâthos imaginou que o véu tinha efeito exclusivo sobre pessoas da raça cananeia e, em sua sutileza de bárbaro, pensava: "Portanto, a zainfe não vai fazer nada por mim;

mas, como eles a perderam, também não vai fazer nada por eles".

Depois, sentiu-se perturbado por um escrúpulo. Receava que, sendo adorador de Aptuknos, deus dos líbios, ofenderia Moloch; e perguntou timidamente a Espêndio a qual dos dois seria melhor sacrificar um homem.

— Sacrifica e pronto! – respondeu Espêndio, rindo.

Mâthos, que não compreendia aquela indiferença, desconfiou que o grego tinha alguma divindade de que não queria falar.

Todos os cultos, assim como todas as raças, encontravam-se naqueles exércitos de bárbaros, e tinha-se consideração pelos deuses alheios, porque eles também amedrontavam. Muitos misturavam práticas estrangeiras à religião natal. Se esta ou aquela constelação era funesta ou propícia, mesmo quem não adorasse estrelas lhe oferecia sacrifícios; um amuleto desconhecido, achado por acaso no perigo, tornava-se uma divindade; ou então se repetia um nome, nada mais que um nome, sem sequer tentar entender o que poderia significar. Mas, de tanto saquearem templos e verem grande quantidade de nações e carnificinas, muitos acabavam por acreditar só no destino e na morte; e a cada noite adormeciam com a placidez dos animais ferozes. Espêndio cuspiria nas imagens de Júpiter Olímpico, mas tinha medo de falar alto no escuro e nem um só dia deixava de calçar primeiro o pé direito.

De frente para Útica, Espêndio estava levantando um longo terraço quadrangular. Mas, à medida que este subia, elevavam-se também as muralhas da cidade; o que era derrubado por uns quase imediatamente era reerguido por outros. Espêndio poupava seus soldados e sonhava planos; tentava lembrar-se dos estratagemas que ouvira contar em suas viagens. Por que Narr'Havas não voltava? Todos estavam preocupados.

Hanão terminara os preparativos. Numa noite sem luar, ordenou que soldados e elefantes atravessassem o golfo de Cartago em jangadas. Depois eles contornaram a montanha das Águas Quentes para evitar Autarite e prosseguiram tão devagar que, em vez de surpreenderem os bárbaros numa manhãzinha, como o sufeta calculara, chegaram com sol alto no terceiro dia.

No lado oriental, Útica tinha uma planície que se estendia até a grande laguna de Cartago; atrás dessa planície desembocava em ângulo reto um vale compreendido entre dois morros abruptamente truncados; os bárbaros tinham acampado mais longe, à esquerda, para bloquear o porto, e estavam dormindo em suas tendas – porque os dois lados, cansados demais naquele dia para combater, estavam repousando –, quando apareceu o exército cartaginês na virada dos morros.

Pelas alas da Legião distribuíam-se novatos munidos de fundas. Os guardas da Legião, sob armaduras de escamas de ouro, formavam a primeira linha, com seus grandes cavalos sem crina, pelos e orelhas, que no meio da testa tinham um chifre de prata para se parecerem com rinocerontes. Entre seus esquadrões, muitos jovens, com capacete pequeno, brandiam em cada mão um dardo de freixo; os longos chuços da infantaria pesada vinham atrás. Todos aqueles comerciantes tinham amontoado sobre o corpo o maior número possível de armas: havia quem carregasse ao mesmo tempo uma lança, uma acha de armas, uma maça e duas espadas; outros, como ouriços, iam cheios de dardos, com os braços distantes das couraças de lamelas de chifre ou de placas de ferro. Finalmente, apareceram os arcabouços das grandes máquinas: carrobalistas, onagros, catapultas e escorpiões, oscilando sobre carroças puxadas por mulas e quadrigas de bois; e, à medida que o exército evoluía, os capitães, esbaforidos, corriam de um lado para outro, comunicando ordens, unindo filas e mantendo os intervalos. Os membros do Conselho dos Anciãos que comandavam tinham vindo com briais de púrpura, cujas franjas magníficas se enredavam nas correias dos coturnos. Os rostos, lambuzados de vermelhão, reluziam sob os capacetes enormes, encimados por deuses; e, como seus escudos tinham uma orla de marfim coberta de pedrarias, pareciam sóis passando sobre muros de bronze.

As manobras dos cartagineses eram tão árduas que os soldados, por escárnio, os convidavam a sentar-se. Gritavam-lhes que logo iam esvaziar suas panças, limpar o pó dourado da pele deles e fazê-los engolir ferro.

No topo do mastro fincado diante da tenda de Espêndio, apareceu um pedaço de pano verde: era o sinal. O exército cartaginês respondeu com enorme fragor de trombetas, címbalos, flautas de osso de asno e tímpanos. Os bárbaros já tinham saltado para fora das paliçadas. Os dois lados estavam ao alcance de dardos, face a face.

Um fundibulário balear deu um passo à frente, pôs na correia da funda uma de suas balas de argila, girou o braço; um escudo de marfim despedaçou-se, os dois exércitos embaralharam-se.

Os gregos, picando as ventas dos cavalos com a ponta das lanças, fizeram-nos cair sobre os cavaleiros. Os escravos, que deviam atirar pedras, tinham-nas levado grandes demais; elas caíam perto deles. Os peões púnicos, ao darem cutiladas com suas espadas compridas, deixavam descoberto seu flanco direito. Os bárbaros romperam suas fileiras; matavam-nos no corpo a corpo; tropeçavam nos moribundos e nos cadáveres, encegueciods pelo sangue que lhes jorrava no rosto. Aquele amontoado de chuços, capacetes, couraças, espadas e membros em confusão girava sobre si mesmo, alargando-se e apertando-se em contrações elásticas. Cada vez mais brechas se abriam nas coortes cartaginesas, e suas máquinas não conseguiam sair da areia; por fim, a liteira do sufeta (sua grande liteira com pingentes de cristal), que desde o começo era avistada a balançar entre os soldados como um barco sobre as ondas, de repente, soçobrou. Estaria morto? Os bárbaros viram-se sozinhos.

A poeira ia baixando, e eles começavam a cantar, quando Hanão em pessoa apareceu em cima de um elefante. Estava com a cabeça descoberta, sob um guarda-sol de bisso segurado por um negro, atrás dele. O colar de placas azuis vinha batendo sobre as flores da sua túnica preta; argolas de diamantes comprimiam seus braços e, com a boca aberta, ele brandia um chuço imenso, que na ponta se abria como uma flor de lótus e era mais brilhante que um espelho. Imediatamente o chão tremeu, e os bárbaros viram chegar correndo, numa única linha, todos os elefantes de Cartago, com suas presas douradas, as orelhas pintadas de azul, vestidos de bronze e sacudindo, sobre seus caparazões de escarlate, grandes torres de couro, cada uma das quais com três arqueiros trazendo arcos abertos.

Os soldados mal e mal estavam armados; tinham tomado posições a esmo. O terror os paralisou; ficaram indecisos.

Do alto das torres já lhes arremessavam dardos, flechas, faláricas e massas de chumbo. Alguns, na tentativa de subir, agarravam-se às franjas dos caparazões. Suas mãos eram cortadas com alfanjes, e eles caíam para trás sobre espadas em riste. Os chuços, fracos demais, quebravam-se, os elefantes passavam entre as falanges como javalis entre tufos de capim; com suas trombas, arrancaram as estacas do acampamento e o atravessaram de ponta a ponta, derrubando as tendas com os peitorais; todos os bárbaros tinham fugido. Escondiam-se nos morros que orlavam o vale pelo qual os cartagineses haviam chegado.

Hanão, vencedor, apresentou-se diante das portas de Útica. Ordenou o toque da trombeta. Os três juízes da cidade apareceram nos merlões do alto de uma torre.

A gente de Útica não queria receber hóspedes tão armados. Hanão encolerizou-se. Por fim, consentiram em deixá-lo entrar com uma pequena escolta.

As ruas eram muito estreitas para os elefantes. Foi preciso deixá-los para fora.

Assim que o sufeta entrou, os principais dignitários vieram cumprimentá-lo. Ordenou que o conduzissem às estufas e chamou seus cozinheiros.

Três horas depois, ele ainda estava enfiado no óleo de cinamomo, de que enchera a tina, e, enquanto se banhava, comia, sobre um couro de boi estendido, línguas de flamingo com sementes de papoula em conserva de mel. Ao lado, o médico grego, imóvel numa longa túnica amarela, mandava de vez em quando reaquecer a estufa, e dois rapazinhos, inclinados nos degraus da tina, esfregavam-lhe as pernas. Mas os cuidados com o corpo não excluíam o amor pela coisa pública, pois o sufeta ditava uma carta para o Grande Conselho e, como tinham acabado de fazer prisioneiros, matutava o terrível castigo que inventaria.

— Espera! – disse ele a um escravo que, em pé, estava escrevendo sobre a palma da mão. — Trazei-me alguns! Quero vê-los!

E do fundo da sala cheia de um vapor esbranquiçado em que as tochas lançavam manchas vermelhas, três bárbaros foram empurrados: um samnita, um espartano e um capadócio.

— Continua! – disse Hanão. — Regozijai-vos, luz dos baalim! Vosso sufeta exterminou os cães vorazes! Bênçãos sobre a República! Ordenai orações!

Avistou os prisioneiros e gargalhou:

— Ah! Ah! Meus bravos de Sica! Não sois vós que gritais

tão alto hoje! Sou eu! Reconheceis-me? Onde estão vossas espadas? Que homens terríveis!

E fingia querer esconder-se, como se tivesse medo deles.

— Pedíeis cavalos, mulheres, terras, magistraturas, e até sacerdócios! Por que não? Pois bem, eu vos darei terras de onde nunca saireis! Desposareis madeiras novinhas em folha! O soldo? Será fundido em vossa boca como lingotes de chumbo! E vos porei em bons lugares, bem altos, no meio das nuvens, perto das águias!

Os três bárbaros, cabeludos e cobertos de farrapos, olhavam para ele sem entender o que dizia. Feridos nos joelhos, tinham sido laçados com cordas, e as longas correntes que prendiam suas mãos se arrastavam no chão. Hanão indignou-se com a impassibilidade deles.

— De joelhos! De joelhos! Chacais! Ordinários! Vermes! Excrementos! E eles não respondem! Chega! Calai-vos! Que sejam esfolados vivos! Não! Daqui a pouquinho!

Fungava como um hipopótamo, revirando os olhos. O óleo perfumado extravasava sob a massa de seu corpo e, colando-se às escamas de sua pele, dava-lhe aspecto rosado sob efeito do clarão das tochas.

Prosseguiu:

— Durante quatro dias sofremos demais com o sol. Na travessia do Macar perdemos mulas. Apesar da posição deles, da coragem extraordinária... Ah! Demônades! Como me sinto mal! Manda aquecer os tijolos até ficarem vermelhos!

Ouviu-se o ruído de ancinhos e fornos. O incenso ardeu com mais força nos grandes incensários; e massagistas nus, suando em bicas, esfregaram nas articulações do sufeta uma pasta composta de frumento, enxofre, vinho negro, leite de cadela, mirra, gálbano e estoraque. Uma sede incessante o devorava; o homem vestido de amarelo não cedeu a essa vontade e, apresentando-lhe uma taça de ouro em que fumegava um caldo de víbora, disse:

— Bebe, para que a força das serpentes, nascidas do Sol, penetre até a medula de teus ossos e ganhes coragem, ó reflexo dos deuses! Sabes, aliás, que um sacerdote de Echmun observa em torno do Cão as estrelas cruéis das quais deriva tua doença. Elas empalidecem como as manchas de tua pele e não deves morrer desse mal!

— Oh! Claro, não é? – repetiu o sufeta. — Não devo morrer desse mal!

E de seus lábios violáceos saía um hálito mais nauseabundo que a exalação de um cadáver. Duas brasas pareciam brilhar no lugar dos olhos, que já não tinham sobrancelhas; um punhado de pele rugosa lhe pendia sobre a testa; as duas orelhas, afastando-se da cabeça, começavam a crescer; e as rugas profundas que formavam semicírculos em volta das narinas davam-lhe um aspecto estranho e medonho, um ar de fera. Sua voz desnaturada parecia um rugido; ele disse:

— Pode ser que tenhas razão, Demônades. De fato, aqui há algumas úlceras cicatrizadas. Estou me sentindo forte! Olha só como estou comendo!

E, menos por gula que por ostentação, e para provar a si mesmo que passava bem, punha-se a comer recheios de queijo e orégano, peixes sem espinhas, abóboras, ostras, com ovos, raiz-forte, trufas e espetos de passarinhos. Olhando para os prisioneiros, deleitava-se imaginando suplícios. Ao mesmo tempo se lembrava de Sica, e a raiva de todas as dores brotava na forma de injúrias contra os três homens.

— Ah! Traidores! Ah! Miseráveis! Infames! Malditos! Vós me ultrajastes! A mim, o sufeta! Seus serviços! O preço de sangue deles, como dizem! Ah! Sim! O sangue! O sangue deles!

Depois, falando para si mesmo:

— Vão morrer todos! Nem um único será vendido! Seria melhor levá-los para Cartago! Assim me veriam... Mas será que eu trouxe grilhões suficientes? Escreve aí: "Enviai-me"... Quantos são? Alguém vá perguntar a Muthumbal! Ora! Nada de piedade! E que me tragam em cestos todas as suas mãos cortadas.

Mas, por cima da voz de Hanão e do retinido dos pratos que estavam sendo postos ao seu redor, ouviram-se uns gritos esquisitos, ao mesmo tempo roufenhos e agudos. Tais gritos redobravam e, de repente, irrompeu o barrido furioso dos elefantes, como se a batalha recomeçasse. A cidade estava rodeada por grande tumulto.

Os cartagineses não tinham pensado em perseguir os bárbaros. Tinham-se instalado ao pé das muralhas, com bagagens, lacaios, toda a sua comitiva de sátrapas; e, debaixo de suas belas tendas guarnecidas de pérolas, rejubilavam-se, enquanto o acampamento dos mercenários, na planície, não passava de um amontoado de ruínas. Espêndio tinha recobrado ânimo. Mandou Zarxas ao encontro de Mâthos, percorreu os bosques, reuniu seus homens (as perdas não eram consideráveis), e, furiosos por terem sido vencidos sem combate, estavam reorganizando as fileiras quando descobriram uma cuba de petróleo abandonada, decerto, pelos cartagineses. Então Espêndio mandou roubar porcos nas quintas, untou-os de betume, ateou fogo e impeliu-os para Útica.

Os elefantes, apavorados por aquelas chamas, fugiram. O terreno era em aclive, os bárbaros, do alto, lhes lançavam dardos, eles retrocederam e, com a força das presas e dos pés, estripavam, asfixiavam e pisoteavam os cartagineses. Atrás deles, os bárbaros desciam a colina; o acampamento púnico, sem entrincheiramento, foi saqueado logo no primeiro ataque, e os cartagineses foram esmagados contra as portas, pois elas não tinham sido abertas por medo dos mercenários.

Amanhecia; do lado do Ocidente chegaram os infantes de Mâthos. Ao mesmo tempo, apareceram cavaleiros; era

Narr'Havas com os númidas. Estes, saltando por cima de ravinas e matagais, perseguiam os fugitivos como galgos atrás de lebres. A mudança na sorte interrompeu o sufeta. E ele se pôs a gritar para que o ajudassem a sair da estufa.

Os três prisioneiros continuavam diante dele. Então um negro (o mesmo que durante a batalha segurava o guarda-sol) cochichou em seu ouvido.

— E aí? – respondeu o sufeta devagar. — Ah! Mata-os! – acrescentou em tom brusco.

O etíope tirou do cinto um punhal longo, e as três cabeças rolaram. Uma delas, ricocheteando entre as sobras do banquete, foi cair dentro da tina e lá ficou flutuando algum tempo, com a boca aberta e os olhos fixos. Os alvores da manhã entravam pelas fendas da parede; os três corpos, deitados de bruços, vertiam borbulhões, como três fontes, e um lençol de sangue escorria sobre os mosaicos polvilhados de pó azul. O sufeta embebeu a mão naquele lodo quente e esfregou-as nos joelhos: era um remédio.

Ao anoitecer, ele fugiu da cidade com sua escolta e internou-se na montanha para ir ter com seu exército.

Conseguiu encontrar seus escombros.

Quatro dias depois estava em Gorza, no alto de um desfiladeiro, quando as tropas de Espêndio se apresentaram embaixo. Vinte boas lanças, atacando a testa de sua coluna, as teria feito parar com facilidade; os cartagineses ficaram a vê-las passar, abismados. Hanão reconheceu na retaguarda o rei dos númidas. Narr'Havas inclinou-se para saudá-lo, fazendo-lhe um sinal que ele não compreendeu.

Tomou-se o caminho de volta a Cartago, em meio a todo tipo de terror. Marchava-se apenas à noite; durante o dia, era esconder-se nos olivais. A cada etapa, morriam alguns; várias vezes se julgaram perdidos. Finalmente, atingiram o cabo Hermeu, onde alguns navios vieram apanhá-los.

Hanão estava tão cansado, tão desesperado – a perda dos elefantes, sobretudo, o acabrunhava – que, para acabar com tudo, pediu um veneno a Demônades. Aliás, já se sentia pregado na cruz.

Mas Cartago não teve forças para se indignar com ele. Tinham sido perdidos 400.972 siclos de prata, 15.623 shekels de ouro, dezoito elefantes, catorze membros do Grande Conselho, trezentos ricos, 8 mil cidadãos, trigo para três luas, uma bagagem considerável e todas as máquinas de guerra. A defecção de Narr'Havas era certa, os dois cercos recomeçavam. O exército de Autarite agora se estendia de Túnis a Radès. Do alto da Acrópole viam-se nos campos altas colunas de fumaça subindo ao céu; eram os castelos dos ricos ardendo.

Só um homem poderia salvar a República. Todos se arrependiam de não o ter reconhecido, e até o partido da paz votou holocaustos pelo retorno de Amílcar.

A vista da zainfe transtornara Salammbô. Durante a noite, acreditava ouvir os passos da Deusa e acordava sobressaltada, gritando. Todos os dias mandava levar comida para os templos. Taanach se esfalfava executando suas ordens, e Schahabarim não se afastava dela.

7. Amílcar Barca

O Anunciador-das-Luas, que vigiava todas as noites no ponto mais alto do templo de Echmun para indicar as agitações do astro tocando trombeta, avistou certa manhã, do lado do Ocidente, algo que se assemelhava a um pássaro a roçar com longas asas a superfície do mar.

Era um navio com três ordens de remos; tinha na proa a escultura de um cavalo. O sol nascia. O Anunciador-das--Luas pôs a mão acima dos olhos; depois, sobraçando seu clarim, lançou sobre Cartago um estrépito de bronze.

De todas as casas saiu gente; ninguém conseguia acreditar no que ouvia, todos discutiam, o molhe ficou lotado. Por fim, reconheceram a trirreme de Amílcar.

Ela avançava de um modo altivo e bravio, com a antena reta, vela enfunada em toda a extensão do mastro, fendendo as águas ao redor; seus gigantescos remos batiam na água com cadência; de vez em quando aparecia a extremidade de sua quilha, em formato de relha de arado; e, sob o aríete que arrematava a proa, o cavalo com cabeça de marfim, erguendo as duas patas, parecia galopar pelas planícies do mar.

Em torno do promontório, como o vento cessasse, a vela foi arriada e, ao lado do piloto, viu-se um homem de pé, de cabeça descoberta; era ele, o sufeta Amílcar! Em torno de sua cintura, reluziam lâminas de ferro; um manto vermelho, preso nos ombros, deixava seus braços descobertos; duas longas pérolas pendiam-lhe das orelhas; sobre o peito lhe descia a barba negra, farta.

Enquanto isso, a galera, balançando entre os rochedos, costeava o molhe, e a multidão a seguia em terra firme e gritava:

— Salve! Abençoado! Olho de Hammon! Ah! Liberta-nos! A culpa é dos ricos! Querem te matar! Cuidado, Barca!

Ele não respondia, como se o clamor dos oceanos e das batalhas o tivesse ensurdecido completamente. Mas, quando chegou ao pé da escadaria que descia da Acrópole, Amílcar ergueu a cabeça e, de braços cruzados, olhou o templo de Echmun. Sua vista subiu mais ainda, para o imenso céu limpo; com voz áspera, gritou uma ordem aos marinheiros; a trirreme estremeceu; arranhou o ídolo colocado na ponta do molhe para deter tempestades; e, no porto mercante cheio de imundícies, lascas de madeira e cascas de frutas, ia empurrando, destroçando os outros navios atracados, terminados em mandíbula de crocodilo. O povo acorria, alguns saíram nadando. E já a nave estava no fundo, diante da porta eriçada de pregos. A porta ergueu-se, e a trirreme desapareceu sob a abóbada profunda.

O porto militar ficava completamente separado da cidade; os embaixadores, quando chegavam, precisavam passar entre duas muralhas, por um corredor que, à esquerda, desembocava diante do templo de Hammon. Aquela grande massa de água, redonda como uma taça, era orlada de cais, onde tinham sido construídos abrigos para os navios. Na frente de cada um destes, erguiam-se duas colunas em cujos capitéis havia chifres de Amon, criando-se assim uma continuidade de pórticos ao redor da bacia. No centro, numa ilha, havia uma casa para o sufeta do mar.

A água era tão límpida que se avistava o fundo, forrado de seixos brancos. O ruído das ruas não chegava até lá, e Amílcar, de passagem, ia reconhecendo as trirremes que outrora comandara.

Destas, talvez não restassem mais de vinte, abrigadas, em terra firme, tombadas sobre o costado ou em pé sobre a quilha, com popas altíssimas e proas bojudas, cobertas de douraduras e símbolos místicos. As quimeras tinham perdido as asas; os deuses pataicos, os braços; os touros, os chifres de prata; todas desbotadas, inertes, apodrecidas, mas cheias de história, exalando ainda o cheiro das viagens, como soldados mutilados que reencontrassem seu comandante, pareciam dizer-lhe: "Somos nós, somos nós! E tu também foste vencido!".

Ninguém, afora o sufeta do mar, podia entrar na casa-almirante. Enquanto não houvesse prova de sua morte, ele continuava sendo considerado vivo. Os Anciãos evitavam assim ter um senhor a mais e, no caso de Amílcar, não tinham deixado de obedecer a esse costume.

O sufeta percorreu todos os aposentos desertos. A cada passo deparava com armaduras, móveis, objetos que, apesar de conhecidos, causavam-lhe admiração; e num incensário do vestíbulo até se encontravam ainda as cinzas dos arômatas queimados no dia da partida, para conjurar Melkart. Não era daquele modo que ele esperava voltar! Tudo o que havia feito e visto desenrolou-se em sua memória: assaltos, incêndios, legiões, tempestades, Drepano, Siracusa, Lilibeu, o monte Etna, o planalto de Érice, cinco anos de batalhas, até o dia funesto em que, depondo as armas, perdera-se a Sicília. Depois revia bosques de limoeiros, pastores com cabras em montanhas cinzentas; e seu coração palpitava quando ele imaginava outra Cartago, estabelecida lá longe. Projetos e lembranças zumbiam em sua cabeça ainda atordoada pelo balanço do navio. Uma angústia o afligia e, fraquejando de repente, sentiu necessidade de se aproximar dos deuses.

Então subiu ao último andar da casa. Depois, tirando de uma concha de ouro pendente do braço uma espátula guarnecida de tachas, abriu um pequeno aposento oval.

Finas rodelas negras, engastadas nas paredes e transparentes como vidro, iluminavam suavemente o recinto. Entre as fileiras desses discos iguais haviam sido escavadas algumas cavidades semelhantes às das urnas dos columbários. Cada uma delas continha uma pedra redonda, escura, que parecia muito pesada. Só as pessoas de mente superior honravam aqueles abadires caídos da Lua. Por terem caído, representavam os astros, o céu, o fogo; pela cor, a noite tenebrosa; e, pela densidade, a coesão das coisas terrestres. Uma atmosfera sufocante enchia aquele lugar místico. Alguma areia marinha, que o vento introduzira decerto pelas fendas das portas, embranquecia um pouco as pedras redondas, postas nos nichos. Tocando-as com a ponta dos dedos, Amílcar contou-as todas; depois escondeu o rosto sob um véu cor de açafrão e, ajoelhando-se, deitou-se no chão com os braços estendidos.

A claridade exterior batia nas folhas negras treliçadas. Em sua espessura diáfana desenhavam-se arborescências, montículos, turbilhões, vagos animais; e a luz chegava, aterradora, porém pacífica, do modo como ela deve ser por detrás do sol, nos melancólicos espaços das criações futuras. Ele se esforçava por banir do pensamento todas as formas, todos os símbolos e designações dos deuses, para captar melhor o espírito imutável que as aparências subtraíam. Sentia-se penetrado por uma parte das vitalidades planetárias, enquanto experimentava pela morte e por todos os acasos um desdém mais ciente e íntimo. Quando se levantou, estava cheio de uma intrepidez serena, imune à misericórdia, ao medo; e, como sentisse o peito oprimido, subiu ao alto da torre que dominava Cartago.

A cidade descia, sulcando-se numa curva longa, com cúpulas, templos, telhados de ouro, casas, aglomerados de palmeiras, aqui e acolá, globos de vidro dos quais brotavam luzes, e as muralhas formavam uma espécie de gigantesco debrum naquela cornucópia que se entornava em sua direção. Enxergava, lá embaixo, portos, praças, pátios, o desenho das ruas e as pessoas bem pequenas, rentes ao chão. Ah! Se Hanão não tivesse chegado tarde demais na manhã das ilhas Égadas! Seu olhar mergulhou no extremo horizonte e ele estendeu para o lado de Roma os dois braços frementes.

A multidão ocupava os degraus da Acrópole. Na praça de Hammon todos se apinhavam para ver o sufeta sair; os terraços, aos poucos, iam ficando lotados; algumas pessoas o reconheceram, foi saudado; e retirou-se, para acirrar a impaciência do povo.

Descendo à sala, Amílcar encontrou os homens mais importantes de seu partido: Istatten, Subéldia, Hictamão, Yeubas e outros. Estes lhe contaram tudo o que ocorrera desde que fora firmada a paz: a avareza dos Anciãos, a partida e o retorno dos soldados, suas exigências, a captura de Giscão, o roubo da zainfe, Útica socorrida e depois abandonada; mas nenhum ousou relatar os acontecimentos que lhe diziam respeito. Por fim, separaram-se para se reverem à noite, na assembleia dos Anciãos, no templo de Moloch.

Tinham acabado de sair, quando à porta, do lado de fora, se ergueu grande tumulto. Contrariando os servidores, alguém queria entrar; e, como o vozerio aumentava, Amílcar ordenou que o desconhecido fosse introduzido.

Viu-se aparecer uma velha negra, alquebrada, encarquilhada, trêmula, expressão apalermada, envolta até os calcanhares em amplas vestes azuis. Avançou até o sufeta, os dois se olharam durante algum tempo; de repente, Amílcar estremeceu; fez um aceno, e os escravos foram embora. Então, fazendo sinal à mulher para andar com precaução, conduziu-a pelo braço a um aposento distante.

A negra ajoelhou-se no chão, para beijar-lhe os pés: ele a ergueu bruscamente.

— Onde o deixaste, Iddibal?
— Ali mesmo, senhor!

E, livrando-se dos panos, limpou o rosto com a manga; a cor negra, o tremor senil, o alquebramento, tudo desapareceu. Era um velho robusto, cuja pele parecia curtida pela areia, pelo vento e pelo mar. Um tufo de cabelos brancos projetava-se de seu crânio como uma crista de ave; e, com um olhar irônico, mostrava o disfarce caído no chão.

— Fizeste bem, Iddibal! Muito bem!

Depois, como se o atravessasse com o olhar:

— Ninguém desconfia ainda?

O velho jurou-lhe pelos cabiras que o segredo estava guardado. Não saíam de sua cabana situada a três dias de Hadrumeto, margem povoada por tartarugas, com palmeiras sobre a duna.

— E, segundo tuas ordens, senhor – concluiu o velho –, ensino-o a arremessar dardos e a conduzir quadrigas.

— Ele é forte, não é?

— Sim, senhor, e intrépido também! Não tem medo nem de serpentes, nem de trovões, nem de fantasmas. Corre descalço como um pastor pela beirada dos precipícios.

— Fala! Fala!

— Inventa armadilhas para apanhar os animais ferozes. Na última lua, imagina só, apanhou uma águia. Ele a carregava, e o sangue do animal e o sangue da criança espargiam-se pelo ar em gotas grandes, como rosas levadas pelo vento. A ave, furiosa, envolvia-o na agitação das asas; ele a apertava contra o peito, e, à medida que ela agonizava, redobravam as risadas dele, sonoras e soberbas, como o choque de espadas.

Amílcar abaixava a cabeça, deslumbrado por aqueles presságios de grandeza.

— Mas há algum tempo tem sido agitado por uma preocupação. Fica olhando, ao longe, as velas que passam pelo mar; anda triste, rejeita o pão, pede informações sobre os deuses e quer conhecer Cartago.

Não, não! Ainda não! – exclamou o sufeta.

O velho escravo demonstrou reconhecer o perigo que assustava Amílcar e continuou:

— Como posso contê-lo? Já preciso lhe fazer promessas, e só vim a Cartago para lhe comprar um punhal com cabo de prata orlado de pérolas.

Depois contou que, avistando o sufeta no terraço, apresentara-se aos guardas do porto como uma das escravas de Salammbô, para poder chegar até ele.

Durante um bom tempo, Amílcar pareceu perdido em deliberações, e por fim disse:

— Amanhã te apresentarás em Mégara, ao pôr do sol, atrás das fábricas de púrpura, imitando três vezes o grito do chacal. Se não me vires, virás a Cartago no primeiro dia de cada lua. Não esqueças nada. Ama-o! E agora podes lhe falar de Amílcar.

O escravo retomou seu disfarce e, pouco depois, ambos saíram juntos da casa e do porto.

Amílcar continuou só, a pé, sem escolta, porque nas circunstâncias extraordinárias as reuniões dos Anciãos eram sempre secretas, e todos chegavam da maneira mais sigilosa possível.

Primeiro ladeou a face oriental da Acrópole, depois passou pelo mercado de ervas, pelas galerias de Kinisdo e pelo subúrbio dos perfumistas. As raras luzes apagavam-se, as ruas mais largas tornavam-se silenciosas, até que sombras sorrateiras se introduziram nas trevas. Elas o seguiam, surgiram outras, e todas se dirigiam, como ele, para o lado das Mapales.

O templo de Moloch ficava ao pé de uma garganta escarpada, num lugar sinistro. De baixo, só se avistavam muralhas altas, subindo indefinidamente, como paredes de um túmulo monstruoso. A noite estava escura, e sobre o mar pesava um nevoeiro acinzentado. As ondas rebentavam contra a falésia com um ruído de estertor e soluços; e as sombras se desvaneciam aos poucos, como se tivessem atravessado os muros.

Mas, assim que se transpunha a porta, entrava-se num vasto pátio quadrangular, cercado de arcadas. No centro, erguia-se uma massa arquitetônica de oito faces iguais. Acima dela, empilhavam-se cúpulas em torno de um segundo andar que sustentava uma espécie de rotunda, da qual se elevava um cone esférico terminando por um globo no vértice.

Em cilindros de filigrana, afixados a varas carregadas por vários homens, ardiam chamas. Tais clarões vacilavam sob as rajadas de vento e tornavam rubros os pentes de ouro que prendiam à nuca os cabelos trançados dos homens. Estes corriam, chamando-se uns aos outros, para receber os Anciãos.

Aqui e ali sobre o piso, acocoravam-se, como esfinges, leões enormes, símbolos vivos do Sol devorador. Cochilavam com as pálpebras entrecerradas. Mas, acordados pelos passos e pelas vozes, levantavam-se lentamente, iam até os Anciãos, que reconheciam pelo traje, esfregavam-se às coxas deles, arqueando o lombo com bocejos sonoros; o vapor de seu hálito permeava a luz das tochas. A agitação duplicou, fecharam-se portas, todos os sacerdotes escapuliram, e os Anciãos desapareceram sob a colunata que formava um vestíbulo profundo em volta do templo.

As colunas estavam dispostas de tal modo que, com fileiras circulares encerradas umas nas outras, reproduziam o período saturniano que continha os anos; os anos, os meses; e os meses, os dias, tocando-se por fim junto à muralha do santuário.

Era ali que os Anciãos depositavam seus cajados de presa de narval, pois uma lei, ainda observada, punia com a morte quem entrasse na sessão com qualquer arma. Muitos usavam, na parte de baixo da roupa, rasgos arrematados com galões de púrpura, para mostrar que, no pranto pela morte dos seus, não tinham poupado as vestes, e aquela demonstração de aflição impedia que a fenda aumentasse. Outros mantinham a barba encerrada num saquinho de couro violeta, preso às orelhas por dois cordões. Todos se cumprimentaram abraçando-se peito contra peito. Cercavam Amílcar, felicitavam-no; pareciam até irmãos reencontrando um irmão.

De modo geral, eram homens parrudos, com nariz adunco como o dos colossos assírios. Alguns, porém, pela saliência dos pômulos, pela estatura mais elevada, pelos pés mais estreitos, denunciavam origem africana, antepassados nômades. Os que viviam o tempo todo atrás de balcões eram pálidos; outros conservavam em si a inclemência do deserto, e em todos os seus dedos, bronzeados pelos sóis desconhecidos, cintilavam joias estranhas. Os navegadores distinguiam-se pelo balanço do andar, enquanto os homens da agricultura cheiravam a lagar, mato seco e suor de mula. Aqueles velhos piratas lavravam campos, aqueles acumuladores de dinheiro armavam navios, aqueles donos de plantações sustentavam escravos que exerciam ofícios. Todos eram ilustrados nas disciplinas religiosas, exímios em estratagemas, implacáveis e ricos. Tinham na fisionomia o cansaço das constantes preocupações. Seus olhos flamejantes fitavam com desconfiança; e o hábito das viagens e da mentira, do tráfico e do comando, conferia a toda a sua pessoa um aspecto de ardil e violência, uma espécie de brutalidade discreta e nervosa. Aliás, a influência do deus tornava-os mais sombrios.

Passaram primeiramente por uma sala abobadada, em forma de ovo. Sete portas, correspondentes aos sete planetas, exibiam contra a muralha sete quadrados de cores diferentes. Depois de um aposento longo, entraram em outra sala igual.

Um candelabro, todo coberto de flores cinzeladas, ardia no fundo, e cada um de seus oito braços de ouro continha um cálice de diamantes com um pavio de bisso. Ficava sobre o último dos longos degraus que conduziam a um grande altar arrematado nos cantos por chifres de bronze. Duas escadas laterais levavam a seu topo achatado; não se avistavam suas pedras; era como uma montanha de cinzas acumuladas, acima da qual fumegava devagar algo indistinto. Adiante, mais alto que o candelabro, muito mais alto que o altar, erguia-se Moloch, todo de ferro, com peito de homem, no qual se abriam várias cavidades. Suas asas abertas estendiam-se pela parede, suas mãos alongadas desciam até o chão. Três pedras negras, circundadas por um círculo amarelo, representavam três olhos em sua fronte, e, como que para mugir, ele erguia com terrível esforço sua cabeça de touro.

Ao redor da sala alinhavam-se escabelos de ébano. Atrás de cada um deles, uma haste de bronze pousada sobre três garras sustentava uma tocha. Todas aquelas luzes se refletiam nos losangos de madrepérola do pavimento. O pé-direito da sala era tão alto que o vermelho das paredes, ao subir para a abóbada, tornava-se negro, e os três olhos do ídolo apareciam no alto como estrelas meio perdidas na noite.

Os Anciãos sentaram-se nos escabelos de ébano depois de terem coberto a cabeça com a cauda da túnica. Permaneciam imóveis, com as mãos cruzadas dentro das mangas largas, e o piso de madrepérola parecia um rio luminoso, que, correndo do altar para a porta, perpassava sob seus pés descalços.

Os quatro pontífices ficavam no centro, de costas um para o outro, em quatro cadeiras de marfim que formavam uma cruz: o sumo sacerdote de Echmun com túnica de jacinto; o sumo sacerdote de Tanit com túnica de linho branco; o sumo sacerdote de Hammon com túnica de lã fulva; e o sumo sacerdote de Moloch com túnica de púrpura.

Amílcar foi até o candelabro. Girou ao seu redor, observando os pavios acesos, depois jogou um pó perfumado sobre eles; imediatamente, apareceram chamas violáceas na extremidade dos braços.

Então ecoou uma voz aguda, outra lhe respondeu, e os cem Anciãos, os quatro pontífices e Amílcar, em pé, entoaram juntos um hino; e, repetindo sempre as mesmas sílabas e reforçando os sons, suas vozes cresceram, estrondaram, tornaram-se terríveis e depois, de uma só vez, se calaram.

Esperou-se algum tempo. Por fim, Amílcar tirou do peito uma estatueta com três cabeças, azul como safira, e a colocou diante de si. Era a imagem da Verdade, o gênio de sua palavra. A seguir, voltou a guardá-la junto ao peito e todos, como que tomados por súbita cólera, gritaram:

— Os bárbaros são teus amigos! Traidor! Infame! Voltas para nos ver perecer, não é?

— Deixai-o falar!
— Não! Não!

Desforravam-se das coerções a que o cerimonial político os submetera até aquele momento; embora tivessem desejado o regresso de Amílcar, indignavam-se agora por ele não ter evitado aqueles desastres, ou melhor, por não os ter amargado como eles.

Serenado o tumulto, o pontífice de Moloch levantou-se.

— Perguntamos por que não voltaste a Cartago.
— Que vos importa? – respondeu desdenhosamente o sufeta.

Os clamores redobraram.

— De que me acusais? De ter conduzido mal a guerra? Vistes as ordenações de minhas batalhas, vós, que deixais comodamente aos bárbaros...

— Chega! Chega!

Amílcar prosseguiu em voz baixa, para que prestassem mais atenção:

— Ah! É verdade! Estou enganado, luminares dos baalim! Há intrépidos entre vós! Giscão, levanta-te!

E, percorrendo o degrau do altar com os olhos semicerrados, como para procurar alguém, repetiu:

— Levanta-te, Giscão! Tu podes me acusar, eles te defenderão! Mas onde ele está?

Depois, como que mudando de ideia:

— Ah! Está em casa, claro! Rodeado pelos filhos, dando ordens aos escravos, feliz, contando na parede os colares de honra que a pátria lhe conferiu!

Agitados, os Anciãos encolhiam os ombros, como se estivessem sendo flagelados.

— Não sabeis sequer se ele está vivo ou morto!

E, sem se preocupar com seus clamores, dizia-lhes que, abandonando o sufeta, era a República que abandonavam. E a paz romana, por mais vantajosa que lhes parecesse, era mais funesta que vinte batalhas. Alguns aplaudiam, os menos ricos do Conselho, suspeitos de inclinar-se sempre para o povo ou para a tirania. Os adversários deles, dirigentes das sissítias e administradores, tinham vantagem numérica; os mais consideráveis estavam enfileirados perto de Hanão, sentado no outro extremo da sala, diante da porta alta, fechada por uma tapeçaria de jacinto.

Com cosméticos, pintara as úlceras do rosto. Mas o pó de ouro que usava nos cabelos lhe caíra sobre os ombros, formando duas placas brilhantes, enquanto os fios se revelavam esbranquiçados, finos e encarapinhados como lã. Suas mãos estavam envoltas em panos embebidos num unguento gorduroso que pingava no chão, e a doença decerto se agravara consideravelmente, pois seus olhos desapareciam sob as pálpebras empapuçadas. Para enxergar, ele precisava tombar a cabeça. Seus partidários instigavam-no a falar. Por fim, disse com voz rouca e hedionda:

— Menos arrogância, Barca! Todos nós fomos vencidos! Que cada um aguente sua desgraça! Resigna-te!

— Talvez fosse melhor que nos informasses como conduziste tuas galeras para dentro da frota romana! – disse Amílcar, sorrindo.

— Fui empurrado pelo vento – respondeu Hanão.

— Fazes como o rinoceronte, que chafurda no próprio excremento: ostentas tua estupidez! Cala-te!

E os dois começaram a recriminar-se em torno da batalha das ilhas Égadas.

Hanão acusava Amílcar de não ter ido ao seu encontro.

— Se eu fosse, teria desguarnecido Érice. Devias fazer-te ao largo. Quem impedia? Ah! Estava esquecendo... todo elefante tem medo do mar!

Os homens de Amílcar acharam tão boa a pilhéria que gargalharam. A abóbada vibrava, como se houvessem percutido tímpanos.

Hanão protestou contra a indignidade do ultraje. Aquela doença tinha decorrido de uma friagem no cerco de Hecatômpilo; e sobre seu rosto corriam grossas lágrimas, como chuva de inverno sobre uma muralha em ruínas.

Amílcar prosseguiu:

— Se gostásseis de mim tanto quanto dele, agora haveria imensa alegria em Cartago! Quantas vezes recorri a vós! E sempre me recusáveis dinheiro!

— Precisávamos do dinheiro! – disseram os dirigentes das sissítias.

— E, quando minha situação era desesperadora – bebemos urina das mulas e comemos as correias das sandálias –, quando eu desejava que houvesse tantos soldados quantas eram as folhas de capim, e queria formar batalhões com a carniça de nossos mortos, chamastes de volta todos os navios que me restavam!

— Não podíamos arriscar tudo! – respondeu Bat-Baal, dono de minas de ouro na Getúlia Daritiana.

— Nesse meio-tempo, o que fazíeis aqui em Cartago, em vossas casas, atrás de vossos muros? Em Erídano havia gauleses que era preciso incitar, em Cirene havia cananeus que teriam vindo, e, enquanto os romanos enviam embaixadores a Ptolomeu...

— Agora ele elogia os romanos! – gritou alguém. — Quanto eles te pagaram para os defenderes?

— Pergunta-o às planícies de Brúcio, às ruínas de Locros, do Metaponto e de Heracleia! Queimei todas as suas árvores, saqueei todos os templos, chegando a matar os netos dos seus netos...

— Ah! Declamas como um retórico! – disse Kapuras, ilustríssimo mercador. — O que queres, afinal?

— Digo que é preciso ser mais engenhoso ou mais terrível! Se a África inteira repele vosso jugo é porque vós, senhores fracos que sois, não sabeis atá-lo no seu lombo!

Agátocles, Régulo, Cipião, todos os homens intrépidos só precisarão desembarcar para se apoderarem dela; e, quando os líbios, que estão a leste, se entenderem com os númidas, que estão a oeste, e quando os nômades vierem do sul, e os romanos, do norte...

Ergueu-se um grito de horror.

— Oh!... Batereis no peito, rolareis no pó, rasgareis vossos mantos! Não importa! Será preciso ir girar os moinhos em Suburra e fazer a vindima nas colinas do Lácio!

Eles batiam na coxa direita como sinal de escândalo, e as mangas das túnicas erguiam-se como asas de pássaros apavorados. Amílcar, como que possuído, continuava, em pé no degrau mais elevado do altar, fremente, terrível; erguia os braços e os feixes de luz do candelabro, atrás dele, passavam por entre seus dedos como dardos de ouro.

— Perdereis navios, campos, carros, leitos suspensos e até os escravos que vos lavam os pés! Em vossos palácios dormirão chacais, o arado revolverá vossos túmulos! Só haverá o grito das águias e o amontado de ruínas. Tu cairás, Cartago!

Os quatro pontífices estenderam as mãos para afastar o anátema. Todos tinham se levantado. Mas o sufeta do mar, magistrado sacerdotal sob a proteção do Sol, era inviolável enquanto a assembleia dos ricos não o tivesse julgado. Certo terror se prendia ao altar. Todos recuaram.

Amílcar tinha parado de falar. Com os olhos fixos e as faces pálidas como as pérolas de sua tiara, ele arquejava, como se a si mesmo apavorasse, com a mente perdida em visões fúnebres. Da altura em que estava, todas as tochas sobre hastes de bronze lhe pareciam uma vasta coroa de fogos rente ao chão; a fumaça negra que delas escapava subia para as trevas da abóbada; o silêncio foi tão profundo durante alguns minutos que se ouvia ao longe o barulho do mar.

Depois os Anciãos começaram a consultar-se mutuamente. Seus interesses, sua existência estavam sendo atacados pelos bárbaros. Mas não era possível vencê-los sem a ajuda do sufeta; essa reflexão os fez esquecer todas as outras, a despeito do orgulho. Os amigos de Amílcar foram chamados à parte. Houve reconciliações interesseiras, insinuações e promessas. Amílcar já não queria participar de nenhum governo. Todos o conjuraram. Suplicavam-lhe; e, como a palavra traição era repetida em todas as conversas, ele se encolerizou. O único traidor era o Grande Conselho, porque, uma vez que o compromisso dos soldados expirava com a guerra, terminada esta, eles estavam livres; chegou a exaltar a bravura deles e todas as vantagens de fazê-los abraçar os interesses da República por meio de doações e privilégios.

Então Magdassan, ex-governador de províncias, exclamou, girando os olhos amarelos:

— Realmente, Barca, de tanto viajares te tornaste grego ou latino, sei lá! Estás falando de recompensas para esses homens? Antes morrem 100 mil bárbaros que um só de nós!

Os Anciãos aprovavam com gestos e murmuravam:

— Sim! Por que se incomodar tanto? Sempre se encontram outros!

— E é fácil livrar-se deles, não? São abandonados, como fizestes na Sardenha. Informa-se ao inimigo o caminho que eles devem tomar, como ocorreu com os gauleses na Sicília; ou então são desembarcados no meio do mar. Na volta, vi o rochedo todo branco dos ossos deles.

— Que tristeza! – disse despudoradamente Kapuras.

— E por acaso eles não se passaram mil vezes para o inimigo? – bradavam os outros.

Amílcar exclamou:

— Então por que, contrariando vossas leis, os chamastes de volta a Cartago? E, estando eles em vossa cidade, pobres e numerosos em meio a vossas riquezas, não tendes sequer a ideia de enfraquecê-los com alguma mínima divisão! Em seguida os despedis, com mulheres e filhos, todos, sem ficardes com um só refém! Por acaso esperáveis que eles se entrematassem para vos poupar a dor de cumprir vossos juramentos! Vós os odiais porque são fortes! E me odiais ainda mais, a mim, senhor deles! Ah! Há pouco, bem o senti, quando me beijáveis as mãos, e percebi que vos contínheis para não as morder!

Se os leões que dormiam no pátio tivessem entrado rugindo, o clamor não teria sido tão assustador. Mas o pontífice de Echmun levantou-se e, com os joelhos unidos, os cotovelos encostados ao corpo, bem ereto e com as mãos meio abertas, disse:

— Barca! Cartago precisa que tomes, contra os mercenários, o comando geral das forças púnicas!

— Recuso! – respondeu Amílcar.

— Terás plenos poderes! – gritaram os dirigentes das sissítias.

— Não!

— Sem controles, sem partilhas, todo o dinheiro que quiseres, todos os cativos, todo o butim, 50 zerets[15] de terra por cadáver de inimigo!

— Não, não! Porque é impossível vencer convosco!

— Ele está com medo!

— Porque sois covardes, avaros, ingratos, pusilânimes e loucos.

— Ele está poupando os bárbaros!

— Para se pôr no comando deles! – disse alguém.

— E depois se voltar contra nós! – disse outro.

Do fundo da sala, Hanão urrou:

— Ele quer é ser rei!

---

15. Medida bíblica: 1 zeret, aproximadamente 1 palmo.

Então todos se ergueram num salto, derrubando os escabelos e as tochas; em multidão, correram para o altar; brandiam punhais. Mas Amílcar, metendo as mãos nas mangas da túnica, tirou duas alfanges e, meio curvado, com o pé esquerdo à frente, os olhos em brasa e os dentes cerrados, desafiava-os, imóvel, debaixo do candelabro de ouro.

Portanto, por precaução, todos tinham levado armas; era crime; por isso, entreolharam-se assustados. Como todos eram culpados, cada um logo se tranquilizou; e aos poucos, dando as costas ao sufeta, desceram os degraus de volta, furiosos com a humilhação; pela segunda vez, recuavam diante dele. Durante algum tempo continuaram em pé. Muitos que tinham ferido os dedos os levavam à boca ou os enrolavam com cuidado na bainha do manto; já estavam para ir embora quando Amílcar ouviu estas palavras:

— É! É um ato de gentileza para não deixar a filha aflita!

E ouviu-se uma voz mais alta:

— Deve ser, porque ela escolhe amantes entre os mercenários!

De início ele vacilou, depois seu olhar buscou rapidamente Schahabarim. Só o sacerdote de Tanit tinha ficado no lugar, e de longe Amílcar avistou apenas seu gorro alto. Todos riam dele. Quanto mais aumentava sua angústia, maior era a alegria dos outros e, em meio às vaias, os que estavam atrás gritavam:

— Ele foi visto a sair do quarto dela!

— Numa manhã do mês de Tamuz!

— É o ladrão da zainfe!

— Belíssimo homem!

— Mais alto que tu!

Amílcar arrancou a tiara, insígnia de sua dignidade – tiara de oito graus místicos, que no centro tinha uma concha de esmeralda –, e, com as duas mãos, jogou-a ao chão com toda a força. Os aros de ouro, quebrando-se, ricochetearam, e as pérolas ressoaram sobre os ladrilhos. Todos viram, então, uma extensa cicatriz sobre a brancura de sua testa; parecia agitar-se como uma serpente entre as sobrancelhas; seus membros tremiam. Ele subiu por uma das escadas laterais que conduziam à parte de cima do altar; estava andando sobre ele! Significava votar-se ao deus, oferecer-se em holocausto. O movimento de seu manto agitava as luzes do candelabro, que ficava abaixo de suas sandálias, e o fino pó erguido por seu caminhar envolvia-o como uma nuvem até o ventre. Parou junto às pernas do colosso de bronze. Tomou nas mãos dois punhados daquele pó, cuja visão punha calafrios de horror em todos os cartagineses, e disse:

— Pelos cem fanais de vossas inteligências! Pelos oito fogos dos cabiras! Pelas estrelas, pelos meteoros e pelos vulcões! Por tudo o que queima! Pela sede do deserto e pelo sal do oceano! Pela caverna de Hadrumeto e pelo império das almas! Pelo extermínio! Pelas cinzas de vossos filhos e pelas cinzas dos irmãos de vossos avós, com que agora misturo as minhas! Vós, os cem do Conselho de Cartago, vós mentistes, acusando minha filha! E eu, Amílcar Barca, sufeta do mar, mandante dos ricos e dominador do povo, diante de Moloch com cabeça de touro, juro...

Todos esperavam algo aterrorizante; ele prosseguiu em voz mais alta e mais calma:

— ... que nem vou falar com ela sobre isso!

Entraram os servidores sagrados, usando pentes de ouro, uns com esponjas de púrpura, outros com folhas de palmeira. Ergueram a cortina de jacinto estendida diante da porta e, pela abertura daquele ângulo, avistou-se no fundo das outras salas o firmamento rosado que parecia ser continuação da abóbada a apoiar-se no horizonte, sobre o mar totalmente azul. O sol, saindo das águas, nascia. Seus raios bateram de repente no bronze do peito do colosso, dividido em sete compartimentos fechados por grades. A boca de dentes vermelhos abria-se num horrível bocejo; suas ventas enormes dilatavam-se, a plena luz o animava, dava-lhe um aspecto terrível e impaciente, como se ele quisesse saltar para fora e unir-se ao astro, o deus, e percorrer com ele as imensidões.

As tochas espalhadas pelo chão ainda ardiam, esparramando sobre a madrepérola do piso como que manchas de sangue. Os Anciãos, exaustos, cambaleavam; aspiravam o ar fresco a plenos pulmões; o suor escorria de suas faces lívidas; de tanto terem gritado, já não se ouviam. Mas a cólera contra o sufeta não se acalmara; à guisa de despedida, dirigiam-lhe ameaças, a que Amílcar respondia.

— Até a noite, Barca, no templo de Echmun!
— Estarei lá!
— Faremos que os ricos te condenem!
— E eu, que o povo vos condene!
— Cuidado para não acabares na cruz!
— E vós, despedaçados nas ruas!

Assim que chegaram à porta do pátio, reassumiram atitude calma.

À porta, eram esperados por volantins e cocheiros. Na maioria, partiram montados em mulas brancas. O sufeta subiu em seu carro e pegou as rédeas; os dois animais, curvando o cachaço e pisando com cadência os seixos que ricocheteavam, subiram a galope todo o caminho das Mapales, e o abutre de prata, na ponta do timão, parecia voar, tão depressa ia o carro.

A estrada atravessava um campo juncado de lajes de vértice agudo, em pé como pirâmides, que no centro tinham uma mão aberta entalhada, como se o defunto deitado embaixo a tivesse estendido ao céu para reivindicar alguma coisa. Depois, disseminavam-se cabanas de barro, galhos, enxaimel de junco, todas cônicas. Eram habitações separadas irregularmente por muretas de seixos, regatos de águas límpidas, cordas de esparto ou sebes de nopal; iam-se adensando à medida que subiam na direção dos jardins do sufeta. Mas Amílcar fixava o olhar apenas numa grande torre, cujos três andares formavam três cilindros monstruosos – o primeiro de pedra, o segundo de tijolo e o terceiro de cedro –, que sustentavam uma cúpula de cobre sobre 24 colunas de madeira de zimbro, das quais pendiam, à maneira de guirlandas, correntes de bronze entrelaçadas. Aquele edifício alto dominava as construções que se estendiam à direita, os armazéns, a casa de comércio, enquanto o palácio das mulheres se erguia na extremidade dos ciprestes alinhados como duas muralhas de bronze.

Depois de ter entrado pela porta estreita, o carro ruidoso parou sob um vasto galpão, no qual alguns cavalos, com peias, comiam capim cortado.

Todos os serviçais vieram correndo. Era uma multidão, pois os que trabalhavam nos campos tinham sido trazidos a Cartago por causa do terror infundido pelos soldados. Os lavradores, vestidos de peles, arrastavam correntes presas aos tornozelos; os operários das manufaturas de púrpura tinham braços vermelhos como algozes; os marinheiros, barretes verdes; os pescadores, colares de coral; os caçadores, uma rede sobre um dos ombros; e os serviçais de Mégara, túnicas brancas ou pretas, calções de couro, solidéus de palha, feltro ou linho, segundo o serviço que prestavam ou os diferentes ofícios.

Atrás, apinhava-se o populacho esfarrapado. Era gente que vivia lá, sem ocupação, longe das moradas; à noite dormia nos jardins e devorava as sobras das cozinhas: mofo humano que vegetava à sombra do palácio. Amílcar tolerava-os, mais por previdência que por desdém. Como demonstração de alegria, todos tinham posto uma flor na orelha, e muitos deles nunca o tinham visto.

Mas alguns homens, toucados como esfinges e armados de grandes pedaços de pau, lançaram-se no meio da multidão, distribuindo pancadas a torto e a direito. Era para afastar os escravos que tinham curiosidade de ver seu amo, de modo que este não fosse assediado por aquele grande número de pessoas nem incomodado por seu cheiro.

Então todos se deitaram de bruços, gritando:

— Olho de Baal, que tua casa floresça!

E, entre aqueles homens, deitados no chão da avenida dos ciprestes, o intendente dos intendentes, Abdalonim, avançou em direção a Amílcar, com uma mitra branca na cabeça e um incensório na mão.

Salammbô vinha descendo a escada das galeras. Todas as suas mulheres vinham atrás; e, a cada passo que ela dava, as outras desciam também. As cabeças das negras marcavam com grandes pontos escuros a linha de faixas com placas de ouro que cingiam a fronte das romanas. Outras tinham nos cabelos flechas de prata, borboletas de esmeraldas ou longas varetas que se abriam em forma de sol. Acima da confusão de vestidos brancos, amarelos e azuis, resplandeciam anéis, presilhas, colares, franjas, braceletes; reinava um farfalhar de tecidos leves; ouvia-se o estalido das sandálias com o ruído surdo dos pés pousando sobre a madeira; e, aqui e acolá, algum eunuco alto, visível sobre os ombros delas, sorria de cabeça erguida. Quando a exclamação dos homens amainou, as mulheres, ocultando o rosto com as mangas de suas roupas, emitiram um grito esquisito, semelhante a um uivo de loba; era tão furioso e estridente que parecia pôr a vibrar de alto a baixo, como uma lira, a grande escada de ébano lotada de mulheres.

O vento erguia seus véus, e os finos caules dos papiros balançavam molemente. Era o mês de Schebaz, em pleno inverno. As romãzeiras em flor copavam-se contra o azul do céu e, através de seus ramos, aparecia o mar, com uma ilha ao longe, meio perdida na bruma.

Amílcar parou ao avistar Salammbô. Ela nascera depois da morte de vários filhos varões. Aliás, o nascimento de meninas era visto como uma calamidade nas religiões do Sol. Mais tarde os deuses tinham-lhe enviado um filho; mas ele conservava algo da esperança traída e como que o abalo da maldição que pronunciara contra ela. Enquanto isso, Salammbô continuava a andar.

Pérolas variegadas desciam em longos cachos das orelhas, sobre os ombros e até os cotovelos dela. Os cabelos tinham sido desfiados para simular uma nuvem. Em torno do pescoço, ela usava pequenas placas quadrangulares de ouro, representando uma mulher entre dois leões rampantes; e seu traje reproduzia inteiramente os atavios da Deusa. A túnica de jacinto, com mangas largas, ajustava-se à cintura, formando roda na parte de baixo. O vermelhão dos lábios tornava os dentes mais brancos, e o antimônio das pálpebras alongava os olhos. As sandálias, modeladas de plumas, tinham saltos muito altos, e ela estava extraordinariamente pálida, por causa do frio, decerto.

Por fim, chegou perto de Amílcar e, sem olhar para ele, sem levantar a cabeça, disse-lhe:

— Salve, Olho dos Baalim, glória eterna! Triunfo! Repouso! Satisfação! Riqueza! Há muito meu coração tem estado triste, e a casa, mortiça. Mas seu senhor de volta é como Tamuz ressuscitado; e, sob teu olhar, ó pai, desabrocharão em toda parte uma nova alegria e uma nova existência!

E, tomando das mãos de Taanach um vasinho oblongo, no qual fumegava uma mistura de farinha, manteiga, cardamomo e vinho, disse:

— Toma à vontade esta bebida do regresso, preparada por tua serva!

Ele respondeu:
— Bênçãos sobre ti!
E pegou maquinalmente o vaso de ouro que ela lhe oferecia.

Enquanto isso, examinava-a com atenção tão severa que Salammbô, perturbada, balbuciou:
— Disseram-te, ó senhor!...
— Sim, estou sabendo! – respondeu Amílcar em voz baixa.

Seria uma confissão ou ela se referiria aos bárbaros? Então ele acrescentou algumas palavras vagas sobre os problemas públicos que ele esperava, por si só, dissipar.
— Oh, pai! – exclamou Salammbô. — Não apagarás o que é irreparável!

Ele recuou, e Salammbô admirou-se com o pasmo do pai, pois não estava pensando em Cartago, mas no sacrilégio de que se achava cúmplice. Aquele homem, que fazia tremer as legiões, que ela mal conhecia, amedrontava-a como um deus; ele tinha adivinhado, sabia de tudo, algo terrível viria. Ela exclamou:
— Graça!

Amílcar baixou a cabeça devagar.

Salammbô, embora quisesse acusar-se, não ousava abrir a boca; no entanto, sentia-se sufocada pela necessidade de se queixar e de ser consolada. Amílcar combatia a tentação de quebrar o juramento. Cumpria-o por orgulho ou pelo temor de destruir sua incerteza; e fitava seu rosto, com todas as suas forças, para compreender o que ela escondia no fundo do coração.

Aos poucos, arquejando, Salammbô ia afundando a cabeça nos ombros, esmagada por aquele olhar demasiadamente duro. Ele já estava certo de que ela cedera aos abraços de um bárbaro; e, fremente, ergueu os dois punhos. Ela soltou um grito e caiu entre as mulheres, que a rodearam solícitas.

Amílcar fez meia-volta. Todos os intendentes o seguiram.

A porta dos armazéns foi aberta, e ele entrou numa vasta sala redonda onde terminavam, como os raios da roda em seu cubo, corredores compridos que conduziam a outras salas. No centro, erguia-se um disco de pedra com balaústres, para apoiar almofadas amontoadas sobre tapetes.

Assim que entrou, o sufeta começou dando passos largos; respirava ruidosamente, batia os pés no chão, passava a mão pela testa como se estivesse sendo atormentado por moscas. Mas sacudiu a cabeça e, contemplando o acúmulo de suas riquezas, acalmou-se. Seu pensamento, atraído pelas perspectivas dos corredores, espalhava-se pelas outras salas cheias de raríssimos tesouros. Placas de bronze, lingotes de prata e barras de ferro alternavam-se com linguados[16] de estanho, trazidos das Cassitérides pelo mar Tenebroso. As gomas do país dos negros extravasavam dos sacos de casca de palmeira; e o ouro em pó, calcado em odres, escapava imperceptivelmente pelas costuras velhas demais. Delicados filamentos extraídos de plantas marinhas pendiam entre os linhos do Egito, da Grécia, da Taprobana e da Judeia; ao pé das paredes eriçavam-se madréporas, como grandes moitas; e no ar flutuava um cheiro indefinível, exalação de fragrâncias, couros, especiarias e penas de avestruz amarradas em grandes feixes no alto da abóbada. Na entrada de cada corredor, presas de elefante em pé e unidas nas pontas formavam um arco acima da porta.

Por fim, subiu ao disco de pedra. Todos os intendentes permaneciam de braços cruzados, cabisbaixos, enquanto

---

16. Tipo de lingote.

Abdalonim mantinha elevada, com ar orgulhoso, sua mitra pontiaguda.

Amílcar interrogou o encarregado dos navios. Era um velho piloto de pálpebras reviradas pelo vento, com flocos brancos a lhe descerem até as ancas, como se a escuma das tempestades tivesse aderido à sua barba.

Ele respondeu que tinha enviado uma frota por Gades e Thymiamata, para tentar atingir Eziongabar, dobrando o Corno do Sul e o promontório dos Arômatas.

Outros navios tinham continuado para oeste, durante quatro luas, sem encontrar margens; mas as proas se embaraçavam em vegetações, o horizonte ressoava continuamente com o ruído das cataratas, nevoeiros cor de sangue obscureciam o sol, uma brisa saturada de fragrâncias punha a dormir os homens das tripulações, e, retornando, eles nada podiam dizer, tão perturbada ficara sua memória. Apesar disso, haviam sido navegados a montante os rios dos citas, tinha-se penetrado na Cólquida, entre os jugrianos[17], os estienos[18], raptado no Arquipélago 1.500 virgens e afundado todos os navios estrangeiros que navegassem além do cabo Estrimão[19], para que não ficasse conhecido o segredo das rotas. O rei Ptolomeu estava retendo o incenso de Schesbar[20]; Siracusa, Elathia[21], a Córsega e as ilhas não tinham fornecido nada – e o velho piloto baixou a voz para anunciar que uma trirreme havia sido apresada pelos númidas em Russicada, "porque os númidas estão com eles, senhor".

Amílcar franziu a testa; depois fez sinal para que falasse o encarregado das viagens, que estava vestindo uma

---

17. Povo da região que se estendia para o interior dos montes Urais.
18. Povo da costa do Báltico.
19. Cabo da Celtibéria, no golfo de Biscaia.
20. Cidade do atual Iêmen.
21. Elba.

túnica castanha sem cintura, com a cabeça envolta numa longa faixa de tecido branco que, passando-lhe pela borda da boca, caía atrás, sobre o ombro.

As caravanas tinham partido regularmente no equinócio de inverno. Mas, dos 1.500 homens que se dirigiam para a extrema Etiópia com excelentes camelos, odres novos e provisões de tecidos pintados, só um reaparecera em Cartago (os outros teriam morrido de cansaço ou enlouquecido de terror do deserto), dizendo ter visto, para além do Harusch-Negro[22], depois dos atarantes[23] e da terra dos macacos grandes, reinos imensos onde os menores utensílios são de ouro, um rio cor de leite largo como o mar, florestas de árvores azuis, morros plantados de aromatas, monstros de cara humana que vegetavam nos rochedos e tinham uns olhos que, para nos olhar, desabrochavam como flores; depois, para além dos lagos cobertos de dragões, viu montanhas de cristal que sustentam o Sol. Outros tinham voltado da Índia com pavões, pimenta e novos tecidos. Quanto aos que tinham ido comprar calcedônias pelo caminho das sirtes e do templo de Amon, esses decerto tinham perecido nas areias. As caravanas da Getúlia e da Fazânia tinham fornecido os produtos habituais, mas ele, encarregado das viagens, já não ousava equipar nenhuma outra caravana.

Amílcar compreendeu o motivo: os mercenários ocupavam os campos. Com um gemido surdo, apoiou-se ao outro cotovelo; e o encarregado das quintas tinha tanto medo de falar que tremia horrivelmente, apesar dos ombros largos e dos grandes olhos vermelhos. A cara, achatada como a de um dogue, era encimada por uma rede de fios de cortiça;

---

22. Montanhas do sul de Tripolitânia (atual Líbia).
23. Povo nômade do norte da África.

usava um cinturão de pele de leopardo com todos os pelos, no qual reluziam dois formidáveis alfanjes.

Assim que Amílcar se voltou, começou a invocar todos os baalim em voz alta. Não era culpa dele! Não podia fazer nada! Observara as temperaturas, os solos, as estrelas; fizera as plantações no solstício do inverno, as podas no decurso da lua; inspecionara os escravos e poupara suas roupas.

Amílcar irritava-se com aquela tagarelice. Fez um muxoxo, e o homem dos alfanjes disse com voz rápida:

— Ah! Senhor! Pilharam tudo! Saquearam tudo! Destruíram tudo! Três mil árvores cortadas em Maschala, e em Ubada os celeiros arrombados, as cisternas atulhadas! Em Tedes levaram embora 1.500 gômores de farinha; em Marazana mataram os pastores, comeram os rebanhos, incendiaram tua casa, tua bela casa com vigas de cedro, aonde ias no verão! Os escravos de Tuburbo, que ceifavam a cevada, fugiram para as montanhas; e jumentos, burros, mulas, bois de Taormina e cavalos orynges[24], nenhum, todos roubados! É uma maldição! Não vou sobreviver!

E continuava, chorando:

— Ah! Se soubesses como os celeiros estavam cheios e as charruas, reluzentes! Que belos carneiros! Que belos touros!

A cólera sufocava Amílcar. Até que explodiu:

— Cala-te! Por acaso sou algum pobretão? Nada de mentiras. Diz a verdade! Quero saber tudo o que perdi, até o último siclo, até o último kab[25]. Abdalonim, traz as contas dos navios, das caravanas, das quintas e da casa! E, se

---

24. Segundo anotação de Flaubert a Appiano, seriam cavalos listrados ou com manchas circulares como as dos leopardos.
25. Medida bíblica de capacidade, cerca de 2 litros.

tiverdes a consciência pesada, que a desgraça caia sobre vós! Fora daqui!

Os intendentes saíram, recuando e com as mãos pendentes até o chão.

Abdalonim foi pegar, num compartimento embutido na muralha, cordas cheias de nós, faixas de pano ou de papiro e escápulas de carneiro cobertas de caracteres delicados. Pôs tudo aos pés de Amílcar, entregou-lhe um quadro de madeira guarnecido com três fios interiores nos quais estavam enfiadas esferas de ouro, de prata e de chifre, e começou:

— Cento e noventa e duas casas nas Mapales, alugadas aos cartagineses novos, à razão de 1 beqa[26] por lua.

— Não! É muito! Poupa os pobres! Quero que escrevas o nome dos que te parecerem mais atrevidos, tentando saber se têm apreço pela República. Que mais?

Abdalonim hesitava, surpreendido por aquela generosidade.

Amílcar arrancou-lhe das mãos os pedaços de pano.

— O que é isto? Três palácios em volta de Hammon a 12 quesitás[27] por mês? Deves cobrar 20. Não quero que os ricos me devorem!

O intendente dos intendentes, depois de profunda reverência, prosseguiu:

— Emprestado a Tigilas, até o fim da estação, 2 kikares[28] a três por cento, juro marítimo; a Bar-Malkarth, 1.500 siclos com penhor de trinta escravos. Mas doze destes morreram nos pântanos salinos.

— Porque não eram robustos – disse, rindo, o sufeta. — Não faz mal! Se ele precisa de dinheiro, que seja satisfeito!

---

26. Moeda bíblica, corresponde a 0,5 siclo.
27. Moeda bíblica.
28. Cerca de 3 mil siclos.

É sempre preciso emprestar a juros diferentes, segundo a riqueza das pessoas.

Então o servidor de Amílcar apressou-se a dar conta do que tinham produzido as minas de ferro de Annaba, os pesqueiros de coral, as fábricas de púrpura, a arrecadação de impostos sobre os gregos domiciliados, a exportação de prata para a Arábia, onde valia dez vezes mais que o ouro, e os apresamentos de barcos, com dedução da décima parte para o templo da Deusa.

— A cada vez declarei um quarto a menos, Senhor.

Amílcar fazia contas com as esferas, que soavam sob seus dedos.

— Chega! O que pagaste?

— A Estratônicles de Corinto e a três mercadores de Alexandria, sobre estas letras (elas foram resgatadas), 10 mil dracmas atenienses e 12 talentos sírios de ouro. Como a alimentação das tripulações se elevou a 20 minas por mês para cada trirreme...

— Já sei! Quantas se perderam?

— Aqui está a conta, nestas lâminas de chumbo – disse o intendente. — Quanto aos navios fretados em comum, como muitas vezes foi preciso lançar as cargas no mar, as perdas desiguais foram divididas pelo número de associados. Pelo massame tomado de empréstimo aos arsenais, que foi impossível devolver, as sissítias exigiram 800 quesitás, antes da expedição de Útica.

— Sempre eles! – disse Amílcar, baixando a cabeça.

Ficou algum tempo como que esmagado pelo peso de todos os ódios que sentia sobre si. Depois acrescentou:

— Mas não vejo aqui as despesas de Mégara.

Abdalonim, empalidecendo, foi buscar no outro compartimento algumas tabuinhas de sicômoro, inseridas por grupos em cordas de couro.

Amílcar ouvia, curioso dos pormenores domésticos e

acalmando-se com a monotonia daquela voz que relacionava números; Abdalonim ia diminuindo a velocidade da exposição. De repente, deixou cair as tabuinhas e rojou-se de bruços no chão, com os braços estendidos, na posição dos condenados. Amílcar, sem se alterar, recolheu as tabuinhas; seus lábios se entreabriram e seus olhos se arregalaram quando ele viu, nos gastos de um só dia, um consumo exorbitante de carnes, peixes, aves, vinhos e arômatas, com vasos quebrados, escravos mortos e tapetes rasgados.

Abdalonim, sempre prosternado, relatou-lhe o festim dos bárbaros. Não pudera deixar de acatar as ordens dos Anciãos. Salammbô, aliás, queria que não se economizasse dinheiro para receber melhor os soldados.

Amílcar, ouvindo o nome da filha, ergueu-se de um salto. Depois, cerrando os lábios, acocorou-se sobre as almofadas; rasgava as franjas com as unhas, ofegante, com o olhar fixo.

— Levanta-te! – disse, e desceu.

Abdalonim o seguia; seus joelhos tremiam. Mas, pegando uma barra de ferro, começou como um furioso a deslocar os ladrilhos do chão. Um disco de madeira saltou e logo apareceram, na extensão do corredor, várias daquelas tampas que fechavam os fossos em que se guardavam os grãos.

— Estás vendo, Olho de Baal – disse o intendente, tremendo –, eles ainda não levaram tudo. E cada um desses fossos é muito profundo, com 50 côvados e estão cheios até a borda. Durante tua viagem mandei abrir fossos assim nos arsenais, nos jardins, em todo lugar! Tua casa está cheia de trigo, como o teu coração, de sabedoria.

No rosto de Amílcar esboçou-se um sorriso.

— Muito bem, Abdalonim.

Depois, inclinando-se ao seu ouvido:

— Mandarás vir mais da Etrúria, de Brúcio, de onde

quiseres e por qualquer preço! Amontoa e cuida! É preciso que eu possua, só eu, todo o trigo de Cartago.

Quando chegaram à extremidade do corredor, Abdalonim, com uma das chaves que lhe pendiam da cintura, abriu uma grande câmara quadrangular, dividida ao meio por colunas de cedro. Moedas de ouro, prata e bronze, arrumadas sobre mesas ou metidas em nichos, empilhavam-se ao longo das quatro paredes até os caibros do teto. Nos cantos, enormes canastras de pele de hipopótamo continham fileiras de sacos menores; bilhões[29] em grande quantidade formavam montículos pelo chão e, aqui e ali, alguma pilha alta demais, tendo desmoronado, parecia uma coluna em ruínas. As grandes moedas de Cartago, representando Tanit com um cavalo sob uma palmeira, misturavam-se às das colônias, cunhadas com touros, estrelas, globos ou crescentes. Depois se viam arrumadas, em somas desiguais, moedas de todos os valores, de todas as dimensões, de todas as idades, desde as velhas da Assíria, finas como unhas, até as velhas do Lácio, mais espessas que a mão, além dos botões de Egina, das tabuinhas de Bactriana e dos bastõezinhos de ferro da antiga Lacedemônia; várias estavam cobertas de ferrugem ou crostas, esverdeadas pela água ou enegrecidas pelo fogo, pois tinham sido apanhadas em redes ou, após os cercos, nos escombros das cidades. O sufeta calculou rapidamente se as somas ali presentes correspondiam aos ganhos e às perdas que acabavam de lhe relatar, e estava para se retirar quando avistou três jarros de bronze completamente vazios. Abdalonim desviou o olhar em sinal de horror; Amílcar, resignado, não disse nada.

Percorreram outros corredores, outras salas e chegaram por fim a uma porta; para vigiá-la melhor, um homem tinha sido atado pela cintura a uma longa corrente chumbada na

---

29. Moedas feitas de uma liga de ouro e prata.

parede – costume dos romanos introduzido havia pouco em Cartago. A barba e as unhas lhe tinham crescido desmedidamente, e ele se balançava de um lado para outro com a oscilação contínua dos animais presos. Assim que reconheceu Amílcar, lançou-se em sua direção, gritando:

— Graça! Olho de Baal! Piedade! Mata-me! Há dez anos que não vejo a luz do sol! Graça, em nome de teu pai!

Amílcar, sem responder, bateu palmas e apareceram três homens; os quatro, com a força dos braços, arrancaram dos aros a enorme tranca que fechava a porta. Amílcar pegou uma tocha e desapareceu na escuridão.

Acreditava-se que aquele era o local das sepulturas da família; mas quem buscasse ali acharia somente um poço largo. Tinha sido cavado apenas para desorientar os ladrões e não escondia nada. Amílcar passou por ele; depois, abaixando-se, pôs a girar uma pesada mó sobre rolos e, por aquela abertura, entrou num aposento em forma de cone.

As paredes eram cobertas de escamas de bronze; no centro, sobre um pedestal de granito, erguia-se a estátua de um cabira chamado Aletes, inventor das minas na Celtibéria. Encostados a seu pedestal, no chão, estavam dispostos em cruz largos escudos de ouro e monstruosos vasos de prata, que tinham gargalo fechado e um formato extravagante e sem utilidade, pois costumava-se fundir daquele modo grandes quantidades de metal, para que as dilapidações e as movimentações fossem quase impossíveis.

Com a tocha, Amílcar acendeu uma lanterna de mineiro fixada no gorro do ídolo; de súbito, a sala foi iluminada por chamas verdes, amarelas, azuis, violeta, cor de vinho, cor de sangue. Estava cheia de pedrarias, que se achavam em cabaças de ouro penduradas como lampadários nas lâminas de bronze, ou então em estado bruto, enfileiradas ao pé da parede. Eram calaítas arrancadas das montanhas com tiros de funda, carbúnculos formados por urina de linces, glossópetras caídas da Lua, tanos, diamantes, sandastros, berilos, com as três espécies de rubi, as quatro de safira e as doze de esmeralda. Fulguravam, como salpicos de leite, sincelos azuis e poeira de prata, lançando suas luzes em feixes, raios, estrelas. As ceráunias, engendradas pelo trovão, cintilavam perto das calcedônias, que curam envenenamentos. Havia ali topázios do monte Zabarca para prevenir terrores, opalas de Bactriana que impedem abortamentos e chifres de Amon, que se colocam debaixo da cama para provocar sonhos.

Os clarões das pedras e as chamas da lanterna refletiam-se nos grandes escudos de ouro. Amílcar, em pé, sorria de braços cruzados; e seu deleite não era tanto com o espetáculo quanto com a consciência de suas riquezas. Elas eram inacessíveis, inesgotáveis, infinitas. Os antepassados, dormindo sob seus pés, enviaram-lhe ao coração algo de sua eternidade. Ele se sentia perto dos gênios subterrâneos. Era como a alegria de um cabira; e os grandes raios luminosos que incidiam sobre seu rosto pareciam-lhe as pontas de malhas invisíveis que, através dos abismos, o ligassem ao centro do mundo.

Uma ideia o fez estremecer e, postando-se atrás do ídolo, caminhou em linha reta até a parede. Depois examinou entre as tatuagens do braço uma linha horizontal com duas outras perpendiculares, que, em algarismos cananeus, exprimiam o número treze. Então contou as placas de bronze até a 13ª, levantou de novo a manga e, com a mão direita estendida, ia lendo, em outro lugar do braço, outras linhas mais complicadas, passeando os dedos delicadamente, como se estivesse tocando lira. Por fim, deu sete batidas com o polegar e, como um único bloco, toda uma parte da muralha girou.

Ela disfarçava uma espécie de cripta, onde estavam encerradas coisas misteriosas, sem nome e de incalculável valor. Amílcar desceu os três degraus; pegou de uma cuba de prata uma pele de antílope de nariz branco, que flutuava num líquido escuro, e subiu de volta.

Abdalonim começou a caminhar novamente à sua frente. Ia batendo nas lajes do chão com seu bordão guarnecido de sinetas no punho e, diante de cada aposento, gritava o nome de Amílcar, cercando-o de louvores e bênçãos.

Na galeria circular em que desembocavam todos os corredores, ao longo das paredes feitas de traves de algumim, tinham sido acumulados sacos de hena, pães de terra de Lemnos e cascos de tartaruga cheias de pérolas. O sufeta, ao passar, deixava que seu manto roçasse tais coisas, sem sequer olhar para os gigantescos pedaços de âmbar, matéria quase divina formada pelos raios de sol.

De lá emanou uma nuvem de vapor perfumado.

— Empurra a porta!

Entraram.

Homens nus misturavam massas, moíam ervas, agitavam brasas, despejavam azeite em jarras, abriam e fechavam pequenas celas ovais cavadas em toda a roda da muralha, e eram tão numerosas essas células que o aposento parecia o interior de uma colmeia. Delas trasbordavam mirobálano, bdélio, açafrão e violetas. Por todos os lados se espalhavam gomas, pós, raízes, frascos de vidro, ramos de filipêndula e pétalas de rosa; e os aromas asfixiavam, apesar dos turbilhões do estoraque que crepitava no centro, sobre uma trempe de bronze.

O encarregado dos aromas suaves, pálido e esguio como um archote de cera, aproximou-se de Amílcar para lhe esmagar nas mãos um rolo de metópio[30], enquanto outros dois lhe esfregavam os calcanhares com folhas de bácaris.

---

30. Segundo Plínio (XIII, 1), espécie de unguento feito de óleo de amêndoas amargas.

Amílcar os repeliu. Eram cirenaicos de costumes infames, mas gozavam de consideração por causa dos segredos que dominavam.

Para mostrar-se vigilante, o encarregado dos aromas ofereceu ao sufeta uma porção de malóbatro numa colher de eletro, para experimentar; depois, com uma sovela, furou três bezoares indianos. Amílcar, que conhecia os artifícios, pegou um chifre cheio de bálsamo e, depois de tê-lo aproximado das brasas, entornou-o sobre a túnica: apareceu uma mancha escura, era uma fraude. Então encarou fixamente o encarregado dos aromas e, sem dizer nada, atirou-lhe ao rosto o chifre de gazela.

Por mais indignado que estivesse com as falsificações cometidas em seu prejuízo, notando os feixes de nardo que estavam sendo embalados para envio aos países de ultramar, ele ordenou que lhes misturassem antimônio para torná-los mais pesado.

Depois perguntou onde se achavam as três caixas de psagdas[31] destinadas a seu uso.

O encarregado dos aromas confessou que não sabia; alguns soldados tinham chegado com cutelos, berrando, ele abrira as caixas.

— Portanto, tens mais medo deles que de mim! – exclamou o sufeta, e, através dos vapores, seus olhos, como tochas, cintilavam sobre o homem alto e pálido, que começava a compreender.

— Abdalonim! Antes do pôr do sol manda-o passar pelo corredor das varadas. Despedaça-o!

Aquela perda, menor que as outras, o exasperara; pois, apesar dos esforços para banir os bárbaros do pensamento, estava a todo momento topando com eles. Os excessos praticados por eles fundiam-se com a vergonha da filha,

---

31. Grafada *psaga* por Flaubert, era um dos constituintes dos antigos unguentos.

e estava irritado com todos os da casa porque a conheciam e a escondiam dele. Mas algo o impelia a afundar em sua desgraça; e, tomado pela sanha inquisitorial, examinou nos galpões situados atrás da casa do comércio as provisões de betume, madeiras, âncoras, massame, mel e cera, o armazém de tecidos, as reservas de alimentos, o canteiro dos mármores e o celeiro do sílfio.

Foi para o outro lado dos jardins inspecionar, em suas cabanas, os artesãos domésticos cujos produtos eram vendidos. Ali havia gente bordando mantos, trançando redes, pintando almofadas, recortando sandálias; operários egípcios poliam papiros com uma concha, as lançadeiras dos teares estalavam e as bigornas dos armeiros retiniam.

Amílcar disse:

— Forjem-se espadas! Forjem-se espadas. Vou precisar delas!

E tirou de junto ao peito a pele de antílope curtida em venenos, para que lhe fizessem uma couraça mais sólida que as de bronze e invulnerável ao ferro e ao fogo.

Assim que Amílcar se aproximou dos operários, Abdalonim, para mudar o alvo de sua cólera, murmurava ao seu ouvido, na tentativa de fazê-lo irritar-se com aqueles trabalhos: "Que serviço! É uma vergonha! De fato, eles têm um senhor bondoso demais!". Amílcar, sem lhe dar ouvidos, ia se afastando.

Então diminuiu a marcha, pois seu caminho foi barrado por grandes árvores calcinadas, como as que se encontram nos bosques em que os pastores acampam; e as paliçadas estavam quebradas, a água dos regos se perdia e, no meio das poças lamacentas, viam-se estilhaços de vidro e esqueletos de macacos. De alguns arbustos pendiam farrapos de pano; debaixo dos limoeiros as flores apodrecidas formavam um esterco amarelo. Na verdade, os serviçais tinham abandonado tudo, acreditando que seu senhor nunca mais voltaria.

A cada passo, descobria um novo desastre, uma prova a mais daquilo que ele se negava a saber. E eis que agora estava sujando as botinas de púrpura a pisar imundícies; e não tinha aqueles homens à sua frente, na mira de uma catapulta, para fazê-los voar em pedaços! Sentia-se humilhado por tê-los defendido; tinha sido um logro, uma traição; e, como não podia vingar-se dos soldados, dos Anciãos, de Salammbô, de ninguém, e sua cólera buscava alguém, condenou às minas, de uma só vez, todos os escravos dos jardins.

Abdalonim estremecia toda vez que o via aproximar-se dos parques de animais. Mas Amílcar tomou o caminho do moinho, de onde se ouvia sair uma lúgubre melopeia.

No meio da poeira, giravam as pesadas mós, ou seja, dois cones sobrepostos de pórfiro; o mais alto, em que havia um funil, virava sobre o segundo por meio de fortes barras. Alguns homens as empurravam com o peito e os braços, enquanto outros, atrelados, puxavam. O atrito das peiteiras formara em torno dos seus sovacos umas crostas purulentas como as que se veem na cernelha dos asnos, e o andrajo negro e frouxo que mal lhes cobria as ilhargas, pendendo pelas pontas, batia-lhes nas pernas, como um longo rabo. Tinham os olhos congestionados, os grilhões de seus pés soavam, e o peito de todos ofegava no mesmo ritmo. Na boca tinham uma mordaça, para que lhes fosse impossível comer a farinha, e luvas sem dedos encerravam suas mãos para impedi-los de pegá-la.

Com a entrada do senhor, os estalos das barras de madeira aumentaram. O grão, ao ser moído, chiava. Vários escravos caíam de joelhos; os outros continuavam, passando por cima deles.

Amílcar perguntou por Giddenem, o capataz dos escravos; e esse personagem apareceu, ostentando sua dignidade na riqueza do vestuário; pois a túnica, aberta de ambos os lados, era de fina púrpura; pesadas argolas repuxavam-lhe as orelhas e, para unir as faixas de pano que lhe envolviam as pernas, um cordão de ouro subia dos tornozelos às ancas, como serpente enrolada numa árvore. Com os dedos cobertos de anéis, segurava um colar de pedras de azeviche, para reconhecer as pessoas sujeitas ao mal-caduco.

Amílcar fez um sinal para que ele soltasse as mordaças. Então todos, com gritos de animais famintos, precipitaram-se sobre a farinha e passaram a devorá-la, enterrando o rosto nos montes.

— Tu os extenuas – disse o sufeta.

Giddenem respondeu que assim devia ser, para domá-los.

— Não valeu muito a pena mandar-te para Siracusa, à escola dos escravos. Manda chamar os outros.

E cozinheiros, despenseiros, palafreneiros, volantins, liteireiros, gente das estufas e mulheres com seus filhos, todos se postaram nos jardins numa única fila que ia da casa do comércio até o parque das feras. Todos prendiam a respiração. Profundo silêncio enchia Mégara. O sol se estendia sobre a laguna, abaixo das catacumbas. Os pavões pupilavam. Amílcar, passo a passo, andava.

— Que vou fazer com esses velhos? – disse. — Vende-os! Gauleses demais, todos beberrões! Cretenses demais, uns mentirosos! Compra capadócios, asiáticos e negros!

Surpreendeu-se com o pequeno número de crianças.

— Giddenem, a cada ano a casa deve ter nascimentos. Todas as noites deves deixar as cabanas abertas, para que eles se unam com liberdade.

Quis saber quais eram ladrões, preguiçosos, rebeldes. Distribuía castigos, repreendendo Giddenem; e Giddenem, como um touro, baixava a testa curta na qual se entrecruzavam bastas sobrancelhas.

— Este aqui, Olho de Baal – disse ele, apontando para um líbio robusto –, foi um que surpreendemos com uma corda no pescoço.

— Ah! Queres morrer? – disse desdenhosamente o sufeta.

E o escravo respondeu em tom intrépido:

— Sim!

Então Amílcar, sem se importar com o exemplo nem com a perda pecuniária, disse aos lacaios:

— Levai-o!

Seria possível que tivesse em mente a intenção de um sacrifício? Seria um mal que infligia a si mesmo, para prevenir outras maiores?

Giddenem ocultara os mutilados atrás dos outros. Amílcar os viu:

— Quem cortou teu braço?

— Os soldados, Olho de Baal!

Depois, a um samnita que coxeava como garça ferida:

— E a ti, quem fez isso?

Tinha sido o capataz que lhe quebrara a perna com uma barra de ferro.

Aquela atrocidade imbecil indignou o sufeta; e, arrancando das mãos de Giddenem o colar de pedras de azeviche:

— Maldito seja o cão que fere o rebanho! Estropiar escravos, por Tanit! Ah! Assim arruínas teu senhor! Que seja asfixiado na estrumeira! E os que faltam? Onde estão? Acaso te juntaste aos soldados para assassiná-los?

Seu rosto era tão terrível que todas as mulheres fugiram. Os escravos, recuando, formavam um grande círculo em volta dos dois; Giddenem beijava freneticamente as sandálias de Amílcar, que, de pé, conservava os braços erguidos sobre ele.

Mas, com a mesma inteligência lúcida que tinha no auge das batalhas, ele se lembrava de mil coisas odiosas, das ignomínias a que não tinha dado atenção; e a luz de sua cólera, como o fulgor da tempestade, mostrava-lhe de uma só vez todos os desastres ao mesmo tempo. Os capatazes dos campos tinham fugido, aterrorizados pelos soldados, por conivência talvez; todos o enganavam, e havia muito tempo ele se continha.

— Quero todos aqui! – gritou. — E marcai-os na testa com ferrete, como covardes!

Então trouxeram para o jardim peias, golilhas, cutelos, grilhões para os condenados às minas, cepos para apertar as pernas e para prender os ombros, além de azorragues, ou açoites de três correias terminadas por garras de bronze.

Todos foram postos com o rosto voltado para o sol, do lado de Moloch Devorador, deitados no chão de bruços ou de costas; e os condenados à flagelação, em pé contra as árvores, com dois homens ao lado: um que contava as vergastadas e outro que as dava.

Os golpes eram dados com os dois braços; as correias, zunindo, estilhaçavam a casca dos plátanos. O sangue salpicava a folhagem como chuva, e massas rubras se contorciam ao pé das árvores, urrando. Os que eram ferreteados rasgavam-se o rosto com as unhas. Ouvia-se o rangido dos parafusos de madeira; ressoavam pancadas surdas; de vez em quando um grito agudo atravessava o ar. Ao lado das cozinhas, entre roupas esfarrapadas e cabeleiras tosadas, homens avivavam brasas com abanos, e subia um cheiro de carne queimada. Os flagelados, perdendo as forças, mas seguros pelas amarras dos braços, deixavam a cabeça oscilar sobre os ombros, de olhos fechados. Os outros, que olhavam, começaram a gritar de pavor, e os leões, lembrados talvez do festim, esticavam-se a bocejar contra a borda dos fossos.

Viu-se então Salammbô na plataforma de seu terraço. Percorria alarmada aquele espaço, de um lado para outro. Amílcar a avistou. Teve a impressão de que ela erguia os braços em sua direção, pedindo misericórdia; com um gesto de horror, ele se embrenhou no parque dos elefantes.

Aqueles animais eram o orgulho das grandes casas púnicas. Tinham carregado os antepassados, vencido guerras, eram venerados como favoritos do Sol.

Os de Mégara eram os mais fortes de Cartago. Amílcar, antes de partir, arrancara de Abdalonim o juramento de que cuidaria deles. Mas eles tinham morrido por efeito das mutilações; só restavam três, deitados no meio do pátio, na poeira, diante dos escombros do comedouro.

Reconheceram Amílcar e aproximaram-se.

Um tinha as orelhas horrivelmente rasgadas; outro, uma grande ferida no joelho; o terceiro, a tromba decepada.

Olhavam para ele com ar triste, como pessoas racionais, e o que já não tinha tromba, baixando a enorme cabeça e dobrando as patas, tentava afagá-lo meigamente com a extremidade hedionda de seu coto.

Essa carícia do animal fez brotar duas lágrimas de seus olhos. Ele investiu contra Abdalonim:

— Ah, miserável! A cruz! A cruz!

Abdalonim, desmaiando, caiu de costas.

Atrás das fábricas de púrpura, das quais subiam ao céu lentas fumaradas azuis, ecoou um uivo de chacal. Amílcar parou.

A lembrança do filho, como o toque de uma divindade, acalmara-o de repente. Nele entrevia o prolongamento de sua força, uma continuação indefinida de sua pessoa, e os escravos não entendiam de onde lhe viera aquele aplacamento.

Dirigindo-se para as fábricas de púrpura, passou diante do ergástulo, comprida casa de pedras pretas, construída dentro de um fosso quadrado, com um caminho estreito ao redor e quatro escadas nos cantos.

Para completar o sinal, Iddibal decerto esperava a

chegada da noite. Ainda não há pressa, pensava Amílcar; e desceu para a prisão. Alguns lhe gritaram:

— Volta!

Os mais ousados o seguiram.

A porta aberta batia ao vento. O crepúsculo entrava pelas frestas estreitas, e no interior distinguiam-se grilhões quebrados, pendentes das paredes.

Era o que restava dos prisioneiros de guerra!

Amílcar empalideceu extraordinariamente, e aqueles que, fora, tinham-se debruçado na beirada do fosso, viram-no apoiar-se com uma das mãos na parede para não cair.

Mas o chacal uivou três vezes seguidas. Amílcar ergueu a cabeça; não proferiu uma palavra, não fez o menor gesto. Depois, com o sol já posto, desapareceu atrás da sebe de nopal; e à noite, na assembleia dos ricos, no templo de Echmun, ele disse assim que entrou:

— Luminares dos baalim! Aceito o comando das forças púnicas contra o exército dos bárbaros!

8. A batalha do rio Macar

Já no dia seguinte, Amílcar extraiu das sissítias 223 mil kikares de ouro e decretou um imposto de 14 shekels sobre os ricos. Até as mulheres contribuíram; pagava-se pelas crianças; e – coisa monstruosa para os costumes cartagineses – ele obrigou os colégios de sacerdotes a fornecer dinheiro.

Requisitou todos os cavalos, todas as mulas, todas as armas. Houve quem quisesse disfarçar a riqueza: seus bens foram vendidos; e, para desencorajar a avareza dos outros, ele mesmo doou sessenta armaduras e 1.500 gômores de farinha, tanto quanto a Companhia do Marfim.

Mandou comprar soldados na Ligúria: 3 mil montanheses habituados a lutar contra ursos; receberam seis luas de adiantamento, a 4 minas por dia.

Contudo, era preciso um exército. Mas, ao contrário do que fizera Hanão, ele não aceitou todos os cidadãos. Em primeiro lugar, rejeitou todos os de vida sedentária; depois os que tinham barriga grande demais ou aspecto pusilânime; e admitiu homens desonrados, a escória de Malqua, filhos de bárbaros e libertos. Como recompensa, prometeu aos cartagineses novos o direito de cidadania integral.

Seu primeiro cuidado foi reformar a Legião. Aqueles belos rapagões que se consideravam a majestade militar da República cuidavam de si mesmos. Rebaixou os oficiais; tratou-os rudemente, obrigava-os a correr, saltar, subir de um só fôlego a ladeira de Birsa, arremessar dardos, lutar corpo a corpo, pernoitar nas praças. Suas famílias iam visitá-los e os lastimavam.

Encomendou gládios mais curtos e botinas mais fortes. Fixou o número de lacaios e reduziu a bagagem; e, como no templo de Moloch havia trezentos pilos romanos, ele os pegou, apesar das reivindicações do pontífice.

Com os animais que tinham voltado de Útica e com outros de propriedade de particulares, organizou uma falange de 72 elefantes e tornou-os temíveis. Armou seus condutores com um malho e um martelo, para poderem fender-lhes o crânio no meio da refrega, caso se enfurecessem.

Não permitiu que seus generais fossem nomeados pelo Grande Conselho. Os Anciãos tentavam contrapor-se com leis, ele seguia em frente; ninguém ousava mais murmurar, tudo se dobrava sob a violência de seu gênio.

Encarregava-se sozinho da guerra, do governo e das finanças; e, para prevenir acusações, exigiu que o sufeta Hanão fosse administrador de suas contas.

Realizava obras nas muralhas e, para conseguir pedras, mandou demolir os velhos muros interiores, já inúteis. Mas a diferença das fortunas, substituindo a hierarquia das raças, continuava a manter separados os filhos dos vencidos e os dos conquistadores; por isso, os patrícios viram com irritação a destruição daquelas ruínas, ao passo que a plebe, sem saber bem por quê, se alegrava.

Tropas armadas desfilavam pelas ruas da manhã até a noite; a todo instante ouviam-se sons de trombeta; escudos, tendas e chuços passavam sobre carroças; os pátios estavam cheios de mulheres recortando panos; o ardor comunicava-se de um para outro; a alma de Amílcar enchia a República.

Ele dividira os soldados por números pares, tendo o cuidado de alternar ao longo das filas um homem forte e um fraco, para que o menos vigoroso ou o mais covarde fosse conduzido e empurrado por outros dois. Mas, com seus 3 mil lígures e os melhores de Cartago, só conseguiu formar uma falange simples de 4.096 hoplitas, protegidos por capacetes de bronze e manejando sarissas de freixo com 14 côvados de comprimento.

Dois mil rapazes iam armados de fundas e um punhal, usando sandálias. Ele os reforçou com outros oitocentos armados de escudo redondo e gládio romano.

A cavalaria pesada compunha-se de 1.900 guardas que restavam da Legião, cobertos por lamelas de bronze vermelho, à maneira de clinábaros[32] assírios. Havia também quatrocentos arqueiros a cavalo, dos que eram chamados tarentinos, com gorros de pele de doninha, acha de dois gumes e túnica de couro. Por fim, 1.200 negros do bairro das caravanas, misturados aos clinábaros, deviam correr ao lado dos cavalos, segurando-se com uma das mãos às suas crinas. Tudo estava pronto, contudo Amílcar não partia.

Muitas vezes saía de Cartago à noite, sozinho, e embrenhava-se para além da laguna, na direção das embocaduras do Macar. Gostaria de se juntar aos mercenários? Os lígures, acampados às margens das Mapales, cercavam seu palácio.

---

32. Nome dado pelos persas aos catafractários, cavaleiros que portavam uma armadura pesada, feita de lâminas de metal.

As apreensões dos ricos pareceram justificadas quando, um dia, trezentos bárbaros foram vistos a aproximar-se das muralhas. O sufeta abriu-lhes as portas; eram trânsfugas: corriam para o seu comandante, atraídos pelo medo ou pela fidelidade.

O regresso de Amílcar não surpreendera os mercenários: na opinião deles, aquele homem não podia morrer. Voltava para cumprir suas promessas: esperança que nada tinha de absurdo, tão profundo era o abismo entre pátria e exército. Aliás, não se julgavam culpados; tinham esquecido o festim.

Foram desenganados pelos espiões que apanharam. Era um triunfo para os belicosos; e até os moderados se enfureceram. Além disso, os dois cercos os enchiam de tédio; nada avançava; era preferível uma batalha. Por esse motivo, muitos tinham debandado, corriam pelos campos. Ao receberem a notícia dos preparativos de guerra, voltaram; Mâthos deu pulos de alegria: "Até que enfim! Até que enfim!", exclamou.

O ressentimento que ele nutria contra Salammbô voltou-se para Amílcar. Seu ódio agora vislumbrava uma presa bem definida; e, como a vingança se tornava mais fácil de conceber, ele a acreditava quase alcançada e já se rejubilava. Ao mesmo tempo, era dominado por uma ternura mais elevada e devorado por um desejo mais acerbo. Ora se via no meio dos soldados, brandindo a cabeça do sufeta na ponta de uma lança, ora naquele aposento com leito de púrpura, estreitando a virgem, cobrindo seu rosto de beijos, passando as mãos por seus cabelos negros; e essa fantasia, que ele sabia irrealizável, era um suplício. Jurou que conduziria a guerra porque seus companheiros o haviam designado *schalischim*; a certeza de que não voltaria dela incentivava-o a torná-la implacável.

Foi ter com Espêndio e disse-lhe:

— Vai buscar teus homens! Eu trarei os meus! Avisa Autarite! Se Amílcar nos atacar, estamos perdidos. Estás ouvindo? Levanta-te!

Espêndio ficou estupefato diante daquele ar de autoridade. Mâthos habitualmente se deixava conduzir, e todos os arroubos que tivera logo se haviam aplacado. Mas agora parecia, ao mesmo tempo, mais calmo e mais terrível; em seus olhos fulgurava uma vontade soberba, semelhante à chama de um sacrifício.

O grego não deu ouvidos às suas razões. Habitava uma das tendas cartaginesas com orlas de pérolas, tomava bebidas refrescantes em taças de prata, jogava cotabo[33], deixava o cabelo crescer e conduzia o cerco com vagar. Ademais, tinha entrado em entendimento com gente da cidade e não queria atacar, certo de que em breve ela se abriria.

Narr'Havas, que vagava entre os três exércitos, estava então perto dele. Apoiou sua opinião e até censurou o líbio por querer abandonar aquela iniciativa por temeridade.

— Se tens medo, vai embora! – exclamou Mâthos. — Prometeste pez, enxofre, elefantes, peões, cavalos. Onde estão?

Narr'Havas lembrou-lhe que fora ele quem exterminara as últimas coortes de Hanão; quanto aos elefantes, estavam sendo caçados nas florestas; os peões estavam sendo armados; os cavalos vinham a caminho; e o númida, acariciando a pena de avestruz que lhe caía sobre o ombro, girava os olhos como mulher e sorria de um modo irritante. Mâthos, diante dele, não achava o que responder.

Um homem que ninguém conhecia entrou na tenda, banhado em suor, espavorido, com os pés ensanguentados e o cinto desafivelado; a respiração agitava seus flancos magros

---

33. Do grego *kottabos*, um tipo de jogo divinatório.

a ponto de rebentá-los, e, falando um dialeto ininteligível, ele arregalava os olhos como se relatasse alguma batalha. O rei, de um salto, saiu da tenda e chamou seus cavaleiros.

Estes se alinharam na planície, formando um círculo diante dele. Narr'Havas, a cavalo, curvava a cabeça e mordia os lábios. Por fim, separou os homens em dois grupos, disse ao primeiro que o esperasse; depois, com um gesto imperioso, partindo com os outros a galope, desapareceu no horizonte, pelo lado das montanhas.

— Meu amo – murmurou Espêndio –, não gosto desses acasos extraordinários: chega o sufeta, Narr'Havas vai embora.

— E aí? Que importa? – disse desdenhosamente Mâthos.

Era mais uma razão para antecipar-se a Amílcar, reunindo-se a Autarite. Mas, se abandonassem o cerco das cidades, seus habitantes sairiam e os atacariam pela retaguarda, enquanto eles teriam os cartagineses pela frente. Depois de muito terem parlamentado, foram decididas e imediatamente executadas as seguintes providências.

Espêndio, com 15 mil homens, dirigiu-se à ponte sobre o Macar, a 3 milhas de Útica; os ângulos da ponte foram fortificados com quatro torres enormes, guarnecidas de catapultas. Com troncos, pedaços de rochas, espinhos entrelaçados e muros de pedras, todos os caminhos e todas as gargantas das montanhas foram bloqueados; no topo, amontoou-se mato que, incendiado, servia de sinal; e a intervalos foram colocados pastores capazes de enxergar bem de longe.

Sem dúvida, Amílcar não viria, como Hanão, pela montanha das Águas Quentes. Devia imaginar que Autarite, senhor do interior, lhe barraria o caminho. Além disso, um fracasso no início da campanha o destruiria, ao passo que a vitória significaria ter de recomeçar em breve, visto que os mercenários estariam mais longe. Podia também desembarcar no cabo das Uvas[34] e de lá marchar sobre uma das cidades. Mas nesse caso ficaria entre os dois exércitos, imprudência de que ele era incapaz com forças pouco numerosas. Portanto, devia margear o sopé do Ariana, depois virar à esquerda para evitar as embocaduras do Macar e ir diretamente para a ponte. Era lá que Mâthos o esperava.

À noite, à luz de tochas, Mâthos vigiava o trabalho dos sapadores. Corria a Hippo Zaritus, às obras das montanhas, voltava, não descansava. Espêndio invejava sua força; mas, na condução dos espiões, na escolha das sentinelas, na arte das máquinas e em todos os meios defensivos, Mâthos ouvia docilmente seu companheiro; e já não falavam em Salammbô: um, porque não pensava nela; o outro, porque impedido pelo pudor.

Mâthos ia com frequência para os lados de Cartago, tentando avistar as tropas de Amílcar. Fixava o olhar no horizonte, deitava-se de bruços e, no zumbido de suas artérias, acreditava ouvir um exército.

Disse a Espêndio que, se dentro de três dias Amílcar não chegasse, iria com todos os seus homens ao encontro dele, forçando-o à batalha. Passaram-se mais dois dias; Espêndio o retinha; na manhã do sexto, ele partiu.

Os cartagineses não estavam menos impacientes que os bárbaros. Nas tendas e nas casas, o desejo era o mesmo, era a mesma a angústia; todos perguntavam o que estaria atrasando Amílcar.

De tempos em tempos ele subia à cúpula do templo de Echmun, até junto do Anunciador-das-Luas, e observava o vento.

---

34. Atual Ghar al Milh, ou Porto Farina.

Um dia, o terceiro do mês de Tibby, todos o viram descer a passos rápidos da Acrópole. Nas Mapales ergueu-se um grande clamor. Logo as ruas se agitaram e, por toda parte, os soldados começavam a armar-se, no meio das mulheres que, aos prantos, se atiravam sobre o peito deles; depois eles iam correndo à praça de Hammon para formar fileiras. Ninguém podia acompanhá-los ou falar-lhes, nem se aproximar das muralhas. Durante alguns minutos, a cidade inteira ficou silenciosa como um grande túmulo. Os soldados pensavam, apoiados às suas lanças; os outros, nas casas, suspiravam.

Ao pôr do sol o exército saiu pela porta ocidental; mas, em vez de tomar o caminho de Túnis ou de enveredar pelas montanhas para os lados de Útica, seguiu pela beira-mar; e logo chegou à laguna, onde áreas redondas, brancas de sal, cintilavam como grandes travessas de prata, esquecidas na orla.

Depois, multiplicaram-se as poças. Como o solo, aos poucos, se tornava mais fofo, os pés afundavam; Amílcar não retrocedeu. Continuava à frente; e seu cavalo, coberto de manchas amarelas como um dragão, esguichando água por onde passava, avançava no lodo com grande esforço. Caiu a noite, uma noite sem luar. Alguns gritaram que iam morrer; ele arrancou as armas destes e as deu aos lacaios. O lodo tornava-se cada vez mais fundo. Foi preciso montar nas bestas de carga; outros se agarravam ao rabo dos cavalos; os mais robustos puxavam os fracos, e o pelotão dos lígures empurrava a infantaria com as pontas dos chuços. A escuridão ficou mais densa. Tinham tomado caminho errado. Todos pararam.

Alguns escravos do sufeta partiram na frente, em busca dos marcos que, por ordem sua, tinham sido plantados de distância em distância. Os escravos gritavam nas trevas, e de longe o exército os seguia.

Sentiu-se que o solo ganhava resistência. À frente, desenhou-se vagamente uma curva esbranquiçada, e eles se viram à margem do Macar. Apesar do frio, não acenderam fogueiras.

De madrugada, sopraram rajadas de vento. Amílcar mandou acordar os soldados, mas nenhuma trombeta soou; os capitães batiam levemente nos ombros deles.

Um homem alto meteu-se na água. Esta não lhe chegava à cintura; era possível passar.

O sufeta ordenou que 32 elefantes fossem colocados no rio, cem passos adiante, enquanto os restantes, mais abaixo, deteriam as fileiras de homens levados pela correnteza; e todos, carregando as armas acima da cabeça, atravessaram o Macar como entre duas muralhas. Amílcar tinha notado que o vento de oeste, empurrando as areias, obstruía o rio e formava em sua extensão um baixio natural.

Agora ele estava na margem esquerda, em frente a Útica, numa vasta planície, o que era vantagem para seus elefantes, que constituíam a força do exército.

Aquele lance de gênio entusiasmou os soldados. Queriam, sem demora, correr até os bárbaros; o sufeta os fez descansar durante duas horas. Assim que o sol apareceu, eles se movimentaram pela planície em três linhas: os elefantes primeiro, depois a infantaria ligeira com a cavalaria atrás e, em seguida, marchava a falange.

Os bárbaros acampados em Útica e os 15 mil ao redor da ponte ficaram surpresos quando viram, ao longe, a terra ondular. O vento, que soprava com muita força, empurrava turbilhões de areia, que se erguiam como que arrancados do solo, subiam em grandes retalhos dourados, depois se rasgavam e recomeçavam incessantemente, ocultando aos mercenários o exército púnico. Por causa dos chifres postos nas bordas dos capacetes, uns acreditavam estar vendo uma boiada; outros, enganados pela agitação dos mantos, afirmavam enxergar asas; e os que tinham viajado muito davam de ombros e explicavam tudo falando em ilusões das miragens. Enquanto isso, algo enorme continuava avançando. Pela superfície do exército corriam leves vapores, sutis como alentos; uma luz dura, que parecia vibrar, fazia recuar a profundeza do céu e, penetrando nos objetos, tornava incalculáveis as distâncias. A imensa planície estendia-se para todos os lados, a perder de vista; e as ondulações do terreno, quase imperceptíveis, prolongavam-se até o extremo horizonte, fechado por uma grande linha azul, que se sabia ser o mar. Os dois exércitos, fora das tendas, olhavam; os habitantes de Útica, para enxergar melhor, apinhavam-se nas muralhas.

Distinguiram várias barras transversais, eriçadas, de pontas iguais. Estas foram-se tornando mais espessas, cresceram; montículos negros oscilavam; de repente, surgiram moitas quadradas: eram elefantes e lanças; um único grito se elevou: "os cartagineses!". Sem sinal, sem ordem de comando, os soldados de Útica e os da ponte correram em confusão para investir juntos sobre Amílcar.

Ao ouvir esse nome, Espêndio estremeceu. Repetia ofegante "Amílcar! Amílcar!", e Mâthos não estava lá. O que fazer? Não havia como fugir. A surpresa do acontecimento, o terror que o sufeta lhe inspirava e, sobretudo, a urgência de uma resolução imediata deixavam-no transtornado; via-se varado por mil espadas, decapitado, morto. Mas estava sendo chamado; 30 mil homens o seguiriam; sentiu furor contra si mesmo; para disfarçar a palidez, lambuzou as faces de vermelhão, afivelou as cnêmides e a couraça, depois tomou uma pátera de vinho puro e correu atrás de sua tropa, que se apressava em direção à de Útica.

As duas se uniram com tanta rapidez que o sufeta não teve tempo de pôr seu exército em ordem de batalha. Aos poucos, ele foi diminuindo a velocidade de avanço. Os elefantes pararam; balançavam a enorme cabeça cheia de penas de avestruz e erguiam a tromba, que lhes batia no dorso.

No final dos intervalos entre eles, distinguiam-se coortes de vélites e, mais adiante, os grandes capacetes dos clinábaros, com ferros brilhando sob o sol, couraças, penachos e estandartes agitados. O exército cartaginês mal parecia ter os 11.396 homens que de fato continha, pois formava um quadrilátero longo, estreito nos flancos e compacto.

Vendo-os tão fracos, os bárbaros foram tomados por uma alegria desordenada; não se via Amílcar. Teria ficado em Cartago? Aliás, o que importava? O desprezo que sentiam por aqueles mercadores dava-lhes mais coragem; antes que Espêndio comandasse a manobra, todos a tinham compreendido e já a executavam.

Formaram uma extensa linha reta, que excedia as alas do exército púnico, a fim de envolvê-lo completamente. Mas, quando estavam a trezentos passos de distância, os elefantes, ao invés de avançarem, voltaram-se; e eis que os clinábaros, dando meia-volta, os seguiram; e a surpresa dos mercenários aumentou quando viram que os jaculadores corriam para juntar-se a eles. Os cartagineses, portanto, tinham medo, fugiam! Uma vaia tremenda se ergueu nas fileiras dos bárbaros, e Espêndio, do alto de seu dromedário, exclamava:

— Ah! Bem que eu sabia! Avante! Avante!

Então brotaram, de uma só vez, amentos, dardos e balas de fundas. Os elefantes, sentindo a garupa picada por flechas, puseram-se a correr e acabaram envoltos por espessa nuvem de poeira, desvanecendo-se como sombras em nevoeiro.

No fundo, ouvia-se um grande tropel, dominado pelo som agudo das trombetas, que sopravam com fúria. O espaço que os bárbaros tinham diante de si, cheio de turbilhões e tumulto, atraía-os como uma voragem; alguns se lançaram nele. Apareceram coortes de infantaria; elas se cerravam; ao mesmo tempo, todos os outros viam chegar os peões com cavaleiros a galope.

Amílcar tinha ordenado à falange que rompesse suas seções e que os elefantes, as tropas ligeiras e a cavalaria passassem por aqueles espaços para ocupar com presteza as alas; e tinha calculado tão bem a distância dos bárbaros que, no momento em que eles investiam, o exército cartaginês inteiro já formava uma extensa linha reta.

No centro, ouriçava-se a falange, formada por sintagmas ou quadrados cheios, com dezesseis homens por lado. Todos os cabeças de todas as colunas apareciam entre longos ferros agudos, que se projetavam em medida desigual, porque as seis primeiras fileiras cruzavam suas sarissas, segurando-as pelo meio, e as dez fileiras posteriores as apoiavam nos ombros dos sucessivos companheiros à frente. Metade dos rostos desaparecia sob as viseiras dos capacetes; todas as pernas direitas estavam cobertas por cnêmides de bronze; os largos escudos cilíndricos desciam até os joelhos; e aquela horrível massa quadrangular movia-se como uma só peça, parecia ter uma vida de fera e funcionar como máquina. Era ladeada de forma regular por duas coortes de elefantes que, sacudindo-se, derrubavam as lascas de flechas presas à sua pele negra. Os indianos acocorados sobre o cachaço dos animais, entre tufos de penas brancas, continham-nos com o gancho de seu arpão, enquanto, nas torres, homens escondidos até os ombros agitavam, na ponta de grandes arcos retesados, fusos de ferro providos de estopas em chamas. À direita e à esquerda dos elefantes remoinhavam fundibulários, com uma funda na cintura, outra na cabeça e uma terceira na mão direita. Os clinábaros, cada um com um negro ao lado, estendiam as lanças por entre as orelhas de seus cavalos, cobertos de ouro como os cavaleiros.

Em seguida espaçavam-se os soldados com armas leves e escudos de pele de lince, dos quais sobressaíam a ponta dos armentos que eles empunhavam com a mão esquerda; e os tarentinos, conduzindo cada um uma parelha de cavalos, realçavam nos dois extremos aquela muralha de soldados.

O exército dos bárbaros, ao contrário, não pudera manter o alinhamento. Em sua extensão exorbitante haviam-se formado ondulações, vazios; todos estavam ofegantes, sem fôlego por terem corrido.

A falange moveu-se pesadamente, enristando todas as sarissas; sob seu peso enorme a linha dos mercenários, muito estreita, dobrou-se ao meio.

As alas cartaginesas expandiram-se para envolvê-los; os elefantes vinham atrás. A falange, com as lanças apontadas obliquamente, dividiu os bárbaros: dois enormes corpos se agitaram, e as alas, com tiros de funda e flechadas, os empurravam de volta aos falangistas. Para livrar os bárbaros daquela situação, faltava cavalaria, pois só tinham duzentos númidas, que arremeteram contra o esquadrão direito dos clinábaros. Os outros estavam tolhidos, não conseguiam sair daquelas linhas. O perigo era iminente, e urgia uma resolução.

Espêndio mandou atacar a falange simultaneamente pelos dois flancos, para atravessá-la. Mas as fileiras mais estreitas cederam às mais longas e retornaram a seus lugares; e a falange se voltou contra os bárbaros, tão terrível nos flancos quanto tinha sido pouco antes de frente.

Os bárbaros golpeavam os hastis das sarissas; a cavalaria, atrás, atrapalhava seu ataque; e a falange, apoiada pelos elefantes, fechava-se e abria-se, apresentava-se em forma de quadrado, cone, losango ou pirâmide. De um de seus extremos ao outro realizava-se continuamente um duplo movimento interior, pois os que estavam no fim das filas acorriam às primeiras posições, enquanto outros, por cansaço ou por causa dos feridos, passavam às últimas filas. Os bárbaros viram-se amontoados contra a falange. Ela não conseguia avançar; aquilo parecia um oceano de onde saltavam peixes vermelhos de penacho com escamas de bronze, enquanto os claros escudos rolavam como escuma de prata. Às vezes, de um a outro extremo, desciam largas correntes que depois tornavam a subir, e no centro uma pesada massa se mantinha imóvel. As lanças inclinavam-se e erguiam-se, alternadamente. Em outros pontos, era uma agitação tão precipitada de gládios desembainhados que só se viam as pontas, e turmas de cavalaria abriam círculos que voltavam a fechar-se atrás delas, turbilhonando.

Acima das vozes dos capitães, do estridor dos clarins e do ranger das liras, bolas de chumbo e amêndoas de argila atravessavam o ar sibilando e arrancando espadas das mãos e miolos dos crânios. Os feridos, abrigando-se com um braço sob o escudo, erguiam as espadas, firmando a empunhadura no chão, e outros, em charcos de sangue, viravam-se para morder calcanhares. A multidão era tão compacta, a poeira tão espessa, o tumulto tão grande que era impossível distinguir qualquer coisa; os covardes que queriam render-se nem sequer foram ouvidos. Quando as mãos estavam vazias, recorria-se ao engalfinhamento; os peitos fendiam-se contra as couraças, e os cadáveres pendiam com a cabeça para trás, entre dois braços crispados. Houve uma companhia de sessenta úmbrios que, firmes sobre as pernas, com os chuços diante dos olhos, inabaláveis e rangendo os dentes, forçaram dois sintagmas a recuar ao mesmo tempo. Alguns pastores epirenses correram até o esquadrão esquerdo dos clinábaros, agarraram seus cavalos pela crina, pondo a girar seus cajados. Os animais, derrubando os cavaleiros, fugiram pelos campos. Os fundibulários púnicos, dispersos, ficavam embasbacados. A falange começava a vacilar; os capitães corriam desorientados, os cerra-filas impeliam os soldados, e os bárbaros tinham se reorganizado; retornavam; a vitória era deles.

Mas ecoou um grito – um grito assustador –, um rugido de dor e cólera: eram os 72 elefantes que se precipitavam em linha dupla, pois Amílcar tinha esperado que os mercenários se amontoassem num só local, para soltá-los; os indianos os haviam espicaçado tão vigorosamente que por suas orelhas escorria sangue. As trombas, lambuzadas de mínio, mantinham-se eretas, como serpentes vermelhas; os peitos estavam munidos de um venábulo; os lombos, de couraças; as presas, prolongadas por lâminas de ferro curvas como sabres; e, para se tornarem mais ferozes, tinham sido embriagados com uma mistura de pimenta, vinho e incenso. Sacudiam colares de guizos e bramiam; e os elefantarcas baixavam a cabeça sob o arremesso das faláricas que começavam a voar do alto das torres.

Os bárbaros, para melhor resistirem, apressaram-se a formar uma multidão compacta; os elefantes lançaram-se no meio deles, impetuosamente. Os esporões que tinham no peitoral, como proas de navios, fendiam as coortes, que refluíam em torrentes. Com as trombas, asfixiavam os homens, ou então, levantando-os do chão, entregavam-nos aos soldados que estavam nas torres, acima de suas cabeças; com as presas, estripavam os soldados atirando-os para cima, e longas vísceras pendiam de seus colmilhos de marfim como cordas penduradas em mastros. Os bárbaros tentavam vazar seus olhos, cortar seus jarretes ou, deslizando para debaixo de seu ventre, cravavam-lhes uma espada até o punho, morrendo esmagados; os mais intrépidos penduravam-se em suas correias e, sob as chamas, as bolas de aço e as flechas, continuavam cortando o couro, até que a torre de vime desabasse como uma torre de pedras. Catorze dos elefantes que se achavam na extremidade direita, irritados pelos ferimentos sofridos, voltaram-se para a segunda fileira; os indianos empunharam os maços e os escopros e, aplicando-os no vértice da cabeça, desfecharam uma pancada com toda a força.

Os enormes animais desabaram, caíram uns sobre os outros. Era como uma montanha; e, sobre aquela pilha de cadáveres e armaduras, um elefante monstruoso, chamado Furor de Baal, ficou com as pernas presas entre correntes, bramindo até a noite com uma flecha cravada num olho.

Os outros, como conquistadores que se rejubilam a exterminar, derrubavam, esmagavam, espezinhavam, encarniçados contra cadáveres e despojos. Para repelirem os manípulos em colunas cerradas ao redor deles, giravam sobre as patas traseiras, num movimento de rotação contínua, sempre avançando. Os cartagineses sentiram-se revigorados, e a batalha recomeçou.

Os bárbaros fraquejavam; alguns hoplitas gregos depuseram armas. Espêndio foi visto debruçado sobre o seu dromedário, espicaçando-o com dois amentos. Então todos se precipitaram pelas alas e correram como puderam em direção a Útica.

Os clinábaros, cujos cavalos já estavam esfalfados, não tentaram alcançá-los. Os lígures, extenuados de sede, gritavam que queriam avançar até o rio. Mas os cartagineses colocados no centro dos sintagmas, que tinham sofrido menos, fremiam de impaciência por verem que a vingança lhes escapava; já se lançavam à perseguição dos mercenários; Amílcar apareceu.

Com rédeas de prata, continha seu cavalo tigrado, todo coberto de suor. As faixas presas aos chifres de seu capacete estalidavam ao vento, atrás dele, e sob a coxa esquerda ele havia posto o escudo oval. Com um movimento do tridente, deteve o exército.

Os tarentinos saltaram depressa para o segundo cavalo e partiram à direita e à esquerda, em direção ao rio e à cidade.

A falange exterminou comodamente tudo o que restava de bárbaros. Estes, quando viam a aproximação das espadas, ofereciam o pescoço e fechavam os olhos. Outros se defendiam até o fim; esses eram abatidos de longe, a pedradas, como cães raivosos. Amílcar recomendara que fizessem prisioneiros, mas os cartagineses obedeciam de má vontade, tal era o prazer que sentiam em enterrar o gládio no corpo dos bárbaros. Como sentiam calor demais, começaram a trabalhar de braços nus, à maneira dos ceifadores; e, quando se interrompiam para tomar fôlego, acompanhavam com o olhar um ou outro cavaleiro que, galopando atrás de algum soldado fugitivo, conseguia agarrá-lo pelos cabelos e, depois de o ter mantido assim por algum tempo, matava-o com um golpe da acha.

Caiu a noite. Cartagineses e bárbaros haviam desaparecido. Os elefantes, que tinham fugido, vagueavam no horizonte com suas torres incendiadas. Elas ardiam nas trevas, aqui e ali, como faróis meio perdidos na bruma; e na planície não se percebia movimento algum, além da ondulação do rio, engrossado pelos cadáveres que ia carreando para o mar.

Duas horas depois, chegou Mâthos. À luz das estrelas, entreviu amontoados longos e desiguais no chão.

Eram fileiras de bárbaros. Abaixou-se: todos estavam mortos. Chamou. Ninguém respondeu.

Naquela mesma manhã, saíra de Hippo Zaritus com seus soldados para marchar sobre Cartago. Em Útica, o exército de Espêndio tinha acabado de partir, e os habitantes começavam a incendiar as máquinas. Todos tinham lutado encarniçadamente. Mas, como o tumulto para os lados da ponte aumentava de modo incompreensível, Mâthos atravessara as montanhas pelo caminho mais curto;

e, visto que os bárbaros fugiam pela planície, ele não encontrara ninguém.

À sua frente, pequenas massas piramidais erguiam-se nas sombras, e aquém do rio, mais perto, havia luzes imóveis rentes ao chão. Na verdade, os cartagineses tinham se retirado atrás da ponte, e, para enganar os bárbaros, o sufeta estabelecera numerosos postos na margem oposta.

Mâthos, continuando a avançar, acreditou distinguir insígnias púnicas, pois se viam cabeças de cavalos imóveis no ar, fixadas no topo de hastis ensarilhados que não era possível enxergar; e ao longe ouviu grande algazarra, soada de canções e de taças a chocar-se.

Não sabendo onde estava nem como descobrir Espêndio, assaltado pela angústia, aturdido, perdido nas trevas, voltou pelo mesmo caminho, mais impetuosamente. Começava a clarear quando, do alto da montanha, ele avistou a cidade, com as carcaças das máquinas enegrecidas pelas chamas, como esqueletos de gigantes apoiados às muralhas.

Tudo repousava num silêncio e num desalento extraordinários. Entre seus soldados, à beira das tendas, homens quase nus dormiam de costas ou com a testa apoiada no braço sustentado pela couraça. Alguns tiravam das pernas ligaduras ensanguentadas. Os que iam morrer balançavam a cabeça devagarinho; outros, arrastando-se, traziam-lhes água. Ao longo dos caminhos estreitos, as sentinelas marchavam para se aquecerem ou permaneciam de rosto voltado para o horizonte, com o chuço apoiado no ombro, em atitude feroz.

Mâthos encontrou Espêndio abrigado sob um pedaço de pano sustentado por dois paus fincados no chão; estava cabisbaixo, com as mãos nos joelhos.

Ficaram muito tempo sem falar.

Por fim, Mâthos murmurou:

— Vencidos!

Espêndio repetiu, com voz sombria:
— Sim! Vencidos!
E a todas as perguntas respondia com gestos desesperados.
Até eles chegavam suspiros e estertores. Mâthos entreabriu o pano. A visão dos soldados recordou-lhe outro desastre, no mesmo local, e, rangendo os dentes, ele exclamou:
— Miserável! Uma vez já...
Espêndio o interrompeu:
— Também não estavas.
— É uma maldição! – exclamou Mâthos. — Mas no fim vou esperá-lo. Vou vencê-lo! Vou matá-lo! Ah! Se eu estivesse aqui!
A ideia de ter estado ausente da batalha desesperava-o ainda mais que a derrota. Desembainhou o gládio e jogou-o no chão.
— Como os cartagineses venceram?
O ex-escravo passou a contar-lhe as manobras. Mâthos tinha a impressão de vê-las e irritava-se. O exército de Útica, em vez de correr para a ponte, deveria ter surpreendido Amílcar pela retaguarda.
— Disso eu sei! – disse Espêndio.
— Era preciso dobrar a profundidade das colunas, não arriscar os vélites contra a falange e abrir saídas para os elefantes. No último momento seria possível recuperar tudo; nada obrigava a fugir.
Espêndio respondeu:
— Eu o vi passar com seu grande manto vermelho, os braços erguidos, mais alto que a poeira, como uma águia voando nos flancos das coortes; e, a cada sinal da cabeça dele, elas se fechavam e investiam; a turba nos arrastou um em direção ao outro; ele ficou me olhando, e senti no coração como que o frio de uma espada.
— Será que ele escolheu o dia? – dizia baixinho Mâthos.

Os dois se interrogaram, tentando descobrir o que trouxera o sufeta exatamente na circunstância mais desfavorável para eles. Espêndio, para atenuar seu erro ou recobrar coragem, disse que ainda restava alguma esperança.

— Mesmo que não reste nenhuma! – disse Mâthos. — Continuo a guerra sozinho.

— E eu também! – exclamou o grego, levantando-se num pulo.

Andava a passos largos; seus olhos cintilavam e um sorriso estranho enrugava sua cara de chacal.

— Vamos recomeçar. Mas não saias de perto de mim! Não sou feito para batalhas à luz do sol; o brilho das espadas me perturba a vista; é uma doença, vivi muito tempo no ergástulo. Mas encarrega-me de escalar muralhas à noite, e eu entrarei nas cidadelas, e os cadáveres estarão frios antes que os galos comecem a cantar! Mostra-me alguém, alguma coisa, um inimigo, um tesouro, uma mulher: uma mulher, mesmo que seja a filha de um rei, e porei imediatamente a teus pés o objeto de teus desejos. Tu me censuras por ter perdido a batalha contra Hanão, e depois voltei a ganhá-la! Admite! Minha manada de porcos teve mais serventia que uma falange de espartanos!

E, cedendo ao desejo de se reabilitar e desforrar-se, enumerou tudo o que tinha feito pela causa dos mercenários:

— Fui eu que estimulei o gaulês nos jardins do sufeta. Depois, em Sica, deixei todos furiosos, com medo da República! Giscão os despedia, mas eu não permiti que os intérpretes falassem! Ah! Estavam com a língua coçando! Lembras? Eu te conduzi a Cartago; roubei a zainfe. Levei-te até ela... Vou fazer mais, verás...

E gargalhou como um louco.

Mâthos o examinava com os olhos arregalados. Sentia uma espécie de mal-estar na presença daquele homem, ao mesmo tempo tão covarde e tão terrível.

O grego prosseguiu em tom jovial, estalando os dedos:

— Evoé! Depois da tempestade, a bonança! Trabalhei nas pedreiras e bebi vinho *massico* numa taça que me pertencia, debaixo de um toldo de ouro, como um Ptolomeu! O revés deve servir para nos tornar mais hábeis! É trabalhando que se abranda a Fortuna. Ela ama os políticos. Ela cederá!

Voltou-se para Mâthos e, pegando-lhe no braço:

— Amo! Os cartagineses estão seguros da vitória. Tens um exército inteiro que não combateu, e teus homens te obedecem. Coloca-os na frente. Os meus, para se vingarem, marcharão. Restam-me ainda 3 mil cariates, 1.200 fundibulários, arqueiros, coortes inteiras! Dá até para formar uma falange. Voltemos!

Mâthos, aturdido pelo desastre, até aquele momento não tinha imaginado nenhuma saída. Ouvia boquiaberto, e as lamelas de bronze que lhe cobriam o tórax erguiam-se com o palpitar de seu coração. Recolheu a espada e exclamou:

— Acompanha-me, vamos!

Os batedores, quando voltaram, anunciaram que os mortos dos cartagineses tinham sido levados, a ponte estava em ruínas e Amílcar desaparecera.

9. Em campanha

Amílcar acreditara que os mercenários o esperariam em Útica ou voltariam para combatê-lo; e, achando que suas forças não eram suficientes para atacar ou ser atacado, rumara para o sul pela margem direita do rio, o que o punha imediatamente ao abrigo de qualquer investida.

Sua intenção era fechar os olhos para a revolta das tribos e afastá-las da causa dos bárbaros. Depois, quando os bárbaros estivessem bem isolados no meio das províncias, Amílcar cairia sobre eles e os exterminaria.

Em catorze dias pacificou a região compreendida entre Tukabur e Útica, com as cidades de Thignica, Tessurah, Vacca e outras a oeste, Zughar, edificada nas montanhas; Assuras, célebre por seu templo; Djeraado, fértil em zimbros, Taphitis e Hagour[35] enviaram-lhe embaixadas. Os

---

35. Thignica, atual Ain-Tunga; Tessurah, oásis, atual Tozeur; Vacca, atual Béja; Zunghar, atual Zaguã ou Zaguane; Djeraado, um dos quatro oásis do atual Tozeur; Taphitis, cabo.

camponeses chegavam com as mãos cheias de víveres, imploravam sua proteção, beijavam os pés dele e dos soldados e queixavam-se dos bárbaros. Alguns vinham oferecer-lhe, em sacos, cabeças de mercenários mortos por eles (diziam), mas que tinham sido cortadas de cadáveres; pois muitos soldados tinham-se perdido na fuga e eram encontrados mortos aqui ou ali, debaixo de oliveiras e nas vinhas.

Para impressionar o povo, Amílcar enviara a Cartago já no dia seguinte os 2 mil soldados aprisionados no campo de batalha. Chegaram em extensas companhias de cem homens cada uma, todos com os braços atados às costas por uma barra de bronze que os prendia à nuca, e os feridos, sangrando, corriam também; iam acossados a chicotadas por cavaleiros que seguiam atrás.

A alegria foi delirante! Contava-se que 6 mil bárbaros tinham sido mortos, que os restantes não resistiriam e que a guerra estava terminada; todos se abraçavam nas ruas, e os rostos dos deuses pataicos foram besuntados de manteiga e cinamomo, como agradecimento. Com seus olhões, seu barrigão e os dois braços erguidos até os ombros, eles pareciam ter ganhado vida sob a pintura mais fresca e participar da alegria do povo. Os ricos deixavam as portas abertas; a cidade ressoava o rufar dos tamboris; os templos eram iluminados todas as noites, e as servas da Deusa, descendo para Malqua, colocaram nas encruzilhadas tablados de sicômoro, sobre os quais se prostituíam. Votaram-se terras para os vencedores, holocaustos para Melkart, 300 coroas de ouro para o sufeta; seus partidários propunham outorgar-lhe novas prerrogativas e honras.

Amílcar solicitara aos Anciãos que negociassem com Autarite a troca de todos os bárbaros, se necessário, pelo velho Giscão e pelos demais cartagineses prisioneiros como ele. Os líbios e os nômades que compunham o exército de Autarite mal conheciam aqueles mercenários, homens de raça italiota ou grega; e, se a República lhes oferecia tantos bárbaros em troca de tão poucos cartagineses, era porque o valor de uns era nulo, ao passo que o dos outros era considerável. Temiam uma cilada. Autarite recusou.

Os Anciãos decretaram a execução dos cativos, ainda que o sufeta lhes tivesse escrito que não os matassem. Tencionava incorporar os melhores às suas tropas e com isso estimular as deserções. Mas o ódio deu cabo da prudência.

Os 2 mil bárbaros foram amarrados, nas Mapales, às estelas dos túmulos; e mercadores, ajudantes de cozinha, bordadores e até mulheres, as viúvas dos mortos e seus filhos, todos os que quisessem, foram lá matá-los a flechadas. Faziam pontaria devagar, para prolongar seu suplício; baixavam a arma, depois a erguiam aos poucos, enquanto a multidão se apinhava, berrando. Os paralíticos faziam-se transportar até ali em padiolas; muitos, por precaução, levavam comida e ficavam no local até a noite; outros pernoitavam. Armaram-se barracas nas quais se serviam bebidas. Houve quem ganhasse somas consideráveis alugando arcos.

Os cadáveres foram deixados em pé, crucificados, e sobre os túmulos pareciam estátuas vermelhas; a exaltação dominou até os habitantes de Malqua, oriundos de famílias autóctones e, em geral, indiferentes às coisas da pátria. Como reconhecimento pelos prazeres que ela lhes proporcionava, agora se interessavam por sua sorte, sentiam-se púnicos; e os Anciãos achavam que se tinham mostrado hábeis ao fundir o povo inteiro numa mesma vingança.

Não faltou sequer a sanção dos deuses, pois de todos os lados do céu desceram corvos. Voavam dando voltas pelo ar, a soltar gritos roucos, e formavam uma nuvem que girava sobre si mesma continuamente. Era vista de Clipea[36], de Radès e do promontório Hermeu. Por vezes

---

36. Atual Kelíbia.

ela se rompia de repente, expandindo ao longe suas espirais negras; era uma águia que mergulhava em seu centro, depois ia embora. Nos terraços, nas cúpulas, na ponta dos obeliscos e nos frontões dos templos viam-se aqueles grandes pássaros com retalhos humanos no bico vermelho.

Por causa do cheiro, os cartagineses resignaram-se a desatar os cadáveres. Queimaram alguns; outros foram lançados ao mar, e as vagas, impelidas pelo vento norte, depositaram-nos na praia, no fundo do golfo, diante do acampamento de Autarite.

Esse castigo decerto aterrorizara os bárbaros, pois do alto do templo de Eschmun eles foram vistos a desarmar as tendas, reunir os rebanhos e pôr a bagagem sobre asnos; naquela mesma noite todo o exército se afastou.

Dirigindo-se da montanha das Águas Quentes para Hippo Zaritus alternadamente, esse exército devia impedir que o sufeta se aproximasse das cidades tírias, com a possibilidade de um retorno a Cartago.

Durante esse tempo, os outros dois exércitos tentariam alcançá-lo no sul: Espêndio pelo leste, Mâthos pelo oeste, de tal modo que os três se unissem para surpreendê-lo e cercá-lo. Sobreveio um reforço que eles já não esperavam: Narr'Havas reapareceu, com trezentos camelos carregados de betume, 25 elefantes e 6 mil cavaleiros.

Para enfraquecer os mercenários, o sufeta julgara prudente deixar Narr'Havas longe, ocupado em seu reino. De dentro de Cartago, entendera-se com Masgaba, bandido getúlico que estava tentando fundar um império. Fortalecido pelo dinheiro púnico, este sublevara os territórios númidas, prometendo-lhes liberdade. Narr'Havas, avisado pelo filho de sua nutriz, tinha invadido Cirta, envenenado os vencedores com a água das cisternas, cortado algumas cabeças e restabelecido tudo; agora, voltava para combater o sufeta, mais furioso que os bárbaros.

Os comandantes dos quatro exércitos entenderam-se sobre as disposições da guerra. Ela seria longa. Era necessário prever tudo.

Em primeiro lugar, combinaram pedir assistência aos romanos e incumbiram Espêndio dessa missão; sendo trânsfuga, ele não ousou se encarregar dela. Doze homens das colônias gregas embarcaram em Anaba numa chalupa dos númidas. Em seguida, os comandantes exigiram dos bárbaros o juramento de completa obediência. Todos os dias os capitães revistavam roupas e calçados; foi até proibido o uso do escudo às sentinelas, que muitas vezes o apoiavam na lança e dormiam em pé; os que carregavam alguma bagagem foram obrigados a desfazer-se dela; à maneira romana, tudo devia ser levado às costas. Por prevenção contra os elefantes, Mâthos instituiu um corpo de cavaleiros catrafactos, em que homem e cavalo ficavam cobertos por uma couraça de pele de hipopótamo eriçada de pregos; e, para protegerem os cascos dos cavalos, fizeram botinas de esparto trançado.

Foi proibido saquear os burgos, tiranizar os habitantes não púnicos. Como aquelas terras se esgotavam, Mâthos ordenou que os víveres fossem distribuídos por soldado, sem se preocupar com as mulheres. De início, os soldados os dividiam com elas. Por falta de alimento, muitos se debilitavam. Aquilo era motivo incessante de brigas e invectivas, pois muitos atraíam as companheiras dos outros com o engodo ou a promessa de lhes dar sua porção. Mâthos ordenou que fossem todas expulsas, impiedosamente. Elas se refugiaram no acampamento de Autarite; lá, as gaulesas e as líbias, ultrajando-as, obrigaram-nas a ir embora.

Elas foram para junto das muralhas de Cartago implorar a proteção de Ceres e de Prosérpina, pois em Birsa havia um templo e sacerdotes consagrados àquelas deusas, como expiação pelos horrores outrora cometidos no cerco de Siracusa. As sissítias, alegando direito sobre derrelitos, reivindicaram as mais novas para serem vendidas; e alguns cartagineses novos tomaram por esposas as lacedemônias, que eram loiras.

Algumas teimaram em acompanhar os exércitos. Corriam pelos flancos dos sintagmas, ao lado dos capitães. Chamavam seus homens, puxavam-nos pelos mantos, batiam no peito, amaldiçoando-os, e lhes estendiam os filhos nus, que choravam. Tal espetáculo comovia os bárbaros; elas eram um estorvo, um perigo. Foram várias vezes repelidas e voltavam; Mâthos mandou os cavaleiros de Narr'Havas investir contra elas com lanças; e, como os baleares lhe dissessem que precisavam de mulheres, ele respondeu:

— Eu não tenho nenhuma!

Tinha sido invadido pelo espírito de Moloch. À revelia da própria consciência, executava coisas espantosas, imaginando obedecer à voz de um deus. Quando não podia assolar os campos, jogava pedras sobre eles, para torná-los estéreis.

Mandava repetidas mensagens, instando Autarite e Espêndio a se apressar. Mas eram incompreensíveis as operações do sufeta, que acampou sucessivamente em Eidus, Munchar, Tehent; alguns batedores julgaram tê-lo avistado nas proximidades de Ischiil, perto das fronteiras de Narr'Havas, e foram informados de que ele tinha atravessado o rio acima de Teburba, como se pretendesse voltar a Cartago. Assim que chegava a um local, mudava-se para outro. Os caminhos que seguia continuavam desconhecidos. Sem travar combate, o sufeta conservava suas vantagens; perseguido pelos bárbaros, parecia conduzi-los.

Tais marchas e contramarchas cansavam ainda mais os cartagineses; e as forças de Amílcar, não sendo renovadas, diminuíam dia a dia. Agora os habitantes dos campos levavam-lhe víveres com menos pressa. Por toda parte, ele encontrava hesitação, um ódio taciturno; apesar das súplicas ao Grande Conselho, não lhe chegava socorro de Cartago. Dizia-se (ou talvez se acreditasse) que ele não precisava de socorro. Tratava-se de um ardil, ou suas queixas eram vãs; e os partidários de Hanão, para o prejudicarem, exageravam a importância de sua vitória. Até abriam mão das tropas que ele comandava; mas não iam agora atender suas demandas o tempo todo. A guerra era bem pesada! Custara demais; e os patrícios da facção de Amílcar, por orgulho, apoiavam-no tibiamente.

Então, desesperando da República, Amílcar arrebatou à força, nas tribos, tudo o que era preciso para a guerra: grãos, azeite, lenha, animais e homens. Os habitantes não tardaram a fugir. Quando os cartagineses atravessavam os burgos, encontravam-nos vazios; vasculhavam as cabanas e não achavam nada; em pouco tempo, o exército púnico viu-se envolto em horrível solidão.

Furiosos, os cartagineses começaram a saquear as províncias; tapavam as cisternas, incendiavam as casas. As fagulhas, levadas pelo vento, espalhavam-se a grande distância, e nas montanhas ardiam florestas inteiras, cingindo os vales com uma coroa de fogo; para atravessá-las, era preciso esperar. Depois eles retomavam a marcha, com o sol a pino, sobre cinzas quentes.

Às vezes, à beira do caminho, viam brilhar nalguma moita algo parecido com olhos de gato-do-mato. Era um bárbaro acocorado, que se cobrira de poeira para se confundir com a cor da folhagem; ou então, costeando alguma ravina, os que iam nas alas ouviam de repente um barulho de pedras rolando e, ao erguer os olhos, avistavam um homem descalço a pular sobre a abertura do desfiladeiro.

Entrementes, as cidades de Útica e Hippo Zaritus estavam livres, pois os mercenários tinham levantado os cercos.

Amílcar ordenou-lhes que o socorressem. Mas elas, não ousando comprometer-se, responderam em termos vagos, com cumprimentos e desculpas.

Ele retornou abruptamente para o norte, decidido a abrir as portas de uma das cidades tírias, ainda que tivesse de assediá-la. Precisava de um ponto na costa, para obter provisões e soldados de Cirene ou das ilhas; cobiçava o porto de Útica, por ser o mais próximo de Cartago.

O sufeta partiu, pois, de Zuitin e contornou o lago de Hippo Zaritus com prudência. Logo depois, foi obrigado a alongar seus regimentos em colunas para escalar a montanha que separa os dois vales. Ao pôr do sol, estavam descendo do cume cavado em forma de funil quando avistaram à frente, no nível do solo, lobas de bronze que pareciam correr sobre a relva.

De repente, ergueram-se grandes penachos; e, ao som de flautas, ecoou um canto formidável. Era o exército de Espêndio; pois alguns campanienses e gregos, que execravam Cartago, haviam adotado as insígnias de Roma. Ao mesmo tempo, à esquerda, apareceram longos chuços, escudos de pele de leopardo, couraças de linho e ombros nus. Eram os iberos de Mâthos, os lusitanos, os baleares, os getúlicos; ouviram-se os relinchos dos cavalos de Narr'Havas, espalhados em volta da colina; depois chegou a turba difusa sob o comando de Autarite: gauleses, líbios, nômades; e no meio deles reconheciam-se os comedores--de-coisas-imundas, pelas espinhas de peixe que usavam nos cabelos.

Assim se tinham reunido os bárbaros, combinando com exatidão sua marcha. Mas, também surpreendidos, ficaram imóveis por alguns minutos, consultando-se.

O sufeta tinha amontoado seus homens numa massa orbicular, para oferecer igual resistência por todos os lados. Os altos escudos pontudos, cravados na relva lado a lado, circundavam a infantaria. Os clinábaros ficavam do lado de fora e, mais adiante, a intervalos, os elefantes. Os mercenários estavam exaustos; era melhor esperar o amanhecer; e, certos da vitória, passaram a noite a comer e beber.

Tinham acendido fogueiras luminosas que, ofuscando-os, deixavam na sombra o exército púnico, abaixo deles. Amílcar mandou cavar ao redor de seu campo, como os romanos, um fosso de 15 passos de largura e 10 côvados de profundidade, e, com a terra, elevar na parte de dentro um parapeito, no qual foram fincadas estacas aguçadas que se entrelaçavam; e, quando o sol nasceu, os mercenários, abismados, viram todos os cartagineses assim entrincheirados como numa fortaleza.

No meio das tendas, reconheciam Amílcar, andando e dando ordens. Estava com o corpo coberto por uma couraça castanha, talhada em pequenas escamas; e, seguido por seu cavalo, parava de vez em quando para indicar alguma coisa, com o braço direito estendido.

Então vários deles se lembraram de manhãs semelhantes quando, no estridor dos clarins, o sufeta passava diante deles lentamente, e seu olhar os fortalecia como taças de vinho. Esses foram acometidos por uma espécie de emoção. Os que, ao contrário, não conheciam Amílcar sentiam a alegria delirante de capturá-lo.

Se todos atacassem ao mesmo tempo, causariam danos uns aos outros em espaço tão exíguo. Os númidas poderiam investir obliquamente, mas os clinábaros, protegidos pelas couraças, os esmagariam; depois, como transpor as paliçadas? Quanto aos elefantes, estavam pouco instruídos.

— Sois todos covardes! – exclamou Mâthos.

E, acompanhado pelos melhores, precipitou-se contra a trincheira. Foram repelidos por uma saraivada de pedras, pois o sufeta se apoderara das catapultas que eles tinham abandonado na ponte.

Esse revés modificou bruscamente o espírito volúvel dos bárbaros. O excesso de bravura desapareceu; queriam vencer, mas arriscando-se o menos possível. Na opinião de Espêndio, era preciso conservar com afinco a posição que ocupavam e deixar o exército púnico padecer de fome. Mas os cartagineses começaram a cavar poços e, como havia montanhas ao redor do outeiro, descobriram água.

Do alto da paliçada, atiravam flechas, terra, estrume, pedras arrancadas do chão, enquanto as seis catapultas rodavam sem cessar por toda a extensão do aterro.

Mas as nascentes se estancariam por si mesmas; os víveres se esgotariam; as catapultas se estragariam; os mercenários, dez vezes mais numerosos, acabariam por triunfar. O sufeta imaginou negociações para ganhar tempo; e certa manhã os bárbaros acharam em suas linhas uma pele de carneiro coberta de escritas. O sufeta se justificava da vitória: os Anciãos o tinham forçado a guerrear. Para demonstrar que cumpria a palavra, oferecia-lhes o saque de Útica ou o de Hippo Zaritus, que escolhessem. Terminando, Amílcar declarava que não os temia, pois ganhara alguns traidores e, graças a eles, acabaria facilmente com todos os outros.

Os bárbaros ficaram confusos: aquela proposta de butim imediato fazia-os sonhar; sem suspeitarem de uma cilada na fanfarrice do sufeta, temiam uma traição e começaram a desconfiar uns dos outros. Observavam palavras, atitudes; à noite acordavam aterrorizados. Muitos abandonavam seus companheiros; escolhiam o exército que lhes desse na telha; os gauleses, com Autarite, foram juntar-se aos homens da Gália Cisalpina, cuja língua entendiam.

Os quatro comandantes reuniam-se todos os fins de tarde na tenda de Mâthos; e, acocorados em torno de um escudo, punham, atentamente, a avançar e recuar umas figurinhas de madeira, inventadas por Pirro para reproduzir as manobras. Espêndio demonstrava os recursos de Amílcar e, invocando todos os deuses, suplicava que não perdessem a oportunidade. Mâthos, irritado, andava e gesticulava. A guerra contra Cartago era uma questão pessoal; indignava-se porque os outros se intrometiam e não queriam obedecer-lhe. Autarite, adivinhando suas palavras pela expressão do rosto, aplaudia. Narr'Havas erguia o queixo em sinal de desdém; não havia uma só providência que ele não julgasse danosa; já não sorria; suspirava como se tivesse reprimido a dor de um sonho impossível, o desespero de uma empreitada malograda.

Enquanto os bárbaros deliberavam, indecisos, o sufeta aumentava suas defesas. Mandou abrir um segundo fosso na parte de dentro das paliçadas, levantar um segundo parapeito e construir torres de madeira nos ângulos; e seus escravos iam até o meio dos postos avançados cravar estrepes na terra. Mas os elefantes, cujas rações tinham diminuído, debatiam-se nas peias. Para poupar o capim, ele ordenou aos clinábaros que matassem os cavalos menos robustos. Alguns se recusaram; mandou decapitá-los. Os cavalos serviram de comida. A lembrança daquela carne fresca, nos dias seguintes, foi motivo de grande tristeza.

Do fundo do anfiteatro em que estavam encerrados, os cartagineses viam ao redor, no alto, os quatro acampamentos movimentados dos bárbaros. Mulheres circulavam com odres na cabeça, cabras, balindo, vagavam sob sarilhos de chuços; trocava-se o turno das sentinelas, comia-se ao redor das trempes. As tribos lhes forneciam víveres em abundância, e nem lhes passava pela cabeça como sua inação assustava o exército púnico.

Já no segundo dia os cartagineses tinham notado no acampamento dos nômades um grupo de trezentos homens afastados dos outros. Eram os ricos, prisioneiros desde o começo da guerra. Alguns líbios os alinharam na beira do fosso e, postando-se atrás deles, arremessavam dardos, usando-os como muralha humana. Mal dava para reconhecer aqueles miseráveis, a tal ponto os rostos desapareciam sob parasitas e sujeira. Os cabelos, arrancados em alguns pontos, punham a descoberto as feridas do crânio; e eles estavam tão magros e hediondos que pareciam múmias em mortalhas esburacadas. Alguns soluçavam com ar imbecilizado; outros gritavam aos amigos que atirassem nos bárbaros. Entre eles havia um, imóvel, cabisbaixo, que não falava; a espessa barba branca chegava-lhe até as mãos cobertas de grilhões; e os cartagineses, sentindo no coração como que o desabamento da República, reconheciam nele Giscão. Embora o lugar em que estava fosse perigoso, eles se aglomeravam para vê-lo. Em sua cabeça tinha sido posta uma tiara grotesca, de couro de hipopótamo, incrustada de seixos. Era invenção de Autarite, que desagradava a Mâthos.

Amílcar, exasperado, mandou abrir as paliçadas, resolvido a achar uma saída, fosse como fosse; e com ímpeto furioso os cartagineses subiram até metade da encosta, numa distância de trezentos passos. Desceu tamanha torrente de bárbaros que eles foram rechaçados para suas linhas. Um dos guardas da Legião, que ficara para trás, tropeçava nas pedras. Zarxas chegou correndo, derrubou-o e cravou-lhe um punhal na garganta; arrancou a arma e lançou-se ao ferimento: colando a boca sobre ele, rosnando de alegria e com sobressaltos que o sacudiam da cabeça aos pés, sugou o sangue vigorosamente; depois, sentou-se com calma sobre o cadáver, levantou a cabeça para aspirar melhor o ar, como faz a corça quando acaba de beber num riacho, e, com voz aguda, entoou uma canção balear, vaga melodia cheia de modulações prolongadas, interrompendo-se e alternando-se, como ecos que se respondem nas montanhas; chamava os irmãos mortos e convidava-os para um festim; em seguida, descaiu as mãos sobre os joelhos, baixou devagar a cabeça e chorou. Aquela atrocidade horrorizou os bárbaros, os gregos sobretudo.

A partir desse momento, os cartagineses não tentaram outra surtida; e não pensavam em se render, certos de que morreriam em meio a suplícios.

No entanto, apesar dos cuidados de Amílcar, os víveres diminuíam de modo alarmante. Para cada homem não restava mais que 10 k'kommers de trigo, 3 hins de painço e 12 betzas de frutos secos[37]. Já não havia carne, azeite, conservas em sal; não havia nem um grão de cevada para os cavalos; estes eram vistos a baixar o cachaço emagrecido, procurando no pó do chão alguma palha pisoteada. Com frequência, do alto do aterro as sentinelas avistavam, ao luar, algum cão dos bárbaros que vinha zanzar sob as trincheiras, no monte de lixo; então abatiam o animal com uma pedrada e, valendo-se das correias do escudo, desciam ao longo das paliçadas; depois, sem nada dizerem aos camaradas, comiam-no. Às vezes os cães ladravam horrivelmente, e a sentinela não subia de volta. Na quarta diloquia do 12º sintagma, três soldados da falange, disputando um rato, mataram-se a facadas.

Todos tinham saudade da família, do lar: os pobres, de suas cabanas em forma de colmeia, com conchas no limiar da porta e uma rede de pesca pendurada; os patrícios, de suas grandes salas tomadas pela escuridão azulada, quando, na hora mais preguiçosa do dia, descansavam ouvindo o ruído vago das ruas, misturado ao ciciar das folhas que se agitavam em seus jardins; e, para se aprofundarem mais nesse pensamento, para fruí-lo melhor, entrecerravam os olhos; eram acordados pela comoção de um ferimento. A cada minuto, havia uma refrega, um

---
37. Medidas citadas na Bíblia.

novo alerta; as torres ardiam, os comedores-de-coisas-
-imundas pulavam sobre as paliçadas; suas mãos eram decepadas com achas; outros acorriam; uma chuva de ferro
caía sobre as tendas. Foram construídas galerias de junco
entrelaçado como abrigo contra projéteis. Os cartagineses
se fecharam nelas; já não se moviam.

Todos os dias o sol, dirigindo-se para a colina e abandonando logo nas primeiras horas o fundo da garganta,
deixava-os na sombra. Pela frente e por trás, as encostas
cinzentas elevavam-se cobertas de seixos manchados de
um raro líquen; e, sobre suas cabeças, o céu sempre limpo,
estendia-se mais liso e frio ao olhar do que uma cúpula
de metal. Amílcar estava tão indignado com Cartago que
sentia vontade de misturar-se aos bárbaros e comandá-los
contra ela. Além disso, os carregadores, os vivandeiros
e os escravos já começavam a murmurar, e nem o povo,
nem o Grande Conselho, ninguém lhe enviava sequer uma
esperança! A situação era intolerável, principalmente por
se saber que pioraria.

Cartago, ao ter notícia do desastre, reagiu com cólera e
ódio; o sufeta seria menos execrado se, já de começo, tivesse sido derrotado.

Mas para comprar mais mercenários faltava tempo,
faltava dinheiro. Quanto a recrutar soldados na cidade,
como os equipar? Amílcar se apoderara de todas as armas!
E, afinal, quem os comandaria? Os melhores capitães estavam lá longe, com ele! Homens enviados pelo sufeta iam
às ruas, gritavam. O Grande Conselho sentiu-se tocado e
deu um jeito de fazê-los desaparecer.

Precaução inútil; todos acusavam Barca de ter se conduzido com frouxidão. Depois da vitória, deveria ter ani-
quilado os mercenários. Por que devastara as tribos? Todos

tinham se submetido a grandes sacrifícios! Os patrícios deploravam sua contribuição de 14 shekels; as sissítias, seus 223 mil kikares de ouro; e quem não dera coisa alguma lamentava-se como os outros. O populacho tinha ciúmes dos cartagineses novos, aos quais o sufeta prometera o direito de cidadania integral; e os lígures, que haviam combatido com tanta intrepidez, eram confundidos com os bárbaros e amaldiçoados como eles: sua raça passara a ser crime, cumplicidade. Os mercadores às portas das lojas; os operários passando pelas ruas com uma régua de chumbo na mão; os vendedores de salmoura lavando seus cestos; os empregados dos banhos em suas estufas; os fornecedores de bebidas quentes: todos discutiam as operações de guerra. Traçavam planos de batalha com o dedo, na terra; e não havia ajudante de cozinha, por mais reles, que não soubesse corrigir os erros de Amílcar.

Diziam os sacerdotes que aquilo era castigo por sua prolongada impiedade; ele não oferecera holocaustos; não purificara as tropas; recusara-se até a levar áugures consigo; e o escândalo do sacrilégio reforçava a violência dos ódios contidos, a raiva das esperanças frustradas. Eram lembrados os desastres da Sicília, todo o fardo do orgulho dele, que tinham carregado por tanto tempo! Os colégios dos pontífices não o perdoavam por ter-se apoderado de seus tesouros e exigiram do Grande Conselho o compromisso de crucificá-lo, caso ele voltasse.

O calor do mês de Elul, excessivo naquele ano, era outra calamidade. Da beira do lago emanava um cheiro nauseabundo que passava pelos ares com a fumaça dos arômatas que turbilhonava nas esquinas das ruas. O tempo todo soavam hinos. As escadas dos templos eram ocupadas por vagas de gente; as muralhas estavam cobertas de véus negros; diante dos deuses pataicos ardiam círios, e o sangue dos camelos degolados em sacrifício, escorrendo pelas ladeiras, caía em cascatas vermelhas pelos degraus. Um delírio fúnebre agitava Cartago. Do fundo das ruelas mais estreitas, das pocilgas mais escuras, saíam rostos pálidos, homens com perfil de víbora, rangendo os dentes. Os gritos agudos das mulheres enchiam as casas e, escapando pelas grades, faziam voltar-se aqueles que conversavam em pé nas praças. Às vezes se acreditava que os bárbaros estavam chegando; tinham sido vistos atrás da montanha das Águas Quentes; acampavam em Túnis; os boatos multiplicavam-se, engrossavam, confundiam-se num único clamor. Depois, estabelecia-se um silêncio universal; uns ficavam trepados nos frontões dos edifícios, com a mão aberta sobre os olhos, enquanto outros, de bruços ao pé das muralhas, aplicavam o ouvido. Passado o terror, recomeçava a cólera. Mas a certeza da impotência logo os mergulhava de novo na mesma tristeza.

E ela se intensificava todas as tardes, quando, inclinando-se nove vezes nos terraços, eles soltavam um grito para se despedir do Sol. Este ia baixando devagar atrás da laguna e depois desaparecia de repente entre as montanhas, pelos lados dos bárbaros.

Esperavam a festa três vezes santa em que, do alto de uma fogueira, uma águia alçava voo para o céu, símbolo da ressurreição do ano, mensagem do povo a seu Baal Supremo, o que era considerado uma espécie de união, uma maneira de se ligar à força do Sol. Aliás, cheio de ódio, agora ele se voltava candidamente para Moloch-Homicida, e todos abandonavam Tanit. A Rabbet, tendo perdido o véu, estava como que despojada de parte da sua virtude. Negava o benefício de suas águas, abandonara Cartago; era uma trânsfuga, uma inimiga. Alguns, para a ultrajarem, atiravam-lhe pedras. Mas, invectivando-a, muitos a lastimavam; ainda lhe queriam bem, e talvez mais profundamente.

Portanto, todas as desventuras provinham da perda da zainfe. Dela Salammbô participara indiretamente; o povo a incluía no mesmo ressentimento; ela precisava ser punida. A vaga ideia de imolação começou a circular entre o povo. Para apaziguar os baalim, decerto era preciso oferecer-lhes algo de valor incalculável, um ser belo, jovem, virgem, de família antiga, oriundo dos deuses, um astro humano. Todos os dias os jardins de Mégara eram invadidos por homens desconhecidos; os escravos, temendo pela própria vida, não ousavam resistir. Mas os homens não ultrapassavam a escada das galeras. Ficavam embaixo, com os olhos erguidos para o último terraço; esperavam Salammbô; e durante horas gritavam contra ela, como cães ladrando para a Lua.

10. A serpente

Os clamores do populacho não assustavam a filha de Amílcar.
    Preocupações mais elevadas a afligiam: sua grande serpente, o píton preto, definhava; e para os cartagineses a serpente era um fetiche nacional e, ao mesmo tempo, pessoal. Era vista como filha do limo da terra, pois emerge de suas profundezas e não precisa de pés para percorrê-la; seu caminhar lembrava as ondulações dos rios; sua temperatura, as antigas trevas viscosas, cheias de fecundidade; e o orbe que ela descreve mordendo a cauda, o conjunto dos planetas, a inteligência de Echmun.
    O píton de Salammbô tinha rejeitado várias vezes os quatro pardais vivos que lhe eram oferecidos na lua cheia e a cada lua nova. Sua pele formosa, coberta, como o firmamento, de manchas de ouro sobre fundo negríssimo, agora estava amarela, flácida, enrugada e larga demais para o corpo. Em torno da cabeça, estendia-se um bolor algodoado e, nos ângulos das pálpebras, era possível ver pontinhos vermelhos que pareciam mover-se. De vez em

quando Salammbô se aproximava de seu cesto feito de fios de prata, afastava a cortina de púrpura, as folhas de lódão e a penugem de aves: o píton estava o tempo todo enroscado, mais imóvel que cipó mirrado; e, de tanto olhar para ele, Salammbô sentia no coração uma espécie de espiral, como se outra serpente lhe subisse aos poucos até a garganta e a estrangulasse.

Estava desesperada por ter visto a zainfe; apesar disso, sentia uma espécie de alegria, de orgulho íntimo. No esplendor daquelas pregas esgueirava-se um mistério; era a nuvem que envolvia os deuses, o segredo da existência universal, e Salammbô, sentindo horror de si mesma, lamentava não o ter erguido.

Passava quase o tempo todo acocorada no fundo de seu apartamento, segurando a perna esquerda dobrada, com a boca entreaberta, o queixo descaído, o olhar fixo. Lembrava-se com medo do rosto do pai; queria ir em peregrinação para as montanhas da Fenícia, ao templo de Aphaka[38], onde Tanit descera em forma de estrela; toda espécie de imaginação a atraía, amedrontava; aliás, estava cercada por uma solidão cada vez maior. Nem sequer sabia o que era feito de Amílcar.

Farta de seus pensamentos, levantava-se e, arrastando as sandálias, cujas solas estalavam a cada passo, batendo em seus calcanhares, ficava andando a esmo pelo grande aposento silencioso. As ametistas e os topázios do teto criavam manchas luminosas que tremeluziam, e Salammbô, sem parar de andar, voltava um pouco a cabeça para vê-las. Pegava pelo gargalo as ânforas penduradas; refrescava o peito com grandes leques ou distraía-se a queimar cinamomo em pérolas ocas. Ao pôr

---

38. No norte da Síria, entre Biblos e Baalbek.

do sol, Taanach retirava os losangos de feltro preto que tapavam as aberturas do muro; então suas pombas, ungidas com almíscar como as pombas de Tanit, entravam subitamente, e suas patas rosadas deslizavam pelos ladrilhos de vidro, entre os grãos de cevada que ela lhes lançava a mancheias, como um semeador no campo. De súbito, desfazia-se em pranto e deitava-se no grande leito de correias de boi, onde permanecia imóvel, repetindo uma palavra, sempre a mesma, com os olhos abertos, pálida como morta, insensível e fria. Enquanto isso, ouvia os guinchos dos macacos nas copas das palmeiras, com o rangido contínuo da grande roda que, através dos andares do palácio, mandava uma torrente de água pura até a banheira de pórfiro.

De tempos em tempos, recusava-se a comer por vários dias. Via em sonhos astros indistintos passando sob seus pés. Chamava Schahabarim e, quando ele chegava, já não tinha nada para lhe dizer.

Não podia viver sem o consolo de sua presença. Mas revoltava-se no íntimo contra aquele domínio; sentia pelo sacerdote, ao mesmo tempo, terror, ciúme, ódio e uma espécie de amor, como reconhecimento pela singular volúpia que experimentava perto dele.

Hábil em distinguir quais deuses enviavam as doenças, ele reconhecera a influência da Rabbet; e, para curar Salammbô, mandava regar o apartamento dela com loções de verbena e avenca; todas as manhãs ela comia mandrágoras e dormia com a cabeça sobre um saquinho de arômatas preparados pelos pontífices. Ele chegara até a empregar baarás, raiz cor de fogo que repele para o setentrião os gênios funestos; por fim, voltando-se para a estrela polar, murmurara três vezes o nome misterioso de Tanit, mas, como Salammbô continuava sofrendo, suas angústias se tornaram mais profundas.

Ninguém em Cartago tinha mais conhecimentos que ele. Na mocidade, estudara no colégio dos mogbeds[39], em Borsipa, próximo de Babilônia; depois visitara a Samotrácia, Pessino, Éfeso, a Tessália, a Judeia, os templos dos nabateus, perdidos nas areias, cataratas até o mar, percorrera a pé as margens do Nilo. Com o rosto coberto por um véu, sacudindo tochas, jogara um galo preto numa fogueira de sandáraca, diante do peito da Esfinge, o pai do terror. Descera às cavernas de Prosérpina; vira girar as quinhentas colunas do labirinto de Lemnos e resplandecer o candelabro de Taranto, que em sua haste sustentava tantos lampadários quantos são os dias do ano; à noite, às vezes, recebia gregos para fazer-lhes perguntas. A constituição do mundo preocupava-o tanto quanto a natureza dos deuses; com as armilas do pórtico de Alexandria, observara os equinócios; acompanhara até Cirene os bematistas do Evérgeta[40], que medem o céu calculando o número de seus passos. Desse modo, agora crescia em seu pensamento uma religião particular, sem fórmula distinta e, por isso mesmo, cheia de vertigens e ardores. Já não acreditava que a Terra tivesse forma de pinha; julgava-a esférica, a cair eternamente na imensidão, com uma velocidade tão prodigiosa que ninguém percebia a queda.

Da posição do Sol acima da Lua, ele deduzia a predominância do Baal, de quem o astro nada mais é que reflexo e figura; aliás, tudo o que via das coisas terrestres o obrigava a reconhecer como supremo o princípio viril exterminador. Além disso, acusava secretamente a Rabbet do infortúnio de sua vida. Acaso não fora por sua causa que outrora o grande pontífice, em meio ao tumulto dos címbalos, lhe roubara a virilidade futura? E ele acompanhava com olhar

---

39. Magos persas.
40. Bematistas são agrimensores e geômetras; Evérgeta é o benfeitor.

melancólico os homens que se perdiam com as sacerdotisas atrás dos terebintos.

Seus dias se passavam na inspeção de incensórios, vasos de ouro, pinças, ancinhos para as cinzas do altar, todas as túnicas das estátuas e até da agulha de bronze que servia para frisar os cabelos de uma velha Tanit, na terceira edícula, perto da videira de esmeralda. Sempre na mesma hora ele levantava as mesmas tapeçarias das mesmas portas que voltavam a cair; permanecia de braços abertos, na mesma atitude; orava prosternado sobre os mesmos ladrilhos, enquanto ao seu redor todo um povo de sacerdotes circulava, descalço, pelos corredores cheios de um crepúsculo eterno.

Mas na aridez de sua vida Salammbô era como uma flor na fenda de um sepulcro. Apesar disso, era duro com ela, não lhe poupava penitências nem palavras amargas. Sua condição estabelecia entre ambos como que a igualdade de um sexo comum, e não o exasperava tanto sua incapacidade de possuí-la quanto o fato de achá-la tão bela e, sobretudo, tão pura. Com frequência, ele notava que ela se cansava na tentativa de acompanhar seu pensamento. Então ele se afastava mais triste; sentia-se mais abandonado, mais sozinho, mais vazio.

Às vezes lhe escapavam palavras estranhas, que passavam por Salammbô como grandes relâmpagos a iluminar abismos. Isso lhes ocorria à noite, no terraço, quando, sozinhos, contemplavam as estrelas e Cartago se estendia abaixo, a seus pés, com o golfo e o alto-mar vagamente perdidos na cor das trevas.

Ele lhe expunha a teoria das almas que descem à terra seguindo o mesmo caminho do Sol pelos signos do zodíaco. Com o braço estendido, mostrava-lhe em Áries a porta da geração humana, e em Capricórnio a do retorno aos deuses; e Salammbô esforçava-se por avistá-las, pois tomava essas concepções por realidades: aceitava como verdadeiros em si mesmos símbolos puros e até figuras de linguagem, distinção que nem para o sacerdote era sempre muito nítida.

— As almas dos mortos – dizia ele – dissolvem-se na Lua como os cadáveres na terra. As lágrimas delas compõem sua umidade; é uma paragem escura, cheia de lodo, detritos e tempestades.

Salammbô perguntou-lhe o que lhe aconteceria lá.

— Primeiramente languescerás, leve como um vapor a oscilar sobre as ondas; e, depois de provações e angústias mais prolongadas, subirás para o cerne do Sol, para a própria fonte da Inteligência!

No entanto, não falava da Rabbet. Salammbô imaginava que não o fazia por pudor para com sua Deusa vencida e, denominando-a com um nome comum que designava a Lua, derramava-se em bênçãos ao astro fértil e suave. Por fim, ele exclamou:

— Não! Não! É do outro que ela extrai toda a sua fecundidade! Não a vês girando em torno dele, como mulher apaixonada a correr atrás de um homem num campo?

E, sem cessar, exaltava a virtude da luz.

Em vez de atenuar nela os desejos místicos, ele os excitava e até parecia sentir prazer em consterná-la com revelações de uma doutrina desapiedada. Salammbô, apesar das dores de seu amor, lançava-se a ela com arrebatamento.

Mas Schahabarim, quanto mais dúvidas sentia em relação a Tanit, mais desejava crer nela. No fundo da alma, era retido por um remorso. Precisaria de alguma prova, alguma manifestação dos deuses e, com a esperança de obtê-la, imaginou uma ação que podia ao mesmo tempo salvar sua pátria e sua crença.

A partir daí, na presença de Salammbô, começou a deplorar o sacrilégio e os males dele decorrentes até nas regiões celestes. Depois, de repente, anunciou-lhe o perigo a que estava exposto o sufeta, assediado por três exércitos comandados por Mâthos; pois Mâthos, por causa do roubo da zainfe, era considerado pelos cartagineses como rei dos bárbaros; acrescentou que a salvação da República e de seu pai dependia só dela.

— De mim? – exclamou ela. — Como posso...

Mas o sacerdote, com um sorriso de desdém:

— Jamais consentirás!

Ela suplicava. Por fim, Schahabarim disse:

— Precisas ir ao acampamento dos bárbaros recuperar a zainfe!

Ela se abateu sobre o escabelo de ébano e ficou com os braços estendidos entre os joelhos, com o tremor da vítima que aos pés do altar espera o golpe da maça. Suas têmporas zumbiam, ela via círculos de fogo girando e, em seu estupor, só compreendia uma coisa: com certeza logo morreria.

"Mas, se a Rabbet triunfar, se a zainfe for devolvida, e Cartago liberta, que importa a vida de uma mulher?", pensava Schahabarim. "Aliás, ela talvez obtenha o véu sem perecer."

Ele ficou três dias sem voltar; na tarde do quarto dia ela mandou chamá-lo.

Para mais inflamar seu coração, contava-lhe todas as invectivas que, em pleno Conselho, bradavam contra Amílcar; dizia que ela havia cometido uma falta, que precisava reparar seu crime, e que a Rabbet ordenava aquele sacrifício.

Com frequência, prolongado clamor atravessava as Mapales e chegava a Mégara. Schahabarim e Salammbô saíam rapidamente e ficavam olhando do alto da escadaria das galeras.

Era gente na praça de Hammon gritando para obter armas. Os Anciãos não queriam dá-las, julgando inútil tal esforço; outros, tendo saído sem general, haviam sido massacrados. Por fim, permitiram-lhes ir e, numa espécie de homenagem a Moloch ou por algum vago desejo de destruição, eles arrancaram grandes ciprestes nos bosques dos templos e, acendendo-os nas tochas dos cabiras, carregaram-nos pelas ruas, cantando. Aquelas chamas monstruosas avançavam, balançadas devagar; enviavam clarões para os globos de vidro das cúpulas dos templos, para os ornatos dos colossos, para os aríetes dos navios, ultrapassavam os terraços e pareciam sóis rolando pela cidade. Desceram a Acrópole. A porta de Malqua abriu-se.

— Estás pronta? – exclamou Schahabarim. — Ou por acaso lhes recomendaste que dissessem a teu pai que o abandonavas?

Salammbô escondeu o rosto nos véus, e os enormes clarões se afastaram, baixando aos poucos na beira das águas.

Um medo indeterminado a retinha; temia Moloch, temia Mâthos. Aquele homem com porte de gigante, dono da zainfe, dominava a Rabbet tanto quanto o Baal e aparecia-lhe rodeado das mesmas fulgurações; além disso, a alma dos deuses às vezes visitava o corpo dos homens. Schahabarim, falando dele, acaso não dizia que ela devia vencer Moloch? Eles estavam misturados; ela os confundia; ambos a perseguiam.

Quis conhecer o futuro e aproximou-se do píton, pois era uso extrair presságios da posição das serpentes. O cesto estava vazio. Salammbô ficou apreensiva.

Achou-o enrolado pela cauda a um dos balaústres de prata, perto do leito suspenso; roçava-se a ele, para se livrar da velha pele amarelada, enquanto o corpo luzidio e claro se espichava como um gládio fora da bainha pela metade.

Nos dias seguintes, à medida que Salammbô se deixava convencer, que se tornava mais disposta a socorrer Tanit, o píton ia sarando, engrossando; parecia reviver.

Firmou-se então em sua consciência a certeza de que Schahabarim exprimia a vontade dos deuses. Certa manhã, ela acordou decidida e perguntou o que devia fazer para que Mâthos devolvesse o véu.

— Exigi-lo! – disse Schahabarim.

— Mas e se ele recusar?

O sacerdote olhou-a fixamente, com um sorriso que ela nunca tinha visto.

— Então, o que fazer? – repetiu Salammbô.

Ele enrolava nos dedos as pontas das tiras que lhe caíam da tiara sobre os ombros, com os olhos baixos, imóvel. Por fim, percebendo que ela não entendia:

— Estarás sozinha com ele...

— Que mais? – disse ela.

— Sozinha, na tenda dele...

— E aí?

Schahabarim mordeu os lábios. Buscava uma frase, um subterfúgio.

— Se tiveres de morrer, será mais tarde – disse ele –, mais tarde! Não temas! E, faça ele o que fizer, não chames ninguém! Não te amedrontes! Deves ser humilde – entendes? – e submissa ao desejo dele, que é ordem do céu...

— Mas o véu?

— Os deuses proverão – respondeu Schahabarim.

— E se me acompanhasses, ó pai?

— Não!

Ele lhe ordenou que se ajoelhasse e, com a mão esquerda erguida e a direita estendida, jurou por ela trazer de volta para Cartago o manto de Tanit. Com imprecações terríveis, ela se votava aos deuses, e, cada vez que Schahabarim pronunciava uma palavra, ela, quase desfalecendo, a repetia.

Ele lhe indicou todas as purificações, os jejuns que devia observar e como chegar a Mâthos. Aliás, seria acompanhada por um homem que conhecia os caminhos.

Ela então se sentiu liberta. Seu único sonho era a bem-aventurança de rever a zainfe; agora bendizia Schahabarim por suas exortações.

Era a época em que as pombas de Cartago emigravam para a Sicília, para a montanha de Érice; iam rodear o templo de Vênus. Antes da partida, buscavam-se mutuamente durante vários dias, chamavam-se para a reunião; por fim, levantavam voo numa tarde; eram impelidas pelo vento, e sua grande nuvem branca deslizava pelo céu, por cima do mar, bem alto.

Um vermelho-sangue ocupava o horizonte. Elas pareciam ir descendo aos poucos em direção às águas; depois desapareceram, como engolidas, caindo por vontade própria na goela do Sol. Salammbô, vendo-as afastar-se, inclinou a cabeça; Taanach, julgando adivinhar sua tristeza, disse-lhe meigamente:

— Elas vão voltar, senhora!
— Sim! Eu sei!
— E as verás de novo!
— Talvez! – disse ela, suspirando.

Não contara a ninguém sua resolução; para realizar tudo da forma mais discreta, mandou Taanach (e não os intendentes) ao subúrbio de Kinisdo, comprar tudo o que era preciso: vermelhão, arômatas, um cinto de linho e roupas novas. A velha escrava admirava-se com aqueles preparativos, mas não ousava fazer perguntas; e chegou o dia, fixado por Schahabarim, em que Salammbô devia partir.

Por volta da 12ª hora, ela avistou entre os sicômoros um velho cego, com uma das mãos apoiada no ombro de um menino que caminhava à frente, carregando na outra, junto ao quadril, uma espécie de cítara de madeira preta. Os eunucos, os escravos e as mulheres tinham sido rigorosamente afastados; nenhum deles podia saber do mistério que se preparava.

Nos cantos do aposento, Taanach acendeu quatro tripés cheios de strobus[41] e cardamomo; depois desdobrou grandes tapeçarias babilônicas e estendeu-as em cordas, ao redor do cômodo; pois Salammbô não queria ser vista, nem pelas paredes. O tocador de cinor mantinha-se acocorado atrás da porta, e o menino, em pé, aplicava aos lábios uma flauta de caniço. Ao longe o clamor das ruas amainava, diante do peristilo dos templos alongavam-se sombras violáceas e, do outro lado do golfo, os sopés das montanhas, os olivais e os difusos terrenos amarelados, ondulando indefinidamente, confundiam-se num vapor azulado; não se ouvia ruído algum, um desalento indizível pesava no ar.

Salammbô acocorou-se no degrau de ônix, à beira do tanque; arregaçou as mangas largas, prendeu-as sobre os ombros e começou suas abluções, metodicamente, segundo os ritos sagrados.

Em seguida Taanach trouxe-lhe, num frasquinho de alabastro, algo líquido e coagulado: era o sangue de um cão preto, degolado por mulheres estéreis numa noite de inverno, nas ruínas de um sepulcro. Com aquele sangue, Salammbô esfregou as orelhas, os calcanhares, o polegar da mão direita, e até sua unha ficou um tanto avermelhada, como se tivesse esmagado um fruto.

A lua surgiu; então a cítara e a flauta, juntas, começaram a tocar.

Salammbô tirou os brincos, o colar, os braceletes e a longa samarra branca; soltou a faixa que lhe prendia os cabelos e durante alguns minutos sacudiu-os brandamente

---

41. Anotação de Flaubert: "Strobus. Árvore odorífera cujas folhas são usadas em fumigações. Plínio, XII, 40, 1".

sobre os ombros, para se refrescar, espalhando-os. A música, lá fora, continuava; eram três notas, sempre as mesmas, precipitadas, furiosas; as cordas rangiam, a flauta esfuziava; Taanach marcava a cadência batendo palmas; Salammbô, com uma oscilação do corpo, salmodiava orações, e as roupas iam caindo ao seu redor, peça por peça.

A pesada tapeçaria estremeceu, e por cima da corda que a sustentava apareceu a cabeça do píton. Ele desceu lentamente, como uma gota de água escorrendo por uma parede, rastejou entre os panos espalhados e depois, com a cauda colada ao chão, ergueu-se ereto; e seus olhos, mais brilhantes que carbúnculos, dardejaram sobre Salammbô.

Por horror ao frio ou por pudor, talvez, ela hesitou de início. Mas, lembrando-se das ordens de Schahabarim, avançou; o píton flectiu e, pousando-lhe na nuca o meio do corpo, deixava pender a cabeça e a cauda, como um colar quebrado, com as duas pontas descaindo até o chão. Salammbô enrolou-o em torno dos flancos, por baixo dos braços, entre os joelhos; depois, pegando-o pela mandíbula, aproximou dos dentes aquela pequena cara triangular; e, semicerrando os olhos, deitava-se sob os raios de luar. A luz branca parecia envolvê-la em névoa prateada, a forma de seus passos úmidos brilhava nos ladrilhos, estrelas cintilavam no fundo da água; ele apertava contra ela seus negros anéis tigrados de placas de ouro. Salammbô ofegava sob aquele peso demasiado, suas ancas se dobravam, ela desfalecia; com a ponta da cauda, o píton batia-lhe na coxa, brandamente; depois, como a música silenciasse, ele tornou a cair.

Taanach voltou para junto de Salammbô; e, depois de ter preparado dois candelabros, cujas luzes ardiam em esferas de cristal cheias de água, pintou-lhe com hena as palmas das mãos, passou vermelhão em suas faces, antimônio na beira das pálpebras e prolongou as sobrancelhas com uma mistura de goma, almíscar, ébano e patas esmagadas de mosca.

Salammbô, sentada numa cadeira com montantes de marfim, entregava-se aos cuidados da escrava. Aqueles toques, o odor das ervas aromáticas e os jejuns que fizera deixavam-na prostrada. Ficou tão pálida que Taanach parou.

— Continua! – disse Salammbô.

E, resistindo a si mesma, reanimou-se de repente. Então foi dominada pela impaciência; instava Taanach a apressar-se, e a velha escrava resmungou:

— Bom, bom! Não tens ninguém a te esperar!

— Tenho! – disse Salammbô. — Alguém está me esperando!

Taanach recuou, surpreendida, e, para saber mais:

— Quais são tuas ordens, senhora? Porque, se deves ficar ausente...

Mas Salammbô chorava; a escrava exclamou:

— Estás sofrendo? O que aconteceu? Não te vás! Leva-me junto! Quando eras pequena e choravas, eu te punha sobre o coração e te fazia rir com os bicos de meus peitos; foste tu que os secaste.

Ela batia no peito ressequido.

— Agora estou velha! Não posso fazer nada por ti! Já não me queres bem! Escondes de mim tuas dores, desprezas tua nutriz!

E, de emoção ou ressentimento, as lágrimas corriam por suas faces, nos talhes de sua tatuagem.

— Não! – disse Salammbô. — Eu te quero bem! Não chores!

Taanach, com um sorriso que lembrava o esgar de um macaco velho, retomou o serviço. Salammbô, seguindo as recomendações de Schahabarim, ordenara-lhe que a tornasse deslumbrante; e ela a arrumava segundo um gosto bárbaro, ao mesmo tempo rebuscado e ingênuo.

Sobre uma primeira túnica, fina e de cor avinhada, vestiu-lhe outra, bordada de plumas. Nas ancas colavam-se escamas de ouro, e daquele cinto largo desciam as ondas de seus calções azuis, estrelados de prata. Sobre esta, Taanach pôs um vestido amplo, feito de um tecido do país dos seres[42], branco e enfeitado de linhas verdes. Na orla do ombro, prendeu um quadrado de púrpura, do qual pendiam grãos de sandastro; e, por cima de toda essa indumentária, colocou um manto preto com cauda. Depois a contemplou e, orgulhosa de sua obra, não pôde abster-se de dizer:

— Não estarás mais bela no dia das tuas núpcias!

— Minhas núpcias! – repetiu Salammbô.

Sonhava, com o cotovelo apoiado na cadeira de marfim.

Mas Taanach pôs à sua frente um espelho de cobre tão largo e alto que ela se enxergou por inteiro. Então se levantou e, com um movimento leve de dedo, ergueu um caracol do cabelo que estava caído demais.

A cabeleira estava coberta de ouro em pó, encrespada na testa e pendente nas costas em longas tranças arrematadas por pérolas. Os clarões dos candelabros avivavam a pintura de suas faces, o ouro do vestuário, a alvura da pele; em torno da cintura, nos braços, nas mãos e nos dedos dos pés era tal a abundância de pedrarias que o espelho, como um sol, lhe devolvia raios; Salammbô, em pé, ao lado de Taanach, curvando-se para enxergá-la, sorria naquele deslumbramento.

Depois começou a passear de um lado para outro, sem saber o que fazer com o tempo que lhe restava.

De repente, soou o canto de um galo. Ela pregou depressa nos cabelos um longo véu amarelo, enrolou um xale

---

42. No original, *Sères*. Segundo Plínio (VI, 54), "povo da Ásia oriental, com o qual se fazia o comércio da seda". Em latim, os chineses.

em volta do pescoço, enfiou os pés numas botinas de couro azul e disse a Taanach:

— Vai ver se sob os mirtos há um homem com dois cavalos.

Taanach mal tinha entrado de volta, ela descia a escada das galeras.

— Senhora! – exclamou a nutriz.

Salammbô voltou-se com um dedo sobre os lábios, em sinal de discrição e imobilidade.

Taanach esgueirou-se em silêncio ao longo das proas até embaixo do terraço; e, de longe, ao luar, distinguiu na avenida dos ciprestes uma sombra gigantesca a caminhar obliquamente à esquerda de Salammbô, o que era um presságio de morte.

Subiu de volta ao quarto. Deitou-se no chão, rasgando as faces com as unhas; arrancava-se os cabelos e a plenos pulmões soltava uivos agudos.

Ocorreu-lhe que podia ser ouvida; então se calou.

Soluçava baixinho, com a cabeça entre as mãos e o rosto sobre os ladrilhos.

11. Na tenda

O homem que guiava Salammbô a fez subir até além do farol, em direção às catacumbas, depois descer pelo extenso arrabalde de Moluia, cheio de ruelas escarpadas. O céu começava a clarear. Às vezes, as vigas de palmeira que saíam das paredes os obrigavam a baixar a cabeça. Os dois cavalos, caminhando a passo, escorregavam e, desse modo, eles chegaram à porta de Teveste.

Suas pesadas folhas estavam entreabertas; eles passaram; a porta fechou-se atrás deles.

Seguiram durante algum tempo ao pé da muralha e, na altura das cisternas, tomaram pela Tênea, delgada faixa de terra amarela que, separando o golfo do lago, prolonga-se até Radès.

Ninguém se mostrava ao redor de Cartago, nem no mar nem nos campos. As ondas cor de ardósia marulhavam brandamente, e o vento ligeiro, empurrando a espuma aqui e acolá, manchava-as de rasgos brancos. Apesar de todos os seus véus, Salammbô tremia com o frescor da manhã; o movimento e o ar aberto a aturdiam. Depois o sol se ergueu; começou a picar-lhe a nuca; involuntariamente, ela se amodorrava um pouco. Os dois animais, lado a lado, iam a passo esquipado, afundando as patas na areia muda.

Depois de terem ultrapassado as montanhas das Águas Quentes, continuaram a passo mais rápido, pois o chão era mais firme.

Os campos, embora fosse época de semeadura e lavra, estavam desertos a perder de vista. De longe em longe espalhavam-se montes de trigo; alhures, espigas de cevada, ressequidas, debulhavam-se. Contra o horizonte claro, as aldeias mostravam-se negras, com formas incoerentes e recortadas.

De tempos em tempos, à beira do caminho erguia-se uma cortina de muralha meio calcinada. Os tetos das cabanas afundavam e, no interior, distinguiam-se cacos de cerâmica, restos de roupas, utensílios e objetos quebrados de todos os tipos, irreconhecíveis. Com frequência, daquelas ruínas saía algum ser coberto de andrajos, com o rosto terroso e os olhos flamejantes. Mas logo se punha a correr ou desaparecia em algum buraco. Salammbô e seu guia não paravam.

Sucediam-se planícies abandonadas. Sobre grandes extensões de terra dourada, estendia-se, em trilhas desiguais, uma poeira de carvão que ia se levantando à medida que eles passavam. De vez em quando encontravam paragens plácidas, um riacho a correr entre o capim alto; e, passando para a outra margem, Salammbô arrancava as folhas molhadas para refrescar as mãos. Na ponta de uma plantação de oleandros, seu cavalo encabritou-se diante do cadáver de um homem, jogado no chão.

O escravo imediatamente a recolocou no coxim. Era um dos servidores do templo, homem que Schahabarim empregava nas missões perigosas.

Por excesso de precaução, passou a ir a pé, perto dela, entre os dois cavalos; fustigava-os com a ponta de um cordão de couro enrolado no braço, ou então tirava de um surrão suspenso no peito bolotas de frumento, tâmaras e gemas de ovo, embrulhadas em folhas de lódão, e as oferecia a Salammbô, sem falar e sem parar de correr.

Pelo meio-dia, três bárbaros vestidos de peles cruzaram seu caminho. Aos poucos foram aparecendo outros, vagando em grupos de 10, 12, 25 homens; vários tangiam cabras ou alguma vaca manca. Seus cajados pesados eram eriçados de pontas de bronze; alfanjes luziam sobre suas roupas terrivelmente sujas, e eles abriam os olhos com ar de ameaça e espanto. De passagem, alguns lançavam bênçãos banais; outros, gracejos obscenos; o homem de Schahabarim respondia a cada um em seu idioma. Dizia-lhes que era um menino doente, a caminho de um templo distante para curar-se.

O dia já ia acabando. Ouviram-se latidos; estavam cada vez mais próximos.

Na claridade do crepúsculo, avistaram um muro de pedra seca que cercava uma construção indistinta. Um cão corria sobre o muro. O escravo atirou-lhe pedras, e os dois entraram numa sala alta e abobadada.

No centro, uma mulher acocorada aquecia-se junto a um fogo de gravetos, e a fumaça saía pelos buracos do teto. Os cabelos brancos, que lhe chegavam aos joelhos, quase a escondiam; e, sem querer responder, rezingava com ar idiota palavras de vingança contra os bárbaros e contra os cartagineses.

O guia vasculhava todos os cantos. Depois voltou até ela, pedindo-lhe comida. A velha balançava a cabeça e, com os olhos fitos na brasa, murmurava:

— Eu era a mão. Os dez dedos foram cortados. A boca já não come.

O escravo mostrou-lhe um punhado de moedas de ouro. Ela investiu para o dinheiro, mas logo voltou à imobilidade.

Por fim, ele lhe encostou na garganta um punhal que trazia no cinto. Então, tremendo, ela foi levantar uma grande pedra e tirou uma ânfora de vinho e peixes de Hippo Zaritus em conserva de mel.

Salammbô rejeitou aquele alimento imundo e adormeceu sobre os caparazões dos cavalos, estendidos num canto da casa.

Antes de amanhecer despertou.

O cão uivava. O escravo aproximou-se dele devagar; e, com uma única punhalada, cortou-lhe a cabeça. Depois esfregou o sangue nas ventas dos cavalos, para reanimá-los. A velha, atrás dele, lançou-lhe uma maldição. Salammbô percebeu e apertou o amuleto que levava sobre o coração.

Puseram-se de novo em marcha.

De vez em quando ela perguntava se logo chegariam. A estrada ondulava sobre outeiros. Só se ouvia o estridular das cigarras. O sol aquecia a relva amarelecida; a terra estava toda fendida por gretas que, dividindo-a, formavam como que lajes monstruosas. Às vezes passava uma víbora, voavam águias; o escravo continuava correndo; Salammbô sonhava sob os véus e, apesar do calor, não os abria, com receio de sujar suas belas roupas.

A distâncias regulares elevavam-se torres construídas pelos cartagineses para vigiar as tribos. Eles entravam para ficar algum tempo à sombra, depois partiam de novo.

Na véspera, por prudência, tinham feito um grande desvio. Mas agora não se encontrava ninguém. Como a região era estéril, os bárbaros não tinham passado por lá.

Aos poucos a devastação recomeçou. Às vezes, no meio de um campo, estendia-se um mosaico, único resquício de um castelo desaparecido; e as oliveiras, que não tinham folhas, de longe pareciam grandes matagais de espinheiros. Atravessaram um burgo cujas casas tinham sido inteiramente queimadas. Ao longo das muralhas viam-se esqueletos humanos; também os havia de dromedários e mulas. Carcaças meio roídas obstruíam as ruas.

Anoitecia. O céu estava baixo e coberto de nuvens.

Subiram ainda durante duas horas na direção oeste e, de repente, depararam com grande quantidade de pequenas chamas. Elas brilhavam no fundo de um anfiteatro. Aqui e ali, lâminas de ouro cintilavam, movendo-se. Eram as couraças dos clinábaros, no acampamento púnico. Depois, nas imediações, eles distinguiram outros clarões mais numerosos, pois os exércitos dos mercenários, misturados agora, estendiam-se por extensa área.

Salammbô fez um movimento para avançar. Mas o homem de Schahabarim conduziu-a para mais longe, e eles contornaram o aterro que fechava o acampamento dos bárbaros. Uma brecha estava aberta, o escravo desapareceu.

No alto da trincheira uma sentinela caminhava com um arco na mão e um chuço no ombro.

Salammbô continuou a aproximar-se; o bárbaro ajoelhou-se, e uma longa flecha veio varar a barra do manto dela. Depois, como ela permanecia imóvel, ele lhe perguntou, gritando, o que queria:

— Falar com Mâthos – respondeu ela. — Sou um trânsfuga de Cartago.

Ele soltou um assobio que foi sendo repetido de longe em longe.

Salammbô esperou; seu cavalo, assustado, volteava relinchando.

Quando Mâthos apareceu, a Lua erguia-se atrás dela. Mas Salammbô tinha sobre o rosto um véu amarelo com flores pretas e tanta roupagem em torno do corpo que era impossível adivinhar qualquer coisa. Do alto do aterro, ele contemplava aquela forma vaga, erguendo-se como um fantasma na penumbra da noite.

Finalmente, ela disse:

— Conduz-me à tua tenda! É o que quero!

Uma lembrança que Mâthos não sabia definir atravessou-lhe a memória. Sentiu seu coração palpitar. Aquele tom imperioso intimidava-o.

— Segue-me! – disse ele.

A barreira desceu; logo ela estava no acampamento dos bárbaros.

Era grande o tumulto, grande a multidão. Fogueiras rútilas ardiam sob caldeirões suspensos; seus reflexos purpúreos, iluminando certas áreas, deixavam outras na escuridão completa. Ouviam-se gritos, chamados; cavalos presos com peias formavam longas filas retas entre as tendas; estas eram circulares ou quadradas, de couro ou de pano; havia cabanas de junco e covas na areia, como fazem os cães. Os soldados carreavam lenha, acotovelavam-se no chão ou, enrolando-se em esteiras, dispunham-se a dormir; e o cavalo de Salammbô, para passar por cima deles, às vezes esticava uma pata e saltava.

Ela se lembrava de já tê-los visto; mas agora as barbas eram mais compridas, os rostos mais escuros, as vozes mais roucas. Mâthos, caminhando à frente dela, afastava-os com um gesto do braço, que lhe erguia o manto vermelho; alguns beijavam suas mãos; outros, curvando-se, aproximavam-se dele para pedir ordens; pois agora era ele o verdadeiro, o único chefe dos bárbaros; Espêndio, Autarite e Narr'Havas tinham perdido o ânimo, e ele mostrara tanta audácia e obstinação que todos lhe obedeciam.

Salammbô, seguindo-o, atravessou o acampamento inteiro. A tenda dele estava numa extremidade, a trezentos passos da trincheira de Amílcar.

Ela notou um grande fosso à direita e pareceu-lhe

distinguir cabeças pousadas na borda, rentes ao chão, como se fossem decepadas. Contudo, os olhos se moviam, e das bocas entreabertas escapavam queixumes em língua púnica.

À porta da tenda havia dois negros com fachos de resina nas mãos. Mâthos afastou o pano com brusquidão. Ela o seguiu.

Era uma tenda profunda, com um mastro no centro. Sua iluminação vinha de um grande lampadário em forma de flor de lódão, cheio de um óleo amarelo, no qual flutuavam punhados de estopa; na sombra distinguiam-se objetos militares reluzentes. Um gládio nu apoiava-se a um escabelo, perto de um escudo; chicotes de couro de hipopótamo, címbalos, guizos, colares espalhavam-se em desordem sobre cestos de esparto; migalhas de um pão preto sujavam um cobertor de feltro; num canto, sobre uma pedra redonda, moedas de cobre tinham sido amontoadas com negligência e, pelos rasgões da tenda, o vento trazia a poeira de fora com o cheiro dos elefantes, que, como era possível ouvir, comiam, sacudindo suas correntes.

— Quem és? – perguntou Mâthos.

Sem responder, ela olhava devagar ao redor; até que seu olhar se deteve no fundo, onde, sobre uma cama de folhas de palmeira, pendia algo azulado e cintilante.

Ela avançou depressa. Soltou um grito. Mâthos, atrás dela, batia o pé.

— Quem te trouxe aqui? Por que vieste?

Ela respondeu, indicando a zainfe:

— Pegá-la!

E, com a outra mão, arrancou os véus da cabeça. Ele recuou, com os braços abertos, boquiaberto, quase aterrorizado.

Ela se sentia como que apoiada pela força dos deuses; e, olhando-o de frente, pediu-lhe a zainfe; reivindicava-a com palavras abundantes e soberbas.

Mâthos não ouvia; contemplava-a, e, para ele, as vestes dela se confundiam com o corpo. O brilho dos tecidos, assim como o esplendor de sua pele, tinha algo especial que só a ela pertencia. Seus olhos, seus diamantes cintilavam; o polido das unhas continuava o requinte da pedraria que lhe cobria os dedos; os dois fechos da túnica, erguendo um pouco os seios, aproximavam-nos um do outro, e o pensamento dele se perdia naquele intervalo estreito, pelo qual descia um fio que segurava uma placa de esmeraldas, visível mais abaixo, sob a gaze violeta. Nas orelhas, tinha como brincos duas pequenas balanças de safira com uma pérola oca, cheia de um perfume líquido. Pelos orifícios da pérola, de vez em quando caía uma gotinha, molhando seus ombros nus. Mâthos a olhava cair.

Sentia uma curiosidade indomável; e, tal como a criança que estende a mão para um fruto desconhecido, trêmulo, com a ponta do dedo ele tocou levemente seu colo; a carne, um tanto fria, cedeu com resistência elástica.

Apesar de quase imperceptível, esse contato deixou Mâthos profundamente abalado. Uma conturbação de todo o seu ser o impelia para ela. Gostaria de envolvê-la, absorvê-la, bebê-la! Seu peito arquejava, seus dentes batiam.

Tomando-a pelos pulsos, puxou-a brandamente; sentou-se então numa couraça, perto do leito de folhas de palmeira coberto por uma pele de leão. Ela ficou de pé. Ele a olhava de baixo para cima, mantendo-a assim entre suas pernas, e repetia:

— Como és bela! Como és bela!

Os olhos dele, continuamente fitos nos seus, faziam mal a Salammbô; aquele incômodo, aquela repugnância aumentavam de maneira tão aguda que ela se continha para não gritar. Lembrou-se de Schahabarim; resignou-se.

Mâthos continuava com as mãozinhas dela entre as suas; de vez em quando, apesar das ordens do sacerdote, ela voltava o rosto e tentava afastá-lo sacudindo os braços. Ele dilatava as narinas para aspirar melhor o perfume que ela exalava. Era uma emanação indefinível, fresca, mas que atordoava como a fumaça de um incensório. Ela cheirava a mel, pimenta, incenso, rosas e a alguma outra fragrância.

Mas como era que ela estava perto dele, em sua tenda, à sua mercê? Alguém devia tê-la impelido. Não tinha ido buscar a zainfe? Os braços dele tombaram, ele baixou a cabeça, acabrunhado por súbita divagação.

Salammbô, para abrandá-lo, disse-lhe com voz queixosa:

— O que te fiz para quereres minha morte?
— Tua morte!

Ela prosseguiu:

— Vi-te uma noite, nos clarões de meus jardins incendiados, entre taças fumegantes e meus escravos degolados, e tua cólera era tanta que pulaste em minha direção e precisei fugir! Depois o terror entrou em Cartago. Apregoava-se que as cidades tinham sido devastadas, os campos incendiados, os soldados trucidados; tu puseste tudo a perder! Tu foste o motivo da perdição deles, tu os assassinaste! Eu te odeio! O som do teu nome me corrói como um remorso! És mais execrado que a peste e que a guerra romana! As províncias tremem ante teu furor; os sulcos da terra estão cheios de cadáveres! Segui o rastro de teus incêndios, como se caminhasse atrás de Moloch.

Mâthos ergueu-se de um salto. Um orgulho colossal lhe inflava o coração; estava sendo alçado à altura de um deus.

Com as narinas palpitantes e os dentes cerrados, ela continuava:

— Como se não bastasse o sacrilégio, vieste aos meus aposentos, enquanto eu dormia, coberto pela zainfe! Tuas palavras não entendi; mas percebi que querias me arrastar para alguma coisa apavorante, para o fundo de um abismo.

Mâthos, crispando as mãos, exclamou:

— Não! Não! Era para te dar a zainfe! Para entregá-la. Eu achava que a Deusa havia deixado o manto para ti, que ele te pertencia! No templo dela ou na tua casa, que diferença fazia? Acaso não és onipotente, imaculada, radiante e bela como Tanit?

E, com um olhar cheio de infinita adoração:

— A não ser que sejas a própria Tanit.

"Eu, Tanit!", pensava Salammbô.

Tinham deixado de falar. Ao longe, reboava um trovão. Os carneiros baliam, assustados pela tempestade.

— Aproxima-te! — disse ele. — Aproxima-te! Não tenhas medo! Antes eu não passava de um soldado misturado à plebe dos mercenários, e era até tão dócil que levava lenha nas costas para os outros. Achas que estou preocupado com Cartago? A multidão dos seus homens agita-se perdida no pó das tuas sandálias, e todos os seus tesouros, com províncias, frotas e ilhas, não despertam meu desejo como o frescor dos teus lábios e o torneado dos teus ombros. Mas eu queria derrubar aquelas muralhas para chegar até ti, para possuir-te! Enquanto isso, me vingava! Hoje esmago homens como moluscos, lanço-me sobre as falanges, afasto sarissas com as mãos, seguro cavalos pelas ventas; uma catapulta não me mataria! Ah! Se soubesses como penso em ti em plena guerra! Às vezes, a lembrança de um gesto, de uma prega de teu vestido apodera-se subitamente de mim e me enlaça como numa rede! Vejo teus olhos nas chamas das faláricas e na douradura dos escudos! Ouço tua voz no ressoar dos címbalos! Olho, não estás lá. Então volto a mergulhar na batalha.

Ele erguia os braços, e neles as veias se entrecruzavam como heras sobre galhos de árvores. Entre os músculos quadrados de seu peito escorria suor; a respiração agitava seus flancos, com um cinto de bronze guarnecido de correias que pendiam até seus joelhos, mais firmes que mármore. Salammbô, acostumada a conviver com eunucos, deixava-se maravilhar pela força daquele homem. Era o castigo da Deusa ou a influência de Moloch circulando em torno dela, nos cinco exércitos. A lassidão a dominava; e com estupor ela ouvia o grito intermitente das sentinelas, respondendo umas às outras.

As chamas do lampadário vacilavam sob as rajadas de ar quente. De vez em quando, brilhavam longos relâmpagos; depois a escuridão redobrava; agora ela só via os olhos de Mâthos, como duas brasas na noite. No entanto, sentia perfeitamente que a fatalidade a envolvia, que estava tocando um momento supremo, irrevogável; com esforço, dirigiu-se de novo para a zainfe e ergueu as mãos para pegá-la.

— O que estás fazendo? – exclamou Mâthos.

Ela respondeu com placidez:

— Vou voltar para Cartago.

Ele se adiantou, com os braços cruzados e uma expressão tão terrível que imediatamente ela ficou como que pregada ao chão.

— Voltar para Cartago! – balbuciava ele, e repetia, rangendo os dentes. — Voltar para Cartago! Ah! Vieste para buscar a zainfe, para me vencer e depois desaparecer! Não, não! Tu me pertences! E agora ninguém te arrancará daqui! Oh! Não esqueci a insolência de teus olhos tranquilos e o modo como me esmagavas com a altivez de tua beleza! Agora é minha vez! És minha cativa, minha escrava, minha serva! Chama teu pai e o seu exército, se quiseres, chama os Anciãos, os ricos e todo o teu povo execrável! Sou o senhor de 300 mil soldados! Vou buscar mais na Lusitânia, nas Gálias e nos confins do deserto; arrasarei tua cidade, queimarei todos os seus templos; as trirremes vão singrar sobre vagas de sangue! Não quero que reste uma só casa, uma só pedra, uma única palmeira! E, se me faltarem homens, atrairei os ursos das montanhas, açularei os leões! Não tentes fugir, porque te mato!

Lívido e com os punhos crispados, ele fremia como uma harpa cujas cordas vão se romper. De repente, o pranto o sufocou e, curvando-se sobre as pernas que cediam:

— Ah! Perdão! Sou um infame e mais vil que os escorpiões, a lama, o pó! Ainda há pouco, enquanto falavas, teu hálito perpassou minha face e eu me deleitava como um moribundo que mata a sede de bruços, à beira de um regato. Esmaga-me, contanto que eu sinta teus pés! Amaldiçoa-me, contanto que eu ouça tua voz! Não vás embora! Piedade! Eu te amo! Eu te amo!

Estava de joelhos no chão, diante dela; cingia-lhe a cintura com ambos os braços, a cabeça inclinada para trás e as mãos errantes; os discos de ouro pendentes de suas orelhas reluziam sobre o pescoço bronzeado; de seus olhos rolavam lágrimas espessas, semelhantes a globos de prata; ele suspirava de um modo acariciador e murmurava palavras vagas, mais leves que a brisa e suaves como um beijo.

Salammbô tinha sido invadida por um langor que a fazia perder a consciência de si mesma. Algo que era, ao mesmo tempo, íntimo e superior, uma ordem dos deuses a forçava a entregar-se; estava sendo erguida por nuvens; desfalecendo, deitou-se no leito, sobre a pele de leão. Mâthos segurou seus calcanhares, a correntinha de ouro partiu-se, e os dois pedaços, indo pelos ares, bateram no tecido como duas víboras ricocheteantes. A zainfe caiu, envolveu-a; ela viu o rosto de Mâthos curvando-se sobre seu peito.

— Moloch, tu me incendeias!

E os beijos do soldado a percorriam, mais devoradores que chamas; ela se sentia arrebatada num furacão, presa na força do Sol.

Mâthos beijou-lhe os dedos das mãos, os braços, os pés e, de uma ponta a outra, as compridas tranças de seus cabelos.

— Leva-o! – dizia ele. — Que me importa? Leva-me com ele! Abandono o exército! Renuncio a tudo! Para além de Gades, a vinte dias de mar, encontra-se uma ilha coberta de ouro em pó, vegetação e aves. Nas montanhas, grandes flores cheias de perfumes fumegantes balançam como eternos incensórios; nos limoeiros mais altos que cedros, serpentes cor de leite, com o diamante que têm na goela, derrubam frutos sobre a relva; o ar é tão ameno que impede de morrer. Oh! Vou achá-la, verás! Viveremos nas suas grutas de cristal, talhadas na base das colinas! Ou ninguém ainda mora lá, ou me tornarei seu rei!

Sacudiu a poeira de seus coturnos; quis que ela pusesse um quarto de romã entre os lábios; empilhou roupas debaixo de sua cabeça para servir de travesseiro. Buscava meios de servi-la, humilhar-se, chegando a estender a zainfe sobre suas pernas, como um simples tapete.

— Ainda tens aqueles chifrinhos de gazela em que estão pendurados teus colares? Gosto deles, não queres me dar?

Pois ele falava como se a guerra estivesse acabada, com risos de alegria; mercenários, Amílcar, todos os obstáculos tinham desaparecido. A lua deslizava entre duas nuvens. Eles a viam por uma abertura da tenda.

— Quantas noites passei a contemplá-la! Ela me parecia um véu a esconder teu rosto; tu me olhavas através dela; tua recordação se misturava aos seus raios; eu não distinguia as duas!

E, com a cabeça entre os seios dela, derramava lágrimas abundantes.

"Então é esse o homem terrível que faz Cartago tremer!", pensava ela.

Mâthos adormeceu. Então, livrando-se do braço dele, ela pousou um pé no chão e percebeu que a correntinha se havia quebrado.

Nas grandes famílias, as virgens eram acostumadas a respeitar aquelas peias como coisa quase religiosa; Salammbô, corando, enrolou nas pernas os dois pedaços da corrente.

Cartago, Mégara, sua casa, seus aposentos e os campos que ela tinha atravessado turbilhonavam em sua memória como imagens tumultuosas, porém nítidas. Mas um abismo que se abrira empurrava-as para longe, para uma distância infinita.

A tempestade terminava; raras gotas, pingando uma a uma, faziam oscilar o teto da tenda.

Mâthos, como um homem embriagado, dormia deitado de lado, com um braço para fora da cama. A faixa de pérolas que lhe cingia a cabeça subira um pouco e deixara sua testa à mostra. Um sorriso lhe descerrava os dentes, que brilhavam por entre a barba negra, e nas pálpebras semicerradas havia uma alegria silenciosa e quase ultrajante.

Salammbô o olhava imóvel, cabisbaixa e com as mãos cruzadas.

Na cabeceira da cama um punhal se exibia sobre uma mesa de cipreste; a visão daquela lâmina luzidia inflamou nela um desejo sanguinário. Vozes lamentosas arrastavam-se ao longe, na sombra, e, como um coro de espíritos, a incitavam. Ela se aproximou: pegou a arma pelo punho. Com o farfalhar de seu vestido, Mâthos entreabriu os olhos, avançando a boca para sua mão, e o punhal caiu.

Gritos: um clarão medonho fulgurava atrás da tenda. Mâthos ergueu o tecido; viram que o acampamento dos líbios estava envolto em labaredas.

As cabanas de caniço ardiam; as hastes, retorcendo-se, estalavam na fumaça e voavam como flechas; no horizonte vermelho, sombras negras corriam desorientadas. Ouviam-se os urros dos que estavam nas cabanas; os elefantes, os bois e os cavalos pulavam no meio da multidão, esmagando-a, com as munições e as bagagens que eram tiradas do incêndio. Soaram trombetas; chamava-se: "Mâthos!, Mâthos!". À porta da tenda, havia muita gente querendo entrar.

— Vem! Foi Amílcar que incendiou o acampamento de Autarite!

Mâthos saiu de um salto. Salammbô ficou sozinha.

Então examinou a zainfe; e, depois de a ter contemplado muito bem, ficou surpreendida por não sentir a felicidade que imaginava outrora. Permanecia melancólica diante de seu sonho realizado.

A barra da tenda ergueu-se e apareceu uma forma monstruosa. De início, Salammbô só distinguiu os dois olhos e uma longa barba branca pendente até o chão, porque o resto do corpo, embaraçado nos farrapos de uma roupa fulva, arrastava-se pelo solo; a cada movimento para avançar, as duas mãos metiam-se na barba e voltavam a cair. Arrastando-se assim, chegou até seus pés, e Salammbô reconheceu o velho Giscão.

Os mercenários, para impedirem que os Anciãos cativos fugissem, haviam-lhes quebrado as pernas com pancadas de barra de bronze; e eles apodreciam misturados, dentro de um fosso, no meio das imundícies. Os mais robustos, quando ouviam o ruído das gamelas, erguiam-se gritando; desse modo Giscão avistara Salammbô. Adivinhara que se tratava de uma cartaginesa pelas bolinhas de sandastro que batiam contra seus coturnos; e, pressentindo um mistério considerável, ajudado pelos companheiros, conseguira sair do fosso; depois, apoiando-se nos cotovelos e nas mãos, arrastara-se vinte passos, até a tenda de Mâthos. Duas vozes conversavam lá dentro. De fora, conseguira ouvir tudo.

— És tu! – disse ela, enfim, quase assustada.
Giscão, apoiando-se nos punhos, respondeu:
— Sim! Sou eu! Acham que estou morto, não é?
Salammbô baixou a cabeça. Ele prosseguiu:
— Ah! Por que os baalim não me concederam essa misericórdia?
E, aproximando-se tanto que chegava a tocá-la:
— Teriam me poupado a pena de te amaldiçoar!
Salammbô retrocedeu prontamente, tamanho era o medo que sentia daquele ser imundo, hediondo como uma larva e terrível como um fantasma.
— Tenho quase 100 anos – disse ele. — Vi Agátocles; vi Régulo e as águias romanas passar sobre as messes dos campos púnicos! Vi todos os pavores das batalhas e o mar entulhado de destroços das nossas frotas! Bárbaros que eu comandava acorrentaram meus quatro membros, como um escravo homicida. Meus companheiros, um após outro, estão morrendo ao meu redor; o odor de seus cadáveres me acorda à noite; espanto os pássaros que vêm bicar seus olhos; no entanto, nem um só dia desesperei de Cartago! Ainda que a visse atacada por todos os exércitos da terra, e as chamas do cerco ultrapassassem a altura dos templos, continuaria acreditando em sua eternidade! Mas agora tudo acabou! Tudo está perdido! Os deuses a abominam! Maldição sobre ti, que precipitaste sua ruína com tua ignomínia!
Ela abriu os lábios.
— Ah! Eu estava ali! – exclamou ele. — Ouvi que grunhias de amor como uma prostituta; depois ele te contava seu desejo, e tu deixavas que ele te beijasse as mãos. Mas, se eras incitada pelo furor da tua impudicícia, devias ao menos fazer como as feras, que se escondem em seus acasalamentos, em vez de exibir tua vergonha diante dos olhos de teu pai!
— Como assim? – disse ela.

— Ah! Não sabias que os dois entrincheiramentos estão a 60 côvados um do outro apenas e que teu Mâthos, por excesso de orgulho, ergueu sua tenda bem em frente a Amílcar? Teu pai está ali, atrás de ti; e eu, se pudesse transpor a trilha que conduz à plataforma, gritaria: "Vem ver tua filha nos braços do bárbaro! Para agradar-lhe, ela vestiu o manto da Deusa; e, entregando o corpo, entrega também, com a glória do teu nome, a majestade dos deuses, a vingança da pátria, a própria salvação de Cartago!".

O movimento da boca desdentada agitava todo o comprimento de sua barba; os olhos, fitos nela, devoravam-na; e ele repetia, arfando na poeira:

— Ah! Sacrílega! Maldição sobre ti! Maldição! Maldição!

Salammbô tinha levantado o pano da tenda e o mantinha erguido; sem responder, olhava para o lado de Amílcar.

— É por aqui, não é? – perguntou.

— Que te importa? Sai daí! Vai embora! Melhor seria que afundasses a face na terra! É um lugar sagrado que tua presença conspurcaria!

Ela pôs a zainfe em torno da cintura, recolheu rapidamente seus véus, seu manto e seu xale.

— Vou correndo! – exclamou, e, escapando, desapareceu.

De início, andou na escuridão sem encontrar ninguém, pois todos corriam para o incêndio; o clamor era cada vez maior, e as chamas enrubesciam o céu atrás dela; parou diante de um longo aterro.

Voltou-se para todos os lados, buscando ao acaso uma escada, uma corda, uma pedra, algo que a ajudasse. Tinha medo de Giscão, parecia-lhe que ouvia gritos e passos a persegui-la. O dia começava a clarear. Ela avistou uma trilha na espessura do aterro. Segurou com os dentes a bainha do vestido, que a estorvava, e em três saltos viu-se na plataforma.

Um grito sonoro soou nas sombras, abaixo dela, o mesmo que tinha ouvido no pé da escada das galeras; e, debruçando-se, reconheceu o escravo de Schahabarim com seus dois cavalos emparelhados.

Ele tinha vagado durante a noite entre os dois entrincheiramentos; depois, alarmado com o incêndio, voltara para a parte de trás, tentando enxergar o que acontecia no acampamento de Mâthos; e, como sabia que aquele lugar era o mais próximo de sua tenda, obedecendo às ordens do sacerdote, não saíra de lá.

Ele se pôs em pé sobre um dos cavalos. Salammbô deixou-se escorregar até ele; e os dois fugiram a galope, contornando o acampamento púnico para achar uma passagem em algum lugar.

Mâthos voltara à tenda. O lampadário esfumaçado mal iluminava, e ele achou que Salammbô estivesse dormindo; então apalpou delicadamente a pele de leão que cobria a cama de folhas de palmeira. Chamou, ela não respondeu; ele arrancou apressadamente um pedaço do pano da tenda para deixar entrar claridade: a zainfe tinha desaparecido.

A terra tremia sob inumeráveis passos. Gritos, relinchos, choques de armaduras elevavam-se pelos ares, e os clarins tocavam à carga. Era como se um furacão turbilhonasse em torno dele. Um furor desvairado o fez lançar mão das armas e correr para fora.

As extensas filas de bárbaros desciam, correndo, a montanha; e os quadrados púnicos avançavam contra eles, com uma oscilação pesada e regular. O nevoeiro, rasgado pelos raios do sol, formava pequenas nuvens oscilantes que, elevando-se pouco a pouco, deixavam à mostra os estandartes, os capacetes e a ponta das lanças. Sob as rápidas evoluções, porções de terreno ainda na sombra pareciam deslocar-se numa única peça; aliás, pareciam torrentes a entrecruzar-se e, entre elas, massas espinhosas permaneciam imóveis. Mâthos distinguia os capitães, os soldados, os arautos e até os lacaios, que, na retaguarda, iam montados em asnos. Narr'Havas, em vez de conservar sua posição para cobrir a infantaria, tomou repentinamente para a direita, como se quisesse ser esmagado por Amílcar.

Seus cavaleiros ultrapassaram os elefantes, que iam diminuindo a velocidade; e todos os cavalos, estendendo a cabeça sem freio, galopavam tão furiosamente que pareciam roçar a barriga no chão. De repente, Narr'Havas dirigiu-se resolutamente para uma sentinela. Jogou a espada, a lança, os dardos e desapareceu no meio dos cartagineses.

O rei dos númidas chegou à tenda de Amílcar e disse-lhe, indicando-lhe seus homens, parados a certa distância:

— Barca! Trouxe-os para ti! São teus!

Então se prosternou em sinal de escravidão e, como prova de fidelidade, recordou toda a sua conduta desde o começo da guerra.

Em primeiro lugar, impedira o cerco de Cartago e a morte dos cativos; depois, não se aproveitara da vitória contra Hanão após a derrota de Útica; quanto às cidades tírias, achavam-se nas fronteiras de seu reino. Enfim, não tinha participado da batalha do Macar; e se ausentara a propósito, para se esquivar à obrigação de combater o sufeta.

Narr'Havas, na verdade, quisera se engrandecer invadindo províncias púnicas e, segundo as probabilidades de vitória, ora socorrera, ora abandonara os mercenários. Mas, vendo que o mais forte seria definitivamente Amílcar, voltara-se para ele; em sua deserção talvez houvesse certo ressentimento contra Mâthos, fosse por causa do comando, fosse por causa do seu antigo amor.

O sufeta ouviu-o sem interromper. O homem que assim se apresentava a um exército, no qual lhe deviam vinganças, não era um auxílio para se desprezar; Amílcar percebeu de imediato toda a utilidade de tal aliança para seus grandes projetos. Com os númidas, ele se livraria dos líbios. Depois arrastaria o Ocidente à conquista da Ibéria; e, sem lhe perguntar por que não viera antes e sem demonstrar nenhuma de suas mentiras, beijou Narr'Havas tocando três vezes seu peito no dele.

Fora para acabar depressa com aquilo e por desespero que ele incendiara o acampamento dos líbios. Aquele exército chegava como um socorro dos deuses; dissimulando sua alegria, respondeu:

— Que os baalim te favoreçam. Ignoro o que a República fará por ti; mas Amílcar não tem ingratidão!

O tumulto redobrava; os capitães entravam; ele se armava, sem deixar de falar.

— Vamos, retorna! Com teus cavaleiros, encurrala a infantaria deles entre teus elefantes e os meus! Coragem! Extermina!

Narr'Havas estava para sair correndo quando apareceu Salammbô.

Ela apeou rapidamente, descerrou o amplo manto e, abrindo os braços, exibiu a zainfe.

A tenda de couro, erguida nos cantos, deixava ver toda a montanha coberta de soldados, e Salammbô, por estar bem no centro, era vista de todos os lados. Ergueu-se imenso clamor, prolongado grito de triunfo e esperança. Os que já estavam em marcha pararam; os moribundos, apoiando-se no cotovelo, voltavam-se para abençoá-la. Os bárbaros já sabiam que ela tinha recuperado a zainfe; de longe a viam, acreditavam vê-la; e ressoavam outros gritos, de raiva e vingança, a despeito dos aplausos dos cartagineses. Os cinco exércitos, escalonados sobre a montanha, tripudiavam e urravam assim, em torno de Salammbô.

Amílcar, sem poder falar, agradecia acenando com a cabeça. Seu olhar ia alternadamente para a zainfe e para ela; a correntinha de ouro estava partida. Então ele estremeceu, assaltado por uma suspeita terrível. Mas, readquirindo depressa a impassibilidade, olhou de soslaio para Narr'Havas, sem voltar o rosto.

O rei dos númidas conservava-se afastado, em atitude discreta; tinha na testa um pouco do pó que tocara ao se prosternar. Por fim, o sufeta dirigiu-se para ele e disse-lhe, com grande solenidade:

— Narr'Havas, como recompensa pelos serviços que me prestaste, eu te dou minha filha.

E acrescentou:

— Sê meu filho e defende teu pai!

Narr'Havas demonstrou grande surpresa, depois pegou-lhe as mãos e cobriu-as de beijos.

Salammbô, calma como uma estátua, parecia não compreender. Corava um pouco, baixando os olhos; os longos cílios curvos projetavam sombra em suas faces.

Amílcar quis imediatamente uni-los por laços indissolúveis. Puseram nas mãos de Salammbô uma lança, que ela ofereceu a Narr'Havas; os polegares de ambos foram amarrados juntos com uma correia de boi e, em seguida, jogaram-lhes trigo sobre a cabeça; e os grãos, caindo em torno deles, soaram como granizo, batendo e voltando.

12. O aqueduto

Passadas doze horas, dos mercenários só restava um amontoado de feridos, mortos e agonizantes.

Amílcar, saindo inesperadamente do fundo da garganta, descera a encosta ocidental de frente para Hippo Zaritus; e, como naquele lugar o espaço era mais amplo, tomara a decisão de para lá atrair os bárbaros. Narr'Havas os havia encurralado com sua cavalaria; enquanto isso, o sufeta os repelia, esmagava-os; eles tinham sido vencidos de antemão pela perda da zainfe; aqueles mesmos que não faziam caso dela tinham-se sentido angustiados e como que enfraquecidos. Amílcar, não vendo como motivo de orgulho apoderar-se do campo de batalha, retirara-se para mais adiante, à esquerda, em iminências de onde os dominava.

Reconhecia-se a forma dos acampamentos pelas paliçadas inclinadas. Um longo amontoado de cinzas pretas fumegava no local dos líbios; o solo remexido tinha ondulações como o mar; e as tendas, em farrapos, pareciam embarcações imprecisas, meio perdidas nos escolhos. Couraças, forcados, clarins, pedaços de madeira, ferro e bronze, trigo, palha e roupas espalhavam-se no meio dos cadáveres; aqui ou ali, alguma falárica prestes a apagar-se ainda ardia junto de um monte de bagagens; a terra, em certos lugares, ficava oculta sob os escudos; carcaças de cavalos sucediam-se como uma série de montículos; viam-se pernas, sandálias, braços, cotas de malha e cabeças dentro de capacetes, seguras pelos barbotes, que rolavam como bolas; dos espinheiros pendiam cabeleiras; deitados em charcos de sangue, estertoravam elefantes com as entranhas abertas, ao lado de suas torres; pisava-se em coisas viscosas e havia poças de lama, embora não tivesse chovido.

Essa confusão de cadáveres ocupava, de alto a baixo, toda a montanha.

Os que tinham sobrevivido não se moviam mais que os mortos. Acocorados em grupos desiguais, entreolhavam-se, atônitos, e não falavam.

Nos confins de um extenso prado, o lago de Hippo Zarytus resplandecia sob o sol poente. À direita, uma fileira de casas brancas encimava um cinturão de muralhas; depois, estendia-se indefinidamente o mar; e os bárbaros, pensativos, suspiravam, lembrando-se de suas pátrias. Uma nuvem de pó cinzento caía.

O vento noturno começou a soprar; então todos os peitos se dilataram; e, à medida que o frescor aumentava, podia-se ver os vermes abandonar os corpos que esfriavam e correr para a areia quente. No alto das grandes rochas, corvos imóveis permaneciam voltados para os agonizantes.

Quando a noite caiu, chegaram devagarinho no meio dos bárbaros uns cães de pelagem amarela, daqueles animais imundos que seguiam os exércitos. Primeiro lamberam o sangue coagulado nos cotos ainda tépidos; e logo depois puseram-se a devorar os cadáveres, a começar pelo ventre.

Os fugitivos reapareciam um a um, como sombras; as mulheres arriscavam-se também a voltar, pois ainda restavam algumas, sobretudo entre os líbios, apesar da horrível carnificina que haviam sofrido por parte dos númidas.

Alguns pegaram pedaços de corda e os acenderam para servir de tocha. Outros seguravam chuços entrecruzados. Sobre eles punham os cadáveres e os transportavam para um lugar separado.

Eram estendidos em longas filas, deitados de costas, de boca aberta, com suas lanças ao lado; ou então amontoados confusamente, e, muitas vezes, para descobrir quem faltava, era preciso vasculhar todo um montão; depois aproximavam a tocha de seu rosto, devagar. Armas hediondas tinham provocado ferimentos múltiplos. Da testa pendiam retalhos esverdeados; tinham sido cortados em pedaços, esmagados até a medula, azulados por efeito de estrangulamentos ou rasgados enormemente pelas presas dos elefantes. Embora todos tivessem sido mortos quase ao mesmo tempo, havia diferenças no estado de deterioração. Os homens do norte estavam inchados, com uma tumefação lívida, ao passo que os africanos, mais nervosos, tinham aspecto afumado e pareciam já estar secando. Reconheciam-se os mercenários pelas tatuagens das mãos: os velhos soldados de Antíoco tinham um gavião; os que haviam servido no Egito, a cabeça de um cinocéfalo; entre os príncipes da Ásia, uma acha de armas, uma romã ou um martelo; nas repúblicas gregas, o perfil de uma cidadela ou o nome de um arconte; e havia alguns que tinham os braços inteiramente cobertos por esses vários símbolos, misturados a cicatrizes e ferimentos novos.

Para os homens da raça latina, samnitas, etruscos, campanienses e brúcios, montaram quatro grandes fogueiras.

Os gregos abriram covas com a ponta dos gládios. Os espartanos, desvestindo seus mantos vermelhos, embrulharam neles os mortos; os atenienses deitavam-nos com a face voltada para o sol nascente; os cântabros os enterravam sob um montão de pedras; os nasamônios dobravam os corpos em dois com correias de couro de boi, e os garamantes foram enterrar seus mortos na praia, para que fossem eternamente regados pelas ondas. Os latinos estavam desolados por não poder recolher as cinzas dos seus em urnas; os nômades sentiam falta do calor das areias em que os corpos se mumificam, e os celtas, de três pedras brutas sob um céu chuvoso, no fundo de um golfo cheio de ilhotas.

Aos surtos de vociferações seguiam-se longos silêncios. Era para obrigar as almas a voltar. Depois o clamor recomeçava, obstinadamente, a intervalos regulares.

Pediam desculpas aos mortos por não poder honrá-los como prescreviam os ritos: porque, sem isso, iriam circular durante períodos infinitos, por todos os tipos de acasos e metamorfoses; interpelavam-nos, perguntavam-lhes o que queriam; outros os cobriam de injúrias por se terem deixado vencer.

O clarão das grandes fogueiras empalidecia os rostos exangues, deitados de espaço a espaço, sobre escombros de armaduras; e lágrimas provocavam lágrimas, os soluços se tornavam mais agudos, os reconhecimentos e os abraços, mais frenéticos. Algumas mulheres estendiam-se sobre os cadáveres, boca contra boca, fronte contra fronte. Era preciso surrá-las para que se retirassem na hora de jogar a terra. Eles pintavam as faces de preto; cortavam os cabelos; sangravam-se e jogavam o sangue dentro das covas; faziam-se cortes à imitação dos ferimentos que desfiguravam os mortos. Em meio à algazarra dos címbalos, ouviam-se urros. Alguns arrancavam seus amuletos e cuspiam neles. Os moribundos rolavam na lama sanguinolenta, mordendo de raiva os punhos mutilados;

e 43 samnitas, toda uma primavera sacra[43], entremataram-se como gladiadores. Em breve faltou lenha para as fogueiras, as chamas apagaram-se, todos os lugares estavam tomados; e, cansados de gritar, enfraquecidos, trôpegos, eles adormeceram ao lado dos irmãos mortos: cheios de apreensão os que tinham apego à vida, e os outros desejando não mais acordar.

Nos albores da manhã, apareceram nos limites do campo dos bárbaros alguns soldados desfilando com os capacetes na ponta dos chuços; saudando os mercenários, perguntavam-lhes se tinham algo para mandar dizer em suas respectivas pátrias.

Outros se aproximaram, e os bárbaros reconheceram alguns dos seus antigos companheiros.

O sufeta propusera a todos os cativos que servissem em suas tropas. Muitos tinham se recusado intrepidamente; decidido a não os sustentar nem a entregá-los ao Grande Conselho, mandara-os embora, ordenando-lhes que não voltassem a combater contra Cartago. Aqueles que, por temor aos suplícios, se mostravam dóceis tinham recebido as armas do inimigo; e agora se apresentavam aos vencidos, menos para seduzi-los do que por um impulso de orgulho e curiosidade.

Começaram contando o bom tratamento recebido do sufeta; e os bárbaros os ouviam com inveja, ainda que com desprezo. Quando ouviram as primeiras palavras de reprovação, os covardes se enraiveceram; de longe mostravam as próprias espadas, as couraças e convidavam os outros, com insultos, a ir buscá-las. Os bárbaros pegaram

---

43. *Ver sacrum*, em latim, era uma prática religiosa dos samnitas: em momentos de perigo, votavam-se ao deus Marte as crianças que nascessem na primavera seguinte. Acredita-se que em tempos primordiais toda essa geração fosse sacrificada, e que mais tarde o sacrifício tenha sido substituído por sua expulsão na idade de 20 ou 21 anos, com a missão de fundar nova colônia.

pedras; todos fugiram; e no topo da montanha nada mais se viu, a não ser a ponta das lanças acima da paliçada.

Uma dor mais dura que a humilhação da derrota pesou sobre os bárbaros. Pensavam na inutilidade de sua coragem. Permaneciam com o olhar fixo, rangendo os dentes. Uma mesma ideia acudiu a todos. E eles investiram de trambolhada contra os prisioneiros cartagineses. Os soldados do sufeta, por acaso, não tinham conseguido descobri-los, e, como o lugar em que estavam ficava fora do campo de batalha, eles ainda se encontravam no fosso profundo.

Foram enfileirados no chão, em terreno plano. Algumas sentinelas fizeram um círculo em torno deles e deixaram que as mulheres entrassem, trinta ou quarenta por vez. Elas, querendo aproveitar o pouco tempo que lhes davam, corriam de um a outro prisioneiro, indecisas, palpitantes; depois, inclinadas sobre aqueles pobres corpos, davam-lhes safanões como lavadeiras batendo a roupa. Berrando os nomes dos esposos, dilaceravam-nos com as unhas, furavam-lhes os olhos com os alfinetes de cabelos. Depois vieram os homens e começaram a supliciá-los pelos pés, que decepavam nos tornozelos, até a testa, da qual arrancavam faixas de pele, para lhes servir de coroa. Os comedores-de-coisas-imundas foram atrozes na imaginação. Envenenavam os ferimentos jogando sobre eles pó, vinagre e cacos de cerâmica; atrás, outros esperavam sua vez; o sangue escorria, e eles se deleitavam como os vindimadores em torno das dornas fumegantes.

Mâthos estava sentado no chão, no mesmo lugar em que se achava quando terminou a batalha, com os cotovelos sobre os joelhos e a cabeça entre as mãos; não via nada, não ouvia nada; já não pensava.

Ouvindo os urros de alegria da multidão, levantou a cabeça. Diante dele, um pedaço de pano que estava preso a uma vara e se arrastava no chão abrigava, confusamente, cestos, tapetes e uma pele de leão. Ele reconheceu sua tenda; e seu olhar fixava-se no solo como se a filha de Amílcar, desaparecendo, tivesse afundado na terra.

O pano rasgado esvoaçava ao vento; às vezes, seus longos farrapos perpassavam sua boca, e ele notou uma marca vermelha, semelhante à impressão de uma mão. Era a mão de Narr'Havas, sinal da aliança de ambos. Mâthos se levantou. Pegou um tição ainda fumegante e lançou-o desdenhosamente para os escombros da sua tenda. Depois, com a ponta do coturno, empurrava para a chama tudo o que estivesse afastado, para que nada subsistisse.

De repente, sem que fosse possível adivinhar de onde surgia, apareceu Espêndio.

O ex-escravo tinha atado a uma das coxas duas hastes de lança e mancava lastimosamente, soltando queixumes.

— Tira isso daí – disse-lhe Mâthos –, eu sei que és um bravo.

Mâthos sentia-se tão esmagado pela injustiça dos deuses que já não tinha forças para se indignar com os homens.

Espêndio fez-lhe um sinal e conduziu-o à reentrância de um outeiro onde Zarxas e Autarite estavam escondidos.

Tinham fugido como o escravo: um, apesar de ser cruel; o outro, a despeito de ser valente. Quem poderia esperar, diziam, a traição de Narr'Havas, o incêndio dos líbios, a perda da zainfe, o ataque inesperado de Amílcar e, sobretudo, aquelas manobras que os forçavam a voltar para a parte de trás da montanha, sob os golpes imediatos dos cartagineses? Espêndio não confessava seu terror e insistia em afirmar que tinha a perna quebrada.

Enfim, os três chefes e o *schalischim* perguntavam-se que decisão tomar.

Amílcar bloqueava a rota de Cartago; eles estavam encurralados entre os soldados dele e as províncias de

Narr'Havas; as cidades tírias se uniriam aos vencedores; eles acabariam acuados à beira-mar, e todas aquelas forças reunidas os esmagariam. Era o que sucederia sem falta.

Não havia meio de evitar a guerra. Portanto, eles precisavam continuá-la irremissivelmente. Mas como levar a entender a necessidade de uma batalha interminável toda aquela gente desanimada, cujos ferimentos ainda sangravam?

— Eu cuido disso! – disse Espêndio.

Duas horas depois, um homem vindo dos lados de Hippo Zaritus subiu a montanha correndo. Agitava tabuinhas que trazia nas mãos, e, como gritasse muito, os bárbaros o cercaram.

Aquelas tábuas tinham sido expedidas pelos soldados gregos da Sardenha. Recomendavam aos companheiros da África que vigiassem Giscão e outros cativos. Um mercador de Samos, certo Hipônax, que chegara de Cartago, dissera que estava sendo organizada uma conspiração para ajudá-los a fugir; recomendavam aos bárbaros que previssem de tudo; a República era poderosa.

O estratagema de Espêndio não teve de início o resultado esperado. Aquela certeza de novo perigo, ao invés de enfurecê-los, despertou temores; e, lembrando-se da advertência de Amílcar que havia pouco caíra entre eles, esperavam algo imprevisto, que seria terrível. A noite transcorreu em meio a grande angústia; vários deles chegavam a livrar-se das armas para abrandar o sufeta, quando ele aparecesse.

No dia seguinte, na terceira vigília, apareceu outro batedor, ainda mais esbaforido e negro de poeira. O grego arrancou-lhe das mãos um rolo de papiro, coberto de caracteres fenícios. Suplicava-se aos mercenários que não desanimassem; os bravos de Túnis viriam com grandes reforços.

Espêndio leu a mensagem três vezes seguidas; e, sentado nos ombros de dois capadócios, fazia-se transportar de um lugar a outro, relendo-a. Sete horas durou aquela arenga.

Aos mercenários ele lembrava as promessas do Grande Conselho; aos africanos, as crueldades dos intendentes; a todos os bárbaros, a injustiça de Cartago. A brandura do sufeta era um engodo para prendê-los. Os que se entregassem seriam vendidos como escravos; os vencidos pereceriam em meio a suplícios. Quanto à fuga, por qual caminho? Nem um só povo queria recebê-los; ao passo que, persistindo em seus esforços, obteriam, ao mesmo tempo, liberdade, vingança, dinheiro. E não esperariam muito, pois a gente de Túnis, a Líbia inteira acudia em seu socorro. Mostrava o papiro desenrolado, dizendo:

— Podeis olhar! Ler! Aqui estão suas promessas! Não estou mentindo.

Com nódoas vermelhas sobre o focinho negro, alguns cães vagavam por ali. O sol a pino esquentava as cabeças descobertas. Um cheiro nauseabundo emanava dos cadáveres mal sepultos; alguns estavam desenterrados até a cintura. Espêndio os invocava como testemunhas daquilo que estava dizendo; depois erguia os punhos para os lados de Amílcar.

Mâthos o observava, e ele, para disfarçar a covardia, ostentava uma cólera em que, aos poucos, acabou se enredando de verdade. Votando-se aos deuses, acumulou maldições sobre os cartagineses. O suplício dos cativos era brincadeira de criança. Por que os poupar e continuar arrastando aquele gado inútil?

— Não! É preciso acabar com eles! Seus planos são conhecidos! Basta um deles para nos levar à perdição! Nada de piedade! Os bons serão reconhecidos pela rapidez das pernas e pela força do golpe.

Então eles voltaram a investir contra os cativos: muitos ainda agonizavam. Acabaram de matá-los metendo-lhes os tacões na boca ou transpassando-os com a ponta de um dardo.

Em seguida lembraram-se de Giscão. Não o viam em lugar algum; ficaram preocupados. Queriam, ao mesmo tempo, convencer-se de sua morte e tomar parte dela. Três pastores samnitas o descobriram a quinze passos do local onde se erguia pouco antes a tenda de Mâthos. Reconheceram-no pela barba comprida e chamaram todos os outros.

Deitado de costas, com os braços estendidos ao longo do corpo e os joelhos juntos, parecia um cadáver pronto para o sepulcro. Contudo, as costelas magras subiam e desciam, e os olhos, totalmente abertos no meio do rosto pálido, olhavam de maneira contínua e intolerável.

Os bárbaros o contemplaram cheios de espanto. Desde que o tinham metido no fosso, quase o haviam esquecido; constrangidos por antigas recordações, eles se mantinham à distância e não ousavam tocá-lo.

Mas os que estavam atrás murmuravam e empurravam: um garamante atravessou a multidão; vinha brandindo uma foice; todos entenderam seu pensamento; os rostos se incendiaram e, cobertos de vergonha, bradaram:

— Isso! Isso!

O homem da foice aproximou-se de Giscão. Tomou-lhe a cabeça e, apoiando-a no joelho, passou a serrá-la com movimentos rápidos; a cabeça caiu; dois grossos jatos de sangue abriram um buraco no pó do chão. Zarxas a agarrou e, mais veloz que um leopardo, correu na direção dos cartagineses.

Depois de ter percorrido dois terços da montanha, retirou do peito a cabeça de Giscão, segurando-a pela barba, girou o braço rapidamente várias vezes, e a massa, por fim arremessada, descreveu longa parábola e desapareceu atrás do entrincheiramento púnico.

Daí a pouco apareceram na beira da paliçada dois estandartes entrecruzados, sinal convencionado para a reivindicação dos cadáveres.

Então quatro arautos, escolhidos pelas dimensões do peito, saíram portando grandes clarins; e, falando em tubos de bronze, declararam que daí por diante, entre cartagineses e bárbaros, já não havia fé, nem piedade, nem deuses; que eles se recusavam de antemão a toda e qualquer negociação e que os parlamentários porventura enviados seriam mandados de volta com as mãos cortadas.

Imediatamente depois disso, Espêndio foi mandado como representante a Hippo Zaritus, a fim de obter víveres; a cidade tíria os enviou naquela mesma noite. Eles comeram com avidez. Depois de revigorados, recolheram rapidamente os restos das bagagens e as armas partidas; as mulheres juntaram-se no centro, e eles, sem fazerem caso dos feridos que choravam atrás, partiram pela costa a passos rápidos, como uma alcateia que se afasta.

Marchavam sobre Hippo Zaritus, decididos a tomá-la, pois precisavam de uma cidade.

Amílcar, avistando-os de longe, desesperou-se, apesar do orgulho que sentia em vê-los fugir. Seria preciso atacá-los imediatamente, com tropas descansadas. Mais um dia daqueles, e a guerra estaria terminada! Se as coisas se arrastassem, eles voltariam mais fortes; as cidades tírias se juntariam a eles; sua clemência para com os vencidos não servira de nada. Tomou a resolução de ser impiedoso.

Naquela mesma noite, enviou ao Grande Conselho um dromedário carregado de braceletes recolhidos junto aos mortos e, com ameaças terríveis, ordenava que lhe expedissem outro exército.

Fazia tempo que todos o julgavam perdido; de modo

que, ao saberem de sua vitória, sentiram uma estupefação que beirava o terror. O retorno da zainfe, anunciado de modo vago, completava a admiração. Assim, os deuses e a força de Cartago pareciam agora lhe pertencer.

Nenhum de seus inimigos arriscou proferir queixas ou recriminações. Graças ao entusiasmo de uns e à pusilanimidade de outros, antes do prazo prescrito estava preparado um exército de 5 mil homens.

Este rumou prontamente para Útica, a fim de apoiar o sufeta na retaguarda, enquanto 3 mil homens dos mais consideráveis embarcaram em vários navios; desembarcariam em Hippo Zaritus, de onde rechaçariam os bárbaros.

Hanão aceitara o comando desse exército; mas confiou-o a seu lugar-tenente Magdassan: queria conduzir as tropas de desembarque pessoalmente, pois já não conseguia suportar os solavancos da liteira. A doença que o acometia, roendo-lhe os lábios e as narinas, tinha aberto um buraco largo na face; a dez passos de distância via-se o fundo de sua garganta; e ele estava tão ciente de sua hediondez que cobria a cabeça com um véu, como as mulheres.

Hippo Zaritus não deu ouvidos às suas intimações; tampouco às dos bárbaros. Mas todas as manhãs os habitantes faziam descer víveres em cestos para estes últimos; e, gritando do alto das torres, pediam desculpas, alegando as exigências da República, e lhes suplicavam que se afastassem. Por meio de sinais, dirigiam as mesmas reivindicações aos cartagineses, que estacionavam no mar.

Hanão limitava-se a bloquear o porto, sem arriscar um ataque. Contudo, convenceu os juízes de Hippo Zaritus a receber trezentos soldados. Depois, dirigiu-se para o cabo das Uvas, deu uma grande volta para cingir os bárbaros, numa operação inoportuna e até perigosa. A inveja o impedia de socorrer o sufeta: prendia seus espiões, atrapalhava todos os seus planos, comprometia suas ações.

Amílcar escreveu ao Grande Conselho, exigindo que o livrassem de Hanão, que voltou a Cartago furioso com a baixeza dos Anciãos e a loucura de seu colega. Após tantas esperanças, achavam-se em situação ainda mais deplorável; tentavam não pensar nela e não a mencionar.

Como se não fossem suficientes todos aqueles infortúnios, chegou a notícia de que os mercenários da Sardenha tinham crucificado seu general, tomado as praças-fortes e, por toda parte, degolado os homens de raça cananeia. Os romanos ameaçavam a República com hostilidades imediatas, se ela não lhes entregasse 1.200 talentos, mais toda a ilha da Sardenha. Tinham aceitado a aliança dos bárbaros e lhes haviam expedido chatas carregadas de farinha e carnes secas. Os cartagineses as perseguiram e aprisionaram quinhentos homens; mas três dias depois uma frota que vinha de Bizacena, levando víveres para Cartago, naufragou sob uma tempestade. Evidentemente, os deuses declaravam-se contra a República.

Então os cidadãos de Hippo Zaritus, pretextando um alarme, permitiram que os trezentos homens de Hanão subissem às suas muralhas; depois, surpreendendo-os por trás, pegaram-nos pelas pernas e os atiraram por cima dos parapeitos. Os poucos que não morreram, perseguidos, foram afogar-se no mar.

Útica também aturava a presença de soldados, pois Magdassan agira como Hanão e, cumprindo suas ordens, ficava ao redor da cidade, surdo aos pedidos de Amílcar. A estes deram vinho com mandrágora, depois os mataram enquanto dormiam. Ao mesmo tempo, chegaram os bárbaros; Magdassan fugiu, as portas abriram-se; a partir daí, as duas cidades tírias deram mostras de inabalável dedicação aos seus novos amigos e de inconcebível ódio aos antigos aliados.

Esse abandono da causa púnica era um conselho, um exemplo. As esperanças de liberdade reanimaram-se. Algumas populações, ainda indecisas, abandonaram a hesitação. Tudo se abalou. O sufeta foi informado; já não esperava socorro algum. Estava irremediavelmente perdido.

De imediato, dispensou Narr'Havas, que precisava guardar as fronteiras de seu reino. E resolveu voltar a Cartago, para arregimentar soldados e recomeçar a guerra.

Os bárbaros estabelecidos em Hippo Zaritus avistaram seu exército descendo a montanha.

Aonde iam os cartagineses, afinal? Deviam estar sendo impelidos pela fome; e, atormentados pelos sofrimentos, vinham travar uma batalha, apesar de fracos. Mas tomaram a direita: fugiam. Podiam ser alcançados, esmagados, todos. Os bárbaros precipitaram-se em sua perseguição.

Os cartagineses foram retidos pelo rio. Estava cheio daquela vez, e o vento do oeste não tinha soprado. Alguns o atravessaram a nado, outros, sobre escudos. E puseram-se de novo em marcha. Anoiteceu. Deixaram de ser vistos.

Os bárbaros não pararam; subiram pela margem, para encontrar um trecho mais estreito. Homens de Túnis juntaram-se a eles; trouxeram consigo gente de Útica. A cada matagal, seu número aumentava; e os cartagineses, deitando-se no chão, ouviam as batidas de seus passos na escuridão. De vez em quando, com o objetivo de retardá-los, Barca mandava disparar saraivadas de flechas para trás; matou vários desse modo. Quando o dia nasceu, estavam nas montanhas de Ariana, no ponto em que o caminho faz um cotovelo.

Mâthos, que marchava à frente, olhou o horizonte e julgou distinguir algo verdejante no topo de uma iminência. O terreno começou a baixar e foram aparecendo obeliscos, cúpulas, casas! Era Cartago. Ele se apoiou a uma árvore para não cair, a tal ponto seu coração palpitava.

Pensava em tudo o que lhe acontecera na vida, desde a última vez que passara por ali. Era uma surpresa infinita;

um atordoamento. Depois foi tomado pela alegria quando pensou em rever Salammbô. Voltaram-lhe à memória as razões que tinha para abominá-la; rejeitou-as depressa. Fremente e de olhos fixos, contemplava, além de Echmun, o terraço alto de um palácio, acima das palmeiras; um sorriso de êxtase iluminava seu rosto, como se estivesse sendo banhado por imensa luz; mantinha-se de braços abertos, enviava beijos na brisa e murmurava: "Vem! Vem!". Um suspiro lhe inflou o peito, e duas lágrimas, longas como pérolas, caíram sobre sua barba.

— Quem te impede de avançar? – exclamou Espêndio. — Depressa! Em marcha! O sufeta vai escapar! Mas teus joelhos se dobram e me olhas como se estivesses bêbado!

Espêndio batia os pés de impaciência; apressava Mâthos; e, piscando, como quem se aproxima de um objetivo demoradamente visado:

— Ah! Chegamos! Aqui estamos! São meus!

Tinha um ar tão convicto e triunfante que Mâthos, surpreendido em seu torpor, sentiu-se arrebatado. Ouvia aquelas palavras no auge da angústia, e elas impeliam seu desespero à vingança, mostravam um pasto para sua cólera. Saltou sobre um dos camelos que iam nas bagagens, arrancou-lhe o cabresto; usando a corda comprida, começou a fustigar com toda a força os retardatários; na retaguarda, corria da direita para a esquerda, alternadamente, como um cão tangendo o rebanho.

Obedecendo à sua voz tonitruante, as fileiras cerravam-se; até os coxos apressaram o passo; no meio do istmo, diminuiu a distância. Os primeiros bárbaros pisavam a poeira dos cartagineses. Os dois exércitos aproximavam-se, iam tocar-se. Mas a porta de Malqua, a porta de Tagaste e a grande porta de Hammon escancararam-se. O quadrado púnico dividiu-se; três colunas engolfaram-se por elas, turbilhonando sob seus pórticos. Logo depois, a massa, compacta demais, deixou de avançar; os chuços se chocavam no ar, e as flechas dos bárbaros estilhaçavam-se contra as muralhas.

No limiar da porta de Hammon, viu-se Amílcar. Voltado para seus homens, gritava que deviam abrir espaço. Apeou; e, com o gládio que empunhava, picou a garupa de seu cavalo e o soltou sobre os bárbaros.

Era um garanhão orynge, alimentado com bolotas de farinha, que dobrava os joelhos para o dono montar. Por que então o soltava? Seria um sacrifício?

O grande cavalo galopava no meio das lanças, derrubava os homens e, enleando as patas nas peias, caía, levantava-se, dava saltos furiosos; e, enquanto os bárbaros se afastavam, tentavam detê-lo ou olhavam surpresos, os cartagineses tinham se juntado; entraram; a porta enorme fechou-se atrás deles, com fragor.

E não cedeu. Os bárbaros chocaram-se contra ela; e durante alguns minutos, em toda a extensão do exército, houve uma oscilação cada vez mais frouxa, que por fim cessou.

Os cartagineses tinham postado soldados sobre o aqueduto, e estes começavam a atirar pedras, balas, barras de ferro. Espêndio demonstrou que era inútil teimar. Foram estabelecer-se mais longe, resolvidos a montar o cerco de Cartago.

Entrementes, os rumores de guerra tinham ultrapassado os confins do império púnico; e, desde as Colunas de Hércules até além de Cirene, os pastores sonhavam com ela, cuidando de seus rebanhos, e nas caravanas se conversava sobre ela, à luz das estrelas. Aquela grande Cartago era dominadora dos mares, esplêndida como o Sol, assustadora como um deus, e havia homens que ousavam atacá-la! Várias vezes houvera quem afirmasse sua queda; e todos haviam acreditado, pois todos a desejavam: as populações submetidas, as aldeias tributárias, as províncias aliadas, as hordas independentes, os que execravam sua tirania invejavam seu poderio ou cobiçavam sua riqueza. Os mais bravos tinham-se juntado bem depressa aos mercenários. A derrota do rio Macar detivera todos os outros. Por fim, tinham recuperado a confiança, avançado e acabado por aproximar-se; e agora os homens das regiões orientais estavam postados nas dunas de Clipea, do outro lado do golfo. Assim que avistaram os bárbaros, apresentaram-se.

Não eram os líbios dos arredores de Cartago, que, havia muito, compunham o terceiro exército, mas os nômades do planalto de Barca, bandidos do cabo Fiscos e do promontório de Derna; os de Fazânia e da Marmárica. Haviam atravessado o deserto, bebendo em poços salobros revestidos de ossadas de camelos: os zaveces, cobertos com penas de avestruz, tinham chegado em quadrigas; os garamantes, mascarados com véus pretos, vinham atrás, sentados em suas éguas pintadas; outros, em asnos, onagros, zebras, búfalos; e alguns arrastavam, com a família e os ídolos, o teto de sua cabana em forma de chalupa. Havia amônios, com os membros enrugados pelas águas quentes das fontes; atarantes, que amaldiçoam o sol; trogloditas, que enterram, rindo, seus mortos sob galhos de árvores; auseus hediondos, que comem gafanhotos; adirmáquidas, que comem piolhos; gizantes, que pintam o corpo de vermelhão e comem macacos.

Todos tinham se enfileirado à beira do mar numa extensa linha reta. Depois avançaram como turbilhões de areia levantados pelo vento. No meio do istmo, essa multidão parou, uma vez que os mercenários acampados diante deles, perto das muralhas, não queriam mover-se.

Pouco depois, do lado da Ariana, apareceram os homens do Ocidente, o povo das Numídias. Na verdade, Narr'Havas governava apenas os massilos; aliás, como um velho costume lhes permitia abandonar o rei depois de reveses, eles tinham se reunido às margens do Zaino[44] e, com o primeiro movimento de Amílcar, atravessaram-no. Primeiro vieram os caçadores de Malethut-Baal e de Garafos[45], vestindo peles de leão e conduzindo com as hastes de seus chuços cavalinhos magros de crina comprida; depois marchavam os getúlicos em couraças de pele de serpente; a seguir, os farusianos, usando altas coroas feitas de cera e resina; e os caunos, os mácaros, os tilabares, cada um com dois dardos e um escudo redondo feito de couro de hipopótamo. Pararam ao pé das catacumbas, nos primeiros charcos da laguna.

Mas, quando os líbios mudaram de lugar, no local que eles ocupavam viu-se a multidão dos negros como uma nuvem rente ao chão. Tinham vindo do Haruj branco, do Haruj negro[46], do deserto de Aujila e até do grande território de Agazimba[47], que fica quatro meses ao sul dos garamantes e ainda mais longe. Apesar dos seus adornos de madeira vermelha, a crosta em sua pele negra assemelhava-os a amoras que por muito tempo houvessem rolado pelo pó. Tinham calções de fios de cortiça e túnicas de capim seco e, na cabeça, focinhos de animais ferozes; e, uivando como lobos, agitavam varas guarnecidas com argolas e brandiam rabos de vaca na ponta de um pau, à guisa de estandartes.

Atrás dos númidas, dos maurusianos[48] e dos getúlicos, agrupavam-se os homens amarelados que se espalham além de Taggir, nas florestas de cedros. Aljavas de pele

---

44. Antigo nome de um rio que alimentava o aqueduto romano.
45. Montanhas da Mauritânia (atuais Djebel Amour e maciço de Ouarsenis).
46. Cadeia de montanhas nas proximidades de Sirta.
47. Provavelmente centro da África, região do Sudão e do Chade.
48. Segundo Estrabão (III, 471), habitantes da Mauritânia Ocidental.

de gato pendiam-lhes nas costas; e eles conduziam, atrelados, cães enormes, da altura de asnos, que não latiam.

Por fim, como se a África não estivesse suficientemente esvaziada e, para ajuntar mais furores, fosse preciso recorrer ao fundo das raças, viam-se, atrás de todos os outros, homens com perfis animalescos que se expressavam com um riso idiota: míseros, assolados por doenças horrorosas, pigmeus disformes, mulatos de sexo ambíguo, albinos cujos olhos vermelhos pestanejavam sob a luz do sol; balbuciando sons ininteligíveis, punham um dedo na boca para dizer que tinham fome.

A mistura de armas não era menor que a de indumentárias e povos. Não havia invenção de morte que não estivesse ali, desde punhais de madeira, machados de pedra e tridentes de marfim até longos sabres, denteados como serras, afilados e feitos de uma lâmina de cobre que se dobrava. Muitos manejavam alfanjes que se bifurcavam em vários ramos, semelhantes a galhadas de antílopes, podões amarrados na ponta de cordas, triângulos de ferro, maças, punções. Os etíopes[49] do rio Bambotus[50] escondiam nos cabelos pequenos dardos envenenados. Muitos traziam sacos cheios de pedras. Outros, de mãos vazias, batiam os dentes.

Aquela multidão era agitada por contínua marejada. Dromedários untados de alcatrão, como navios, derrubavam mulheres com filhos nas ancas. As provisões se derramavam dos cabazes, e pisava-se em pedaços de sal, embrulhos de goma, tâmaras podres e nozes-de-cola; às vezes, sobre peitos infestados de piolhos, pendia de um cordão fino algum diamante cobiçado pelos sátrapas,

---

49. Termo era usado na Antiguidade para designar os negros em geral.
50. Rio citado por Plínio (V, 10). Alguns o identificam com o Senegal, outros com o Gâmbia.

pedra quase fabulosa e suficiente para comprar um império. A maioria daquela gente nem sequer sabia o que desejava. A fascinação, a curiosidade a impelia; nômades que nunca tinham visto uma cidade sentiam-se aterrorizados pelas sombras das muralhas.

O istmo desaparecia sob aqueles homens; aquela extensa área, onde as tendas pareciam cabanas no meio de uma inundação, estendia-se até as primeiras linhas dos outros bárbaros, resplandecentes de ferro e simetricamente dispostas nos dois flancos do aqueduto.

Os cartagineses ainda estavam assustados com a chegada deles quando avistaram, vindo diretamente em sua direção, como monstros e edifícios – com mastros, braços, cordas, articulações, capitéis e carapaças –, as máquinas de cerco enviadas pelas cidades tírias: sessenta carrobalistas, oitenta onagros, trinta escorpiões, cinquenta tolenos[51], doze aríetes e três gigantescas catapultas que lançavam pedaços de rocha com peso de 15 talentos. Essas máquinas eram empurradas por massas de homens agarrados às suas bases; a cada passo eles eram sacudidos por uma trepidação; desse modo chegavam à frente das muralhas.

Faltavam vários dias ainda para se concluírem os preparativos do cerco. Os mercenários, escarmentados pelas derrotas, não queriam arriscar-se em refregas inúteis; e, tanto de uma parte como da outra, não havia a menor pressa, sabendo todos que se inauguraria uma ação terrível e que dela resultaria a vitória ou o extermínio completo.

Cartago podia resistir por muito tempo; suas largas muralhas apresentavam uma série de ângulos reentrantes e salientes, disposição vantajosa para repelir assaltos.

---

51. Segundo Vegécio, em *Compêndio de arte militar*, toleno é "um guindaste que numa das pontas possuía um conjunto de ganchos em ferro forjado e cuja função era, literalmente, 'agarrar' o topo da muralha".

Do lado das catacumbas, uma porção de muralha desmoronara, e nas noites escuras, entre os blocos desconjuntados, avistavam-se luzes nas pocilgas de Malqua. Estas ultrapassavam a altura dos muros em certos pontos. Era ali que moravam, com seus novos maridos, as mulheres dos mercenários que tinham sido expulsas por Mâthos. Ao reverem os ex-companheiros, elas não puderam conter a emoção. Agitavam-lhes xales, de longe; depois vinham na escuridão conversar com os soldados pelas fendas da muralha, e certa manhã o Grande Conselho ficou sabendo que todas haviam fugido. Umas tinham passado entre as pedras; outras, mais intrépidas, descido com cordas.

Por fim, Espêndio resolveu pôr seu projeto em execução.

A guerra, mantendo-o longe, impedira até então sua realização; e, desde que tinham voltado a Cartago, parecia-lhe que os habitantes desconfiavam de sua intenção. Logo depois o número de sentinelas do aqueduto foi reduzido. Não havia gente suficiente para a defesa das muralhas.

O ex-escravo exercitou-se durante muitos dias a atirar flechas nos flamingos do lago. Depois, numa noite em que havia luar, pediu a Mâthos que acendesse uma grande fogueira de palha, enquanto todos os seus homens se punham a gritar; e, levando Zarxas consigo, saiu pela beira do golfo em direção a Túnis.

Na altura dos últimos arcos, voltaram em linha reta para o aqueduto; a área era descoberta; eles avançaram rastejando até a base dos pilares.

As sentinelas da plataforma passeavam tranquilamente.

Apareceram as labaredas; os clarins soaram; e os soldados de vigia, acreditando num assalto, saíram correndo para o lado de Cartago.

Só ficou um homem. Aparecia em preto sobre o fundo do céu. O luar brilhava atrás dele, e sua sombra desmedida projetava longe, na planície, como que um obelisco ambulante.

Zarxas pegou a funda; por prudência ou ferocidade, Espêndio o deteve:

— Não! O zumbido da bala é muito alto! Deixa comigo!

Então retesou o arco com todas as suas forças, apoiando-o pela parte inferior nos dedos do pé esquerdo; mirou, e a flecha partiu.

O homem não caiu. Desapareceu.

— Se estivesse ferido, ouviríamos – disse Espêndio.

E subiu ligeiro de andar em andar, como fizera da primeira vez, com ajuda de uma corda e um arpão. Quando chegou lá em cima, junto ao cadáver, deixou a corda cair. O balear amarrou nela um picão e um maço e retirou-se.

As trombetas já não soavam. Tudo estava tranquilo. Espêndio tinha levantado uma das lajes, entrado na água e fechado a laje sobre si.

Calculando a distância pelo número dos passos, chegou exatamente ao local onde tinha notado uma fenda oblíqua; e durante três horas, até amanhecer, trabalhou continuamente, com fúria, respirando apenas pelos interstícios das lajes superiores, tomado pela aflição e acreditando várias vezes que morreria. Por fim, ouviu-se um estalo; uma pedra enorme, ricocheteando pelos arcos inferiores, rolou até embaixo, e de repente uma catarata, um rio inteiro caiu do céu na planície. O aqueduto, cortado ao meio, despejava-se. Era morte para Cartago, vitória para os bárbaros.

Num instante, os cartagineses, acordando, apareceram sobre muralhas, casas, templos. Os bárbaros empurravam-se, gritavam; dançavam delirantes em torno da grande queda-d'água e, no auge da alegria, iam até lá molhar a cabeça.

No alto do aqueduto avistou-se um homem, com uma túnica castanha, rasgada. Debruçava-se na beirada, com as duas mãos nos quadris, e olhava para baixo, como que admirado da própria obra.

Depois se endireitou. Percorreu o horizonte com um olhar soberbo, que parecia dizer: "Agora tudo isto é meu!". Romperam aplausos dos bárbaros; os cartagineses, compreendendo finalmente seu desastre, rugiam de desespero. Então Espêndio começou a correr sobre a plataforma, de um extremo a outro, e, como um condutor de carro triunfante nos jogos olímpios, louco de orgulho, erguia os braços.

13. Moloch

Os bárbaros não precisavam de circunvalação do lado da África; ela lhes pertencia. Para facilitar a aproximação das muralhas, foi derrubada a trincheira que orlava o fosso. Em seguida, Mâthos dividiu o exército em grandes semicírculos, para envolver melhor Cartago. Os hoplitas dos mercenários foram postos na primeira fileira; atrás deles, os fundibulários e os cavaleiros; bem atrás, a bagagem, os carros e os cavalos; aquém dessa multidão, a trezentos passos das torres, ouriçavam-se as máquinas.

Apesar da infinita variedade de suas denominações (que mudaram várias vezes ao longo dos séculos), elas podiam resumir-se a dois sistemas: umas funcionavam como fundas e outras, como arcos.

As primeiras, as catapultas, compunham-se de um caixilho quadrado, com dois montantes verticais e uma barra horizontal. Na parte anterior, um sarilho, provido de cabos, retinha um grosso braço que sustentava uma colher para receber os projéteis; a parte de baixo desse braço ficava presa a um novelo de cordas torcidas; quando as cordas eram soltas, o braço se levantava e ia bater contra a barra, que, detendo-o num tranco, multiplicava sua força.

O mecanismo das segundas era mais complicado: sobre uma pequena coluna, fixava-se pelo centro uma travessa na qual terminava, em ângulo reto, uma espécie de calha; nas extremidades da travessa elevavam-se dois capitéis, que continham cabos de crinas retorcidas; a eles se prendiam duas pequenas vigas para segurar as pontas de uma corda que era levada até a parte de baixo da calha sobre uma placa de bronze. Por meio de uma mola, essa placa de metal se soltava e, deslizando sobre ranhuras, impelia as flechas.

As catapultas eram chamadas também de onagros, por lembrarem os asnos selvagens que atiram pedras com as patas; e as balistas, de escorpião, por causa de um gancho sobre a placa de metal que, abaixando-se com um soco, acionava a mola.

A construção desses engenhos exigia cálculos especializados: a madeira devia ser escolhida entre as espécies mais duras; as engrenagens deviam ser todas de bronze e eram retesadas por meio de alavancas, roldanas ou tímpanos[52]; fortes eixos faziam variar a direção do tiro; a máquina avançava sobre cilindros, e as de maior porte vinham desmontadas e eram armadas diante do inimigo.

Espêndio instalou as três grandes catapultas voltadas para os três ângulos principais; na frente de cada porta colocou um aríete; diante de cada torre, uma balista, enquanto os carrobalistas circulavam atrás. Mas era preciso garanti-las contra o fogo dos assediados e, antes de tudo, aterrar o fosso que as separava das muralhas.

---

52. Rodas ocas, dentro das quais um homem, ou mais, se move para provocar sua rotação.

Sobre ele foram postas galerias de trançado de junco verde com arcos de carvalho, semelhantes a enormes escudos que deslizavam sobre três rodas; pequenas cabanas cobertas de couro fresco e forradas de sargaço abrigavam os trabalhadores; as catapultas e as balistas foram defendidas por cortinas de cordas embebidas em vinagre, para se tornarem incombustíveis. As mulheres e as crianças iam pegar seixos na praia, recolhiam terra com as mãos e a levavam aos soldados.

Os cartagineses também se preparavam.

Amílcar os tranquilizara prontamente, garantindo que havia água nas cisternas para 123 dias. Essa afirmação, a presença dele e, sobretudo, a da zainte deram-lhes esperanças. Cartago restabeleceu-se do abatimento; os que não eram de origem cananeia foram arrastados pela paixão dos outros.

Os escravos foram armados; os arsenais, esvaziados. Cada cidadão teve seu posto e sua tarefa. Sobreviviam 1.200 trânsfugas: o sufeta os nomeou capitães; e os carpinteiros, armeiros, ferreiros e ourives ficaram incumbidos das máquinas. Algumas delas tinham sido guardadas pelos cartagineses, apesar das condições da paz romana. Foram consertadas. Eles eram entendidos nesses engenhos.

Os lados setentrional e oriental, defendidos pelo mar e pelo golfo, continuavam inacessíveis. Sobre a muralha voltada para os bárbaros, montaram-se toras, mós, vasos cheios de enxofre e dornas cheias de óleo; também se construíram fornalhas. Nas plataformas das torres amontoaram-se pedras, e as casas imediatamente contíguas aos muros foram atulhadas de areia, para respaldá-los e aumentar sua espessura.

Diante dessas disposições, os bárbaros se irritaram. Quiseram começar o combate imediatamente. O peso que impuseram às catapultas era tão exorbitante que os braços se romperam; o ataque foi adiado.

Por fim, no 13º dia do mês de Schabar, quando o sol nascia, ouviu-se forte pancada contra a porta de Hammon. Setenta e cinco soldados puxaram cordas existentes na base de uma viga gigantesca, horizontalmente suspensa por correntes que desciam de um travessão e arrematada por uma cabeça de carneiro toda de bronze. A viga tinha um invólucro de couros de boi; era circundada, a intervalos, por braçadeiras de ferro; sua espessura era de três corpos de homem, e seu comprimento, de 120 côvados; sob a multidão de braços nus que a empurravam e puxavam, ela avançava e recuava com oscilação regular.

Os outros aríetes, diante das outras portas, começaram a mover-se. Nas rodas ocas dos tímpanos, viram-se homens subindo de nível em nível. As polias e os capitéis rangeram, as cortinas de corda caíram, e saraivadas de pedras e flechas partiram ao mesmo tempo; todos os fundibulários que estavam espalhados corriam. Alguns se aproximavam da muralha, escondendo potes de resina sob os escudos; depois os arremessavam com toda a força. Aquela chuva de balas, dardos e fogos passava por cima das primeiras fileiras e descrevia uma curva que ia cair atrás das muralhas. Mas, no topo delas, ergueram-se grandes gruas de mastrear navios; e delas desceram daquelas pinças enormes que terminavam em dois semicírculos denteados interiormente. Elas morderam os aríetes. Os soldados, agarrados à viga, puxavam para trás. Os cartagineses forçavam, tentando içá-la, e a peleja prolongou-se até a noite.

Quando os mercenários retomaram o trabalho no dia seguinte, o topo das muralhas estava inteiramente forrado de fardos de algodão, tecidos, almofadas; as ameias estavam tapadas com esteiras; e sobre os muros, entre as gruas, distinguia-se um alinhamento de forcados e cutelos seguros por paus. Teve início uma resistência furiosa.

Toras, presas a cordas, caíam e voltavam a cair alternadamente, golpeando os aríetes; arpéus lançados por balistas arrancavam o teto das cabanas e, das plataformas das torres, caíam torrentes de pedras e seixos.

Os aríetes arrombaram a porta de Hammon e a de Tagaste. Mas os cartagineses tinham amontoado atrás delas tal quantidade de material que suas folhas não se abriram. Ficaram em pé.

Então contra as muralhas foram aplicadas verrumas que, penetrando nas juntas dos blocos, os destacariam. As máquinas foram mais bem governadas, e os homens que as manejavam foram divididos por esquadras; da manhã à noite, elas funcionavam sem interrupção, com a monótona precisão de um tear de tecelão.

Espêndio não se cansava de dirigir as máquinas. Retesava pessoalmente as cordas das balistas. Para que houvesse completa paridade nas tensões geminadas, apertavam-se as cordas batendo-se ora da direita, ora da esquerda, até o momento em que os dois lados produzissem som idêntico. Espêndio subia em seu arcabouço. Com a ponta do pé, batia as cordas brandamente, aplicando o ouvido como o músico que afina uma lira. Depois, quando o braço da catapulta subia, quando a coluna da balista estremecia com o repelão da mola, as pedras eram arremessadas em raios, e os dardos corriam como regatos, ele inclinava todo o corpo e erguia os braços esticados, como para segui-los.

Os soldados, admirados com sua destreza, executavam suas ordens. Na animação do trabalho, gracejavam com os nomes das máquinas. Assim, as tenazes de prender os aríetes chamavam-se lobos; as galerias cobertas eram parreiras; eles eram cordeiros, iam fazer a vindima; e, armando as peças dos onagros, diziam: "Vamos, escoiceia direitinho!"; e aos escorpiões: "Atravessa-os até o coração". Essas brincadeiras, sempre as mesmas, alimentavam sua coragem.

No entanto, as máquinas não demoliam a muralha. Esta era formada por dois muros e preenchida com terra; derrubavam suas partes superiores. Mas os assediados as reerguiam a cada vez. Mâthos ordenou a construção de torres de madeira que fossem tão altas quanto as de pedra. No fosso jogaram mato, estacas, pedras e carroças com as respectivas rodas, para enchê-lo mais depressa; e, antes que ele estivesse totalmente cheio, a imensa multidão de bárbaros ondulou na planície com um só movimento e foi bater contra a base das muralhas, como um mar transbordante.

Para lá levaram escadas de corda e de madeira, bem como sambucas, ou seja, dois mastros dos quais descia, por meio de moitões, uma série de bambus arrematada por uma ponte móvel. Formavam-se assim numerosas linhas retas apoiadas ao muro, e os mercenários, enfileirados um a um, subiam de armas em punho. Nenhum cartaginês apareceu até que atingissem dois terços da muralha. Então as ameias se abriram e, como goelas de dragão, vomitaram fogo e fumaça; a areia se espalhava, entrava pela junção das armaduras; o petróleo grudava às vestes; o chumbo líquido saltitava sobre os capacetes, perfurava as carnes; uma chuva de fagulhas respingava nos rostos, e órbitas sem olhos pareciam chorar lágrimas do tamanho de amêndoas. Homens amarelos de óleo começavam a incendiar-se pelos cabelos. Saíam correndo e ateavam fogo aos outros. Para abafá-los, jogavam de longe, sobre seu rosto, mantos ensopados de sangue. Alguns, que não estavam feridos, ficavam imóveis, mais rijos que estacas, de boca aberta e braços estendidos.

O assalto recomeçou ao longo de vários dias seguidos, pois os mercenários esperavam triunfar por excessiva força e audácia.

Às vezes algum homem, subindo nos ombros de outro, cravava um pino entre as pedras e depois o usava como degrau para avançar, introduzindo um segundo, um terceiro; e, protegidos pelo rebordo das ameias que se salientava da muralha, subiam aos poucos; mas, a certa altura, sempre caíam. O fosso trasbordava; sob os pés dos vivos, os feridos se empilhavam em confusão sobre os cadáveres e os moribundos. Em meio a entranhas abertas, cérebros expostos e poças de sangue, os torsos calcinados formavam manchas negras; e braços e pernas, brotando pela metade de algum amontoado, mantinham-se eretos, como tanchões num vinhedo incendiado.

Como as escadas eram insuficientes, empregaram-se os tolenos, instrumentos compostos por uma longa viga que, instalada transversalmente sobre outra, portava na extremidade um cesto quadrangular em que podiam acomodar-se trinta soldados com suas armas.

Mâthos quis subir no primeiro que ficou pronto. Espêndio o dissuadiu.

Alguns homens se curvaram sobre um molinete; a grande viga ergueu-se, tornou-se horizontal, levantou-se quase verticalmente, e, carregada demais na ponta, vergava como um enorme junco. Os soldados, ocultos até o queixo, amontoavam-se; só eram vistas as plumas dos capacetes. Por fim, ao atingir a altura de 50 côvados, a viga girou para a direita e a esquerda várias vezes, depois baixou; e, tal como um braço de gigante que segurasse uma coorte de pigmeus, depositou na beira da muralha seu cesto cheio de homens. Estes saltaram para o meio da multidão e nunca mais foram vistos.

Todos os outros tolenos foram rapidamente preparados; destes, seriam necessários cem vezes mais para tomar a cidade. Foram utilizados de maneira mortífera; arqueiros etíopes entravam nos cestos; depois os cabos eram presos, e eles ficavam suspensos no ar, atirando flechas envenenadas. Os cinquenta tolenos dominavam as ameias e assim circundavam Cartago como monstruosos abutres; e os negros riam ao ver os guardas morrer sobre as muralhas em meio a convulsões atrozes.

Amílcar mandou hoplitas para a muralha; todas as manhãs lhes dava para beber o suco de certas ervas que os protegiam do veneno.

Numa noite escura, ele embarcou alguns de seus melhores soldados em gabarras e balsas e, virando à direita do porto, foi desembarcá-los na Tênia. Eles avançaram até as primeiras linhas dos bárbaros e, surpreendendo-os pelo flanco, provocaram uma grande carnificina. Durante a noite, do alto dos muros desciam homens munidos de tochas, queimavam os engenhos dos mercenários e subiam de volta.

Mâthos encarniçava-se; cada obstáculo exacerbava sua cólera; chegava a cometer coisas terríveis e extravagantes. Convocou Salammbô mentalmente para um encontro; depois ficou esperando. Ela não veio; aquilo lhe pareceu uma nova traição; daí em diante passou a execrá-la. Se tivesse visto o cadáver dela, talvez houvesse ido embora. Duplicou os postos avançados, fincou forcados na base da muralha, enfiou armadilhas no chão; e ordenou aos líbios que lhe trouxessem uma floresta inteira para incendiar, queimar Cartago como um covil de raposas.

Espêndio obstinava-se no cerco. Empenhava-se em inventar máquinas apavorantes.

Os outros bárbaros, acampados ao longe, no istmo, abismavam-se com aquela demora; murmuravam; foram deixados livres.

Então precipitaram-se para as portas da cidade e nelas batiam com alfanjes e dardos. Mas, como a nudez de seus corpos facilitava os ferimentos, os cartagineses faziam enorme carnificina com eles; para os mercenários isso foi motivo de júbilo, decerto pela cobiça de um butim. Daí resultaram rixas e lutas entre eles. Como os campos estavam devastados, em breve eles estavam disputando víveres uns com os outros. Desalentavam. Numerosas hordas foram embora. A multidão era tão grande que não parecia que tivessem partido.

Os melhores tentaram escavar túneis; o solo, sem boa sustentação, desmoronou. Recomeçaram em outros lugares; Amílcar adivinhava a direção deles, aplicando o ouvido a um escudo de bronze. Abriu também túneis sob o caminho que as torres de madeira deviam percorrer; quando os bárbaros quiseram empurrá-las, elas afundaram nos buracos.

Por fim, todos reconheceram que a cidade seria inexpugnável enquanto não se elevasse à altura das muralhas um longo terraço que possibilitasse combater no mesmo nível; seu topo seria pavimentado para que as máquinas rodassem por ele. Então seria impossível a Cartago continuar resistindo.

A cidade começava a sofrer com a sede. A água, que no início do cerco valia 2 quesitás a carga de mula, agora se vendia por 1 shekel de prata; as provisões de carne e trigo também se esgotavam; temia-se a fome; já se chegava a falar em bocas inúteis, o que apavorava todo mundo.

Desde a praça de Hammon até o templo de Melkart, as ruas estavam atulhadas de cadáveres; e, como era fim de verão, gordas moscas negras atormentavam os combatentes. Os velhos transportavam os feridos, e as pessoas devotas continuavam os funerais fictícios de parentes e amigos, finados em locais distantes durante a guerra. Atravessadas nas portas, exibiam-se estátuas de cera com cabelos e roupas. Elas derretiam no calor das velas que ardiam ao redor;

a tinta escorria sobre os ombros, e as lágrimas corriam em caudais pela face dos vivos, que, ao lado, salmodiavam cânticos lúgubres. Enquanto isso, a multidão corria; os capitães berravam ordens, e o tempo todo se ouviam as batidas dos aríetes.

A temperatura ficou tão alta que os corpos, inchando, não cabiam nos ataúdes. Eram queimados no centro dos pátios. As fogueiras, em tão pouco espaço, incendiavam as paredes vizinhas, e das casas brotavam altas labaredas, como sangue a esguichar de uma artéria. Era assim que Moloch possuía Cartago; enlaçava as muralhas, rolava pelas ruas, devorava até os cadáveres.

Alguns homens, que, como sinal de desespero, usavam mantos feitos de andrajos recolhidos, instalaram-se nas esquinas. Discursavam contra os Anciãos, contra Amílcar, prediziam a ruína completa e conclamavam o povo a destruir tudo, a tomar todas as liberdades. Os mais perigosos eram os bebedores de meimendro; em suas crises, acreditavam ser feras e pulavam sobre os transeuntes, dilacerando-os. Em torno deles aglomerava-se muita gente; e assim a defesa de Cartago era esquecida. O sufeta teve a ideia de pagar a outros que defendessem sua política.

Para prender na cidade o espírito dos deuses, seus simulacros foram cobertos de grilhões. Sobre os pataicos puseram véus negros, e em torno dos altares, cilícios; tentava-se incitar o ciúme dos baalim, cantando em seus ouvidos: "Assim serás vencido! Será que os outros são mais fortes? Mostra-te! Ajuda-nos! Para que os povos não digam: 'onde estão agora os deuses deles?'".

Os colégios dos pontífices eram agitados por permanente ansiedade. Os que mais tinham medo eram os da Rabbet, visto que a recuperação da zainfe de nada servira. Permaneciam encerrados na terceira área do templo, inexpugnável como uma fortaleza. Um único entre eles arriscava-se a sair: o sumo sacerdote Schahabarim.

Ia aos aposentos de Salammbô. Mas ou ficava em silêncio, contemplando-a com olhar fixo, ou então esbanjava palavras; e as repreensões que lhe dirigia eram mais duras que nunca.

Em inconcebível contradição, não perdoava a jovem por ter executado suas ordens; Schahabarim adivinhara tudo, e a obsessão daquela ideia avivava o despeito de sua impotência. Acusava-a de ser a causa da guerra. Segundo ele, Mâthos estava assediando Cartago para recuperar a zainfe; despejava imprecações e ironias em relação ao bárbaro, que tinha a pretensão de possuir coisas santas. Mas não era bem isso o que o sacerdote queria dizer.

Salammbô não sentia terror nenhum por ele; as angústias de que sofria antes tinham desaparecido. Uma tranquilidade estranha a invadia. Seu olhar, menos errante, brilhava com uma chama límpida.

O píton adoecera de novo; e, como Salammbô, ao contrário, parecia curar-se, a velha Taanach se alegrava, convencida de que ele definhava por ter absorvido a consunção da dona.

Certa manhã achou-o atrás do leito de correias, enroscado, mais frio que mármore, com a cabeça sumida debaixo de um monte de vermes. Começou a gritar, Salammbô apareceu. Durante algum tempo, revirou-o com a ponta da sandália, e a escrava ficou espantada diante de sua insensibilidade.

A filha de Amílcar já não prolongava seus jejuns com tanto fervor. Passava dias no alto do terraço, acotovelada à balaustrada, distraindo-se a olhar em frente. O topo das muralhas, no extremo da cidade, recortava zigue-zagues desiguais contra o céu, e ao longo delas as lanças das sentinelas criavam como que um debrum de espigas. Do outro lado, por entre as torres, ela avistava as manobras dos bárbaros; nos dias em que o assédio era interrompido, conseguia até distinguir suas ocupações. Reparavam armas, untavam a cabeleira, ou então lavavam no mar os braços ensanguentados; as tendas ficavam fechadas; as bestas de carga comiam; e, ao longe, as foices dos carros falcados, dispostas em semicírculo, pareciam uma cimitarra de prata estendida no chão ao pé dos montes. As falas de Schahabarim voltavam-lhe à memória. Esperava o noivo Narr'Havas. Apesar do ódio, gostaria de rever Mâthos. De todos os cartagineses, ela talvez fosse a única pessoa que falaria com ele sem medo.

Com frequência, o pai entrava em seus aposentos. Sentava-se ofegante nas almofadas e a contemplava com ar quase enternecido, como se naquela visão encontrasse alívio para suas fadigas. Às vezes a inquiria sobre sua viagem ao acampamento dos mercenários. Perguntava até se, por acaso, alguém a impelira a fazê-la; com um gesto da cabeça, ela respondia que não, tamanho era seu orgulho por ter salvado a zainfe.

Mas o sufeta sempre voltava a falar de Mâthos, a pretexto de obter informações militares. Não conseguia entender como tinham sido empregadas as horas que passara na tenda. Na verdade, Salammbô não falava de Giscão, pois, como as palavras, por si mesmas, têm poder efetivo, as maldições relatadas a uma pessoa podiam recair sobre esta; também calava seu desejo de assassínio, temendo ser repreendida por não ter cedido a ele. Dizia que o *schalischim* parecia furioso, que havia gritado muito e que depois adormecera. Salammbô não contava mais nada, por vergonha, talvez, ou por um excesso de candura que a impedia de dar muita importância aos beijos do soldado. Tudo aquilo, aliás, flutuava em sua cabeça e era tão melancólico e enevoado como a recordação de um sonho penoso; e ela não saberia de que maneira, com que palavras se expressar.

Uma noite em que estavam assim, diante um do outro, apareceu Taanach esbaforida. Um velho estava com uma criança no pátio e queria falar com o sufeta.

Amílcar empalideceu, depois respondeu apressado:

— Manda-o subir!

Iddibal entrou, sem se prosternar. Trazia pela mão um menino coberto com um manto de pele de bode; e, erguendo de imediato o capuz que ocultava seu rosto:

— Aqui o tens, senhor! Fica com ele!

O sufeta e o escravo meteram-se num recesso do aposento.

A criança ficou em pé, no seu centro; com um olhar mais atento que espantado, perlustrava o teto, os móveis, os colares de pérolas espalhados sobre as tapeçarias de púrpura e aquela majestosa jovem inclinada para ele.

Devia ter uns 10 anos e não era mais alto do que um gládio romano. Os cabelos crespos lançavam sombra sobre sua testa abaulada. A impressão que se tinha era que seus olhos buscavam espaços. O nariz era afilado, e as narinas palpitavam, alargando-se; toda a sua pessoa transpirava o indefinível esplendor dos predestinados aos grandes feitos. Depois de ter depositado seu manto pesado demais, ficou vestido com uma pele de lince presa à cintura; apoiava resolutamente sobre os ladrilhos os pezinhos descalços, brancos de poeira. Deve ter adivinhado que se discutiam coisas importantes, pois se mantinha imóvel, com uma das mãos atrás das costas, a cabeça inclinada e um dedo na boca.

Amílcar acenou para Salammbô se aproximar e disse-lhe em voz baixa:

— Ele ficará aqui contigo, estás ouvindo? Ninguém, nem mesmo de casa, deve saber da existência dele!

Depois, atrás da porta, perguntou mais uma vez a Iddibal se estava seguro de não ter sido visto por alguém.

— Não fui visto! – disse o escravo. — As ruas estavam desertas.

Como a guerra se alastrava por todas as províncias, ele receara pelo filho de seu senhor. Não sabendo onde o esconder, viera numa chalupa ao longo da costa; fazia três dias que Iddibal bordejava pelo golfo, observando as muralhas; naquela noite, parecendo-lhe desertos os arredores de Hammon, transpusera rapidamente o canal e desembarcara perto do arsenal, pois a entrada do porto estava livre.

Mas, pouco depois, os bárbaros puseram uma imensa balsa na frente dele, para impedir que os cartagineses saíssem. Aumentaram a altura das torres de madeira, ao mesmo tempo que os aterros subiam.

Interceptadas as comunicações com o exterior, começou a imperar uma fome intolerável.

Foram mortos todos os cães, todas as mulas, todos os asnos, depois os quinze elefantes que o sufeta trouxera. Os leões do templo de Moloch tinham ficado enfurecidos, e os hierodulos não ousavam se aproximar deles. No início, foram alimentados com os bárbaros feridos; depois, atiraram-lhes cadáveres ainda tépidos; eles rejeitaram e acabaram morrendo. No crepúsculo, as pessoas vagavam ao longo dos velhos muros, colhendo entre as pedras relva e flores que punham a ferver em vinho; o vinho era mais barato que a água. Outros se esgueiravam até os postos avançados do inimigo e entravam nas tendas para roubar alimentos; os bárbaros, estupefatos, às vezes os deixavam ir embora. Um dia os Anciãos resolveram, entre si, matar os cavalos de Echmun. Eram animais santos, cujas crinas os pontífices trançavam com fitas de ouro; por sua existência, representavam o movimento do Sol, a ideia do fogo na forma mais elevada. A carne deles, cortada em porções iguais, foi enterrada atrás do altar. Depois, todas as noites, alegando alguma devoção, os Anciãos subiam ao templo e regalavam-se às escondidas; saíam trazendo debaixo da túnica um pedaço para os filhos. Nos bairros desertos, mais distantes das muralhas, os habitantes menos miseráveis tinham erguido barricadas, por medo dos outros.

As pedras das catapultas e as demolições ordenadas para a defesa tinham acumulado montes de escombros no meio das ruas. Nas horas mais tranquilas, de repente passavam multidões correndo e gritando; e, do alto da Acrópole, os incêndios criavam como que farrapos de púrpura dispersos nos terraços, que o vento retorcia.

As três grandes catapultas não descansavam. Os estragos que produziam eram extraordinários; assim é que a cabeça de um homem foi bater no frontão das sissítias; na rua de Kinisdo, uma mulher que dava à luz foi esmagada por um bloco de mármore, e seu filho, com a cama, foi parar no cruzamento da rua Cynasin, onde se encontrou a coberta.

O mais irritante mesmo eram as balas dos fundibulários. Elas caíam nos telhados, nos jardins e no meio dos pátios, enquanto as pessoas comiam à mesa diante de magra refeição, com o peito cheio de suspiros. Aqueles atrozes projéteis tinham letras gravadas que se imprimiam nas carnes; e, nos cadáveres, liam-se injúrias, como *porco*, *chacal*, *verme*; e às vezes gracejos como *brincadeirinha!* ou *bem que mereci!*.

A parte das muralhas que se estendia do ângulo dos portos até a altura das cisternas foi derrubada. Então os habitantes de Malqua ficaram presos entre os velhos muros de Birsa, atrás, e os bárbaros, na frente. Mas havia mais o que fazer, além de cuidar deles, como engrossar e elevar ao máximo a muralha; foram abandonados; todos pereceram; e, embora fossem em geral odiados, Amílcar com isso inspirou grande horror.

No dia seguinte, ele mandou abrir os fossos em que conservava o trigo; seus intendentes o distribuíram pelo povo. Durante três dias, empanzinaram-se.

A sede tornava-se cada vez mais intolerável; e eles continuavam vendo à sua frente a longa cascata que a água cristalina do aqueduto fazia ao cair.

Amílcar não fraquejava. Contava com algum acontecimento, com algo decisivo, extraordinário.

Seus próprios escravos arrancaram as lâminas de prata do templo de Melkart; com cabrestantes, quatro compridas embarcações foram puxadas do porto e levadas até a baixada das Mapales; abriu-se um buraco no muro que dava para a praia; e eles partiram para as Gálias, a fim de comprar mercenários a qualquer preço.

Contudo, Amílcar se afligia por não poder se comunicar com o rei dos númidas, que ele sabia estar na retaguarda dos bárbaros, pronto a cair sobre eles. Mas Narr'Havas, demasiadamente fraco, não queria se arriscar sozinho; o sufeta mandou levantar a muralha doze palmos, amontoar na Acrópole todo o material dos arsenais e, mais uma vez, consertar as máquinas.

Para os cabos trançados das catapultas, costumava-se usar tendão de cachaço de touro ou de jarrete de veado. Em Cartago não havia veados nem touros. Amílcar pediu os cabelos das mulheres dos Anciãos; todas os sacrificaram; a quantidade não foi suficiente. Nos edifícios das sissítias havia 1.200 escravas núbeis, das que eram destinadas à prostituição na Grécia e na Itália, e os cabelos delas, que tinham se tornado elásticos pelo uso de unguentos, seriam maravilhosos para as máquinas de guerra. A perda, posteriormente, seria considerável. Ficou decidido então que, entre as mulheres dos plebeus, seriam escolhidas as mais belas cabeleiras. Sem a menor preocupação com as necessidades da pátria, elas gritaram de desespero quando os servidores dos Cem apareceram de tesoura em punho para agarrá-las.

Os bárbaros estavam animados por um furor redobrado. De longe, eram vistos a pegar a gordura dos mortos para lubrificar as máquinas; outros arrancavam-lhes as unhas e as costuravam umas às outras para fazer couraças. Tiveram a ideia de colocar nas catapultas vasos cheios de serpentes trazidas pelos negros; os potes de barro se quebravam ao bater no chão, as serpentes se espalhavam correndo; pareciam pulular e, de tão numerosas, brotar naturalmente das muralhas. Os bárbaros, não contentes com a invenção, aperfeiçoaram-na; arremessavam todo tipo de imundície: excrementos humanos, pedaços de carniça, cadáveres. A peste voltou. Os dentes dos cartagineses começaram a cair, e as gengivas ficaram descoradas como as dos camelos depois das viagens demasiado longas.

As máquinas foram postas sobre o aterro, embora este ainda não atingisse a altura da muralha. Diante das 23 torres das fortificações, erguiam-se 23 torres de madeira. Todos os tolenos tinham sido montados de novo; e, no centro de tudo, um pouco mais atrás, aparecia a formidável helépole de Demétrio Poliorcete, que Espêndio acabara por reconstruir. Piramidal como o farol de Alexandria, tinha 130 côvados de altura e 23 de largura, com nove andares que iam diminuindo em direção, eram protegidos por escamas de bronze, tinham numerosas portas e se enchiam de soldados; na plataforma superior, erguia-se uma catapulta flanqueada por duas balistas.

Então Amílcar mandou plantar cruzes para quem falasse em rendição; até as mulheres foram arregimentadas. Todos dormiam nas ruas, e a expectativa era angustiosa.

Certa manhã, pouco antes de amanhecer (era o sétimo dia do mês de Nyssan), ouviu-se um forte clamor dos bárbaros; as trombetas de tubo de chumbo estrepitavam, e os grandes chifres paflagônios mugiam como touros. Todos se levantaram e correram para as muralhas.

Em sua base ouriçava-se uma floresta de chuços e espadas, que arremessou contra as muralhas, enquanto a estas eram presas escadas; e nas ameias surgiram cabeças de bárbaros.

Vigas sustentadas por longas filas de homens batiam nas portas; nos locais em que não havia aterro, os mercenários, para demolirem os muros, chegavam em coortes cerradas: a primeira fileira se acocorava, a segunda ficava de joelhos, e as outras iam ficando mais erguidas, sucessivamente, até as últimas, que ficavam em pé; enquanto isso, em outros pontos, para subirem, os mais altos ficavam na frente, os mais baixos, atrás; e todos apoiavam, com o braço esquerdo, os respectivos escudos sobre os capacetes, e tão estreitamente iam unidos esses escudos que pareciam um aglomerado de grandes tartarugas. Os projéteis deslizavam sobre aquelas massas oblíquas.

Os cartagineses atiravam mós, pilões, tinas, tonéis, camas, tudo o que pesasse e derrubasse. Alguns ficavam à espreita nas seteiras com uma rede de pesca; o bárbaro que chegasse ficava preso em suas malhas e se debatia como um peixe. Os próprios cartagineses demoliam as ameias; trechos de muros desabavam, levantando muita poeira, e as catapultas do aterro acabavam disparando umas contra as outras; suas pedras se entrechocavam, despedaçavam-se e caíam sobre os combatentes como chuva.

Em pouco tempo as duas multidões formaram uma única e espessa cadeia de corpos humanos que extravasava dos intervalos do parapeito; um pouco mais frouxa nas extremidades, rolava sobre si mesma perpetuamente, sem avançar. Os combatentes engalfinhavam-se de bruços, como lutadores; as mulheres, pendendo das ameias, gritavam. Eram puxadas pelos véus, e a alvura de seu torso, descoberto de repente, resplandecia entre os braços dos negros que nele cravavam punhais. Alguns cadáveres, apertados demais pela multidão, não caíam; sustentados pelos ombros dos companheiros, continuavam em pé e de olhos fixos por alguns minutos. Outros, com as têmporas atravessadas por uma azagaia, ficavam balançando a cabeça, como ursos. Bocas que se abriam para gritar ficavam abertas; mãos decepadas voavam. Houve grandes lances, de que os sobreviventes falaram ainda durante muito tempo.

Do alto das torres de madeira e das de pedra brotavam flechas. Os tolenos moviam com rapidez suas longas antenas; e os bárbaros, tendo saqueado o velho cemitério dos autóctones sob as catacumbas, arremessavam as lajes dos túmulos sobre os cartagineses. Sob o peso dos cestos excessivamente cheios, às vezes os cabos se rompiam, e massas de homens caíam pelos ares, de braços abertos.

Até o meio do dia, os veteranos dos hoplitas tinham pelejado contra a Tênia, tentando penetrar no porto e destruir a frota. Amílcar mandou acender sobre o teto de Hammon uma fogueira de palha úmida; como a fumaça os cegava, eles desistiram e, dirigindo-se para a esquerda, foram aumentar a horrível turbamulta que se comprimia em Malqua. Três das portas tinham sido arrombadas por sintagmas compostos por homens robustos, expressamente escolhidos; estes foram detidos por bloqueios elevados, feitos com tábuas providas de pregos; a quarta porta cedeu facilmente; eles passaram por cima dela, correndo, e caíram rolando num fosso cheio de armadilhas. No ângulo sudeste, Autarite e seus homens demoliram a muralha, cuja fenda tinha sido tapada com tijolos. Atrás dela, havia um aclive, que eles subiram prontamente. Mas no alto encontraram uma segunda muralha, composta de pedras, alternadas com grossas vigas deitadas, como peças de um tabuleiro. Era um sistema gaulês adaptado pelo sufeta para as necessidades da situação: os gauleses tinham a impressão de estar diante de uma cidade de sua terra natal. Atacaram com tibieza e foram rechaçados.

Desde a rua de Hammon até o mercado de ervas, todo o caminho da ronda já pertencia aos bárbaros, e os samnitas acabavam com os moribundos a golpes de venábulo; ou então, com um pé sobre o parapeito, contemplavam abaixo as ruínas fumegantes e, ao longe, a batalha que recomeçava.

Os fundibulários, distribuídos pela retaguarda, continuavam atirando. Mas, por excesso de uso, as molas das fundas acarnanes se quebrara, e muitos atiravam pedras com as mãos, como pastores; outros lançavam bolas de chumbo com um cabo de chicote. Zarxas, com os ombros cobertos pelos longos cabelos pretos, estava por toda parte, aos pulos, carregando consigo os baleares. De sua cintura pendiam dois surrões; neles mergulhava continuamente a mão esquerda, e seu braço direito girava como uma roda de carro.

Mâthos de início se abstivera de combater, para melhor comandar todos os bárbaros ao mesmo tempo. Tinha sido visto ao longo do golfo com os mercenários, perto da laguna com os númidas, na beira do lago com os negros; e, dos confins da planície, impelia incessantemente contra a linha das fortificações as massas de soldados que chegavam. Aos poucos se aproximara; o cheiro do sangue, o espetáculo da carnificina e o estridor dos clarins tinham acabado por fazer seu coração palpitar. Voltara para a tenda e, tirando a couraça, cobrira-se com a pele de leão, mais confortável para a batalha; o focinho se acomodava sobre sua cabeça, rodeando o rosto com um círculo de presas; as duas patas dianteiras cruzavam-se sobre seu peito, e as unhas das traseiras chegavam-lhe abaixo dos joelhos.

Conservara seu forte cinturão, onde reluzia uma acha de armas, e, empunhando sua enorme espada, precipitara-se impetuosamente para a brecha. Tal como um podador de salgueiros que tenta derrubar o maior número possível de galhos para ganhar mais dinheiro, ele ia ceifando cartagineses à sua volta. Os que tentavam apanhá-lo pelos flancos eram derrubados a golpes da empunhadura da espada; os que o atacavam de frente eram transpassados; os que fugiam, fendidos. Dois homens saltaram ao mesmo tempo sobre suas costas; ele deu um salto para trás, contra uma porta, e os esmagou. Sua espada descia e voltava a subir. Na quina de um muro, quebrou-se. Então ele pegou a pesada acha e, quer pela frente, quer por trás, passou a destripar cartagineses como um bando de ovelhas. Eles iam se afastando cada vez mais, e assim ele chegou sozinho diante do segundo cinturão de muros, ao pé da Acrópole. Os materiais atirados do alto abarrotavam os degraus e trasbordavam por cima da muralha. Mâthos, no meio das ruínas, voltou-se para chamar os companheiros.

Avistou seus penachos disseminados na multidão; afundavam, eles pereceriam. Mâthos correu em sua direção; a ampla coroa de plumas vermelhas começou a fechar-se, e em breve todos se reuniram e o rodearam. Das ruas laterais despejava-se uma multidão enorme. Ele foi tomado pelas ancas, erguido e carregado para fora das muralhas, a um local em que o aterro era alto.

Mâthos gritou uma ordem de comando, todos os escudos foram deitados sobre os capacetes; ele saltou em cima, para ter algum apoio e entrar de novo em Cartago; e, sempre brandindo sua terrível acha, corria sobre os escudos, que mais pareciam vagas de bronze, como um deus marinho sobre as ondas.

Entrementes, um homem de túnica branca percorria o alto da muralha, impassível e indiferente à morte que o cercava. Às vezes, colocava a mão direita sobre os olhos, tentando descobrir alguém. Mâthos acabou passando abaixo dele. De repente, as pupilas do homem chisparam, suas faces lívidas se crisparam; e, erguendo os dois braços magros, ele lhe gritava injúrias.

Mâthos não as ouviu; mas sentiu penetrar-lhe no coração um olhar tão cruel e furioso que soltou um rugido. Arremessou sua longa acha em direção ao homem; alguns investiram sobre Schahabarim; Mâthos, deixando de vê-lo, caiu para trás, exausto.

Cada vez mais próxima, uma espantosa série de estalos misturava-se ao ritmo de vozes roufenhas, cantando em cadência.

Era a grande helépole, rodeada por uma multidão de soldados. Puxavam-na com as duas mãos, içando com cordas e empurrando com os ombros, pois o talude que subia da planície para o aterro, apesar de extremamente suave, era impraticável para máquinas de peso prodigioso. Contudo, ela contava com oito rodas cingidas de ferro e, desde o amanhecer, avançava daquele modo, devagar, como uma montanha que se elevasse sobre outra. Depois, de sua base saiu um imenso aríete; suas portas caíram e no interior, como colunas de ferro, surgiram soldados couraçados. Viam-se alguns subindo e descendo pelas escadas que atravessavam seus andares. Outros, para arremeterem, esperavam que os ganchos das portas tocassem a muralha; no centro da plataforma superior giravam os sarilhos das balistas, e o grande braço da catapulta descia.

Nesse momento Amílcar estava em pé sobre o telhado de Melkart. Supusera que ela viria diretamente em sua direção, contra o ponto mais invulnerável da muralha e, por isso mesmo, mais desguarnecido de sentinelas. Já fazia tempo que seus escravos traziam odres pelo caminho de ronda, onde tinham erigido, com barro, dois tabiques transversais, formando uma espécie de tanque. A água corria imperceptivelmente sobre o aterro; Amílcar – coisa extraordinária – não parecia preocupado.

Quando a helépole chegou a uns trinta passos de distância, ele mandou assentar tábuas nas ruas, entre as casas, desde as cisternas até a muralha; e as pessoas, em fila, passavam de mão em mão capacetes e ânforas que iam sendo esvaziados incessantemente. Os cartagineses estavam indignados com aquele desperdício de água. O aríete ia demolindo a muralha; de repente, uma verdadeira fonte brotou das pedras desconjuntadas. Então a elevada massa de bronze de nove andares, que continha e empregava mais de 3 mil soldados, começou a oscilar devagar, como um navio. A água, penetrando no aterro, destruíra o caminho; as rodas da máquina atolaram; e no primeiro andar, entre cortinas de couro, apareceu a cabeça de Espêndio, soprando a plenos pulmões uma corneta de marfim. O grande engenho, como que erguido convulsivamente, avançou talvez uns dez passos; mas o solo afofava-se cada vez mais, a lama chegava aos eixos das rodas, e a helépole parou, tombando perigosamente para um lado. A catapulta rolou até a borda da plataforma e, puxada pela carga de seu braço, caiu, despedaçando com seu peso os andares inferiores. Os soldados, em pé sobre as portas, escorregaram para o abismo ou então, segurando-se à extremidade das longas vigas, aumentavam com seu peso a inclinação da helépole, que se desmembrava, estalando em todas as junções.

Os outros bárbaros correram para socorrê-los. Amontoavam-se em multidão compacta. Os cartagineses desceram das muralhas e, assaltando-os pela retaguarda, mataram-nos com facilidade. Mas os carros falcados vinham chegando. Galopavam ao redor daquela multidão, que voltou a subir a muralha; anoiteceu; aos poucos, os bárbaros foram se retirando.

Na planície só se via uma efervescência negra, que ia do golfo azulado até a laguna branca; e o lago, para onde o sangue escorrera, apresentava-se mais adiante como um grande charco de púrpura.

O aterro estava tão atulhado de cadáveres que se poderia acreditar ter sido construído com corpos humanos. No meio, erguia-se a helépole coberta de armaduras; e, de vez em quando, dela se soltavam fragmentos enormes, como pedras de uma pirâmide que desmorona. Nas muralhas distinguiam-se largas estrias feitas pelos rios de chumbo; uma ou outra torre de madeira derrubada queimava, aqui e acolá; e as casas apareciam vagamente, como arquibancadas de um anfiteatro em ruínas. Altas colunas de fumaça subiam, pondo a rolar fagulhas que se perdiam no céu negro.

Enquanto isso, os cartagineses, devorados pela sede, tinham corrido para as cisternas. Derrubaram suas portas. No fundo, estendia-se uma poça lodosa.

O que seria deles? Os bárbaros eram inumeráveis e, vencido o cansaço, recomeçariam.

Durante toda a noite, o povo deliberou em grupos, nas esquinas. Uns diziam que era preciso evacuar as mulheres, os doentes e os velhos; outros propuseram que deviam abandonar a cidade e estabelecer-se mais longe, numa colônia. Mas faltavam embarcações, e, quando o sol surgiu, nada se decidira.

Naquele dia ninguém lutou. Todos estavam prostrados. Os que dormiam pareciam cadáveres.

Os cartagineses, refletindo sobre a causa dos desastres, lembraram que não tinham enviado à Fenícia a oferenda anual devida a Melkart Tírio; foram tomados por imenso terror. Os deuses, indignados com a República, sem dúvida dariam prosseguimento à sua vingança.

Estes eram considerados senhores cruéis, que podiam ser abrandados com súplicas e se deixavam corromper por presentes. Todos eram fracos perto de Moloch Devorador. A existência e a própria carne dos homens lhe pertenciam; por isso, para a salvarem, os cartagineses costumavam oferecer-lhe uma porção de carne que acalmasse seu furor. Queimavam a fronte ou a nuca das crianças com mechas de lã; e, como esse modo de satisfazer o Baal rendia muito dinheiro para os sacerdotes, eles não se cansavam de recomendá-lo como o mais fácil e suave.

Mas dessa vez tratava-se da própria República. Ora, como toda vantagem precisa ser compensada por alguma perda, como toda transação se rege pela necessidade do mais fraco e pela exigência do mais forte, não havia dor que o deus julgasse grande demais, pois ele se deleitava com as mais horríveis, e os cartagineses agora estavam à sua mercê; portanto, cumpria saciá-lo. Os exemplos demonstravam que aquele recurso obrigava o flagelo a desaparecer. Aliás, todos acreditavam que uma imolação pelo fogo purificaria Cartago. Aquilo estimulava de antemão a ferocidade do povo. Ademais, a escolha devia recair exclusivamente sobre as grandes famílias.

Os Anciãos reuniram-se.

A sessão foi longa. Hanão estava presente. Como já não conseguia sentar-se, ficou deitado junto à porta, meio escondido entre as franjas da tapeçaria alta; e, quando o pontífice de Moloch lhes perguntou se consentiriam em entregar seus filhos, a voz dele vibrou de repente na sombra, como o rugido de um gênio no fundo de uma caverna. Dizia lastimar que não pudesse dar filhos do próprio sangue; e contemplava Amílcar, à sua frente, do outro lado da sala. O sufeta ficou tão perturbado com aquele olhar que baixou os olhos. Todos aprovaram anuindo com a cabeça, sucessivamente. E, segundo os ritos, ele teve de responder ao sumo sacerdote: "Sim, que assim seja!". Então os Anciãos decretaram o sacrifício por meio de uma perífrase tradicional: pois há coisas mais desagradáveis de dizer do que de executar.

Cartago tomou ciência da decisão. Houve lamentações. Por todo lado ouviam-se mulheres gritando; os maridos as consolavam ou as repreendiam.

Três horas depois, espalhou-se uma notícia mais extraordinária: o sufeta tinha encontrado nascentes no sopé da falésia. Todos correram para lá. Quando cavavam buracos na areia, aparecia água; e alguns, deitados de bruços, já bebiam.

Nem o próprio Amílcar sabia se aquilo se devia a uma inspiração dos deuses ou à vaga lembrança de uma revelação que seu pai lhe fizera outrora; mas, ao sair da reunião dos Anciãos, descera à praia e, com seus escravos, começara a escavar a areia.

Doou roupas, calçados e vinho. Doou todo o resto do trigo que tinha em casa. Permitiu até que a multidão entrasse em seu palácio, abriu as cozinhas, os armazéns e todos os aposentos, com exceção dos de Salammbô. Anunciou que chegariam 6 mil mercenários gauleses e que o rei da Macedônia enviava soldados.

Mas já no segundo dia a água das nascentes diminuiu; no entardecer do terceiro, elas estavam completamente secas. Então o decreto dos Anciãos circulou de novo de boca em boca, e os sacerdotes de Moloch deram início à sua tarefa.

Nas casas apareciam homens de túnica preta. Muita gente as abandonava antes, pretextando algum negócio ou a compra de alguma guloseima. Os servidores de Moloch entravam e pegavam as crianças. Outros as entregavam em pessoa, estupidamente. Elas eram levadas ao templo de Tanit, onde as sacerdotisas estavam encarregadas de distraí-las e alimentá-las até ao dia solene.

Eles apareceram na casa de Amílcar inesperadamente e, encontrando-o nos jardins:

— Barca! Viemos pelo motivo que bem sabes... Teu filho!...

Acrescentaram que algumas pessoas o tinham visto numa noite da lua anterior, nas Mapales, conduzido por um velho.

Amílcar, de início, sentiu-se sufocado. Mas bem depressa, compreendendo que qualquer negação seria inútil, inclinou-se; e os introduziu na Casa do Comércio. Alguns escravos, que tinham acorrido em obediência a um sinal, vigiavam as cercanias.

Entrou no aposento de Salammbô completamente desorientado. Segurou Aníbal com uma das mãos e com a outra arrancou de um vestido um passamane que pendia até o chão, amarrou com ele os pés e as mãos do menino, passou a extremidade sobre sua boca, para criar uma mordaça, e escondeu-o debaixo da cama de couro, deixando sua ampla tapeçaria cair até o chão.

A seguir, pôs-se a andar de um lado para outro; erguia os braços, dava voltas, mordia os lábios. Depois ficou com o olhar fixo, ofegando como se estivesse prestes a morrer.

Mas bateu palmas três vezes, Giddenem apareceu.

— Escuta! – disse-lhe. — Vai pegar, entre os filhos dos escravos, algum menino de 8 a 9 anos, cabelos pretos e testa abaulada. Traze-o aqui! Corre!

Pouco tempo depois, Giddenem voltou, trazendo um garoto.

Era uma pobre criança, ao mesmo tempo magra e inchada; sua pele parecia acinzentada tanto quanto o infecto andrajo que lhe pendia da cintura; encolhia a cabeça entre os ombros e, com as costas das mãos, esfregava os olhos, cheios de moscas.

Como é que poderia ser confundido com Aníbal! Mas faltava tempo para escolher outro! Amílcar olhava para Giddenem; tinha vontade de o estrangular.

— Sai daqui! – gritou.

E o capataz dos escravos fugiu.

A desgraça que ele temera por tanto tempo chegava, e, com esforços inauditos, ele buscava uma maneira, um recurso para escapar.

De repente, a voz de Abdalonim soou atrás da porta. Alguém perguntava pelo sufeta. Os servidores de Moloch estavam impacientes.

Amílcar conteve um grito, como se estivesse sendo ferreteado; recomeçou a andar pelo quarto, como um insano. Depois se sentou à beira da balaustrada; e, com os cotovelos sobre os joelhos, apertava a fronte entre os dois punhos.

A banheira de pórfiro ainda continha um pouco de água limpa para as abluções de Salammbô. O sufeta, a despeito da repugnância e do orgulho, mergulhou nela aquele menino e, como um mercador de escravos, começou a lavá-lo e a esfregá-lo com estrígil e terra vermelha. Depois tirou de um dos recessos da parede dois quadrados de púrpura, pousou um nas costas e outro no peito da criança e reuniu-os contra as clavículas com duas presilhas de diamantes. Derramou um unguento sobre sua cabeça; passou em torno de seu pescoço um colar de eletro e calçou-lhe sandálias com saltos de pérolas: as próprias sandálias de sua filha! Mas fremia de vergonha e irritação; Salammbô, que o servia solícita, estava tão pálida quanto ele. O menino sorria, deslumbrado com aquele esplendor e, ganhando confiança, já começava a bater palmas e a pular, quando Amílcar o levou para fora.

Segurava-o com força por um braço, como se tivesse medo de perdê-lo; o menino, machucado, choramingava, correndo a seu lado.

Na altura do ergástulo, uma voz soou sob uma palmeira, uma voz lamentosa e suplicante. Murmurava:

— Senhor! Oh! Senhor!

Amílcar voltou-se e viu a seu lado um homem de aparência abjeta, um daqueles miseráveis que viviam a esmo em seu palácio.

— Que queres? – perguntou o sufeta.

E o escravo, tremendo horrivelmente, balbuciou:

— Sou o pai dele!

Amílcar continuava a caminhar; o outro o seguia, curvado, com as pernas meio dobradas, o pescoço esticado. Seu rosto crispava-se com uma angústia indizível, e os soluços que reprimia o sufocavam, pois era seu desejo questionar e, ao mesmo tempo, gritar:

— Misericórdia.

Por fim, ousou tocar-lhe ligeiramente o cotovelo com um dedo.

— Por acaso vais...?

— Não teve forças para terminar; e Amílcar parou, pasmado com aquela dor.

Nunca imaginara que entre eles pudesse haver algo em comum, tão imenso era o abismo que os separava. Aquilo lhe pareceu uma espécie de ultraje, como que uma usurpação de seus privilégios. Respondeu com um olhar mais frio e mais pesado que o cutelo de um carrasco; o escravo, perdendo os sentidos, caiu no pó, a seus pés. Amílcar pulou por cima dele.

Os três homens de preto esperavam-no na grande sala, em pé, encostados ao disco de pedra. Assim que entrou, ele rasgou as próprias vestes, rojando-se no chão, soltava gritos agudos:

— Ah! Meu pobre Aníbal! Oh! Meu filho! Meu consolo! Minha esperança! Minha vida! Matai-me também! Levai-me convosco! Desgraça, desgraça!

Arranhava as faces com as unhas, arrancava os cabelos, e urrava como as carpideiras dos funerais:

— Levai-o! Estou sofrendo muito! Ide embora! Matai-me também!

Aos servidores de Moloch causava espanto que o grande Amílcar tivesse coração tão frágil. Estavam quase emocionados.

Ouviu-se um ruído de pés descalços e de um grunhido entrecortado, parecido com a respiração de um animal feroz correndo; e no limiar da terceira galeria, entre os montantes de marfim, apareceu um homem lívido, terrível, com os braços abertos, exclamando:

— Meu filho!

Amílcar, com um pulo, lançou-se sobre o escravo; e, tapando-lhe a boca com a mão, gritava ainda mais alto:

— É o velho que o criou! Chama-o filho! Isso o enlouquecerá! Chega! Chega!

E, empurrando pelas costas os três sacerdotes e sua vítima, saiu com eles e, com um forte pontapé, fechou a porta atrás de si.

Durante alguns minutos, Amílcar aplicou o ouvido, ainda temendo vê-los voltar. Depois pensou em se desfazer do escravo, para ter certeza de que não falaria; mas o perigo não tinha desaparecido completamente, e aquela morte, caso irritasse os deuses, poderia voltar-se contra seu filho. Então, mudando de ideia, enviou-lhe por Taanach as melhores coisas das cozinhas: um quarto de bode, favas e conservas de romãs. O escravo, que fazia tempo não comia, lançou-se às iguarias; suas lágrimas caíam nos pratos.

Amílcar, voltando por fim para junto de Salammbô, desatou os nós que prendiam Aníbal. O menino, exasperado, mordeu-lhe a mão, arrancando sangue. O pai afastou-o com um afago.

Salammbô, para fazer Aníbal ficar quieto, quis amedrontá-lo com Lâmia, uma ogra de Cirene.

— Onde ela está, afinal? – perguntou Aníbal.

Ouviu que os bandidos viriam para prendê-lo. Ele respondeu:

— Que venham! Eu os mato!

Amílcar contou-lhe a apavorante verdade. Mas Aníbal encolerizou-se com o pai, argumentando que ele podia muito bem aniquilar todo o povo, pois era o senhor de Cartago.

Por fim, esgotado pelos esforços e pela cólera, caiu num sono selvagem. Falava, sonhando, com as costas apoiadas numa almofada de escarlate; a cabeça pendia um pouco para trás, e o bracinho, afastado do corpo, mantinha-se reto, em atitude imperiosa.

Quando escureceu de vez, Amílcar pegou-o com carinho nos braços e, sem tocha, desceu a escadaria das galeras. Ao passar pela casa do comércio, pegou um cesto de uvas e uma jarra de água pura. O menino acordou diante da estátua de Aletes, no subterrâneo das pedrarias; e sorria – como o outro – nos braços do pai, sob o brilho da luminosidade que o rodeava.

Amílcar estava seguro de que não poderiam pegar seu filho. Era um lugar impenetrável, que se comunicava com a praia por um subterrâneo que só ele conhecia; e, olhando ao redor, aspirou demoradamente o ar. Depois colocou o menino sobre um escabelo, perto dos escudos de ouro.

Agora ninguém o via; ele não precisava observar mais nada; então se sentiu aliviado. Tal como uma mãe que reencontra o primogênito perdido, expandiu-se; apertava o filho contra o peito, ria e chorava ao mesmo tempo, dava-lhe nomes carinhosos e cobria-o de beijos; e o pequeno Aníbal, assustado com aquela ternura terrível, calava.

Amílcar voltou abafando os passos, tateando as paredes ao redor; chegou à grande sala, em que a luz da lua entrava por uma das fendas da cúpula; no centro, o escravo, saciado, dormia estendido no piso de mármore. Amílcar olhou para ele e sentiu-se movido por uma espécie de piedade. Com a ponta do coturno, chegou-lhe um tapete debaixo da cabeça. Depois ergueu os olhos e contemplou Tanit, cujo crescente estreito brilhava no céu, e sentiu-se mais forte que os baalim e cheio de desprezo por eles.

As disposições para o sacrifício já tinham começado.

Uma parede do templo de Moloch foi derrubada para que o deus de bronze pudesse ser retirado sem tocar nas cinzas do altar. Depois, assim que o sol se mostrou, os hierodulos o empurraram para a praça de Hammon.

Avançava de costas, deslizando sobre cilindros; os ombros ultrapassavam a altura das muralhas; e os cartagineses, ainda que o avistassem de longe, fugiam depressa, pois não se podia contemplar impunemente o Baal, a não ser no exercício de sua cólera.

Um odor de ervas aromáticas se espalhava pelas ruas. Todos os templos acabavam de abrir-se ao mesmo tempo; deles saíam tabernáculos conduzidos pelos pontífices sobre carroças ou liteiras. Em seus cantos esvoaçavam grandes penachos; de seus pináculos pontiagudos, arrematados por esferas de cristal, ouro, prata ou cobre, escapavam raios.

Eram os baalim cananeus, desdobramentos do Baal Supremo, que voltavam para seu princípio, para se humilhar perante a força dele e aniquilar-se em seu esplendor.

O pavilhão de Melkart, de fina púrpura, abrigava uma chama de petróleo; sobre o de Hammon, cor de jacinto, erguia-se um falo de marfim, cercado por um círculo de pedrarias; entre as cortinas de Echmun, azuis como o éter, um píton adormecido formava um círculo com a cauda; e os deuses pataicos, sustentados pelos braços de seus sacerdotes, pareciam criançonas enfaixadas, com os calcanhares roçando o chão.

Depois vinham todas as formas inferiores da divindade: Baal Samin, deus dos espaços celestes; Baal Peor, deus dos montes sagrados; Baal Zebud, deus da corrupção; e os dos países vizinhos e raças congêneres: Iarbal da Líbia, Adrameleque da Caldeia, Kijum dos sírios. Dérceto, com rosto de virgem, rastejava sobre suas nadadeiras; e o cadáver de Tamuz era arrastado no meio de um catafalco, entre tochas e cabeleiras. Para sujeitar ao Sol os reis do firmamento e impedir que sua influência fosse atrapalhada pela deles, dependuravam-se estrelas de metal de diversas cores na ponta de varas compridas; todos estavam ali, desde o negro Nebo, gênio de Mercúrio, até o hediondo Rahab, que é a constelação do Crocodilo. Os abadires, pedras caídas da Lua, volteavam em fundas de fios de prata; pãezinhos que reproduziam o sexo feminino eram carregados em cestos pelos sacerdotes de Ceres; outros levavam fetiches e amuletos; ídolos esquecidos reapareceram; e até dos navios foram retirados seus símbolos místicos, como se Cartago quisesse concentrar-se por inteiro num pensamento de morte e desolação.

Diante de cada tabernáculo, um homem mantinha em equilíbrio sobre a cabeça um vaso largo em que fumegava incenso. Aqui e ali pairavam nuvens e, em meio a esses densos vapores, distinguiam-se tapeçarias, pingentes e bordados dos pavilhões sagrados. Eles avançavam lentamente, por causa de seu peso enorme. Os eixos dos carros às vezes se enganchavam nas ruas; então os devotos aproveitavam a oportunidade para tocar nos baalim com suas roupas, que depois conservavam como coisas santas.

A estátua de bronze continuava avançando para a praça de Hammon. Os ricos, portando cetros com castão de esmeralda, partiram dos confins de Mégara; os Anciãos, com seus diademas, tinham-se reunido em Kinisdo; e os senhores das finanças, os governadores das províncias, os mercadores, os soldados, os marujos e a numerosa horda empregada nos funerais, todos, com as insígnias de sua

magistratura ou os instrumentos do seu ofício, dirigiam-
-se para os tabernáculos que desciam da Acrópole, entre
os colégios dos pontífices.

Como reverência a Moloch, estavam ornados com suas
joias mais esplêndidas. Sobre vestes negras cintilavam
diamantes; mas os anéis, largos demais, caíam das mãos
emagrecidas, e nada era mais lúgubre que aquela multidão silenciosa, com brincos batendo contra as faces pálidas, com tiaras de ouro cingindo frontes crispadas por
um desespero atroz.

Por fim, o Baal chegou bem ao centro da praça. Seus
pontífices fizeram, com treliças, uma cerca para separar
a multidão e ficaram à sua volta, a seus pés.

Os sacerdotes de Hammon, com túnicas de lã fulva,
alinharam-se diante de seu templo, sob as colunas do
pórtico; os de Echmun, com mantos de linho, colares de
cabeça de poupa e tiaras pontudas, postaram-se nos degraus da Acrópole; os sacerdotes de Melkart, de túnicas
violáceas, tomaram o lado ocidental; os dos abadires, envoltos em faixas de tecidos frígios, o lado oriental; e no
lado sul foram enfileirados, com os nigromantes cobertos
de tatuagens, os gritadores, com seus mantos remenda-
dos, os servidores dos pataicos e os *yidonim*[53], que, por
conhecerem o futuro, punham na boca um osso de morto.
Os sacerdotes de Ceres, de túnica azul, tinham parado
prudentemente na rua de Satheb e salmodiavam em voz
baixa um hino das tesmofórias em dialeto megárico.

De vez em quando chegavam filas de homens completamente nus, com os braços abertos e segurando-se uns
aos outros pelos ombros. Das profundezas do peito arrancavam uma entonação rouca e cavernosa; seus olhos, fixos
no colosso, brilhavam em meio à poeira, e eles balançavam

---

53. Adivinhos.

o corpo a intervalos iguais, todos ao mesmo tempo, como que impulsionados por um único movimento. Estavam tomados de tal fúria que os hierodulos, para manterem a ordem, obrigavam-nos com pauladas a deitar-se de bruços, com o rosto contra as treliças de bronze.

Foi então que, do fundo da praça, adiantou-se um homem de túnica branca. Atravessou lentamente a multidão, e todos reconheceram nele um sacerdote de Tanit, o sumo sacerdote Schahabarim. Irromperam vaias, pois naquele dia prevalecia em todas as consciências a tirania do princípio macho, e a Deusa estava de tal modo esquecida que ninguém havia reparado na ausência de seus pontífices. Mas o pasmo geral aumentou quando se viu Schahabarim abrir nas treliças uma das portas destinadas aos que entrariam para oferecer vítimas. Os sacerdotes de Moloch julgaram que ele vinha ultrajar seu deus; com grandes gestos, tentavam rechaçá-lo. Nutridos pelas carnes dos holocaustos, vestidos de púrpura como os reis e cingindo coroas triplas, eles vilipendiavam aquele pálido eunuco extenuado pelas macerações; e o riso colérico sacudia, sobre o peito deles, as negras barbas que se abriam em forma de sol.

Schahabarim, sem responder, continuava a caminhar; e, atravessando passo a passo todo o recinto, chegou junto às pernas do colosso, tocou-o em ambos os lados e abriu os braços, o que era uma fórmula solene de adoração. Havia muito tempo que a Rabbet o torturava; por desespero ou, talvez, por falta de um deus que satisfizesse completamente seu pensamento, ele se decidia enfim por aquele.

Entre a multidão, assustada com aquela apostasia, correu prolongado murmúrio. Percebia-se que estava sendo rompido o último elo que ligava as almas a uma divindade clemente.

Mas Schahabarim, por causa de sua mutilação, não podia participar do culto do Baal. Os homens de manto vermelho tiraram-no do recinto; depois, já fora, ele girou em torno de todos os colégios, sucessivamente e, sacerdote agora sem deus, desapareceu na multidão. Todos se afastavam quando ele se aproximava.

Entre as pernas do colosso ardia uma fogueira de aloés, cedro e louro. Suas longas asas metiam as pontas nas chamas; os unguentos de que estava ungido escorriam como suor pelos membros de bronze. Em volta da laje redonda em que se apoiavam seus pés, as crianças, envoltas em véus pretos, formavam um círculo imóvel; e os braços dele, desmedidamente compridos, levavam a palma de suas mãos até elas, como que para agarrar aquela coroa e levá-la ao céu.

Ricos, Anciãos, mulheres, toda a multidão se apinhava atrás dos sacerdotes e nos terraços das casas. As grandes estrelas pintadas já não giravam; os tabernáculos estavam pousados no chão; e as colunas de fumaça dos incensários subiam perpendicularmente, como árvores gigantescas a expandir no firmamento seus ramos azulados.

Várias pessoas desmaiaram; outras ficaram inertes e petrificadas no êxtase. Uma angústia infinita pesava sobre todos os peitos. Os últimos clamores foram-se extinguindo, um a um, e o povo de Cartago arfava, absorvido no desejo de seu terror.

Por fim, o sumo sacerdote de Moloch pôs a mão por baixo dos véus das crianças e, da fronte de cada uma, arrancou uma mecha de cabelos e lançou-as nas chamas. Então os homens de manto vermelho entoaram o hino sagrado:

— Homenagem a ti, Sol! Rei das duas zonas, criador que se engendra, Pai e Mãe, Pai e Filho, Deus e Deusa, Deusa e Deus!

E a voz deles perdeu-se na explosão dos instrumentos que soavam juntos para abafar os gritos das vítimas. As seminites de oito cordas, os cinores, que tinham dez, os náblios, que tinham doze, rangiam, sibilavam, troavam. Odres enormes, dos quais emergiam tubos, produziam uma marulhada aguda; os tamboris, percutidos com toda a força, emitiam golpes surdos e rápidos; e, a despeito do furor dos clarins, os *salsalim*[54] estalejavam como asas de gafanhotos.

Os hierodulos, com um gancho comprido, abriram os sete compartimentos escalonados do corpo do Baal. No mais alto, introduziram farinha; no segundo, duas rolas; no terceiro, um macaco; no quarto, um carneiro; no quinto, uma ovelha; e, como não havia boi para o sexto, puseram um couro curtido, trazido do santuário. O sétimo compartimento ficou escancarado.

Antes de fazer qualquer coisa, era bom experimentar os braços do deus. Umas correntes finas que partiam dos seus dedos iam até os ombros e destes desciam pelas costas; alguns homens, puxando-a, faziam subir as duas mãos abertas até a altura dos cotovelos; estas, aproximando-se, encostavam no ventre; foram movidas várias vezes seguidas, com pequenos golpes secos. Depois os instrumentos silenciaram. O fogo estrugia.

Os pontífices de Moloch passeavam sobre a grande laje, examinando a multidão.

Era preciso um sacrifício individual, uma oblação voluntária, considerada aquela que devia provocar as outras. Ninguém até então se apresentava, e os sete corredores que conduziam das portas da barreira ao colosso estavam completamente desertos. Os sacerdotes, para incentivarem o povo, tiraram punções dos cintos e começaram a arranhar-se o rosto. Foram introduzidos no recinto os Devotados que estavam deitados no chão, do lado de fora. Receberam um embrulho de ferragens horríveis, e cada um escolheu sua tortura. Passavam espetos de ferro no

---

54. Possível nome para címbalo, sistro ou uma espécie de castanhola.

peito; retalhavam-se as faces; puseram coroas de espinhos na cabeça; depois todos se deram os braços e, rodeando as crianças, formavam outro grande círculo, que se fechava e abria. Chegavam até a balaustrada, jogavam-se para trás e recomeçavam, atraindo a si a multidão por meio da vertigem daquele movimento, cheio de sangue e de gritos.

Aos poucos os corredores foram-se enchendo de gente; as pessoas jogavam no fogo pérolas, vasos de ouro, taças, tochas, todas as suas riquezas; as oferendas iam ficando cada vez mais esplêndidas e numerosas. Por fim, um homem cambaleante, um homem pálido e hediondo de terror, empurrou uma criança; viu-se depois nas mãos do colosso uma pequena massa negra, que desapareceu na abertura tenebrosa. Os sacerdotes debruçaram-se na beira da grande laje, e irrompeu um novo cântico, que celebrava as alegrias da morte e os renascimentos na eternidade.

As crianças subiam devagar e, como a fumaça formava altos turbilhões, de longe elas pareciam desaparecer numa nuvem. Nenhuma se mexia. Tinham os pulsos e os tornozelos amarrados; e os panos escuros as impediam de ver e de ser reconhecidas.

Amílcar, de manto vermelho como os sacerdotes de Moloch, mantinha-se perto do Baal, em pé, diante dos dedos de seu pé direito. Quando chegou a vez da 14ª criança, todos puderam perceber seu gesto de horror. Mas logo, reassumindo sua atitude, cruzou os braços; ficou olhando para o chão. Do outro lado da estátua, o sumo pontífice permanecia imóvel como ele; baixando a cabeça, sobre a qual pesava uma mitra assíria, observava sobre o próprio peito a placa de ouro coberta de pedras fatídicas, nas quais a chama se refletia, criando clarões irisados; estava pálido, desorientado. Amílcar inclinava a fronte; e ambos estavam tão perto da fogueira que a bainha dos dois mantos, erguendo-se, às vezes roçava as chamas.

Os braços de bronze funcionavam mais depressa. Já não paravam. A cada vez que nele era posta uma criança, os sacerdotes de Moloch estendiam as mãos para culpá-la de todos os crimes do povo, vociferando:

— Não são homens, são bois!

E a multidão, ao redor, repetia:

— Bois! Bois!

Os mais devotos bradavam:

— Senhor! Come!

E os sacerdotes de Prosérpina, resignando-se, por terror, à necessidade de Cartago, murmuravam a fórmula eleusíaca:

— Derrama a chuva! Parteja!

As vítimas, assim que chegavam à beira da abertura, desapareciam como uma gota de água numa placa incandescente; e uma fumaça branca subia em meio à grande cor escarlate.

Contudo, o apetite do deus não se aplacava. Queria mais. Para lhe fornecerem mais, empilharam as crianças sobre as mãos dele, passando uma grossa corrente por cima, para prendê-las. Alguns devotos, no começo, tinham tencionado contá-las, para ver se seu número correspondia aos dias do ano solar; mas foram acrescentadas outras crianças; e era impossível distingui-las no movimento vertiginoso dos horríveis braços. Aquilo durou muito tempo, indefinidamente, até o entardecer. Depois as paredes interiores assumiram um brilho mais sombrio. Então foi possível avistar a carne queimando. Algumas pessoas até acreditavam reconhecer cabelos, membros, corpos inteiros.

Escureceu; por cima do Baal acumularam-se nuvens. A fogueira, já sem chamas, formava uma pirâmide de brasas que chegava aos joelhos do colosso; este, completamente rubro como um gigante todo coberto de sangue, com a enorme cabeça inclinada, parecia cambalear sob o peso da embriaguez.

À medida que os sacerdotes se apressavam, aumentava o frenesi do povo; como o número de vítimas diminuía, alguns gritavam que deviam ser poupadas, outros, que era preciso mais. As muralhas apinhadas de gente pareciam desmoronar sob os clamores de pavor e de volúpia mística. Aos corredores chegaram fiéis arrastando seus filhos; estes se agarravam aos pais, que os surravam para obrigá-los a se soltar e entregá-los aos homens vermelhos. Os que tocavam instrumentos às vezes paravam, exaustos; então se ouviam os gritos das mães e o chiar da gordura que pingava nas brasas. Os bebedores de meimendro giravam de gatinhas em torno do colosso e rugiam como tigres; os *yidonim* vaticinavam; os Devotados cantavam com os seus lábios fendidos; as treliças tinham sido quebradas; todos queriam sua parte do sacrifício; e os pais cujos filhos tinham morrido tempos antes jogavam no fogo suas efígies, seus brinquedos, suas ossadas conservadas. Alguns, que tinham facas, investiram contra os outros. Entremataram-se. Com pás de bronze, os hierodulos recolheram as cinzas caídas à beira da laje e as lançaram para o alto, a fim de que o sacrifício se espalhasse pela cidade, até a região das estrelas.

O alarido e o fulgor da luz tinham atraído os bárbaros ao pé das muralhas; e, agarrados aos escombros da helépole para ver melhor, eles olhavam embasbacados de horror.

14. O desfiladeiro do Machado

Os cartagineses ainda não tinham voltado às suas casas quando as nuvens se acumularam; os que tinham a cabeça erguida para o colosso sentiram grandes gotas batendo-lhes na testa, e a chuva começou.

Choveu a noite inteira, abundantemente, a cântaros; retumbavam trovões: era a voz de Moloch; ele vencera Tanit; esta, agora fecundada, descerrava seu vasto seio no alto do céu. Às vezes, em alguma aberta luminosa, era possível avistá-la, deitada em almofadas de nuvens; depois as trevas se fechavam de novo, como se ela, ainda cansada, quisesse voltar a dormir; os cartagineses, acreditando que a água é parida pela Lua, gritavam para facilitar seu trabalho.

A chuva açoitava os terraços e transbordava, formava lagos nos pátios, cascatas nas escadarias e turbilhões nas esquinas das ruas. Caía em pesadas massas tépidas e em feixes compactos; dos cantos de todos os edifícios saltavam grossos jatos espumosos; contra as paredes havia lençóis esbranquiçados, vagamente suspensos, e os telhados dos templos, lavados, brilhavam em negro sob o clarão dos relâmpagos. Por mil caminhos, desciam torrentes da Acrópole; de repente, desmoronavam casas, e pelas enxurradas que corriam impetuosas passavam caibros, entulho, móveis.

Ânforas, jarros e lonas tinham sido postos para fora; mas as tochas se apagavam, e ia-se buscar tições na fogueira do Baal. Os cartagineses, para matarem a sede, ficavam com a cabeça deitada para trás e a boca aberta. Outros, na beira das poças lamacentas, mergulhavam os braços até os sovacos e empanzinavam-se tanto de água que a vomitavam, como búfalos. Aos poucos o frescor se espalhou; eles aspiravam o ar úmido, movimentando os membros, e na felicidade daquela embriaguez logo nasceu imensa esperança. Todas as misérias foram esquecidas. A pátria renascia mais uma vez.

Eles sentiam como que a necessidade de descarregar em outros o excesso do furor que não tinham podido empregar contra si mesmos. Aquele sacrifício não devia ser inútil; e, embora não sentissem remorsos, viam-se empolgados pelo frenesi criado pela cumplicidade dos crimes irreparáveis.

Os bárbaros tinham recebido a tempestade em suas tendas mal fechadas; no dia seguinte, ainda transidos, patinhavam no meio da lama, procurando munições e armas estragadas, perdidas.

Amílcar foi espontaneamente falar com Hanão; valendo-se de seus plenos poderes, confiou-lhe o comando. O velho sufeta hesitou alguns minutos entre o ressentimento e o apetite de autoridade. Aceitou, porém.

Em seguida, Amílcar mandou sair uma galera armada com uma catapulta em cada extremo; colocou-a no golfo, em frente à balsa; depois, nos navios disponíveis, embarcou suas tropas mais robustas. Fugia, portanto; e, singrando para o norte, desapareceu na bruma.

Mas três dias depois (o ataque estava para recomeçar) chegaram, com grande tumulto, alguns habitantes da costa líbica. Barca entrara no território deles. Tinha requisitado víveres por toda parte e se expandia pela região.

Então os bárbaros ficaram indignados, como se ele os houvesse traído. Os que mais se entediavam com o cerco – os gauleses, sobretudo – não hesitaram em abandonar as muralhas para tentar alcançá-lo. Espêndio queria reconstruir a helépole; Mâthos tinha traçado uma linha ideal de sua tenda até Mégara, e jurara a si mesmo que seguiria por ela; mas nenhum dos seus homens se moveu. Os outros, porém, comandados por Autarite, retiraram-se, abandonando a parte ocidental da muralha. A incúria era tão profunda que ninguém pensou em substituí-los.

Narr'Havas os espionava de longe, nas montanhas. Durante a noite, mandou todos os seus homens passar para o lado exterior da laguna, pela beira-mar, e entrou em Cartago.

Apresentou-se ali como um salvador, com 6 mil homens, cada um deles com farinha debaixo do manto, e quarenta elefantes carregados de forragem e carnes secas. Logo as pessoas se aglomeraram ao redor deles e passaram a lhes dar nomes. A chegada de semelhante socorro não alegrava tanto os cartagineses quanto o espetáculo daqueles animais fortes, consagrados ao Baal: eram um penhor da afeição de Narr'Havas, uma prova de que, finalmente, para defendê--los, ele entrava na guerra.

Recebeu as felicitações dos Anciãos. Depois se dirigiu para o palácio de Salammbô.

Não voltara a vê-la desde aquela vez em que, na tenda de Amílcar, no meio dos cinco exércitos, sentira sua mãozinha fria e macia presa à sua; após os esponsais, ela partira para

Cartago. O amor, distraído por outras ambições, voltara a se fazer sentir, e Narr'Havas agora esperava gozar seus direitos, desposá-la, tomá-la para si.

Salammbô não entendia como aquele rapaz poderia tornar-se seu senhor! Embora todos os dias implorasse a Tanit a morte de Mâthos, seu horror pelo líbio estava diminuindo. Sentia confusamente que o ódio com que ele a perseguira era uma coisa quase religiosa; e gostaria de ver na pessoa de Narr'Havas como que um reflexo daquela violência que ainda a deslumbrava. Desejava conhecê-lo mais, no entanto a presença dele a deixaria constrangida. Mandou dizer que não devia recebê-lo.

Aliás, Amílcar proibira que seus serviçais permitissem a entrada do rei dos númidas nos aposentos da filha; adiando tal recompensa para o fim da guerra, esperava alimentar sua devoção; e Narr'Havas, temendo o sufeta, retirou-se.

Mas mostrou-se altivo para com os Cem. Alterou as disposições deles. Exigiu prerrogativas para seus homens e colocou-os em postos importantes; por isso, os bárbaros arregalaram os olhos quando viram númidas nas torres.

A surpresa dos cartagineses foi maior ainda quando chegaram, numa velha trirreme púnica, quatrocentos dos seus, que tinham sido aprisionados durante a guerra da Sicília. Isto porque Amílcar devolvera secretamente aos *quirites*[55] as tripulações dos navios latinos apresados antes da defecção das cidades tírias; e Roma, em troca de bons procedimentos, agora lhe restituía seus cativos. Além disso, desprezou as propostas dos mercenários da Sardenha e não quis reconhecer os habitantes de Útica como súditos.

Hierão, que governava em Siracusa, seguiu esse exemplo. Para conservar seus Estados, ele precisava de um equilíbrio entre os dois povos; portanto, tinha interesse

---
55. Plural de *quiris*, cidadãos romanos.

na salvação dos cananeus e declarou-se amigo deles, enviando-lhes 1.200 bois e 53 mil nebels de puro frumento.

Havia uma razão mais profunda para que Cartago fosse socorrida; era sentimento geral que, se os mercenários vencessem, todos se insurgiriam, desde o soldado até o miserável lavador de escudelas, e que nenhum governo, nenhuma casa poderia resistir.

Amílcar, durante aquele tempo, batia os campos do leste. Rechaçou os gauleses, e os próprios bárbaros se viram como que assediados.

Então começou a fustigá-los. Ora se aproximava, ora se afastava e, reiterando sem cessar essa manobra, aos poucos os afastou de seus acampamentos. Espêndio foi obrigado a segui-los. Mâthos, por fim, cedeu como ele.

Não ultrapassou Túnis. Encerrou-se em seus muros. Aquela obstinação estava cheia de sabedoria; pois Narr'Havas logo foi visto a sair pela porta de Hammon com seus elefantes e soldados; Amílcar o chamava. Mas os outros bárbaros já vagavam pelas províncias, perseguindo o sufeta.

Em Clipea Amílcar recebera 3 mil gauleses. Mandou buscar cavalos na Cirenaica, armaduras em Brúcio, e recomeçou a guerra.

Nunca seu gênio foi tão impetuoso e fértil. Durante cinco luas arrastou os bárbaros atrás de si: tinha um objetivo para onde queria conduzi-los.

De início, os bárbaros tinham tentado cercá-lo com pequenos destacamentos; ele sempre escapava. Pararam de se separar. Tinham um exército de cerca de 40 mil homens, e várias vezes tiveram o prazer de ver os cartagineses recuar.

O que os atormentava eram os cavaleiros de Narr'Havas! Muitas vezes, nas horas mais sufocantes, quando avançavam por planícies cochilando sob o peso das armas, elevava-se de repente uma espessa linha de poeira no horizonte; a galopada se aproximava e, do seio de uma nuvem cheia de olhos flamejantes, precipitava-se uma chuva de dardos. Os númidas, cobertos com mantos brancos, soltavam altos gritos, levantavam os braços, apertando com os joelhos seus garanhões encabritados, fazendo-os voltar bruscamente, depois desapareciam. A alguma distância, tinham provisões de dardos sobre dromedários e retornavam mais terríveis, uivavam como lobos, fugiam como abutres. Os bárbaros que estivessem nas fileiras externas caíam um a um; e as coisas continuavam assim até a noite, quando se tentava entrar nas montanhas.

Embora as montanhas fossem perigosas para os elefantes, Amílcar enveredou por elas. Seguia a longa cadeia que se estende do promontório Hermeu até os cumes do Zaguane. Acreditavam que aquele era um meio de esconder a insuficiência de suas tropas. Mas a incerteza contínua em que ele os mantinha acabava por exasperá-los mais que uma derrota. Não desanimavam e continuavam marchando atrás dele.

Finalmente, um fim de tarde, entre a montanha de Prata e a montanha de Chumbo, no meio de grandes rochedos, surpreenderam um corpo de vélites na entrada de um desfiladeiro; decerto o exército inteiro ia na frente deles, pois se ouvia o ruído de passos e de clarins; imediatamente os cartagineses fugiram pelo desfiladeiro. Este desembocava numa planície que tinha forma de lâmina de machado e era cercada por altas falésias. Para alcançarem os vélites, os bárbaros arremeteram; bem no fundo, entre bois desembestados, outros cartagineses corriam em desordem. Avistou-se um homem de manto vermelho: era o sufeta; o furor e a alegria arrebataram os bárbaros. Vários deles, por preguiça ou por prudência, tinham ficado na entrada do desfiladeiro. Mas uma unidade de cavalaria, saindo do meio do mato, passou a empurrá-los para os outros, com chuços e sabres; e desse modo logo todos os bárbaros estavam embaixo, na planície.

Depois de ter oscilado por algum tempo, aquela grande massa de homens parou; não descobriam saída alguma. Os que estavam mais perto do desfiladeiro voltaram; a passagem tinha desaparecido completamente. Gritaram aos da frente, para que continuassem; estes esbarravam contra a montanha e de longe invectivavam os companheiros que não sabiam achar de novo o caminho.

Na verdade, assim que os bárbaros desceram, alguns homens que estavam de tocaia deslocaram as rochas com traves e as tombaram; como o declive era íngreme, aqueles blocos enormes, rolando de cambulhada, taparam completamente a pequena entrada.

Na outra extremidade da planície abria-se extenso corredor, fendido em alguns pontos por barrancos; ele conduzia a uma ravina que subia para um altiplano onde estava o exército púnico. Naquele corredor, contra a parede da falésia, os cartagineses tinham anteriormente encostado escadas; depois os vélites, antes de serem alcançados, protegidos pelos rebordos das rachaduras, tinham conseguido chegar às escadas e subir. Vários deles, que tinham enveredado até o fundo da ravina, foram retirados com cordas, pois naquele ponto o solo, formado por areia movediça, tinha tamanha inclinação que, mesmo de joelhos, era impossível subir. Os bárbaros chegaram lá quase imediatamente. Mas uma grade corredora de 40 côvados de altura, feita na medida exata do vão, baixou de repente diante deles, como uma muralha caída do céu.

Portanto, as artimanhas do sufeta tinham dado certo. Nenhum mercenário conhecia a montanha, e os que marchavam à frente das colunas haviam arrastado os outros. As rochas, um tanto estreitas na base, tinham sido facilmente derrubadas; e, enquanto todos corriam, o exército púnico, no horizonte, emitira clamores de perigo. Amílcar, é verdade, podia perder seus vélites: só restou a metade. Teria sacrificado vinte vezes mais pelo sucesso de semelhante cometimento.

Até o amanhecer os bárbaros se empurraram em filas compactas de um extremo ao outro da planície. Tateavam a montanha, tentando descobrir uma passagem.

Finalmente, o dia raiou; então avistaram ao redor uma grande muralha branca, talhada a pique. E nem um único meio de salvação, nem uma esperança! Das duas saídas naturais daquele beco, uma estava fechada pela corredora, a outra, pelo amontoado de rochas.

Todos se entreolharam sem falar. Deixavam-se arriar, sentindo um frio de gelo nas costas e um peso esmagador sobre as pálpebras.

Reanimaram-se e lançaram-se contra as rochas. As mais baixas, premidas pelo peso das outras, estavam inamovíveis. Tentaram agarrar-se a elas para atingir o topo: a forma bojuda daquelas grandes massas excluía qualquer ponto de apoio. Quiseram abrir o solo dos dois lados da garganta: suas ferramentas quebraram-se. Com os mastros das tendas fizeram uma grande fogueira: o fogo não podia queimar a montanha.

Voltaram-se para a corredora; esta era provida de pregos compridos, grossos como estacas, agudos como os acúleos de um porco-espinho, cerrados como as cerdas de uma escova. Mas era tamanha a raiva que os animava que se precipitaram contra ela. Os primeiros cravaram-se até a espinha, os segundos refluíram sobre eles, e por fim todos caíram, deixando naqueles horríveis ramos retalhos humanos e cabeleiras ensanguentadas.

Quando o desalento amainou um pouco, eles examinaram o que sobrava de víveres. Os mercenários, que haviam perdido as bagagens, mal tinham alimentos para dois dias;

todos os outros estavam desabastecidos, pois esperavam um comboio prometido pelas aldeias do sul.

Enquanto isso, havia touros vagando pela planície; eram os que os cartagineses tinham soltado na entrada do desfiladeiro para atrair os bárbaros. Foram mortos a golpes de lança e devorados; cheios os estômagos, os pensamentos foram menos lúgubres.

No dia seguinte, degolaram todos os muares, cerca de quarenta; depois rasparam as peles, ferveram as entranhas, moeram os ossos; ainda não desesperavam: o exército de Túnis, decerto informado, haveria de vir.

Mas na noite do quinto dia a fome aumentou; roeram os boldriés das espadas e as pequenas esponjas que orlavam o fundo dos capacetes.

Aqueles 40 mil homens estavam amontoados na espécie de hipódromo formado em torno deles pela montanha. Alguns permaneciam diante da corredora ou ao pé dos rochedos; os outros cobriam confusamente a planície. Os fortes se evitavam, os tímidos procuravam os bravos, que, contudo, não podiam salvá-los.

Para evitarem a pestilência, tinham enterrado rapidamente os cadáveres dos vélites; o local das covas já não era visível.

Todos os bárbaros estavam prostrados, deitados no chão. Entre aquelas linhas, de vez em quando passava um veterano; urravam maldições contra os cartagineses, contra Amílcar e contra Mâthos, embora este não tivesse culpa daquele desastre; mas parecia-lhes que seriam menores suas dores se as tivessem dividido com ele. Depois gemiam; alguns choravam baixinho, como crianças.

Iam falar com os capitães e lhes suplicavam que concedessem alguma coisa capaz de minorar seus sofrimentos. Eles não respondiam, ou, então, enfurecidos, apanhavam uma pedra e a atiravam ao rosto do outro.

Vários guardavam zelosamente, em buracos no chão, alguma reserva de comida, alguns punhados de tâmara, um pouco de farinha; comiam durante a noite, de cabeça baixa sob o manto. Os que tinham espadas deixavam-nas desembainhadas, ao alcance da mão; os mais desconfiados mantinham-se em pé, encostados à montanha.

Acusavam os comandantes e os ameaçavam. Autarite não receava mostrar-se. Com a obstinação do bárbaro que não se deixa abater, dirigia-se vinte vezes por dia até o fundo, em direção às rochas, esperando todas as vezes achá-las, quem sabe, deslocadas; e, balançando os largos ombros cobertos de peles, parecia aos companheiros o urso que sai da caverna na primavera para ver se a neve derreteu.

Espêndio, rodeado de gregos, escondia-se num dos barrancos; como tinha medo, mandou espalhar o boato da sua morte.

Todos já estavam horrivelmente magros; a pele apresentava marmorizações azuladas. Na noite do nono dia, morreram três iberos.

Seus companheiros, apavorados, mudaram de lugar. Os mortos foram despidos; e aqueles corpos nus e brancos ficaram sobre a areia, expostos ao sol.

Então alguns garamantes começaram a rondá-los devagar. Eram homens habituados à vida nos ermos e não respeitavam deus algum. Por fim, o mais velho do bando fez um sinal, e todos, abaixando-se para os cadáveres com facas, cortaram fatias de carne; depois, acocorados, comeram. Os outros olhavam de longe; houve quem gritasse de horror; muitos, porém, bem no íntimo invejavam a coragem deles.

De madrugada, alguns destes se aproximaram e, disfarçando a vontade que sentiam, pediam um bocadinho, só para experimentar, diziam. Apareceram outros, mais atrevidos; o número aumentou: em breve, era uma multidão. Mas quase todos, sentindo nos lábios aquela carne fria, largavam as mãos; outros, ao contrário, devoravam tudo com prazer.

Para se verem arrastados pelo exemplo, incentivavam-se mutuamente. Algum deles, que de início tinha recusado, ia ter com os garamantes e não voltava mais. Sobre brasas, assavam pedaços de carne espetados na ponta da espada, salgavam-nos com pó e disputavam os melhores. Quando já não restava nada dos três cadáveres, os olhares percorreram toda a planície, em busca de outros.

Mas acaso não se contava com vinte cartagineses que, aprisionados na última peleja, ninguém até o momento tinha notado? Desapareceram; era vingança, aliás. Além do mais, como era preciso viver, como se desenvolvera o gosto por aquele alimento, como se estava morrendo, mataram-se os aguadeiros, os palafreneiros, todos os lacaios dos mercenários. A cada dia matavam-se vários. Alguns comiam muito, recuperavam as forças e deixavam de estar tristes.

Em breve esse recurso veio a faltar. Então a vontade voltou-se para os feridos e os doentes. Já que não podiam sarar, melhor livrá-los daquela tortura; e, tão logo um homem cambaleava, todos exclamavam que ele estava perdido e devia servir aos outros. Para acelerarem sua morte, usavam ardis; roubavam-lhe o resto de sua imunda porção; como por descuido, pisavam neles; os agonizantes, para fazerem crer que estavam vigorosos, tentavam esticar os braços, levantar-se e rir. Gente que tinha desmaiado acordava ao sentir o contato de uma lâmina desbeiçada a lhe serrar um membro; matava-se também por fereza, sem necessidade, para dar largas ao furor.

No 14º dia abateu-se sobre o exército um nevoeiro pesado e tépido, como ocorre naquelas regiões no fim do inverno. Essa mudança de temperatura acarretou numerosas mortes, e a decomposição desenvolvia-se com assustadora rapidez na umidade quente retida pelas paredes das montanhas. O chuvisco que caía sobre os cadáveres, amolecendo-os, logo transformou a planície numa vasta podridão. Vapores esbranquiçados flutuavam pelo ar, pinicavam as narinas, penetravam na pele, perturbavam a vista; e os bárbaros acreditavam vislumbrar as últimas exalações, as almas dos companheiros. Foram dominados por um nojo imenso. Não queriam mais aquilo, preferiam morrer.

Dois dias depois, o tempo limpou, e a fome voltou. Às vezes eles tinham a impressão de que lhes arrancavam o estômago com tenazes. Então rolavam no chão em meio a convulsões, jogavam na boca punhados de terra, mordiam-se os braços e soltavam risadas frenéticas.

A sede os atormentava ainda mais, pois não tinham uma gota de água: desde o nono dia os odres estavam completamente vazios. Para iludirem a sede, encostavam a língua nas lâminas metálicas dos cinturões, nos castões de marfim, no ferro das espadas. Ex-condutores de caravanas comprimiam o ventre com cordas. Outros chupavam seixos. Bebia-se urina, resfriada em capacetes de bronze.

E continuavam esperando o exército de Túnis. O prolongado tempo que ele levava para vir, segundo suas conjecturas, era a demonstração de sua chegada próxima. Aliás, Mâthos, que era um bravo, não os abandonaria: "Amanhã chegam", diziam; e amanhã passava.

No começo tinham feito preces e promessas, praticado todos os tipos de encantamentos. Agora suas divindades só lhes inspiravam ódio, e, por vingança, tentavam deixar de acreditar nelas.

Os homens de caráter violento foram os primeiros que pereceram; os africanos resistiram mais que os gauleses. Zarxas, entre os baleares, permanecia estendido ao comprido, com os cabelos sobre os braços, inerte. Espêndio achou uma planta de folhas largas, cheias de sumo e, declarando-a venenosa para afastar os outros, alimentava-se dela.

A fraqueza era demasiada para que se conseguisse matar a pedradas os corvos que sobrevoavam. Às vezes, quando algum brita-ossos, pousado sobre um cadáver, o despedaçava já de muito tempo, um homem rastejava em sua direção com um dardo entre os dentes. Apoiava-se numa das mãos e, depois de mirar muito bem, arremessava a arma. A ave de penas brancas, perturbada pelo barulho, interrompia-se, olhava ao redor com ar tranquilo, como um cormorão sobre um escolho, depois tornava a mergulhar no cadáver seu horrível bico amarelo; e o homem, desesperado, caía de bruços no pó. Alguns conseguiam descobrir camaleões, cobras. Mas o que os fazia viver era o amor à vida. Punham a alma nessa ideia, exclusivamente, e apegavam-se à existência com um esforço de vontade que a prolongava.

Os mais estoicos mantinham-se juntos, sentados em roda, no meio da planície, aqui e acolá, entre os mortos; e, envoltos nos mantos, entregavam-se silenciosamente à tristeza.

Os que tinham nascido em cidades lembravam-se das ruas barulhentas, das tabernas, dos teatros, dos banhos e das lojas dos barbeiros, onde se ouvem histórias. Outros reviam os campos ao pôr do sol, quando os trigais dourados ondulam e os bois sobem de volta as colinas, com a relha do arado sobre o cachaço. Os viajantes sonhavam com cisternas; os caçadores, com suas florestas; os veteranos, com batalhas; e, na sonolência que os entorpecia, seus pensamentos colidiam com o arrebatamento e a nitidez dos sonhos. De repente, eram invadidos por alucinações; procuravam na montanha uma porta para fugir e queriam atravessá-la. Outros, acreditando navegar sob uma tempestade, comandavam a manobra de um navio, ou então recuavam apavorados, avistando nas nuvens batalhões púnicos. E havia os que imaginavam estar num festim; esses cantavam.

Muitos, por efeito de estranha mania, repetiam a mesma palavra ou faziam continuamente o mesmo movimento. Depois, quando lhes ocorria erguer a cabeça e olhar-se, desatavam a chorar, ao ver o horrível estrago em seus rostos. Alguns já não sofriam e, para passar as horas, ficavam contando os perigos a que tinham escapado.

Para todos a morte era certa, iminente. Quantas vezes não tinham tentado abrir uma passagem! Quanto a implorar as condições do vencedor, qual o meio? Eles nem sabiam onde estava Amílcar!

O vento soprava do lado da ravina. Empurrava a areia por cima da corredora, perpetuamente; e os mantos e os cabelos dos bárbaros ficavam cobertos por ela, como se a terra, depositando-se sobre eles, quisesse enterrá-los. Nada se movia; a eterna montanha parecia-lhes ainda mais alta a cada manhã.

Às vezes passavam céleres revoadas de pássaros em pleno céu azul, na liberdade do ar. Eles fechavam os olhos para não ver.

No início, ouvia-se um zumbido, as unhas enegreciam, o frio ganhava o peito; deitavam-se de lado e extinguiam-se com um grito.

No 19º dia estavam mortos 2 mil asiáticos, 1.500 do arquipélago, 8 mil da Líbia, os mercenários mais jovens e tribos inteiras; ao todo, 20 mil soldados, metade do exército.

Autarite, que já não tinha mais de cinquenta gauleses, ia pedir que o matassem, para acabar com aquilo, quando no cume da montanha, bem à sua frente, acreditou ver um homem.

Aquele homem, por efeito da elevação, não parecia mais alto que um anão. No entanto, Autarite reconheceu em seu braço esquerdo um escudo em forma de trevo. Gritou:

— Um cartaginês!

E na planície, diante da corredora e sob as rochas, imediatamente todos se ergueram. O soldado caminhava à beira do precipício; de baixo, os bárbaros o olhavam.

Espêndio pegou uma cabeça de boi; depois, compondo um diadema com dois centuriões, colocou-o sobre os chifres, na ponta de uma vara, como demonstração de intenções pacíficas. O cartaginês desapareceu. Eles ficaram esperando.

Finalmente, ao anoitecer, como se fosse uma pedra solta da ravina, de repente um boldrié caiu do alto. Feito de couro vermelho e coberto de bordados, com três estrelas de diamante, tinha impresso no centro a marca do Grande Conselho: um cavalo sob uma palmeira. Era a resposta de Amílcar, o salvo-conduto por ele enviado.

Eles não tinham o que temer; qualquer mudança significava o fim de seus males. Foram agitados por desmedida alegria; abraçavam-se, choravam. Espêndio, Autarite e Zarxas, quatro italiotas, um negro e dois espartanos ofereceram-se como parlamentários. Foram aceitos. Não sabiam, porém, por qual meio sairiam dali.

Mas na direção das rochas ressoou um estalo; e a pedra mais elevada, depois de ter oscilado sobre si mesma, caiu rolando. Porque, se do lado dos bárbaros elas eram inamovíveis, pois tinha sido preciso fazê-las subir por um plano inclinado (além disso, estavam amontoadas pela exiguidade da garganta), do outro lado, ao contrário, bastava um forte solavanco para que descessem. Os cartagineses as empurraram e, ao amanhecer, elas avançavam pela planície como degraus de uma imensa escadaria em ruínas.

Mas os bárbaros ainda não conseguiam escalar. Baixaram-lhes escadas; todos se precipitaram para elas.

A descarga de uma catapulta os repeliu; só os dez foram conduzidos.

Iam andando entre os clinábaros e apoiavam a mão na garupa dos cavalos para não cair.

Passada a primeira alegria, eles começavam a ficar preocupados. As exigências de Amílcar seriam cruéis. Mas Espêndio os tranquilizava.

— Falo eu!

E gabava-se de saber o que era bom dizer para a salvação do exército.

Atrás de todas as moitas, encontravam sentinelas emboscadas. Elas se prosternavam diante do boldrié que Espêndio pusera nos ombros.

Quando chegaram ao campo púnico, a multidão aglomerou-se ao seu redor, e eles ouviam cochichos e risadas. Abriu-se a porta de uma tenda.

Amílcar estava no fundo, sentado num escabelo, junto de uma mesa baixa, onde brilhava um gládio nu. Estava cercado por capitães em pé.

Ao avistar aqueles homens, fez um gesto de recuo, depois se inclinou para examiná-los.

Eles tinham as pupilas extraordinariamente dilatadas e, em volta dos olhos, um grande círculo negro que se prolongava até abaixo das orelhas; o nariz azulado sobressaía das faces cavadas, sulcadas por rugas profundas; a pele do corpo, larga demais para os músculos, desaparecia sob uma poeira cor de ardósia; os lábios colavam-se aos dentes amarelos; o cheiro que exalavam era infecto; pareciam túmulos entreabertos, sepulcros vivos.

No meio da tenda, sobre uma esteira em que os capitães se sentariam, havia um prato fumegante de abóboras. Os bárbaros, tiritando da cabeça aos pés, não despregavam dele o olhar, e seus olhos se enchiam de lágrimas. Mas continham-se.

Quando Amílcar se voltou para falar com alguém, eles se precipitaram para o prato, todos, de bruços. Mergulhavam o rosto na gordura, e o ruído que faziam ao deglutir misturava-se aos soluços de alegria que emitiam. Mais por espanto que por piedade, decerto, deixaram que esvaziassem a gamela. Quando se ergueram, Amílcar, com um gesto, ordenou que o homem com o boldrié no ombro falasse. Espêndio tinha medo; balbuciava.

Amílcar, enquanto ouvia, girava em torno do dedo um grosso anel de ouro, o mesmo que imprimira no boldrié o selo de Cartago. Deixou-o cair no chão; Espêndio imediatamente o apanhou; diante do amo, voltavam-lhe os hábitos de escravo. Os outros fremiram, indignados com aquela baixeza.

Mas o grego ergueu a voz e, enumerando os crimes de Hanão, que ele sabia ser inimigo de Barca, tentando comovê-lo com os pormenores das misérias de seu exército e a recordação de seu devotamento, falou durante muito tempo, de um modo rápido, insidioso e até violento; no fim, se deixava levar, arrebatado pelo calor de seu gênio.

Amílcar replicou que aceitava as desculpas deles. Portanto, a paz ia ser firmada e agora seria definitiva! Mas exigia que lhe fossem entregues dez mercenários escolhidos por ele, sem armas e sem túnicas.

Eles não esperavam aquela clemência; Espêndio exclamou:

— Oh! Vinte, se quiseres, Senhor!

— Não! Bastam-me dez! – respondeu Amílcar, baixinho.

Tiveram permissão de sair da tenda para deliberar. Assim que ficaram sozinhos, Autarite protestou pelos companheiros sacrificados. Zarxas disse a Espêndio:

— Por que não o mataste? O gládio dele estava lá, perto de ti.

— Ele? – disse Espêndio; e repetiu várias vezes: "Ele? Ele?", como se fosse coisa impossível, e Amílcar fosse alguém imortal.

Sentiam-se tão premidos pela fraqueza que se deitaram de costas no chão, sem saber qual resolução tomar. Espêndio os instigava a ceder. Eles consentiram e voltaram à tenda.

Então o sufeta pôs a mão nas mãos dos dez bárbaros, um a um, apertando-lhes os polegares. Depois esfregou a mão na roupa, porque a pele viscosa deles produzia, ao tato, uma impressão rude e mole, um formigamento gorduroso que horripilava. Em seguida, disse-lhes:

— Sois de fato os comandantes dos bárbaros e jurastes por eles?

— Sim – responderam eles.

— Sem coação, do fundo da alma, com a intenção de cumprir vossas promessas?

Eles asseguraram que voltavam para junto dos outros, a fim de as cumprir.

— Pois bem! – prosseguiu o sufeta. — Segundo o que foi convencionado por mim, Barca, e pelos embaixadores dos mercenários, sois vós que escolho, e vos retenho.

Espêndio caiu desfalecido na esteira. Os bárbaros, como que o abandonando, chegaram-se uns aos outros; não houve uma única palavra, uma só queixa.

Seus companheiros, que os esperavam, não os vendo voltar, acreditaram-se traídos. Os parlamentários deviam ter aderido ao sufeta.

Esperaram mais dois dias; depois, na manhã do terceiro, tomaram uma resolução. Com cordas, picões e flechas dispostos como degraus entre pedaços de pano, conseguiram escalar as rochas; e, deixando para trás os mais fracos, cerca de 3 mil puseram-se em marcha, para se reunir ao exército de Túnis.

Acima da garganta estendia-se uma pradaria semeada de arbustos; os bárbaros devoravam todos os seus brotos. Em seguida acharam um faval, e tudo desapareceu como se uma nuvem de gafanhotos tivesse passado por ali. Três horas depois chegaram a um segundo altiplano, orlado por um cinturão de montes verdejantes.

Entre as ondulações daqueles outeiros, brilhavam, a espaços, gavelas prateadas; os bárbaros, ofuscados pelo sol, avistavam confusamente, abaixo delas, grandes massas negras. Elas se ergueram. Eram lanças em torres sustentadas por elefantes medonhamente armados.

Além do venábulo no peitoral, dos punções das presas, das chapas de bronze que lhes cobriam os flancos e dos punhais presos às joelheiras, cada um tinha na ponta da tromba um anel de couro que prendia o cabo de um largo alfanje; partindo todos ao mesmo tempo do fundo da planura, avançavam de cada lado dela, paralelamente.

Um terror inominável paralisou os bárbaros. Eles nem sequer tentaram fugir. Já estavam encurralados.

Os elefantes entraram por aquela massa de homens; e os esporões dos peitorais a dividiam, as lanças de suas presas a revolviam como relhas de charruas; cortavam, retalhavam, picavam com as foices das trombas; as torres, cheias de faláricas, pareciam vulcões em marcha; só se distinguia um grande amontoado, em que as carnes humanas formavam manchas brancas, os pedaços de bronze, placas cinzentas, e o sangue, rojões vermelhos; os horríveis animais, passando pelo meio de tudo aquilo, abriam sulcos negros. O mais furioso era conduzido por um númida coroado com um diadema de penas; este arremessava dardos com uma rapidez espantosa, soltando a intervalos um longo assobio agudo; os enormes animais, dóceis como cães, durante a carnificina voltavam o olhar para o lado dele.

O círculo foi se fechando aos poucos; os bárbaros, enfraquecidos, não resistiam; logo os elefantes chegaram ao centro da planície. Faltava-lhes espaço; amontoavam-se meio encabritados, as presas entrechocavam-se. De repente, Narr'Havas os apaziguou e, dando meia-volta, eles retornaram trotando em direção aos montes.

Enquanto isso, dois sintagmas tinham-se refugiado à direita, numa depressão do terreno, e deposto armas; todos, de joelhos, em direção às tendas púnicas, levantavam os braços para implorar graça.

Foram amarrados pelos pés e pelas mãos; depois, quando estavam deitados no chão, lado a lado, os elefantes foram trazidos de volta.

Os peitos estalavam como cofres despedaçados; cada passo de um elefante esmagava dois; as grandes patas enfiavam-se nos corpos com um movimento de ancas que parecia fazê-los coxear. Eles continuavam e chegaram até o fim.

A superfície da planura voltou a ficar imóvel. Caiu a noite. Amílcar deleitava-se diante do espetáculo de sua vingança; subitamente, estremeceu.

Via, e todos viam à esquerda, no alto de um outeiro a seiscentos passos de lá, mais bárbaros! Quatro mil dos mais robustos, mercenários etruscos, líbios e espartanos, logo no começo tinham subido para as elevações, e até então haviam ficado indecisos. Após a chacina de seus companheiros, resolveram atravessar por entre os cartagineses; e já desciam em colunas cerradas, de uma maneira maravilhosa e formidável.

Imediatamente lhes foi enviado um arauto. O sufeta precisava de soldados; recebia-os sem condições, a tal ponto admirava sua bravura. Eles até podiam – acrescentou o homem de Cartago – aproximar-se um pouco, ir para um lugar que lhes indicou, onde encontrariam víveres.

Os bárbaros correram para lá e passaram a noite a comer. Então os cartagineses prorromperam em rumores contra a parcialidade do sufeta em relação aos mercenários.

Teria cedido àquelas expansões de ódio insaciável ou seria aquilo um requinte de perfídia? No dia seguinte ele se apresentou aos mercenários sem espada e de cabeça descoberta, com uma escolta de clinábaros, e declarou-lhes que, tendo muita gente para alimentar, sua intenção não era ficar com eles. No entanto, como precisava de homens e não sabia por qual meio escolher os bons, eles iriam lutar entre si até morrer; depois admitiria os vencedores em sua guarda particular. Aquela morte valia por outra; e, afastando seus soldados (pois os estandartes púnicos impediam que os mercenários vissem o horizonte), mostrou-lhes os 192 elefantes de Narr'Havas formando uma só linha reta, com as trombas brandindo largos ferros, semelhantes a braços de gigantes que segurassem cutelos sobre suas cabeças.

Os bárbaros entreolharam-se em silêncio. Não era a morte que os fazia empalidecer, mas sim a coação a que se viam reduzidos.

A comunhão de vida criara profundas amizades entre aqueles homens. O campo militar, para a maioria, substituía a pátria; vivendo sem família, transferiam para o companheiro sua necessidade de afeição, e dormiam lado a lado, sob o mesmo manto, à luz das estrelas. Naquele vaguear perpétuo por todos os tipos de território, de assassinatos e aventuras, tinham-se formado estranhos amores, uniões obscenas tão sérias quanto casamentos, em que o mais forte protegia o mais jovem em meio às batalhas, ajudava-o a saltar precipícios, enxugava em sua testa o suor das febres, roubava comida para ele; e o outro, criança recolhida à beira de uma estrada, que depois se tornara mercenário, pagava aquela dedicação com mil delicadezas e complacências de esposa.

Trocaram entre si colares e brincos, presentes dados outrora, depois de algum grande perigo e em horas de bebedeira. Todos solicitavam morrer e nenhum queria ferir. Viam-se jovens dizendo a outro de barba grisalha:

— Não, não! És mais forte! Depois nos vingarás, mata-me!

E o homem respondia:

— Tenho menos anos para viver! Fere o coração e não te preocupes!

Os irmãos contemplavam-se de mãos dadas, e o amante trocava com o amante adeuses eternos, em pé, chorando com a cabeça no ombro do outro.

Despiram as couraças, para que a ponta dos gládios penetrasse mais depressa. Então apareceram as marcas dos grandes ferimentos que tinham recebido por Cartago; pareciam até inscrições gravadas em colunas.

Puseram-se em quatro fileiras iguais, à maneira dos gladiadores, e começaram com entreveros tímidos. Alguns tinham vendado os olhos, e seus gládios vogavam no ar, lentamente, como bengalas de cegos. Os cartagineses vaiavam, dizendo que eram covardes. Os bárbaros animaram-se e logo o combate tornou-se geral, precipitado, terrível.

Às vezes dois homens ensanguentados estacavam, caíam nos braços um do outro e morriam trocando beijos. Nenhum recuava. Atiravam-se contra as lanças enristadas. Seu delírio era tão furioso que os cartagineses, de longe, sentiam medo.

Por fim, pararam. Soltavam do peito um ruído forte e rouco, e era possível distinguir seus olhos entre os cabelos compridos, que pendiam como se eles tivessem saído de um banho de púrpura. Vários giravam sobre si mesmos, rapidamente, como panteras feridas na cabeça. Outros permaneciam imóveis, contemplando um cadáver a seus pés; depois, de repente, rasgavam-se as faces com as unhas, empunhavam o gládio com as duas mãos e o mergulhavam no ventre.

Ainda restavam sessenta. Pediram água. Os cartagineses gritaram-lhes que largassem as armas; depois que as largaram, levaram-lhes água.

Enquanto bebiam, com o rosto metido nos vasos, sessenta cartagineses investiram sobre eles e os mataram, cravando-lhes estiletes nas costas.

Amílcar fizera aquilo para satisfazer os instintos do seu exército e, com tal traição, ligá-lo à sua pessoa.

A guerra, portanto, estava acabada; pelo menos era o que ele achava; Mâthos não resistiria; Amílcar, impaciente, ordenou imediata partida.

Seus batedores vieram dizer-lhe que tinham avistado um comboio indo em direção à Montanha de Chumbo. Amílcar não se preocupou. Aniquilados os mercenários, os nômades deixariam de atrapalhá-lo. O importante era tomar Túnis. Para lá se dirigiu em marcha forçada.

Enviara antes Narr'Havas a Cartago, para transmitir a notícia da vitória; e o rei dos númidas, orgulhoso de seus feitos, apresentou-se nos aposentos de Salammbô.

Ela o recebeu nos jardins, sob um grande sicômoro, entre almofadas de couro amarelo, tendo ao lado Taanach. Estava com o rosto coberto por um xale branco que, passando sobre a boca e a testa, só deixava os olhos à mostra; mas seus lábios brilhavam na transparência do tecido como a pedraria de seus dedos, pois Salammbô mantinha as mãos envoltas e, durante todo o tempo em que conversaram, não fez nenhum gesto.

Narr'Havas anunciou-lhe a derrota dos bárbaros. Ela agradeceu com uma bênção os serviços que ele prestara a seu pai. Então ele se pôs a descrever toda a campanha. Nas palmeiras ao redor, as pombas arrulhavam suavemente, e entre a relva esvoaçavam outras aves: perdizes-do-mar, codornizes de Tartesso e galinholas púnicas. No jardim, de há muito sem cultivo, a vegetação se multiplicara; algumas coloquíntidas subiam pela ramagem das canafístulas, os canteiros de rosas estavam cheios de asclépias, todo tipo de planta formava entrelaçamentos, pérgulas; e os raios de sol, caindo obliquamente, marcavam em vários pontos, como nos bosques, a sombra de uma folha na terra. Os animais domésticos, tornando-se novamente selvagens, fugiam ao menor ruído. Às vezes se avistava uma gazela, arrastando penas dispersas de pavão com os pequenos cascos pretos. Os clamores da cidade, ao longe, perdiam-se no murmúrio das águas. O céu estava todo azul; e nem um único veleiro aparecia no mar.

Narr'Havas tinha parado de falar; Salammbô olhava para ele, sem responder. Ele vestia uma túnica de linho, pintada com flores e orlada embaixo por franjas de ouro; duas flechas de prata prendiam atrás das orelhas seus cabelos trançados; com a mão direita, apoiava-se ao cabo de um chuço, ornado com argolas de eletro e tufos de pelo.

Contemplando-o, uma multidão de pensamentos vagos a absorvia. Aquele rapaz de voz suave e corpo feminino cativava-lhe os olhos com as graças de sua pessoa e parecia-lhe uma espécie de irmã mais velha que os baalim enviavam para protegê-la. A lembrança de Mâthos a dominou; ela não resistiu ao desejo de saber dele.

Narr'Havas respondeu que os cartagineses avançavam sobre Túnis para capturá-lo. À medida que expunha as probabilidades de sucesso e a fraqueza de Mâthos, ela parecia regozijar-se com uma esperança extraordinária. Seus lábios tremiam, seu peito arfava. Quando ele finalmente prometeu matá-lo, ela exclamou:

— Oh! Mata-o, assim é preciso!

O númida replicou que desejava ardentemente aquela morte, porque, terminada a guerra, seria seu esposo.

Salammbô estremeceu e baixou a cabeça.

Mas Narr'Havas, prosseguindo, comparou seus desejos a flores que fenecem após a chuva, a viajantes perdidos à espera do dia. Disse-lhe também que ela era mais bela que a Lua, melhor que o vento da manhã e que o rosto do anfitrião. Mandaria trazer para ela, do país dos negros, coisas como não havia iguais em Cartago, e os aposentos da casa deles seriam aspergidos com ouro em pó.

A tarde ia declinando, odores de bálsamo pairavam no ar. Durante muito tempo olharam-se em silêncio; e os olhos de Salammbô, no fundo de seus longos drapejamentos, pareciam duas estrelas na abertura de uma nuvem. Antes do pôr do sol, Narr'Havas retirou-se.

Os Anciãos sentiram-se aliviados de uma grande preocupação quando ele saiu de Cartago. O povo o recebera com aclamações ainda mais entusiásticas do que da primeira vez. Se Amílcar e o rei dos númidas vencessem sozinhos os mercenários, seria impossível resistir-lhes. Portanto, para enfraquecerem Barca, eles resolveram engajar na libertação da República aquele que mais amavam, o velho Hanão.

Este se dirigiu imediatamente às províncias ocidentais, para se vingar nos próprios lugares que tinham assistido à sua vergonha. Os habitantes e os bárbaros estavam mortos, escondidos ou em fuga. Sua cólera foi descarregada sobre os campos. Queimou as ruínas das ruínas, não deixou uma única árvore, um único tufo de capim; as crianças e os doentes encontrados eram supliciados; aos soldados dava as mulheres para serem violadas antes de serem mortas; as mais bonitas eram jogadas em sua liteira, pois aquela doença atroz inflamava nele desejos impetuosos; e ele os saciava com todo o furor de um homem desesperado.

Muitas vezes, no cume dos morros, caíam tendas negras como que derrubadas pelo vento, e largos discos de orlas brilhantes, que logo era possível reconhecer como rodas de carroças, girando com som queixoso, iam aos poucos adentrando os vales. As tribos que tinham abandonado o cerco de Cartago vagavam assim pelas províncias, esperando uma ocasião, alguma vitória dos mercenários, para voltar. Mas, fosse por terror ou por fome, todas tomaram de volta o caminho de suas terras e desapareceram.

Amílcar não teve inveja dos êxitos de Hanão. Mas tinha pressa de acabar; ordenou-lhe que investisse sobre Túnis; e Hanão, no dia marcado, estava sob os muros da cidade.

Para defender-se, a cidade contava com sua população de autóctones, 12 mil mercenários e todos os comedores-de-coisas-imundas, pois estes, tal como Mâthos, estavam aferrados ao horizonte de Cartago; e a plebe e o *schalischim* contemplavam de longe suas altas muralhas, sonhando com gozos infinitos atrás delas. Naquela concordância de ódios, a resistência foi rapidamente organizada. Lançaram mão de odres para fazer capacetes, cortaram todas as palmeiras dos jardins para fazer lanças, escavaram cisternas; quanto aos víveres, pescavam na beira do lago grandes peixes brancos, alimentados à base de cadáveres e imundícies. Suas muralhas, mantidas em ruínas pelos ciúmes de Cartago, eram tão fracas que podiam ser derrubadas com um empurrão. Mâthos mandou tapar seus buracos com as pedras das casas. Era a última luta; ele não tinha esperança alguma; mas dizia a si mesmo que a fortuna era volúvel.

Os cartagineses, aproximando-se, notaram sobre a muralha um homem que, da cintura para cima, ultrapassava as ameias. As flechas que voavam ao redor dele não pareciam assustá-lo mais que um bando de andorinhas. Por estranho que pareça, nenhuma o atingiu.

Amílcar estabeleceu acampamento no lado meridional; Narr'Havas, à direita, ocupava a planície de Radès; Hanão, à beira do lago: os três generais deviam conservar as respectivas posições para atacar as defensas, todos ao mesmo tempo.

Amílcar quis primeiro mostrar aos mercenários que os castigaria como escravos. Mandou crucificar os dez embaixadores, lado a lado, sobre um outeiro defronte à cidade.

Diante daquele espetáculo, os sitiados abandonaram as muralhas.

Mâthos estava convencido de que, se pudesse passar entre as muralhas e as tendas de Narr'Havas com rapidez suficiente para que os númidas não tivessem tempo de sair, cairia sobre a retaguarda da infantaria cartaginesa, que ficaria encurralada entre sua divisão e as do interior. Lançou-se para fora da cidade com os veteranos.

Narr'Havas o avistou. Atravessou a praia do lago e foi dizer a Hanão que expedisse homens como reforço de Amílcar. Acharia que Barca estava fraco demais para resistir aos mercenários? Seria uma perfídia ou uma tolice? Ninguém nunca pôde saber.

Hanão, por desejo de humilhar o rival, não hesitou. Mandou tocar as trombetas, e todo o seu exército se precipitou sobre os bárbaros. Estes retornaram e correram diretamente ao encontro dos cartagineses, derrubando-os, esmagando-os sob os pés; fazendo-os recuar assim, chegaram até a tenda de Hanão, que estava então no meio de trinta cartagineses, os mais ilustres dos Anciãos.

Este se mostrou estupefato com aquela audácia; chamava seus capitães. Os bárbaros avançavam para sua garganta com os punhos fechados, vociferando injúrias.

A multidão se apinhava, e aqueles que já o tinham agarrado seguravam-no a muito custo. Enquanto isso, ele tentava dizer-lhes ao ouvido:

— Eu te darei tudo o que quiseres! Sou rico! Salva-me!

Estava sendo puxado, e, embora pesado, seus pés já não tocavam o chão. Os Anciãos tinham sido arrastados. O terror de Hanão redobrou:

— Admito que fui derrotado! Sou vosso prisioneiro! Pago o resgate! Amigos, escutai!

E, carregado por todos aqueles ombros que lhe apertavam os flancos, repetia:

— O que fareis? O que quereis? Não me obstino, como vedes! Sempre fui bondoso!

Uma cruz gigantesca erguia-se junto à porta. Os bárbaros gritaram:

— Aqui! Aqui!

Ele ergueu ainda mais a voz e, em nome dos deuses dos bárbaros, intimou-os a conduzi-lo ao *schalischim*, porque tinha de lhe fazer uma revelação de que dependia a salvação deles.

Eles pararam, pois alguns alegavam que era prudente chamar Mâthos. Alguns saíram à sua procura.

Hanão caiu sobre a relva; via, ao redor, outras cruzes, como se o suplício de que ia perecer tivesse se multiplicado de antemão; fazia esforço para se convencer de que estava enganado, de que só havia uma e até de que não havia nenhuma. Finalmente, levantaram-no.

— Fala! – disse Mâthos.

Hanão ofereceu-se para entregar Amílcar; depois eles entrariam em Cartago e seriam ambos reis.

Mâthos afastou-se, fazendo sinal aos seus para que se apressassem. Era – pensava ele – um ardil para ganhar tempo.

O bárbaro enganava-se. Hanão estava num daqueles

limites em que não se leva mais nada em consideração; aliás, abominava a tal ponto Amílcar que o sacrificaria com todos os seus soldados, por menor que fosse a esperança de salvação.

No chão, ao pé das trinta cruzes, os Anciãos jaziam combalidos; as cordas já tinham sido passadas sob seus braços. Então o velho sufeta, compreendendo que era preciso morrer, chorou.

Arrancaram-lhe o que restava das vestes, e o horror de seu corpo ficou à mostra. Aquela massa sem nome estava coberta de úlceras; a gordura das pernas encobria-lhe as unhas dos pés; dos dedos pendiam como que uns frangalhos esverdeados; e as lágrimas que escorriam entre os tubérculos das faces conferiam a seu rosto algo de pavorosamente triste, pois davam a impressão de ocupar mais espaço do que em outro rosto humano. Seu diadema real, meio desatado, arrastava-se pelo pó com seus cabelos brancos.

Acharam que não tinham cordas bastante fortes para içá-lo até o alto da cruz, então o pregaram nela antes de a levantarem, segundo o uso púnico. Mas o orgulho dele despertou na dor. Pôs-se a cobri-los de injúrias. Espumava e retorcia-se como um monstro marinho que está sendo morto na praia, predizendo-lhes que acabariam todos de maneira mais horrível ainda, que ele seria vingado.

E estava sendo. Do outro lado da cidade, de onde agora se elevavam labaredas e colunas de fumaça, os embaixadores dos mercenários agonizavam.

Alguns, que de início tinham desmaiado, acabavam de reanimar-se com o frescor do vento; mas eles permaneciam com o rosto pendente sobre o peito, e os corpos desciam um pouco, apesar de os pregos dos braços terem sido fixados acima da cabeça; dos calcanhares e das mãos caíam grossas gotas de sangue, lentamente, tal como dos ramos das árvores caem frutos maduros; e Cartago, o golfo, as montanhas e as planícies, tudo lhes parecia girar como uma imensa roda; às vezes, alguma nuvem de poeira, subindo do solo, os envolvia em seus remoinhos; ardia neles uma sede horrível, a língua revirava-se na boca, e eles sentiam um suor glacial correr sobre o corpo, com a alma que partia.

Mas entreviam, numa profundidade infinita, ruas, soldados marchando, gládios balançando; e o tumulto da batalha chegava-lhes vagamente, como chega o ruído do mar aos náufragos que morrem nos mastros de um navio. Os italiotas, mais robustos que os outros, ainda gritavam; os lacedemônios, silenciosos, estavam de olhos fechados; Zarxas, tão vigoroso antes, pendia como um caniço quebrado; o etíope, ao lado dele, tinha a cabeça inclinada para trás sobre os braços da cruz; Autarite, imóvel, revirava os olhos; sua basta cabeleira, presa numa fenda da madeira, mostrava-se reta acima da testa, e o estertor que brotava dele parecia-se mais a um rugido de cólera. Quanto a Espêndio, sobreviera-lhe estranha coragem; agora desprezava a vida, pela certeza que tinha de uma libertação quase imediata e eterna, e esperava a morte com impassibilidade.

Em meio ao desfalecimento, às vezes estremeciam, sentindo um roçar de plumas junto à boca. Grandes asas punham sombras a oscilar em torno deles, e no ar crepitavam grasnadas; e, como a cruz de Espêndio era a mais alta, foi sobre ela que desceu o primeiro abutre. Então ele voltou o rosto para Autarite e disse devagar, com um sorriso indefinível:

— Lembras-te dos leões, na estrada de Sica?

— Eram nossos irmãos! – respondeu o gaulês, expirando.

Entrementes, o sufeta tinha transposto os muros e chegara à cidadela. Sob uma rajada de vento, a fumaça dissipou-se de repente, descobrindo o horizonte até as muralhas de Cartago; ele acreditou até que enxergava pessoas observando da plataforma de Echmun; depois, desviando o olhar, avistou à esquerda, à beira do lago, trinta cruzes desmedidas.

Para as tornarem mais amedrontadoras, os bárbaros as tinham construído com os mastros das tendas, amarrados uns aos outros; e os trinta cadáveres dos Anciãos apareciam bem alto, no céu. Sobre o peito de cada um havia como que uma borboleta branca; eram as penas das flechas que, de baixo, tinham sido disparadas contra eles.

No topo da mais alta brilhava uma larga fita de ouro; ela pendia sobre um ombro, desse lado faltava o braço, e Amílcar teve dificuldade para reconhecer Hanão. Como seus ossos esponjosos não ofereciam resistência às cavilhas de ferro, algumas porções de seus membros se haviam destacado; e na cruz só restavam restos informes, semelhantes a fragmentos de animais suspensos às portas dos caçadores.

O sufeta não ficara sabendo de nada: a cidade, à sua frente, mascarava tudo o que ficava do lado oposto; e os capitães, enviados sucessivamente aos dois generais, não tinham voltado. Chegaram fugitivos, relatando a derrota; o exército púnico parou. Aquela catástrofe, caindo em meio à sua vitória, deixava-os atônitos. Já não ouviam as ordens de Amílcar.

Mâthos aproveitava para continuar a devastação entre os númidas.

Destruído o acampamento de Hanão, voltara-se para eles. Os elefantes saíram. Mas os mercenários, com brandões arrancados das muralhas, avançaram pela planície agitando chamas; os grandes animais, assustados, foram correndo atirar-se no golfo, onde se matavam uns aos outros, debatendo-se, e acabaram por se afogar sob o peso das couraças. Narr'Havas já soltara sua cavalaria; todos os bárbaros deitaram-se de bruços; depois, quando os cavalos estavam a três passos, eles pularam sob os ventres dos animais e os rasgaram com uma punhalada; metade dos númidas já tinha perecido quando Barca chegou.

Os mercenários, exaustos, não podiam fazer frente às suas tropas. Retiraram-se em boa ordem até a montanha das Águas Quentes. O sufeta teve a prudência de não os perseguir. Dirigiu-se para as embocaduras do rio Macar.

Túnis lhe pertencia, mas não passava de um amontoado de escombros fumegantes. As ruínas desciam pelas brechas das muralhas, até o meio da planície; bem no fundo, entre as margens do golfo, os cadáveres dos elefantes, empurrados pela brisa, entrechocavam-se como um arquipélago de rochedos negros a flutuar.

Narr'Havas, para sustentar aquela guerra, exaurira suas florestas, capturara elefantes novos e velhos, machos e fêmeas, e a força militar de seu reino não se recuperou. O povo, que de longe os vira perecer, ficou desolado; os homens lamentavam-se pelas ruas, chamando-os pelos nomes, como se fossem amigos defuntos: "Ah! Invencível! Vitória! Fulminante! Andorinha!". E no primeiro dia falou-se deles mais até que dos cidadãos mortos. No dia seguinte, as tendas dos mercenários foram avistadas na montanha das Águas Quentes. Então o desespero foi tão profundo que muita gente, sobretudo mulheres, atirou-se de cabeça do alto da Acrópole.

Ninguém conhecia os desígnios de Amílcar. Ele vivia só em sua tenda, conservando perto de si apenas um rapazinho, e nunca ninguém comia em sua companhia, nem mesmo Narr'Havas. Contudo, desde a derrota de Hanão, demonstrava enorme consideração para com o rei dos númidas; este, porém, tinha interesse demais em tornar-se seu filho para não desconfiar desse comportamento.

Aquela inércia dissimulava manobras hábeis. Com toda espécie de artifícios, Amílcar seduziu os dirigentes das aldeias; e os mercenários foram expulsos, rechaçados, caçados como animais ferozes. Assim que entravam num bosque, as árvores começavam a pegar fogo em torno deles; quando bebiam numa nascente, ela era envenenada; muravam-se as cavernas em que eles se escondiam para dormir. As populações que os tinham até então defendido, suas antigas cúmplices, agora os perseguiam; e naqueles bandos, eles sempre reconheciam armaduras cartaginesas.

O rosto de muitos estava infectado por uma impingem vermelha; acreditavam que aquilo lhes viera do contato com Hanão. Outros imaginavam que era por terem comido os peixes de Salammbô; e, em vez de se arrependerem, sonhavam com sacrilégios ainda mais abomináveis, para que a humilhação dos deuses púnicos fosse maior. Gostariam de exterminá-los.

Arrastaram-se assim durante três meses ao longo da costa oriental, depois atrás da montanha de Selloum e até as primeiras areias do deserto. Buscavam um local de refúgio, qualquer que fosse. Só Útica e Hippo Zaritus não os haviam traído; mas Amílcar cercava as duas. Em seguida, voltaram para o norte, ao acaso, sem nem conhecer os caminhos. Depois de terem vivido tanta miséria, tinham a mente perturbada.

Só lhes restava um sentimento de exasperação que ia crescendo; e um dia viram-se nas gargantas de Cobas, mais uma vez diante de Cartago!

Então houve muitas refregas. A Fortuna mantinha-se igual para os dois lados; mas ambos estavam tão exauridos que, em vez de escaramuças, desejavam uma grande batalha, contanto que fosse a última.

Mâthos queria ir pessoalmente propô-la ao sufeta. Um dos seus líbios ofereceu-se. Todos, ao verem-no partir, estavam convictos de que ele não voltaria.

Voltou naquela mesma noite.

Amílcar aceitava o desafio. O encontro seria no dia seguinte, ao alvorecer, na planície de Radès.

Os mercenários quiseram saber se ele não dissera mais nada; o líbio acrescentou:

— Como eu continuava ali, à sua frente, ele me perguntou o que estava esperando. Respondi: "Que me matem!". Então ele disse: "Não! Vai embora! Isso acontecerá amanhã com os outros!".

Aquela generosidade assustou os bárbaros; alguns ficaram aterrorizados; Mâthos lamentou que o parlamentário não tivesse sido morto.

Restavam-lhe ainda 3 mil africanos, 1.200 gregos, 1.500 campanienses, duzentos iberos, quatrocentos etruscos, quinhentos samnitas, quarenta gauleses e uma tropa de nafures, bandidos nômades encontrados na Região das Tâmaras, ao todo, 7.219 soldados, mas nem um só sintagma completo. Tinham tapado os buracos das couraças com escápulas de quadrúpedes e substituído os coturnos de bronze por sandálias de trapos. Placas de cobre ou ferro tornavam suas vestes muito pesadas; as cotas de malha pendiam em farrapos ao redor dos corpos e, entre os pelos dos braços e do rosto, viam-se cicatrizes que pareciam fios de púrpura.

A raiva pelos companheiros mortos voltava-lhes à alma, e o vigor deles se multiplicava; sentiam, confusamente, que eram os servidores de um deus infuso no coração dos oprimidos, como que pontífices da vingança universal! Depois, enfureciam-se com a dor de uma injustiça exorbitante e, sobretudo, com a visão de Cartago no horizonte. Juraram combater uns pelos outros, até a morte.

Mataram as bestas de carga e comeram o máximo possível, para ganhar forças; depois dormiram. Alguns oraram, voltados para constelações diferentes.

Os cartagineses chegaram à planície antes deles. Untaram as bordas dos escudos com óleo, para facilitar o deslizamento das flechas; os peões, que usavam cabelos compridos, cortaram os que lhes caíam na testa, por prudência; e Amílcar, já na quinta hora, mandou despejar todas as gamelas, sabendo que é desvantajoso combater com o estômago cheio demais. Seu exército contava 14 mil homens, aproximadamente o dobro do exército bárbaro. Ele nunca tinha se sentido tão apreensivo; se sucumbisse, seria o aniquilamento da República, e ele pereceria crucificado; se triunfasse, ao contrário, atravessando os Pirineus, as Gálias e os Alpes, entraria na Itália, e o império dos Barcas se tornaria eterno. Vinte vezes se levantou durante a noite para averiguar tudo pessoalmente, até os mínimos detalhes. Os cartagineses, por sua vez, estavam exasperados pelo prolongado terror em que viviam.

Narr'Havas duvidava da fidelidade dos seus númidas. Aliás, era possível que os bárbaros os vencessem. Estava dominado por estranha fraqueza; a cada momento bebia grande quantidade de água.

Mas um homem que ele não conhecia abriu sua tenda e depositou no chão uma coroa de sal-gema, ornada de desenhos hieráticos, feitos com enxofre e losangos de madrepérola; às vezes o noivo recebia assim sua coroa de casamento; era uma prova de amor, uma espécie de convite.

No entanto, a filha de Amílcar não tinha nenhuma afeição por Narr'Havas.

A lembrança de Mâthos a perturbava de um modo intolerável; tinha a impressão de que a morte daquele homem libertaria seu pensamento, como quem cura a mordida de uma víbora esmagando-a sobre a ferida. O rei dos númidas estava à sua mercê, esperando as núpcias com impaciência, e, como estas deveriam seguir-se à vitória, Salammbô mandava-lhe aquele presente para excitar sua coragem. Então as angústias dele desapareceram: daí por diante só pensou na ventura de possuir mulher tão bela.

A mesma visão sobreviera a Mâthos, que a repeliu de imediato; e aquele amor que ele recalcava difundiu-se sobre os companheiros de armas. Gostava deles como se fossem porções de sua própria pessoa, de seu ódio; e sentia-se com o espírito mais elevado, com os braços mais fortes; viu com nitidez tudo o que precisava executar. E se, vez ou outra, lhe escapava um suspiro, era porque pensava em Espêndio.

Formou os bárbaros em seis fileiras iguais. No meio, colocou os etruscos, todos presos uns aos outros por uma corrente de bronze; os jaculadores ficavam na retaguarda, e nos flancos colocou os nafures, montados em camelos de pelo curto, cobertos de penas de avestruz.

O sufeta dispôs os cartagineses em ordem semelhante. Fora da infantaria, perto dos vélites, colocou os clinábaros, para além dos númidas; quando o dia raiou, estavam assim alinhados uns diante dos outros. Todos, de longe, contemplavam-se com olhos ferozes. De início, houve hesitação. Por fim, os dois exércitos se moveram.

Os bárbaros avançavam lentamente, para conservar o fôlego, batendo os pés no chão; o centro do exército púnico formava uma curva convexa. Depois houve um choque terrível, semelhante ao baque de duas frotas que se abalroam. A primeira fileira de bárbaros entreabrira-se com rapidez, e os jaculadores, escondidos atrás dos outros, começaram a arremessar balas, flechas, dardos. No entanto, a curva dos cartagineses ia se achatando aos poucos, até que se tornou reta, depois infletiu; então as duas seções dos vélites aproximaram-se paralelamente, como os braços de um compasso a fechar-se. Os bárbaros, encarniçados contra a falange, entravam na abertura que ela formava; perdiam-se. Mâthos os deteve, e, enquanto as alas cartaginesas continuavam a avançar, ele mandou refluir para fora as três fileiras interiores de sua linha.

Logo elas excediam os flancos, e seu exército apresentou-se com triplo comprimento.

Mas os bárbaros situados nos dois extremos eram os mais fracos, sobretudo os da esquerda, que tinham esgotado suas aljavas, e a tropa dos vélites, chegando finalmente até eles, causava-lhes grande dano.

Mâthos puxou-os para a retaguarda. Sua direita continha campanienses armados de achas; ele a empurrou contra a esquerda cartaginesa; o centro atacava o inimigo, e os da outra extremidade, fora de perigo, mantinham os vélites sob controle.

Então Amílcar dividiu seus cavaleiros em esquadrões, pôs hoplitas entre eles e lançou-os sobre os mercenários.

Aquelas massas em forma de cone apresentavam uma frente de cavalos, e as paredes mais largas estavam eriçadas de lanças. Era impossível aos bárbaros resistir; só os peões gregos tinham armaduras de bronze; todos os outros só tinham alfanjes na ponta de paus, foices obtidas em propriedades rurais, gládios fabricados com jantes de roda; as lâminas, moles demais, torciam-se a cada golpe e, enquanto eles as endireitavam sob os calcanhares, os cartagineses os atacavam por todos os lados, com comodidade.

Os etruscos, presos à corrente, não se moviam; os corpos dos que estavam mortos, não podendo cair, criavam obstáculos; e aquela espessa linha de bronze ora se abria, ora se contraía, flexível como uma serpente, inabalável como uma muralha. Os bárbaros iam refazer-se atrás dela, tomavam alento um minuto, depois recomeçavam, com os pedaços de armas nas mãos.

Muitos já nem isso tinham; estes pulavam sobre os cartagineses e os mordiam no rosto como cães. Os gauleses, por orgulho, despiram os saios; mostravam de longe seus grandes corpos brancos; para assustar o inimigo, aumentavam seus ferimentos. No meio dos sintagmas púnicos já não se ouvia a voz de quem gritava anunciando as ordens; os estandartes, acima da poeira, repetiam seus sinais, e cada um ia carregado pela oscilação da grande massa que o rodeava.

Amílcar ordenou que os númidas avançassem. Mas logo os nafures correram ao encontro deles.

Vestindo longas túnicas pretas, com um tufo de cabelo no alto do crânio e um escudo de couro de rinoceronte, manejavam um ferro sem cabo, seguro por uma corda; e seus camelos, inteiramente cobertos de penas, emitiam longos cacarejos roucos. As lâminas caíam em lugares precisos, depois subiam de volta com um golpe seco, trazendo algum membro. Os animais, furiosos, galopavam através dos sintagmas. Alguns, com as pernas quebradas, iam saltitando, como avestruzes feridos.

A infantaria púnica inteira arremeteu de novo contra os bárbaros; dividiu-os. Seus manípulos giravam, espaçados. As armas dos cartagineses, mais brilhantes, rodeavam-nos como coroas de ouro; no meio, agitava-se um formigueiro, e o sol, incidindo sobre ele, punha na ponta dos gládios clarões brancos que revoluteavam. Contudo, filas de clinábaros ficavam estendidas na planície; os mercenários arrancavam suas armaduras, vestiam-se com elas e voltavam ao combate. Os cartagineses, enganados, várias vezes se meteram no meio deles. Ficavam imobilizados pelo estupor, ou então refluíam, e os clamores triunfantes que se elevavam ao longe pareciam empurrá-los como destroços numa tempestade. Amílcar desesperava; tudo pereceria sob o gênio de Mâthos e a invencível coragem dos mercenários!

Mas um grande rufar de tamboris irrompeu no horizonte. Era uma multidão de velhos, doentes, crianças de 15 anos e até mulheres, que, não resistindo mais à aflição, haviam saído de Cartago; e, para se colocarem sob a proteção de alguma coisa temível, tinham pegado na casa de Amílcar o único elefante que a República agora possuía, o de tromba cortada.

Então pareceu aos cartagineses que a Pátria, abandonando suas muralhas, vinha ordenar-lhes que morressem por ela. Foram dominados por redobrado furor, e os númidas arrastaram todos os outros.

Os bárbaros, no meio da planície, haviam-se encostado a um outeiro. Não tinham nenhuma probabilidade de vencer, nem mesmo de sobreviver; mas eram os melhores, os mais intrépidos e os mais fortes.

As pessoas de Cartago começaram a lançar, por cima dos númidas, espetos, lardeadeiras, martelos; aqueles que haviam infundido medo nos cônsules morriam debaixo dos paus atirados por mulheres: a plebe púnica exterminava os mercenários.

Tinham-se refugiado no alto do morro. O círculo que formavam, a cada nova brecha, fechava-se mais; duas vezes ele desceu, uma ofensiva logo o rechaçava; e os cartagineses estendiam os braços em confusão; alongavam os chuços por entre as pernas dos companheiros e vasculhavam à sua frente, a esmo. Escorregavam no sangue; o declive do terreno, íngreme demais, fazia os cadáveres rolar para baixo. O elefante tentava escalar o outeiro sobre os cadáveres que lhe chegavam à barriga; parecia até que se espojava sobre eles com prazer; e sua tromba truncada, larga na extremidade, de vez em quando se levantava, como uma enorme sanguessuga.

Depois todos pararam. Os cartagineses, rangendo os dentes, contemplavam o topo do outeiro, onde os bárbaros se mantinham em pé; por fim, arremeteram subitamente, e a refrega recomeçou.

Com frequência, os mercenários deixavam que eles se aproximassem, gritando-lhes que queriam render-se;

depois, rindo de um modo terrível, matavam-nos com um só golpe; e, à medida que uns caíam mortos, os outros, para se defender, montavam sobre eles. Era como uma pirâmide, que aos poucos crescia.

Em breve só restavam cinquenta bárbaros, depois vinte, três e finalmente só dois: um samnita armado de acha e Mâthos, que ainda tinha sua espada.

O samnita, com as pernas dobradas, brandia sua acha ora à direita, ora à esquerda, avisando Mâthos dos golpes que lhe davam: "Comandante, aqui! Ali! Abaixa-te".

Mâthos perdera os espaldares, o capacete e a couraça; estava completamente nu, mais lívido que os mortos, com os cabelos hirtos e duas placas de espuma nos cantos dos lábios. Sua espada girava tão rapidamente que criava uma auréola em torno dele. Uma pedra a partiu perto da empunhadura; o samnita tinha sido morto, e a onda de cartagineses engrossava; eles já o tocavam. Então ele ergueu para o céu as duas mãos vazias, depois fechou os olhos e, abrindo os braços como quem se lança ao mar do alto de um promontório, lançou-se sobre as pontas dos chuços.

Estes se apartaram diante dele. Várias vezes ele correu contra os cartagineses. Mas eles sempre recuavam, desviando as armas.

Seu pé bateu num gládio. Ele quis agarrá-lo. Sentiu-se atado pelas mãos e pelos joelhos e caiu.

Era Narr'Havas, que o seguia desde algum tempo, passo a passo, com uma daquelas grandes redes de capturar feras; aproveitando o momento em que ele se abaixava, envolveu-o com a rede.

Ele foi amarrado sobre o elefante, com os quatro membros em cruz; e todos os que não estavam feridos, escoltando-o, correram em grande tumulto para Cartago.

A notícia da vitória – coisa inexplicável – já era lá conhecida na terceira hora da noite; a clepsidra de Hammon tinha vazado a quinta, quando eles chegavam a Malqua. Então Mâthos abriu os olhos. Havia tantas luzes sobre as casas que a cidade parecia em chamas.

Até ele chegava, vagamente, um imenso clamor; e, deitado de costas, ele olhava as estrelas.

Depois uma porta se fechou, e as trevas o envolveram.

No dia seguinte, à mesma hora, expirava o último dos homens que tinham sido deixados no desfiladeiro do Machado.

No dia em que seus companheiros partiram, os zaveces que retornavam tinham esboroado as rochas e alimentado aqueles homens durante algum tempo.

Os bárbaros continuavam esperando que Mâthos aparecesse e não queriam abandonar a montanha porque estavam desalentados e enfraquecidos, porque tinham a obstinação dos doentes que se recusam a mudar de lugar; por fim, esgotados os víveres, os zaveces foram embora. Sabia-se que ali não havia mais de 1.300 e, para acabar com eles, não era preciso empregar soldados.

Fazia três anos que durava a guerra, e os animais ferozes, leões sobretudo, tinham-se multiplicado. Narr'Havas promovera uma grande monteada e, correndo atrás deles, depois de ter amarrado cabras a distâncias regulares, impelira-os para o desfiladeiro do Machado; e todos aqueles leões viviam lá quando ali chegou o homem enviado pelos Anciãos para saber o que restava dos bárbaros.

Em toda a extensão da planície, havia leões e cadáveres deitados, e os mortos se confundiam com roupas e armaduras. A quase todos faltava o rosto ou um braço; alguns ainda pareciam intactos; outros estavam completamente ressequidos, e os capacetes eram preenchidos por crânios pulverulentos. Pés que já não tinham carnes saíam retos das cnêmides, e alguns esqueletos continuavam de manto; ossadas limpas pelo sol criavam manchas luzentes no meio da areia.

Os leões permaneciam com o peito contra o chão e as duas patas estendidas, piscando sob o brilho da luz do dia, acentuado pela reverberação das rochas brancas. Outros, sentados sobre os quartos traseiros, ficavam olhando fixamente à frente; ou então, meio sumidos sob as bastas jubas, dormiam enroscados; todos se mostravam saciados, fartos e entediados. Estavam imóveis, como a montanha e os mortos. A noite caía; largas faixas vermelhas riscavam o céu a oeste.

De um dos amontoados que formavam bossas irregulares na planície, ergueu-se algo mais vago que um espectro. Então um dos leões começou a andar, recortando com sua forma monstruosa uma sombra negra sobre o fundo do céu púrpura; quando chegou bem perto do homem, derrubou-o com uma única patada.

Depois, deitado de barriga sobre ele, com a ponta das presas ia puxando as entranhas devagar.

Em seguida escancarou a goela e, durante alguns minutos, soltou um longo rugido que, repetido pelos ecos da montanha, acabou por se perder no ermo.

Subitamente, do alto rolaram pedrinhas. Ouviu-se um bulício de passos rápidos; e, do lado da corredora, do lado do desfiladeiro, apareceram focinhos pontudos e orelhas em pé; brilhavam pupilas fulvas. Eram os chacais que chegavam para comer as sobras.

O cartaginês, que estava olhando do alto do precipício, voltou as costas.

15. Mâthos

Cartago era só alegria – uma alegria profunda, universal, desmedida, frenética; tinham sido tapados os buracos das muralhas e repintadas as estátuas dos deuses; ramos de murta juncavam as ruas, nas esquinas fumegava o incenso, e a multidão, nos terraços, com suas roupas variegadas, tinha o aspecto de um aglomerado de flores desabrochando no ar.

O contínuo estridular das vozes era dominado pelos gritos dos aguadeiros que molhavam o chão; alguns escravos de Amílcar ofereciam, em nome dele, cevada tostada e pedaços de carne crua; as pessoas se aproximavam; abraçavam-se, chorando; as cidades tírias tinham sido tomadas, os nômades, dispersos, todos os bárbaros, aniquilados. A Acrópole desaparecia sob velários coloridos; os esporões das trirremes, alinhados do lado de lá do molhe, resplandeciam como um dique de diamantes; por toda parte sentia-se que a ordem estava restabelecida, que se iniciava uma nova existência, que uma enorme felicidade se disseminava: era o dia do casamento de Salammbô com o rei dos númidas.

No terraço do templo de Hammon, gigantescas obras de ourivesaria cobriam três mesas, junto às quais tomariam assento, respectivamente, os sacerdotes, os Anciãos e os ricos; e havia outra, mais alta, para Amílcar, Narr'Havas e ela; pois, como Salammbô salvara a pátria, restituindo o véu, o povo fazia de suas núpcias uma festa nacional e esperava, na praça, a sua aparição.

Mas outro desejo, mais acerbo, exasperava sua impaciência: a morte de Mâthos fora prometida para a cerimônia.

As primeiras propostas eram de esfolá-lo vivo, derramar chumbo em suas entranhas, deixá-lo morrer de fome; amarrá-lo a uma árvore com um macaco atrás, que lhe daria pedradas na cabeça: ele ofendera Tanit, e os babuínos de Tanit a vingariam. Outros eram de opinião de que ele deveria sair pela cidade amarrado sobre um dromedário, depois de lhe terem posto em diversos locais do corpo mechas de linho embebidas em azeite: gostavam de pensar no grande animal vagando pelas ruas com aquele homem a contorcer--se sob as chamas como um candelabro agitado pelo vento.

Mas que cidadãos seriam encarregados de executar o suplício e por que frustrar os outros? O que se desejava era um tipo de morte de que a cidade inteira participasse; que todas as mãos, todas as armas, todas as coisas cartaginesas, até as pedras das ruas e as águas do golfo, pudessem despedaçá-lo, esmagá-lo, aniquilá-lo. Portanto, os Anciãos decidiram que ele sairia da prisão para a praça de Hammon sem nenhuma escolta, com as mãos amarradas nas costas; e era proibido feri-lo no coração, para permitir que vivesse mais tempo, vazar-lhe os olhos, para que pudesse enxergar sua tortura até o fim, arremessar contra ele qualquer objeto ou feri-lo com mais de três dedos de cada vez.

Embora ele só devesse aparecer no fim do dia, às vezes a multidão, julgando vê-lo, corria para a Acrópole, e as ruas ficavam desertas; depois voltavam todos com um grande murmurinho. Desde a véspera havia pessoas em pé no mesmo lugar; interpelavam-se de longe, mostrando as unhas, que tinham deixado crescer para cravá-las melhor nas carnes dele. Outros andavam agitados de lá para cá; alguns estavam pálidos como se estivessem esperando a própria execução.

De repente, do lado das Mapales, ergueram-se altos leques de plumas acima das cabeças. Era Salammbô saindo de seu palácio; houve um suspiro de alívio.

Mas o cortejo demorou muito para chegar; avançava passo a passo.

Primeiro desfilaram os sacerdotes dos deuses pataicos, depois os de Echmun, os de Melkart e todos os outros colégios, sucessivamente, com as mesmas insígnias e na mesma ordem observada durante o sacrifício. Os pontífices de Moloch passaram de cabeça baixa; e a multidão, por uma espécie de remorso, afastava-se deles. Mas os sacerdotes da Rabbet caminhavam altivos, empunhando liras; as sacerdotisas seguiam-nos, com suas roupas transparentes, amarelas ou pretas, soltando gritos de aves e torcendo-se como víboras; ou então, ao som das flautas, giravam para imitar a dança das estrelas, e suas vestes ligeiras expediam para a rua eflúvios de aromas lúbricos. Entre aquelas mulheres, eram aplaudidos os kedeschim, de pálpebras pintadas, simbolizando o hermafroditismo da divindade; perfumados e vestidos como as sacerdotisas, assemelhavam-se a elas, apesar dos peitos lisos e das ancas mais estreitas. Aliás, o princípio fêmea dominava e mesclava tudo naquele dia: pelo ar pesado circulava uma lascívia mística; nas profundezas dos bosques sagrados já se acendiam tochas; durante a noite devia ocorrer ali grande prostituição; três navios haviam trazido cortesãs da Sicília, e outras tinham vindo do deserto.

Os colégios, à medida que chegavam, organizavam-se nos pátios do templo, nas galerias exteriores e ao longo das escadarias duplas que subiam encostadas às paredes e aproximavam-se no topo. Entre as colunatas, viam-se filas de túnicas brancas, e a arquitetura se povoava de estátuas humanas, imóveis como as de pedra.

Depois vieram os mestres das finanças, os governadores das províncias e todos os ricos. Formou-se embaixo um grande tumulto. A multidão se despejava das ruas vizinhas, e os hierodulos a empurravam com pauladas; no meio dos Anciãos coroados de tiaras de ouro, numa liteira coberta por um dossel de púrpura, avistou-se Salammbô.

Irrompeu imenso grito; os címbalos e os crótalos soaram com mais força; os tamboris atroavam, e o grande dossel de púrpura enveredou entre os dois pilonos.

Reapareceu no primeiro andar. Salammbô, caminhando sob ele, lentamente, atravessou o terraço para ir sentar-se no fundo, numa espécie de trono recortado em casco de tartaruga. Puseram debaixo de seus pés um escabelo de marfim com três degraus; na beirada do primeiro, ajoelharam-se duas crianças negras, e de vez em quando ela apoiava sobre a cabeça delas os braços cobertos de pesadíssimos aros.

Dos tornozelos aos quadris, estava envolta numa rede de malhas estreitas que imitava escamas de peixe e luziam como madrepérola; um corpete azul que lhe apertava a cintura deixava à mostra os dois seios por dois recortes em forma de crescente; os mamilos eram cobertos por pingentes de carbúnculos. Seu toucado era de penas de pavão semeadas de pedrarias; um largo manto, alvo como a neve, pendia atrás dela, e, com os cotovelos unidos ao corpo, os joelhos juntos e argolas de diamantes no alto dos braços, ela permanecia ereta e imóvel, em atitude hierática.

Em dois assentos mais baixos estavam o pai e o noivo; Narr'Havas, vestido com uma samarra dourada, portava a coroa de sal-gema, da qual saíam duas tranças de cabelos, torcidas como os chifres de Amon; e Amílcar, de túnica violeta, com pâmpanos de ouro em relevo, conservava no flanco um gládio de batalha.

No espaço encerrado pelas mesas, o píton do templo de Echmun, deitado no chão entre poças de óleo rosado, mordia a cauda, descrevendo um grande círculo negro. No centro do círculo, uma coluna de cobre sustentava um ovo de cristal; e, sob a luz do sol que ali incidia, refletiam-se raios para todos os lados.

Por trás de Salammbô sucediam-se os sacerdotes de Tanit, com túnicas de linho; à sua direita, os Anciãos formavam, com suas tiaras, uma extensa linha de ouro, e, do outro lado, os ricos, com seus cetros de esmeralda, uma extensa linha verde, ao passo que ao fundo, onde estavam os sacerdotes de Moloch com seus mantos, parecia haver uma muralha de púrpura. Os outros colégios ocupavam os terraços inferiores. A multidão enchia as ruas. Instalando-se nos tetos das casas, estendia-se em longas filas até o alto da Acrópole. Com o povo aos pés, o firmamento sobre a cabeça, a imensidão do mar, o golfo, as montanhas e as perspectivas das províncias ao redor, Salammbô resplandecente confundia-se com Tanit e parecia ser o próprio gênio de Cartago, sua alma corporificada.

O festim devia durar toda a noite, e, sobre os tapetes de lã pintada que rodeavam as mesas baixas, haviam sido plantados lampadários como árvores. Grandes jarras de eletro, ânforas de vidro azul, colheres de tartaruga e pãezinhos redondos apertavam-se na dupla série de pratos orlados de pérolas; cachos de uva, com suas folhas, enrolavam-se como tirsos em cepas de marfim; blocos de neve derretiam em travessas de ébano; e limões, romãs, abóboras e melancias formavam montículos sob elevados ornamentos de prata; javalis de goela aberta espojavam-se no pó das especiarias; lebres, cobertas com seus pelos, pareciam saltar entre as flores; uma composição de carnes enchia conchas; os doces tinham formas simbólicas; ao se retirarem as redomas dos pratos, voavam pombas.

Enquanto isso, os escravos, com as túnicas arregaçadas, circulavam na ponta dos pés; de vez em quando, as liras tocavam um hino ou então soava um coro de vozes. O rumor do povo, contínuo como marulho, flutuava indistintamente em torno do festim e parecia acalentá-lo numa harmonia mais ampla; alguns se lembravam do banquete dos mercenários; todos se entregavam a sonhos de felicidade; o sol começava a baixar, e o crescente da lua se erguia na outra parte do céu.

Mas Salammbô, como se ouvisse um chamado, voltou a cabeça; o povo, que a olhava, seguiu a direção de seu olhar.

No alto da Acrópole, a porta da masmorra escavada na rocha, ao pé do templo, acabava de se abrir; e, naquele buraco escuro, um homem estava de pé no limiar.

Saiu curvado, com o ar assustadiço das feras, quando libertadas de repente.

A claridade ofuscava-lhe a vista; ele ficou algum tempo imóvel. Todos o tinham reconhecido e continham a respiração.

Para eles, o corpo daquela vítima era uma coisa especial e condecorada de um esplendor quase religioso. Todos se debruçavam para vê-lo, sobretudo as mulheres. Estas ansiavam por contemplar aquele que fora a causa da morte de seus filhos e maridos; e do fundo de sua alma, contra a vontade delas, nascia uma curiosidade infame: o desejo de conhecê-lo completamente, vontade mesclada a remorso, que se transformava em acréscimo de execração.

Finalmente ele avançou; desvaneceu-se o atordoamento

da surpresa. Grande quantidade de braços se ergueu, e ele deixou de ser visto.

A escada da Acrópole tinha sessenta degraus. Ele os desceu como se estivesse sendo arrastado por uma torrente, do alto de uma montanha; por três vezes, foi possível vê-lo pulando, até que, embaixo, caiu em pé.

Seus ombros sangravam, o peito arquejava em largos espasmos; e, para romper as amarras, ele fazia tais esforços que os braços, cruzados sobre as ilhargas nuas, inchavam como corpos de serpente.

Do local em que estava partiam várias ruas à sua frente. Em cada uma delas, de um extremo ao outro, estendiam-se paralelamente três correntes de bronze, presas ao umbigo dos deuses pataicos. A multidão estava apinhada contra as casas e, pelo centro da rua, servidores dos Anciãos giravam brandindo chicotes.

Um deles lhe deu um empurrão; Mâthos começou a caminhar.

O povo estendia os braços por cima das correntes, gritando que o caminho era largo demais; e ele ia andando, sendo apalpado, espetado, rasgado por todos aqueles dedos; quando chegava ao fim de uma rua, aparecia outra; várias vezes ele investiu para o lado, a fim de morder aquelas pessoas; elas recuavam bem depressa, as correntes o retinham, e a multidão gargalhava.

Uma criança rasgou-lhe uma orelha; uma moça, escondendo na manga a ponta de um fuso, fendeu-lhe a face; arrancavam-lhe punhados de cabelos, pedaços da carne; outros esfregavam em seu rosto esponjas amarradas em paus, que tinham sido embebidas em imundices. Do lado direito de sua garganta brotou um jorro de sangue; logo começou o delírio. Aquele último bárbaro representava para eles todos os bárbaros, todo o exército; vingavam-se nele dos próprios desastres, terrores e opróbrios. A fúria do povo, saciando-se, recrudescia; as correntes, tensionadas demais, dobravam-se, iam quebrar-se; ninguém mais sentia as chicotadas dos escravos caindo sobre eles para reprimi-los; muitos se agarravam às saliências das casas; todas as aberturas das paredes estavam preenchidas por cabeças, e o mal que não lhe podia ser feito era vociferado.

Eram injúrias atrozes, imundas, incitações irônicas e imprecações; e, como não se satisfaziam com seu sofrimento presente, anunciavam-lhe outros mais terríveis para a eternidade.

Aquele vasto ladrar enchia Cartago com estúpida continuidade. Muitas vezes, uma única sílaba, uma entonação rouca, profunda, frenética, era repetida durante alguns minutos pelo povo inteiro. Os muros vibravam do alicerce ao topo, e Mâthos tinha a impressão de que as duas paredes da rua vinham contra ele e o levantavam do chão, como dois braços imensos que o asfixiassem no ar.

No entanto, ele se lembrava de ter outrora sentido algo semelhante. Era a mesma multidão nos terraços, os mesmos olhares, a mesma cólera; mas então ele caminhava livre, todos se afastavam, um deus o cobria; e essa lembrança, tornando-se cada vez mais nítida, trouxe-lhe uma tristeza esmagadora. Diante de seus olhos passavam sombras; a cidade turbilhonava em sua cabeça, o sangue jorrava de um ferimento do quadril, ele sentia que ia morrer; suas pernas se dobraram, ele foi descaindo devagar, sobre o pavimento.

Alguém foi pegar no peristilo do templo de Melkart a barra de um tripé incandescente e, passando-o por baixo da primeira corrente, encostou-o ao ferimento. Todos viram a carne fumegar; a gritaria do povo sufocou sua voz; ele estava de pé.

Seis passos adiante, caiu pela terceira, pela quarta vez; toda vez um novo suplício o fazia levantar-se. Com tubos, lançavam sobre ele gotas de azeite fervente; juncaram seu caminho de cacos de vidro; ele continuava a caminhar. Na esquina da rua de Satheb, encostou-se sob o toldo de uma loja, de costas para o muro, e não avançou mais.

Os escravos do Conselho deram-lhe vergastadas de couro de hipopótamo com tanta fúria e por tanto tempo que as franjas de suas túnicas ficaram empapadas de suor. Mâthos parecia insensível. De repente, tomou impulso e começou a correr a esmo, fazendo com os lábios o ruído que faz quem tirita de frio. Enfiou pelas ruas de Budes e de Sepo, atravessou o mercado de ervas e por fim chegou à praça de Hammon.

Agora ele pertencia aos sacerdotes; os escravos tinham acabado de afastar a multidão; havia mais espaço. Mâthos olhou ao redor, e seu olhar encontrou Salammbô.

Já no primeiro passo dele, ela se levantara; depois, involuntariamente, à medida que ele se aproximava, ela havia avançado aos poucos até a beira do terraço; logo todas as coisas exteriores se apagaram, e ela só enxergava Mâthos. Em sua alma passou a reinar o silêncio, um desses abismos em que o mundo inteiro desaparece sob a pressão de um pensamento único, de uma lembrança, de um olhar. Ela estava sendo atraída por aquele homem que caminhava em sua direção.

Com exceção dos olhos, ele já não tinha aparência humana; era uma longa forma completamente vermelha; as amarras rompidas pendiam-lhe ao longo das coxas, mas não era possível distingui-las dos tendões dos punhos descarnados; a boca estava aberta; das órbitas brotavam duas chamas que pareciam subir até os cabelos; e o miserável continuava andando!

Chegou bem ao pé do terraço. Salammbô estava debruçada na balaustrada; aquelas pupilas apavorantes a contemplavam, e ela teve consciência de tudo o que ele sofrera por sua causa. Embora ele agonizasse, ela o revia em sua tenda, de joelhos, cingindo sua cintura com os braços, balbuciando palavras ternas; ela estava sequiosa de senti-las, de ouvi-las de novo, ia gritar. Ele caiu de costas e não se moveu mais.

Salammbô, quase desfalecida, foi levada de volta a seu trono pelos sacerdotes solícitos. Felicitavam-na: era obra sua. Todos batiam palmas e sapateavam, gritando seu nome.

Um homem correu para o cadáver. Embora não tivesse barba, levava nos ombros o manto dos sacerdotes de Moloch e na cintura uma espécie de faca que servia para retalhar as carnes sagradas, cujo cabo era arrematado por uma espátula de ouro. Com um só golpe, abriu o peito de Mâthos, arrancou-lhe o coração e o pôs sobre a colher; e Schahabarim, erguendo o braço, ofereceu-o ao Sol.

O Sol descia atrás das águas; seus raios chegavam como longas flechas ao coração rubro. O astro mergulhava no mar à medida que diminuíam os batimentos; na última palpitação, desapareceu.

Então, do golfo à laguna e do istmo ao farol, em todas as ruas, em todas as casas e em todos os templos foi um só grito: às vezes se interrompia, depois recomeçava; os edifícios estremeciam; Cartago parecia convulsionada pelo espasmo de uma alegria titânica e de uma esperança sem limites.

Narr'Havas, inebriado de orgulho, passou o braço esquerdo pela cintura de Salammbô, em sinal de posse; e, pegando com a mão direita uma pátera de ouro, bebeu ao gênio de Cartago.

Salammbô levantou-se, como o noivo, com uma taça na mão, para beber também. Mas reclinou-se com a cabeça tombada para trás, sobre o espaldar do trono, lívida, rija, com os lábios entreabertos; os cabelos, soltando-se, pendiam até o chão.

Assim morreu a filha de Amílcar, por ter tocado no manto de Tanit.

Posfácio
Samuel Titan Jr.

À memória de Luiz Dantas

PAPEL E SANGUE

Dentre as criações maduras de Flaubert, *Salammbô* é muito provavelmente a menos lida. Talvez porque seja difícil escapar da sombra que projetam um clássico universal como *Madame Bovary*, imediatamente anterior, e uma obra-prima como *A educação sentimental*, que lhe sucede. Ou talvez porque muito – o tema, o tom – em *Salammbô* difira da imagem escolar de Flaubert como figura de proa de um suposto Realismo com "r" maiúsculo. Com efeito, qual poderia ser o ponto de contato entre, de um lado, o tédio campônio de Emma em Yonville ou a frouxidão melancólica de Frédéric em Paris, e, de outro, esse verdadeiro teatro de paixões desenfreadas que é a Cartago das Guerras Púnicas imaginada pelo autor, com direito a leões crucificados, batalhas de elefantes, sacrifícios de crianças e nomes impronunciáveis? Aliás, estaríamos ainda diante de um romance ou seria o caso de encontrar outra designação de gênero para essa *féerie* épica, antiquária e orientalista de 1862?

O próprio Flaubert contribuiu para essa imagem de *Salammbô* como peça à parte em sua obra. Findos o processo judicial e a celeuma pública que garantiram a *Madame Bovary* um *succès de scandale*, Flaubert expressou em suas cartas o desejo de tomar distância do universo humano e social do romance de 1857. Renunciando, por ora, a levar até o fim seu velho projeto de uma *Tentação de Santo Antônio*, ele dizia "sentir necessidade de sair do mundo moderno", cuja visão lhe causava "asco" (carta à srta. Leroyer de Chantepie, 18 de março de 1857), e da notação realista; e, uma vez iniciada a redação do novo livro, ele declarou (numa carta à mesma destinatária, de 25 de janeiro de 1858):

> O livro que estou escrevendo agora é tão distante dos costumes modernos que, não havendo nenhuma semelhança entre meus heróis e os leitores, ele causará pouquíssimo interesse. Não se encontrará nele nenhuma observação, nada disso que em geral agrada às pessoas.

Um livro na contramão do presente, portanto: "Eu amo a história, loucamente", escrevia Flaubert a Edmond e Jules de Goncourt, em 3 de julho de 1860, convidando-nos, por meio da vírgula, a levar a sério o advérbio final. Ou, senão, um *romance histórico*, se preferirmos associá-lo a um gênero popularíssimo no século XIX romântico e pós-romântico; mas um romance levado a um confim em que se cortam todos os vasos comunicantes entre o passado e o presente – e, mais precisamente, entre um passado e um presente *nacionais*, elemento decisivo para o sucesso público de Walter Scott, Victor Hugo ou ainda José de Alencar.

Estamos diante, como se vê, de um livro que não se deixa ler prontamente, por meio das chaves de compreensão mais imediatas e escolares (a biografia do autor, o conjunto das obras, a escola e o gênero literários e assim por diante).

Tanto melhor, num sentido específico: diante de *Salammbô*, os leitores talvez tenham mais liberdade de movimentos do que em face de outras obras do autor, aí incluída a liberdade de gostar ou não gostar – e mesmo de gostar *e* não gostar. Nesse espírito, o que segue, muito menos que uma interpretação cabal do livro, é antes um punhado de sugestões, não necessariamente concordantes, sobre modos de entrar neste romance.

A primeira consiste em aceitar, sem mais aquela, o *extremo* e o *exorbitante* como regra do jogo em *Salammbô* – e, por aí, travar contato com um dos veios mais profundos e persistentes da imaginação flaubertiana, das obras de juventude, passando pelas sucessivas versões da *Tentação* e chegando mesmo aos anos finais.

Extremo, em primeiro lugar, da trama e das imagens, que fogem sem rebuço da órbita do real cotidiano de *Madame Bovary* ou da memória recente de *A educação sentimental*. Daí o tema antigo e, num certo sentido, duplamente remoto. Se uma carta de 27 de fevereiro de 1855 a Louise Colet mencionava o desejo de escrever "um grande romance romano", agora Flaubert dobrava a aposta, escolhendo um tema cartaginês – isto é, nem grego nem latino, portanto menos familiar, ainda mais porque situado não durante a segunda e mais conhecida das Guerras Púnicas, e sim ao cabo da primeira. Em vez de Aníbal e seus elefantes, quiçá entrevistos em algum livro didático, Amílcar e uma obscura revolta de mercenários, que nos tragam para uma zona cada vez mais a salvo de todo controle cognitivo – seja sob forma de censura, de ideia feita ou, vale lembrar, de todo teste de realidade.

Esse movimento é corroborado pelas imagens recorrentes no livro, também elas extremas, flertando o tempo todo com o elementar e o mítico, borrando os contornos dos verdadeiros motores da ação: Salammbô, Amílcar, Mâthos, Narr'Havas são sujeitos de suas ações ou são joguetes de potências maiores, de cima e de baixo, do Sol e da Lua? E os impulsos que impelem esses e outros personagens, serão eles da mesma ordem dos que movem os personagens *e* os leitores oitocentistas de Flaubert? Uma coisa é certa: a caracterização parece querer escapar aos limites da verossimilhança psicológica e apontar para além, para fora. Não bastasse isso, a insistência – desde o primeiro capítulo – no caráter desenfreado ou desmesurado dos móveis da ação vem acompanhada de uma perturbadora (e sedutora) ausência de sinais que os designem como marcadamente negativos ou positivos. Tendo deixado para trás o pedágio da verossimilhança, *Salammbô* (o livro) convida seus leitores a adentrar num território ético movediço, em que o desejo e a crueldade não se distinguem com nitidez, ao mesmo tempo que Salammbô (a personagem) vai se convertendo num elo importante na cadeia de personagens que culminará, um pouco depois, nas múltiplas versões decadentistas de Salomé.

Esses dois vetores exorbitantes do livro, que o empurram do terreno histórico para o âmbito do fabular, do mágico (a zainfe!) e do mítico, não podem deixar de parecer paradoxais, quando se tem em conta a intensidade do trabalho de documentação que Flaubert despendeu ao longo da redação. Por cinco anos, o autor estudou, compilou, viajou, anotou, com minúcias de arqueólogo. Como compreender essa fúria factual, quando posta ao lado do efeito final exalado pelas páginas do livro, que não tem mais nada de sobriamente histórico? Não esqueçamos que, em 1862, será essa dissonância íntima entre erudição e imaginação que custará a Flaubert os tiros cruzados do crítico Sainte-Beuve e do arqueólogo Wilhelm Froehner. É justamente nesse ponto que se faz sentir um terceiro sentido do pendor ao extremo em *Salammbô*: numa espécie de desvario da própria escrita, que se nutre das leituras cartaginesas de Flaubert para imediatamente tomar distância de seus rigores – ou, para dizê-lo de outro modo, que se afasta freneticamente da matéria lida, numa espiral serpentina e vertiginosa, sem contudo lograr escapar da biblioteca. Se *Salammbô* aspira à epopeia, como queria Théophile Gautier, não é menos verdade que "*ça sent le papier*", como observava anos atrás, e não em tom de reprovação unívoca, esse fino leitor das letras francesas que foi Luiz Dantas[1]. Sem ponto de repouso à vista, essa antinomia (à imagem do aqueduto que, no livro, será a salvação e a perdição de Cartago) urde e desata, conforma e dissolve, irrita e fascina em igual medida, garante a tessitura peculiar do livro ao mesmo tempo que o força a um desenlace em que se confundem clímax e falência.

Ocorre que, a certa altura, essa primeira via de acesso ao livro acaba por sugerir outra, aparentemente contraditória, que parte não da aceitação do excesso e da estranheza, mas de uma estranha e crescente sensação de *déjà-vu*, de reconhecimento. Mas como pode ser que esse espetáculo exótico nos proporcione um gosto familiar? Onde será que já sentimos esse perfume? Ora, onde, senão nas páginas do livro de que *Salammbô* quis a todo custo se divorciar – nas páginas de *Madame Bovary*?

Com efeito, basta voltar às páginas do romance normando para topar de novo, em toda uma família de devaneios de Emma, com o mesmo teor a um só tempo hierático

---

1. De quem a CARAMBAIA publicou, em 2018, a tradução de *O gabinete negro – Cartas com comentários*, de Max Jacob.

e frenético dos *tableaux vivants* de *Salammbô*. Lá está a nostalgia por um outrora mais pujante, lá estão os ambientes vagamente orientais, igualmente imaginados a partir de leituras. Mas, crucialmente, reencontramos ali o tema central do desejo que refuga toda peia, que arrefece à mera ideia de um *limite* e que, ao contrário, prospera à visão quase mística do infinito – um tema, portanto, que aproxima Salammbô de Emma, e por aí nos convida a reler uma a partir da outra.

Relido a essa luz, *Salammbô* cristaliza, em escala grande e em terceira pessoa, todas as imagens entressonhadas por Emma em *Madame Bovary*, finalmente a salvo de interrupções conjugais ou camponesas. Livrando-se ao mesmo tempo do foro íntimo e do discurso indireto livre, elas se projetam no cenário antigo com (alguma) solidez estatuária. É como se, invertendo a célebre e apócrifa tirada de Flaubert (*"Madame Bovary, c'est moi!"*), Emma tomasse as rédeas do novo romance e proclamasse, triunfal, que doravante *"Gustave Flaubert, c'est moi!"*. Digamos, pois, que o imaginário de Emma ganha corpo e vida. Mas notemos também que – em sentido inverso e em virtude do jogo de espelhismos que se arma entre os dois livros – esse mesmo imaginário também revela aqui suas facetas menos evidentes, e quiçá menos publicáveis. Para dar apenas um exemplo, já sabíamos que, a despeito ou talvez por obra de seu *élan* romântico, Emma era bem capaz de sentir desinteresse e desdém diante da dor dos outros – recorde-se o terrível episódio da operação malograda de Hyppolite. Uma vez ampliados pela lanterna mágica de *Salammbô*, esses mesmos traços se reapresentam, agora como indiferença e crueldade, chegando mesmo às raias do *desfrute* do sofrimento alheio. Diante disso, vai se tornando difícil escapar à insinuação, tácita mas veemente, de que a vida burguesa do século XIX esconde, poucos palmos abaixo da superfície, um abismo vertiginoso de violência e de barbárie perfeitamente "orientais" – ou, para dizê-lo às avessas, vai se tornando cada vez mais árduo fugir à suspeita de que a Cartago épica de *Salammbô* se nutre de sangue moderno e responde a anseios tão terríveis quanto insaciáveis, que dormitam, mas não se extinguem, na modorra de Yonville-l'Abbaye.

Exploremos por fim, ainda que brevemente, uma terceira via de acesso ao universo de *Salammbô*, derivada da anterior. Vimos que, a despeito de seus ares de monólito arcaico, o romance histórico de 1862 dialogava em profundidade – quando afastávamos por um instante o véu de exotismo que o recobria – com o romance de costumes de 1857. Ora, talvez o mesmo valha em relação ao livro seguinte, *A Educação sentimental*, de 1869 – que pretendia ser uma "história moral dos homens da minha geração", como escreveu o autor à srta. Leroyer de Chantepie, em 6 de outubro de 1864.

Como é bem sabido, no centro dessa história longamente meditada por Flaubert estão os anos fatídicos entre a Revolução de 1848 e o golpe de Estado de 1851, que abre caminho para o Segundo Império de Napoleão III. Três anos de luta política e, feitas as contas, de *guerra civil*. Ora, não era justamente esse o tema que dava início à ação de *Salammbô*, quando os mercenários de *soldo atrasado* se levantavam contra seus senhores cartagineses? E as muitas cenas de *Salammbô* em que massas de gente agitam-se ao sabor de ondas de choque que ninguém prevê nem controla – não antecipam elas o intenso trabalho estilístico que Flaubert haveria de dedicar à representação dos movimentos das massas urbanas em seu romance de 1869? Nessa mesma linha de raciocínio, como não mencionar o tema do labirinto da linguagem, presente com tanta força nos dois livros? Em *Salammbô*, a maldição babélica se faz sentir literalmente: os revoltosos falam múltiplas línguas e só a duras penas conseguem se compreender e concertar. Na *Educação*, todos falam francês, mas o demônio da ininteligibilidade e da incompreensão mútua segue grassando em todos os âmbitos, do sentimental ao político, com efeitos simultaneamente pífios e violentíssimos.

Não se trata de sugerir que a trama de *Salammbô* deva ser lida *à clef* ou que sua escrita seja de ordem alegórica, como tampouco se trata de sugerir que o romance de 1862 tenha sido um desvio da rota que, supostamente, nos levaria em linha reta de *Madame Bovary* à *Educação sentimental*. Longe disso – até porque, se é possível reencontrar, retrospectivamente, elementos do romance moderno antecipados no romance cartaginês, é igualmente possível, em mais um espelhismo, inverter o jogo e, quase ao pé da letra, tropeçar num escolho antigo, legado por *Salammbô* à *Educação*. A certa altura deste último romance, Frédéric e Rosanette passeiam pela floresta de Fontainebleau, no curso de um idílio amoroso e bucólico; a certa altura de suas andanças, chegam a um cenário insólito:

> Havia carvalhos rugosos, enormes, que se contorciam, se arrancavam do chão, se entrelaçavam uns aos outros e, firmes sobre seus troncos, semelhantes a torsos, lançavam com seus braços nus uns apelos desesperados, umas ameaças furibundas, como um grupo de Titãs imobilizados em sua cólera. [...] As rochas se multiplicavam mais e mais, e terminavam por recobrir toda a paisagem, cúbicas como casas, planas como lajes, escorando-se, sobrepondo-se, confundindo-se, *como as ruínas irreconhecíveis e monstruosas de alguma cidade desaparecida* [nosso grifo].

Os amantes sentem um arrepio, ao passo que o narrador não perde o prenúncio, que logo se consuma na forma do ribombar dos canhões que Frédéric ouve de longe, ao voltar para a Paris que explode na erupção de junho de 1848. Prenúncio? Certamente, mas menos de coisas ainda por vir, ainda por se produzir, e antes de coisas que retornam, recaem, tornam a fazer sentir seu peso, como se, terrivelmente, a imagem mais precisa da Paris futura fosse o espetáculo de uma Cartago reduzida a ruínas.

Mas já basta, é mais que hora de devolver aos novos leitores brasileiros deste livro aquela liberdade de movimentos que mencionamos mais acima, apenas para usurpá-la ao longo destas páginas. Só podemos esperar que esta meia dúzia de ideias preliminares não atrapalhem ninguém às voltas com o esforço e o prazer de penetrar as muralhas de *Salammbô*.

SAMUEL TITAN JR. é professor de teoria literária e literatura comparada na Universidade de São Paulo. Traduziu obras de Gustave Flaubert (*Três contos*, com Milton Hatoum), Jean Giono, Voltaire, Prosper Mérimée, entre outros.

**AMBASSADE
DE FRANCE
AU BRÉSIL**
*Liberté
Égalité
Fraternité*

Cet ouvrage, publié dans le cadre du Programme d'Aide à la Publication année 2020 Carlos Drummond de Andrade de l'Ambassade de France au Brésil, bénéficie du soutien du Ministère de l'Europe et des Affaires étrangères.

Este livro, publicado no âmbito do Programa de Apoio à Publicação Carlos Drummond de Andrade da Embaixada da França no Brasil no ano de 2020, contou com o apoio dos ministérios franceses da Europa e das Relações Exteriores.

Primeira edição
© Editora Carambaia, 2020

Esta edição
© Editora Carambaia
Coleção Acervo, 2022

Título original
Salammbô
[Paris, 1862]

Preparação
Ana Lima Cecilio

Revisão
Ricardo Jensen de Oliveira
Tamara Sender
Valquíria Della Pozza

Projeto gráfico
Bloco Gráfico

CIP-BRASIL. CATALOGAÇÃO NA
PUBLICAÇÃO/SINDICATO NACIONAL
DOS EDITORES DE LIVROS, RJ/
F616s/Flaubert, Gustave, 1821-1880/
Salammbô/Gustave Flaubert; tradução
Ivone Benedetti; posfácio Samuel Titan Jr.
[2. ed.] – São Paulo: Carambaia, 2022. /
376 p.; 20 cm. [Acervo Carambaia, 23]
Tradução de: *Salammbô*
ISBN 978-85-69002-86-4
1. Ficção francesa. I. Benedetti, Ivone.
II. Titan Jr., Samuel. III. Título. IV. Série.
22-79556/CDD 843/CDU 82-3(44)

Meri Gleice Rodrigues de Souza
Bibliotecária – CRB-7/6439

Diretor-executivo Fabiano Curi

Editorial
Diretora editorial Graziella Beting
Editora Livia Deorsola
Editora de arte Laura Lotufo
Editor-assistente Kaio Cassio
Assistente editorial/direitos autorais Pérola Paloma
Produtora gráfica Lilia Góes

Relações institucionais e imprensa Clara Dias
Comunicação Ronaldo Vitor
Comercial Fábio Igaki
Administrativo Lilian Périgo
Expedição Nelson Figueiredo
Atendimento ao cliente Meire David
Divulgação/livrarias e escolas Rosália Meirelles

Fontes
Untitled Sans, Serif

Papel
Pólen Soft 70 g/m²

Impressão
Geográfica

Editora Carambaia
Av. São Luís, 86, cj. 182
01046-000 São Paulo SP
contato@carambaia.com.br
www.carambaia.com.br

ISBN
978-85-69002-86-4